HERMES

在古希腊神话中，赫耳墨斯是宙斯和迈亚的儿子，奥林波斯神们的信使，道路与边界之神，睡眠与梦想之神，亡灵的引导者，演说者、商人、小偷、旅者和牧人的保护神……

西方传统 经典与解释
Classici et Commentarii
HERMES

欧里庇得斯集
罗峰 ● 主编

自由与僭越
——欧里庇得斯《酒神的伴侣》绎读

Freedom and Transgression:
Reading Euripides' *Bacchae*

罗峰 | 编/译

华夏出版社

古典教育基金·"资龙"资助项目

"欧里庇得斯集"出版说明

欧里庇得斯(约公元前480—前407/6年)是古希腊三大悲剧诗人中的最后一位,生于阿提卡东海岸城邦佛吕亚(Phlya)的贵族家庭,据说他出生那一天,埃斯库罗斯刚好从萨拉米海战得胜归城,在庆祝典仪上,少年歌咏队的领队又刚好是索福克勒斯。欧里庇得斯年轻时曾任太阳神祭典"酹酒",这是贵族子弟才有分的事务,阿里斯托芬嘲笑欧里庇得斯贩卖野菜的母亲,有点儿过分。在欧里庇得斯笔下,悲剧题材明显逐渐远离传统的神话,诸神变得人模人样,传说中的英雄不再是超人而显得过于人性;戏白的内容和表达都更切近时事;不仅如此,悲剧中的角色也大大扩展,不再仅仅是王者或英雄,普通人也能成为主角——凡此都反映了民主政制的文化意识。

欧里庇得斯去世(公元前406年)不久,就遭到阿里斯托芬鞭尸般的嘲弄,谴责欧里庇得斯自由地展露丑恶,无益城邦教化。阿里斯托芬揭示了一个事实:欧里庇得斯标志着希腊悲剧的重大转变。无论后人对这种转向褒贬如何(亚里士多德谓之"悲剧的完成",尼采谓之"悲剧的废墟"),悲剧终究不再有往昔的气度。欧里庇得斯过分青睐日常生活,剧中角色即便因袭英雄人物,其行事也已与平民无异;戏白也多为大白话,贩夫走卒都轻易明白:源于神话的《阿尔刻提斯》几乎成了一出家庭闹剧。

其实,欧里庇得斯的剧作反映了雅典民主政治走向末途时的文化景象。民主时代的一大特色是哲学的普及,欧里庇得斯做过阿那克萨哥拉的学生,还与智术师普罗塔戈拉有交往,自己喜欢独居沉思,于是,他的剧作中时常展现哲学,甚至以大段智术师式的辩论替代情节进程……民主时代的另一大特色是出现女性政治,现存19部欧里庇得斯剧作,大半以女人为题,最负盛名的《美狄亚》将女性绝望暴烈的心情表达得淋漓尽致;《希波吕托斯》虽以男性名字为题,最令人注目的角色却是身为继母的斐德拉;同是描写特洛亚战争,欧里庇得斯却围绕"海伦"、"特洛亚妇女"、"安德洛玛刻"编故事。

尽管如此,古稀之年的欧里庇得斯却并不见容于民主的雅典,只能去马其顿国王阿克劳斯(Archelaus)的宫廷终老。在那里,诗人完成了最后一部作品《酒神的伴侣》:悲剧之神狄俄倪索斯最后一句台词是:"必然如此,何必拖延?"——悲剧寿终正寝。

幸赖周作人、罗念生等前辈辛勤笔耕,至上世纪末,欧里庇得斯剧作的汉译大体已备,晚近则有张竹明先生的全译本。"欧里庇得斯集"广采西方学界近百年来的研究成果,力求在辨识版本、汇纳注疏、诗行编排等方面有所臻进,为我国的欧里庇得斯研究提供踏实稳靠的文本基础。

古典文明研究工作坊
西方典籍编译部乙组
2005 年 1 月

目 录

编译者导言(罗峰)／1

纳斯鲍姆　秩序与僭越：《酒神的伴侣》的含混性／1
西 格 尔　狄俄倪索斯的面具／40
莱尼克斯　狄俄倪索斯与秘仪／80
西 格 尔　家庭、城邦与山：《酒神的伴侣》中的空间轴／114
西 格 尔　土、气、水与火：《酒神的伴侣》中的自然元素／169
阿莎埃尔　《酒神的伴侣》中的"智慧"／208
西 格 尔　狄俄倪索斯的威胁／231
莱尼克斯　酒神式的安宁／251

编译者导言

罗 峰

欧里庇得斯是一位敢于创新的悲剧诗人,他在表现传统主题时的大胆令人震惊。① 欧里庇得斯笔下的主角,不再是诸神和英雄,而是女人、贩夫走卒、奴隶和外邦人。他还以科学态度审视神话中的人物,借剧中人物咒骂诸神,甚至用自然哲人的唯物论否定传统神。② 从他的众多剧本可以看到,古老的家族观念变得支离破碎:男人不再是家族的支柱,相反,德性在女人身上得以呈现。传统的"家族"被日常琐事取而代之,"居室"取代了"王室"。③ 在《蛙》中,喜剧诗人阿里斯托芬从城邦教育的角度出发,集中批评了欧里庇得斯的创作,谴责其教导方式的不得当。④ 欧里庇得斯急于要改造城邦民,自觉偏离了古典传统及其对德性的培育方式,走向了现代思想。

---

① 参见 Erich Segal,《欧里庇得斯:批评文集》(*Euripides*: *A Collection of Critical Essays*),Prentice - Hall, Inc., Englewood Cliffs, New Jersey: a Spectrum Book,1968,页9。Decharme 进一步指出,欧里庇得斯不仅改造了悲剧的形式,也是"思想"的革新者,参 Paul Decharme,《欧里庇得斯与他的戏剧精神》(*Euripides and the Spirit of His Dramas*),Port Washington, New York: Kennikat Press Inc.,1906/1968,xii。

② 参第欧根尼·拉尔修,《名哲言行录》(希腊文—中文对照本),徐开来、溥林译,桂林:广西师范大学出版社,2010,II. 8 - 10。

③ 参见 Erich Segal,《欧里庇得斯:批评文集》,前揭,页8 - 9。

④ 参见阿里斯托芬,《蛙》,行1062 - 1073,罗念生译,收于《罗念生全集》(卷四),上海:上海人民出版社,2007。

在其晚期最成熟的作品之一《酒神的伴侣》中,欧里庇得斯描绘了一种崇尚绝对平等和自由的生活方式。通过分析这部剧作可以发现欧里庇得斯对人性的独特理解,以及他与现代性的隐秘关联。

一、平等的诉求

悲剧经欧里庇得斯发展,变得更贴近民众。欧里庇得斯用日常用语,取代了埃斯库罗斯华美庄重的语言,他的戏剧语言已不像诗,更偏散文。散文取代韵文,进一步拉近了与民众的关系。① 不过,欧里庇得斯虽简化了语言,文风却并不简洁。在他的剧本中,冗长的说理和充满思辨的论辩俯拾皆是。在对比三大悲剧诗人就同一题材所写的剧作后,金嘴狄翁(Dion Chrysostomos)就表示,欧里庇得斯最能代表"公民和演说家的特质"。② 的确,欧里庇得斯笔下看似简单的语言,常常极富思辨、发人深思:"生即是死,死即是生"。③ 但欧里庇得斯与传统悲剧诗人的旨趣已大异。有评论家贴切地指出,就在索福克勒斯的安提戈涅英勇就死,悲叹"她的坟墓"就是"她的婚床"之时,欧里庇得斯同期创作的《阿尔刻提斯》,却让自愿赴死的女主人公从"她的坟墓"回到了"她的婚床"。④

实际上,欧里庇得斯悲剧已在多重意义上预示着现代戏剧的开

---

① 参见 E. Schiappa,《普罗塔戈拉与逻各斯:古希腊哲学与修辞学研究》(*Protagoras and Logos: a Study in Greek Philosophy and Rhetoric*),South Carolina: University of South Carolina Press,1991,页 159 – 161。

② 参见陈洪文、水建馥选编,《古希腊三大悲剧诗人研究》,北京:中国社会科学出版社,1986,页 32。

③ 诗句出自欧里庇得斯的 *Phrixus* 或 *Polyidos*,均已散佚。

④ 参 Erich Segal,《欧里庇得斯:批评文集》,前揭,页 2。

始。他的人物从诸神和英雄转向了普通人,甚至女人。① 有评论家断言,正是欧里庇得斯发现了希腊文学中的女人维度。此外,恋爱成为悲剧的重大主题,可谓肇端于欧里庇得斯。② 欧里庇得斯对激情的描写尤具感染力:他把美狄亚杀害稚子前的矛盾心理刻画得入木三分,又在《特洛亚妇女》中淋漓尽致地披露特洛亚妇女在城邦沦陷后的复仇心理。昆体良(Quintilianus)就惊叹于他"激发人怜悯"等感情的非凡能力。然而,欧里庇得斯笔下的人物通常模棱两可,语言的含混性暗含了走向诡辩的危险。阿里斯托芬看到了这富有争议的一面:倘若出现能力稍逊或别有用心的诗人,运用语言的模棱两可,转化为某种"捉摸不定"的文风,并让人相信,在简明的说服力面前,理性的批评并无招架之力,情况会很糟。③ 在《希珀吕托斯》(Hippolytos)中,欧里庇得斯就巧妙借一段长篇说辞,使观众转而同情诽谤者斐德拉(Phaedra)。一个拥有过人语言能力的诗人,必须与结合同样伟大的思想才能相得益彰。④ 欧里庇得斯却以自觉的姿态,选择了与传统对抗。⑤ 在他的最后一部完整的经典剧作中,欧里庇得斯更将语言的含混性发挥到极致。

在《酒神的伴侣》中,欧里庇得斯雄心勃勃地想打造一个全新

---

① 在当时的雅典,外邦人和奴隶一样,身份极低。在欧里庇得斯现存的19部剧作中,以女人名字冠名的剧作多达12部。

② 参见默雷,《古希腊文学史》,孙席珍等译,上海:上海译文出版社,2007,页154。

③ 参见陈洪文、水建馥选编,《古希腊三大悲剧诗人研究》,前揭,页530。

④ 参见莱辛,《汉堡剧评》,张黎译,上海:上海译文出版社,2002,页9。莱辛指出,有才能的作家,尤其是剧作家,不能只限于卖弄机智和学识,更应着眼于民众道德的提升。

⑤ 参见 Valdis Leinieks,《狄俄倪索斯的城邦:欧里庇得斯〈酒神的伴侣〉研究》(The City of Dionysos: a Study of Euripides' Bakchai),Stuttgart: Teubner, 1996;Paul Decharme,《欧里庇得斯与他的戏剧精神》,前揭,页145。

的城邦类型。新神狄俄倪索斯来到古老的忒拜城邦,欲在此传播他的狂欢教仪。然而,由于这种教仪与城邦政治生活格格不入,遭到国王彭透斯的坚决抵制。为此,狄俄倪索斯让忒拜全体女子发狂,进山狂欢,并在山上结成了一个别样的共同体。在第一合唱歌中,由酒神伴侣组成的歌队表达了她们的平等诉求。她们列举了酒神带给人类的诸种好处。其中,最重要的是葡萄酒(行 380 – 386)。然而,葡萄酒的作用,与其说是"忘忧",不如说是消除神人之别。① 首先,葡萄酒不仅出现在"男人的宴饮"上,也出现于"诸神的宴会",这种平行结构,本身就暗示了地位的平等,亦即等级秩序的消弭。况且,诸神宴饮时所喝亦非葡萄酒。② 葡萄酒的"忘忧"功能,也根本与诸神无涉——诸神本无忧可愁,何来忘忧之说?歌队随后的说辞,更令她们的平等诉求昭然若揭:

> [385] 聪明不是智慧,
> 思索不属凡人之事也不是。
> 人生短暂,既然如此,
> 谁要是追求伟大之物,
> 就会连得到的东西也失去。
> [390] 这些是疯子和
> 蠢人的生活方式,
> 在我看来。③

---

① 酒神崇拜的平等特性,在安特斯节的新酒开坛仪式中可见一斑。逢此节日,奴隶可与邦民一道分享新酒。参见 Richard Seaford,《欧里庇得斯的〈酒神的伴侣〉》,前揭,页 184 – 185。

② 参柏拉图,《会饮》203b,中译本参刘小枫编/译,《柏拉图四书》,北京:三联书店,2015。

③ 文中所引《酒神的伴侣》文本均为笔者据希腊原文译出,华东师范大学出版社,2017 即出。

表面上,歌队在强调节制,劝人不要思索"不属凡人之事"。的确,任何时代,追求卓越都非常人可以企及,因为这种生活并非人人可欲求。但她们随即话锋一转,将矛头直指"伟大之物",结合随后出现的"生活方式"(Τρόποι),歌队实际上否认了一种更高的生活——她们以常人的生活方式,勾销了少数优异之人追求卓越的必要。歌队也就此否定了思索"不朽"之事的生活。追求伟大和思索不朽的生活,一定意义上的确疯狂,这也注定了这种生活仅适于少数智力超凡且懂得节制其思想之人。然而,这并不足以将更高的生活一笔勾销。歌队却以此否定更高的人的智识追求,要求人人都过她们所谓的"明智"生活。歌队拉平智识差异的意图在合唱歌最后表现得愈加明显。

歌队先前否定了真正有智慧的人不是追求不朽与卓越之人。在此,她们更毫不掩饰地明示,所谓的"明智"即智识平等,就是让优异之人向多数人看齐:

> 明智者会让心灵和思想远离
> 优异之人;
> [430] 凡是多数人——
> 普通人尊为习俗
> 并奉行的东西,
> 我都欢迎。

歌队坚信,明智者不是优异之人(περισσῶν),而是多数人或者普通人。περισσῶν虽有"过度"之意,但歌队在此所指,无疑就是与常人相对的超凡之人。歌队对常人的信念,暗含平等主义的思想。① 歌队

---

① 参见 Gilbert Murray,《论文与演说集》(*Essays and Addresses*),London:George Allen & Unwin Ltd. Ruskin House,1921/1922,页84-85。

通过否定更高的德性追求,还标榜了一种全新的公民德性。令人困惑的是,欧里庇得斯在早期剧作中表达了对普通人完全不同的看法。①有学者指出,欧里庇得斯在基督教出现前的希腊时期表达这种观点,"惊人地不同寻常"。② 从文脉来看,歌队之所以用多数人的"明智",拉低少数人更高的智识追求,似乎与她们独特的自然观有关。

合唱歌中出现的帕浦弗斯河(Paphos),是一条"不下雨"却"能使土地变得肥沃"的"外邦河流"(行 406-408)。歌队对帕浦弗斯河情有独钟,除了此地可能接受了酒神的狂欢仪式,③可能还与一则传说有关:此河由海底穿过,最终流向"库浦路斯岛"(Kyprus),使阿弗洛狄特的福地受到滋养。④ 继开场白细数一路所经之地后,欧里庇得斯再次表达了一种新的世界性开阔视域:得益于河流的交通,匮乏之地也能成沃野。这种眼界的开阔,与随殖民扩张而来的地理大发现有关。随着新的殖民地的不断开辟,希腊人逐渐相信,借由河海的勾连,世界原是一个相互交通的整体。同样,这条河流虽无雨水补充,却能在"成百河口"的浇灌下变得充盈——原来,自然本就是平等的。

为了抬高平等的重要性,欧里庇得斯还暗中改写了"和平女

① 总体而言,欧里庇得斯是在贬义的意义上使用 $\varphi\alpha\upsilon\lambda\acute{o}\tau\varepsilon\rho o\nu$ [普通人]。在不少剧作中,他甚至直接将之与 $\sigma o\varphi o\tilde{\iota}\varsigma$ [智慧之人]对举,见《希珀吕托斯》,行 988-989;《腓尼基妇女》,行 496;《安德洛马刻》,行 379、482。$\varphi\alpha\upsilon\lambda\acute{o}\tau\varepsilon\rho o\nu$ 在其他剧中的用法,见《海伦》,行 745;《希珀吕托斯》,行 435;《安德洛马刻》,行 325;《请愿的妇女》,行 317;《瑞索斯》,行 285、769 等。

② 参见 Richard Seaford,《欧里庇得斯的〈酒神的伴侣〉》,前揭,页 185。

③ 狄俄倪索斯被赫拉逼疯后,一度在埃及和叙利亚漫游,并受埃及国王普罗透斯(Proteus)接待。参阿波罗多洛斯,《希腊神话》3.5.1。

④ 参见 Richard Seaford,《欧里庇得斯的〈酒神的伴侣〉》,页 184;G. S. Kirk,《欧里庇得斯的〈酒神的伴侣〉》(*The Bacchae of Euripides*),Cambridge, London, New York, Melbourne:Cambridge University Press,1979,页 59。

神"(Εἰρήναν,行419)。这位拟人化的"女神"的原型,很可能脱胎于赫西俄德对"和平"景象的描述。① 但赫西俄德仅呈现了"和平"景象,只字未提和平女神。更重要的是,在赫西俄德笔下,和平是正义的自然结果:和平气象端赖城邦正义(《劳作与时日》,行225-228)。而在欧里庇得斯笔下,和平女神俨然"平等"的化身:"她平等赐予富人和穷人饮酒的快乐(行421-422)。"平等取代"正义",成了和平女神对人类的福祉。酒不仅消除了神人之别,还消弭了人类的(贫富)差距,②但也由此勾销了劳作的伦理——它本质上关乎正义而非平等。结果就是,劳作(正义)被平等和快乐取而代之(行424-426)。

歌队之所以要拉平神与人,以及优异之人与常人的差别,为的是摆脱礼法束缚,自由追逐欲望。狂欢仪式在忒拜遭到抵制,歌队突生逃意。她们欲逃往的首地是库浦路斯岛——阿弗洛狄特的出生地。阿弗洛狄特与狄俄倪索斯的关联,可能源于民间的生殖崇拜。③ 库浦路斯之所以如此令她们心驰神往,因为那儿有"令凡人心醉神迷的爱欲神"。乍一看,Ἔρωτες[爱欲神]酷似Ἔρως[爱若斯]。但此神非彼神。在古希腊诸神中,Ἔρως[爱若斯]只有一个,是众神中的最美者,最擅迷人"心智"(νόον)(赫西俄德,《神谱》,行120-122)。Ἔρωτες[爱欲神]是Ἔρως的复数形式,显然不可能有多个爱若斯神。可能的解释是,就像先前的虔敬女神和和平女神一样,欧里庇得斯如法炮制了另一些貌似爱若斯的"爱欲神"。而在此前,歌队明确否认了少数人追求的那种爱欲。那么,此处以复数形式出现的爱欲神,显然不会是那种追求卓越的爱欲:少数人的爱

---

① 在这段描写中,欧里庇得斯的措辞与赫西俄德十分相近。比较《劳作与时日》,行228,κουροτρόφος[哺育男儿]的和平景象,与此处(行420)的κουροτρόφον[哺育男儿]的女神。
② 参见Richard Seaford,《欧里庇得斯的〈酒神的伴侣〉》,前揭,页66。
③ 参见G. S. Kirk,《欧里庇得斯的〈酒神的伴侣〉》,前揭,页59。

欲是一(智慧),多数人的欲望则千奇百怪——歌队之所以否定少数人的爱智之欲,恰恰是为了她们能自由追逐各种自然欲望——爱神阿弗洛狄特与爱若斯神的差别在于,前者是(身体的)欲神,后者才是爱(智)神(比较行314–315)。

歌队的欲往之地,都是能为其自由追逐欲望提供庇护的场所。她们之所以抹杀神与人,以及人与人的差别,就是为此寻求合法性。狄俄倪索斯不愧为"民主神"。[①] 酒神崇拜就是以拉平人的一切自然差异为前提:在酒神式狂欢中,男女老幼无别,尊卑高下不分,人人向常人看齐。然而,一个城邦能够追求的最高目的,是人的卓越和美德。对一个城邦而言,最大的恶莫过于从高贵变得"平庸甚至下贱"。[②] 酒神式城邦排除了对卓越和"严肃德性"的追求,不是让人变得更好,而是把高的拉低。歌队显得就是现代民主制的新式公民,她们欲以酒神式的"新德性"否定并取代高贵德性的追求。[③] 然而,自由并非歌队理解的毫无限制,不受礼法约束,"天天过狂欢节"(行807–808、862)。倘若如此,自由就等于把人的自然欲望全部解放。从这个意义上讲,民主就是欲望的解放,只不过在现代已披上自然权利的外衣。

二、女人的自由

欧里庇得斯笔下的酒神狂女,享受的正是不受任何约束的自

[①] 参见 R. P. Winnington – Ingram,《欧里庇得斯与狄俄倪索斯:〈酒神的伴侣〉义疏》(*Euripides and Dionysus: an Interpretation of the Bacchae*), London: Gerald Duckworth & Co. Ltd. ,1948/1997/2003,页66。

[②] 参见施特劳斯,《苏格拉底问题与现代性》,刘小枫编,彭磊、丁耘等译,北京:华夏出版社,2008,页29。

[③] 参见施特劳斯,《自然权利与历史》,彭刚译,北京:三联书店,2003,页191–192。

由。《酒神的伴侣》开场不久,酒神就将全体忒拜女子从劳作("抛下机杼和织梭")中解放出来,上山自由狂欢(行33、37)。让人获得不受限制的自由,是酒神带给人类的另一福祉。然而,劳作随即发生了根本质变:一旦酒神杖取代机杼和织梭,狂欢(追逐自由和快乐)便取代劳作,成了女人的生命本质。在这种独特的视角下,劳作变得诗意轻飘起来:长途跋涉的劳顿,变得"轻松"和"甜蜜"(行66-67),修补酒神杖也取代纺线织衣的劳作,成了狂女们的"欢快的活儿"(行1053)。狂女不仅为摆脱劳作高兴,而且乐于摆脱婚姻的羁绊,"宛若从精巧的轭下脱身的马驹"(行1056)。①

然而,酒神式的狂欢强烈冲击了城邦的习俗和礼法。为了抵制酒神崇拜,国王彭透斯试图剥夺酒神与狂女的自由,使她们沦为奴隶,重回"织机"(行512-514)。劳作同自由和狂欢呈现出一种张力。在欧里庇得斯的《独目巨人》(Cyclops)中,酒神的男伴侣塞勒诺斯成为奴隶而失去自由后,就在劳作中忆起与酒神一道歌舞狂欢的时日(行18-40)。在那里,劳作与酒神式的自由截然对立。然而,欧里庇得斯在《酒神的伴侣》中似乎对劳作与自由的关系另有理解。临近剧末,彭透斯的母亲阿高厄透露,酒神式的自由也是一种劳作,甚至是一项"更伟大"的事业(行1236-1237):她要取代"父亲",教导"儿子"如何变得勇敢。

应该说,将变成狂女的忒拜女子重新纳入城邦生活,是在纠正酒神对城邦所行的不义。酒神解放被捕的狂女,意味着重新释放各种受限制的非理性情感。这些不受约束的狂女重获自由,将给城邦带来何种后果?城邦政治共同体能否承受这种自由?

出人意料的是,在《酒神的伴侣》的第三合唱歌中,欧里庇得斯以极富诗意的笔触,控诉了习俗世界对自由的限制。在那里,诗人

---

① 参见 Richard Seaford,《欧里庇得斯的〈酒神的伴侣〉》,前揭,页233。

直接将狂女比作动物("小鹿"),并以动物的无辜眼光审视这个充满各种限制的危险人类(政治)世界。合唱歌充斥着一系列矛盾对立物:猎物与猎者、侥幸的逃脱与冷酷的复仇、战争与友爱、礼法与自然。欧里庇得斯以高妙的笔法,将各种对立物浑然天成地混为一体。然而,种种迹象表明,这首合唱歌非同寻常。首节两度出现的"快乐"(行867、874),均为反常的快乐。如果说前一种反常,直观反映在对语词规范的有意违犯("绿色的快乐"),①后一种反常则在于,狂女们为脱离人类生活,自降为兽"欣喜"不已。这是对人类本性的公然违犯(亚里士多德,《政治学》1253a3-4)。诗人一反常态,在此表现歌队对狂欢生活的怀恋。不过,诗人可能正欲借这种稚童般的呓语,表现狂女的赤子之心。自比"小鹿"的歌队在庆幸逃脱猎人追捕的同时,又透露出对重回"彻夜"狂欢、无拘无束的自然生活的向往。从一开始,欧里庇得斯就为纯洁如"小鹿"的狂女,塑造成一种纯净而无辜的自然状态(行862-867)。这与猎人和护卫者呼唤猎犬猎捕的场面形成巨大反差。然而,当歌队用小鹿般(动物)懵懂无辜的眼光审视人类世界时,一切都发生了改变:城邦政治传统意义上的看护者和被看护者的关系,成了猎人与猎物的敌对关系。迥异于狂女们所处的纯粹自然世界,猎人的世界充满人工痕迹和诡计,危机四伏,"它逃脱了可怕的追捕,摆脱了看护者,绕开了巧设的猎网"(行869-871)。在这种视角下,猎者和看护者让狂女重回政治世界的意图,亦即强制她们重回正常的城邦生活进行"看护"的意图,便成了对她们行不义。

为了突出政治世界的不义,欧里庇得斯适时地在第三合唱歌前

---

① 参见 G. S. Kirk,《欧里庇得斯的〈酒神的伴侣〉》,前揭,页95;E. R. Dodds,《欧里庇得斯的〈酒神的伴侣〉》(*Euripides: Bacchae*),Oxford: at the Clarendon Press,1944/1953/1960/1963/1966/1970/1974,页185。

插入了僭主这一传统主题。① 在这里，信使将 παρρησία[直言不讳]与 στειλώμεϑα[收敛]对举。从词形上看，παρρησία 由 πᾶς[全部]和 ἔπος[言辞]构成，直译为"畅所欲言"。与之相对的 στειλώμεϑα 可能源自航海术语"收帆"。信使显得是在向僭主彭透斯请求言论自由。歌队稍后就明确将僭主与言论自由对立起来，"我虽不敢在僭主跟前妄言"（行775）。信使的担心，明确了彭透斯与酒神的差别。彭透斯是忒拜的专权者，酒神却是一位追求自由的神。② 不过，παρρησία 还有"言语的放肆"之意，这是否暗示，不加节制的自由也会导致肆心？第二信使对歌队长的斥责，就警示了过度自由可能带来的肆心（行1032-1033）。歌队长听闻彭透斯的死讯后幸灾乐祸，一度激起信使的义愤："你以为忒拜就此没了男子汉？……"（行1036）歌队长非但不遵循礼法，还将新神之"法"凌驾于忒拜之上。所谓的酒神的"法"，就是不受任何约束的自由（行1035、1038）。酒神式的罔顾（超越）伦常秩序，以极端平等与自由为政治诉求的政体，会把人类引向何方呢？③ 毫无约束的自由与正义果真能并行不悖？

剧中的先知忒瑞西阿斯明确把劳作视为人类的"不幸"（行282）。然而，正如貌似美好的东西能给人类带来不幸（美丽的潘多拉就给人类带来了万种不幸），看似不幸的事物却可能有益于人类。诸神基于对人性的洞察，把劳作加在有死的人类身上。人类最初因无所事事渐生肆心与邪恶，让人类从事劳作，正是宙斯给人类制定

---

① 在索福克勒斯的《安提戈涅》中，信使直言对僭主克瑞翁的畏惧（行223-236），比较欧里庇得斯，《腓尼基少女》，行1215。

② 参见 Richard Seaford，《欧里庇得斯的〈酒神的伴侣〉》（*Euripides: Bacchae*），页47。

③ 民主政体的目的是追求自由，参亚里士多德，《修辞学》1366a 以下，中译本参见罗念生译，收于《罗念生全集》（卷一），上海：上海人出版社，2007。

的"一种礼法",承担劳作的艰辛也是神为人类规定的一种特定"生活方式"。① 酒神把女人从劳作中解放出来,貌似使她们变得自由自在,实则是在败坏她们的本性。

剧中的彭透斯是酒神式自由的头敌。酒神式自由要想成功实现,必须铲除僭主彭透斯(行1035)。或许正是在这个意义上,彭透斯之死是必然的。具有鲜明民主特征的酒神崇拜要在忒拜推行,必须以僭主之死为前提。而彭透斯最终以女人的身份死去,更凸显了僭主统治与民主制的深层联系:在对爱欲的追求上,僭主制与民主制同根,因为民主制也强烈地激起了爱欲。但民主制又与僭主制有着不可调和的矛盾:僭主的爱欲乃是个人爱欲的极端化,不允许任何人分享他对权力和女性的欲求,民主制则最大限度地唤起民众的爱欲,满足大多数人对自由、平等、财富的极度欲求。要实现人人享有爱欲的平等权,必须以剥夺僭主对爱欲的专权为前提。或许,正是在这个意义上,我们才能真正理解彭透斯为何必须以女人的身份死去:只有用爱欲彻底浇灭他的政治血气,才能成功向他的灵魂"注入轻灵的疯狂",乱其心志,酒神才能以一种比武力(他所谓的"恶")更"聪明"的方式推翻僭主统治(行850–851)。然而,只要有人就会有恶,强制就有必要。②

三、自然状态下的人性

欧里庇得斯之所以一反常态地鼓吹平等,看中的正是蕴含在其

---

① 参见刘小枫选编,《古典诗文绎读》(西学卷·古代篇),北京:华夏出版社,2008,页69。
② 参见施特劳斯,《苏格拉底问题与现代性》,前揭,页6。

中的自由。这与后世启蒙哲人卢梭不谋而合。① 卢梭大赞自然状态下的人的良善,早在欧里庇得斯笔下就能找到原型。在《酒神的伴侣》中,欧里庇得斯同样颇费周章地描写了自然状态下的人性,但他的描写充满悖谬。

场景的呈现波澜不惊:太阳暖照,放牧的羊群正爬上山头,此时,牧牛人瞧见三支狂欢队席地而睡。出人意表的是,山上的狂女非但没有"追逐库普里斯",而且"有节制","秩序井然"(行686、693,比较行217-225)。这与我们的预期形成巨大反差。不过,酒神狂女的有序,与荷马笔下奥德修斯的见闻颇为相似。在进入独目巨人库克洛普斯的洞穴前,奥德修斯预想,他会遇到一个不晓正义和礼法的野蛮人。待他进入洞穴后却发现,这个野蛮人把洞内的一切都安排得井井有条:不仅羊群按大小归栏分养,桶罐也码得整整齐齐(《奥德赛》9.214-223)。此情此景让奥德修斯极为震撼。正是这种表面的秩序令他改变了最初的判断。奥德修斯拒绝了同伴的建议,选择留下,但也由此开始了一场惊心动魄的历险。正如荷马借独目巨人的故事把奥德修斯及其同伴带到一种前政治的状态:他们既无议事会,也无礼法(9.111),欧里庇得斯也使狂女们退回自然的边缘。和库克洛普斯一样,狂女们生活在一个与世隔绝的前政治世界里。② 尽管在牧人看来,狂女们"老的少的,还有未出阁的姑娘"有条不紊地各行其是(行694),但她们已经退出城邦的政治生活,过着一种与技艺基本无涉的生活。这个世界不知礼法,更不晓正义为何物。

---

① 卢梭的意图是将自由与善两相等同,参施特劳斯,《自然权力与历史》,前揭,页300。

② 在《奥德赛》中,独目巨人生活在陡峭的群峰之巅(行112-113、191-192);而在《酒神的伴侣》中,狂女们的栖居之地也是终年冰雪不消的基泰隆山顶(行661-662)。

从一定意义上讲,欧里庇得斯笔下的狂女走得更远。在《奥德赛》中,无礼法无正义的生活,是独目巨人库克洛普斯人自己的生活方式。而在《酒神的伴侣》中,忒拜女子原非狂女,本过着城邦生活,酒神的到来,迫使她们退回原初的自然状态。而且,如果说独目巨人尚且保留了牧羊的技艺,狂女们则生活于一个与技艺全然绝缘的自然世界。确切地说,酒神把忒拜女子带回自然状态,正是从剥夺她们的纺织技艺开始(行119)。她们也由此变得惊世骇俗,抛下亲子,却"把幼鹿或野狼崽子抱在怀里,喂给它们白色的乳汁"(行699-700)。① 忒拜女子被迫进山狂欢,正是以放弃城邦赋予的纺织技艺为前提。说到底,在政治生活中,技艺关乎城邦正义。女人们摆脱劳作,在山间自由狂欢,意味着她们不仅脱离了城邦政治的技艺和立法的技艺,也不再受传统奥林波斯诸神看顾。② 悖谬的是,欧里庇得斯笔下的狂女,显得是独目巨人与黄金种族的某种杂合。独目巨人和黄金种族,均可算作前政治的生活方式。但二者最明显的差别莫过于,独目巨人在一个脱离传统诸神看顾的世界里,过着无礼法无正义的生活;黄金种族则完全处于传统诸神的看顾下,过着神样的生活。

奥德修斯最初之所以决定留下,是基于一种考虑:他以政治人的眼光审视了独目巨人的洞穴后,开始对这个野蛮人抱有一丝良好的希望。奥德修斯认为,既然巨人(即便是野蛮人)能把洞穴安排得如此有条理,那么,他理应懂得并遵守宙斯神——"求援者和外乡旅客的保护神"的正义(《奥德赛》9.270-271)。但紧随其后,奥德

---

① 比较卢梭对自然状态的人的描写。卢梭认为,母亲给孩子喂奶,最初是出自她们生理的需要,参《论人与人之间不平等的起因和基础》,李平沤译,北京:商务印书馆,2007,页64。

② 参见伯纳德特,《弓弦与竖琴》,程志敏译,北京:华夏出版社,2003,页82。

修斯的同伴们接连被独目巨人吃掉。血的教训令奥德修斯追悔莫及,也使他幡然醒悟:表面的秩序并不意味着正义。相反,在这种表面的秩序之下,可能暗藏着惨绝人寰的血腥和不义。荷马以朴素的笔触表明,在一个传统诸神缺位,自己为自己立法的世界里,正义根本无从谈起。

较之古典诗人,欧里庇得斯对正义似乎有着别样的看法。在《酒神的伴侣》中,狂女虽不再受传统诸神看顾,却在新神狄俄倪索斯的看顾下,同样生活在"牛奶与蜜"之乡:

> 　　有个女子抓起酒神杖插入石头,
> [705]从那儿就冒出一股露水般的清泉;
> 　　另一个把大茴香棒插入地面,
> 　　神便给她送上一汪酒泉;
> 　　那些想喝白色饮品的人,用指尖
> 　　刮刮地,就能得到
> [710]股股乳汁;从那常春藤
> 　　杖中还滴出津甜的蜜汁。

在传统诗人笔下,人类处于传统的克洛诺斯神族的看顾下,生活才呈现出这样一派美好的图景。如今,新神让狂女也过上了黄金种族才有的生活。欧里庇得斯欲以新神取代传统神的意图清晰可辨。但赫西俄德在讲述黄金种族的故事之初就提到,人类与诸神有着共同的起源(《劳作与时日》,行109)。换言之,最初的人类乃是神样的人。反讽的是,狂女们貌似也过着一种神样的生活,却有如野兽。普通人(信使)惊讶于狂女在自然状态下享有的自由与自足,并基于神力断定,这种彻底的自由和自足就是善。然而,这些摆脱劳作、抛家弃子、脱离城邦礼法的女子,在一个同样行事如"兽"

的新神引领下,带来的后果只能是如野兽般的暴力。① 摆脱礼法约束的自由生活,对城邦而言同样是一场灾难。狂女凭借新神的神力,干下种种骇人听闻的暴行,带来的是异常的血腥:她们不仅撕裂动物,劫掠村庄,最终还将在新神的引导下,以撕碎城邦统治者的方式宣告城邦的终结。

狂女们角色的迅速改变,最先暗含在猎手(牧人)与猎物(狂女)关系的反转上。狂女先发制人,对伺机猎捕狂女的牧人展开了血腥的反击。在前半段描述中,信使显然对自然状态下的狂女抱有好感。但和荷马的奥德修斯一样,信使也被表象迷惑。这种表面的秩序甚至更加不堪一击。早先温顺的狂女,旋即展露残忍的自然本性。她们从有序到彻底失序的转变速度之快,令人咋舌。自然状态下的狂女,对暴力有着近乎动物的本能。这与卢梭对处于自然状态中的野蛮人形成鲜明对照。这群借助新神神力回到自然状态的狂女,将她们的兽性暴露无遗。她们抛下机杼,拿起武器与男人抗衡。② 女人开始对抗男人,欲与男人平起平坐,甚至企图压倒男人,正是民主政治的表征。

值得一提的是,自然状态虽因卢梭备受关注,关于人类的这种状态的描写,并非卢梭首创。在卢梭之前,至少还有柏拉图和《圣经》,以及笛卡尔、狄德罗和霍布斯等人对自然状态进行过阐发。卢梭对自然状态下的人的描写,正是对霍布斯的自觉反叛。霍布斯强调,人与人最初的关系如同"狼与狼",是"一切人对一切人的战争"(《利维坦》13 章)。由于物资有限,人们必须为自己的生存而战。卢梭笔下的自然状态是和平状态,生活富足,而非霍布斯的匮乏。不过,有关自

---

① 参见 R. P. Winnington‑Ingram,《欧里庇得斯与狄俄倪索斯:〈酒神的伴侣〉义疏》,前揭,页 9 – 10。

② 比较索福克勒斯的《安提戈涅》。伊斯墨涅劝说安提戈涅,"我们得记住,我们生来是女子,斗不过男人"(行 61 – 62)。

然状态的历史,似乎还能再往前延伸。我们不妨加上赫西俄德和欧里庇得斯,乃至柏拉图和亚里士多德。与卢梭的情况有些类似,欧里庇得斯对自然状态下的人的描写,也是对传统诗人赫西俄德的自觉反叛。欧里庇得斯看重自然状态下的人享有的极大自由。① 这种自由甚至无须理性。卢梭认为,自然人最接近神,但是没有道德属性。欧里庇得斯描写的自然状态,显得是卢梭与霍布斯的奇妙混合。

狂女在血腥的杀戮中渐趋疯狂,最终在撕裂"公牛"中臻至顶峰——自然状态下的狂女们甚至不辨敌友。② 她们的身份也随之模糊,像"鸟儿"一样腾空"掠过……广阔平原"(行 748–749)。狂女开始游走于人与动物之间。③ 更可怕的是,她们作为人类时攻击牛群,变成"鸟儿"后又开始攻击人类。④ 在撕裂了牛群之后,狂女"像敌人一样"劫掠村庄,肆意攻击村民(行 751–764)。目睹这一可怕场景的信使变得惶恐不安,最令他不安的是,"女人追赶男人"。信使感到了切身威胁。⑤ 他万万没料到,狂女竟以对付动物

---

① 与此相似,卢梭认为自然状态下的人的生活方式"具有优越性",因为他们享有"更大的自由"。参见普拉特纳,《卢梭的自然状态:〈论不平等的起源释义〉》,尚新建、余灵灵译,北京:华夏出版社,2008,页 13。

② 剧中的公牛是酒神的重要形象之一,是一种"狄俄倪索斯的动物",参见 R. P. Winnington–Ingram,《欧里庇得斯与狄俄倪索斯:〈酒神的伴侣〉义疏》,前揭,页 95。

③ 参见 R. P. Winnington–Ingram,《欧里庇得斯与狄俄倪索斯:〈酒神的伴侣〉义疏》,前揭,页 96。关于酒神在剧中的角色转换,参拙文,《新神与城邦:〈酒神的伴侣〉中狄俄倪索斯的角色转换》,载《古典研究》(香港),4.2(2013):1–16。

④ "鸟儿"意象出现后,剧本再度强调了狂女与动物令人毛骨悚然的亲密关系(行 767–768)。

⑤ Kirk 认为,信使在描述狂女撕裂牛群的情形时如旁观者,尚有闲心搞笑,"比你盖上尊眼的功夫都快"。参 G. S. Kirk,《欧里庇得斯的〈酒神的伴侣〉》,前揭,页 84。

的方式对待同类。人与人转眼间成了狼与狼的关系。① 欧里庇得斯对自然状态的描述,预示了卢梭和霍布斯对人性的看法。卢梭对文明世界的不满,使他产生让人回到原初的自然状态的想法。卢梭相信,自然状态的人不受任何桎梏,享有最大限度的自由且心怀良善,是一种理想状态。然而,这种自然状态下的人不仅缺乏社会性,而且缺乏理性,只是突出行动的主体。② 正因为狂女的行事不靠理性,她们的行动便只有随机性——她们可以出自动物的本能喂养"异族"(狼崽子),也可以出自本能撕裂动物,甚至攻击自己的同类(牧人和村民)。

在欧里庇得斯笔下,自然状态呈现出的是表面的温情与实质的暴力。酒神以强制手段实现平等,取消政治约束,将人回到自然状态,结果却是更残酷的血腥。卢梭同样渴望从政治状态回到自然状态,以取消政治约束,使人获得彻底的自由。然而,人并未因获得不加限制的自由而变好,而是变得更残忍。

结　语

悲剧的发展伴随雅典民主制的兴衰。它繁荣于雅典民主制的鼎盛时期,也随着民主制的衰落式微。一场旷日持久的伯罗奔半岛战争,给雅典带来了深刻的危机。面对这些日益尖锐的社会问题,欧里庇得斯深有体察,并诉诸笔端。可以肯定,欧里庇得斯站在传统的对立面,不是能力不逮,而是带有明确目的。③ 或许在欧里庇

---

① 参见霍布斯,《利维坦》,黎思复等译,北京:商务印书馆,1996,页94。
② 参见施特劳斯,《苏格拉底问题与现代性》,前揭,页40。
③ Norwood 直言不讳,欧里庇得斯的主题选择目的明确,旨在"逐步启蒙他的同胞"。参 Gilbert Norwood,《〈酒神的伴侣〉之谜:欧里庇得斯晚年的宗教观》(*The Riddle of the Bacchae:the Last Stage of Euripides' Religious Views*),Manchester:at the University Press,1908,页16。

得斯看来,传统悲剧已不足以表现他的时代精神,由此化笔为投枪,想凭一己诗才完成他的抱负。但欧里庇得斯的着眼点,显然不再是城邦(polis)和邦民的德性。① 从《酒神的伴侣》和欧里庇得斯的其他晚期作品可以看到,他对传统社会结构和传统政治领导权极其失望。② 在《酒神的伴侣》中,欧里庇得斯的失望集中体现在对彭透斯的刻画上:手握政治"权威"的彭透斯不自量力地率举邦男子与神对抗。与之相对,酒神将全体女子变成狂女,迫使她们丢下"机杼",上山狂欢,与忒拜城邦对峙,在山上过着令人神往的美好生活:不事劳作,享受自由、平等和快乐。通过设想出一种新型共同体,欧里庇得斯意欲构建自己理想的城邦样式,这种城邦已极其接近现代国家的形态。欧里庇得斯甚至试图打造一个世界城邦,让所有的城邦融为一体,以消除人类的各种差异——这在现代的"世界国家"理想中也隐约可见。但这种极度自由、平等的社会有其限度,因为,一旦能不加限制地做各种不被允许做的事情,这个社会马上就会变得极不宽容。人生而自由,却又无往不处于枷锁之中:自由社会本身也是枷锁。③

2016 年 10 月

于华东师范大学外语学院

---

① 参见 Alan H Sommerstein,《希腊戏剧与剧作家》(*Greek Drama and Dramatists*),London,New York:Taylor & Francis e-Library,2000/2002/2004,页59。

② 参见 Robert Holschuh Simmons,《反思欧里庇得斯晚期剧作的雅典领导权危机》(Reflections of a Crisis of Athenian Leadership in Euripides' Last Plays), Diss. The University of Iowa, 2006; Valdis Leinieks,《狄俄倪索斯的城邦:欧里庇得斯〈酒神的伴侣〉研究》(*The City of Dionysos: a Study of Euripides' Bakchai*),页123-126。

③ 参见施特劳斯,《苏格拉底问题与现代性》,前揭,页42。

秩序与僭越

——《酒神的伴侣》的含混性

纳斯鲍姆(Martha Nussbaum) 撰

一

欧里庇得斯《酒神的伴侣》以这样的场景结尾:在这场戏中,一位母亲重新拼起儿子被(她本人不幸)撕成碎片的尸身。这位母亲为每部分的恰切位置大伤脑筋,为由她造成的分裂(disunity)痛哭流涕。此剧本身似乎要求它的观众做出同样的努力:这种努力混杂着怜悯和痛苦,力求把狄俄倪索斯的各部分和诸面相组合或重新组合起来,使这位外邦神的隐和显获得某种连贯一致的完整形式。此剧似乎还要求我们承认,观众身上也存在这种陌生与无序,并承认,这种陌生与无序由观众或者部分观众造成。

然而,有别于彭透斯尸身的四肢,我们没法把狄俄倪索斯设定在任何静态秩序中;狄俄倪索斯(及此剧)带给观众的认识,也不会处于任何静态秩序。流动不居却又是他自身,相互矛盾却又不可思议地恒定不变,狄俄倪索斯拒绝人类整合并给他盖棺定论的企图。就在观众和阿高厄(Agave)一样痛哭流涕,试图带来秩序并试图理解时,狄俄倪索斯微笑着继续前进。因此,冲突的目标必须合其目的:与其找出解决矛盾的方法,不如加强对这些矛盾结构以及这些矛盾与人类生活及其可能性关系——侵害的、抚慰人心的、超然的，以及令人心荡神驰的关系——的认识。

因此，要开始讨论这种冲突，我们必须更清楚地认识狄俄倪索斯和此剧的解释者面临的各种问题。我们若考察一下歌队在受酒神蒙骗穿上女人衣服的彭透斯踏上死亡之路后所吟唱的那首抒情诗，就开始看到，这些问题浮出水面：

> 我是否还能在彻夜的歌舞里，
> 赤着白
> 足狂欢，把脖颈
> [865]甩入带着露水的空气，
> 　　就像一只小鹿，嬉戏在
> 　　牧场那绿色的欢乐上，
> 　　当它逃脱了可怕的
> 　　追捕，摆脱了看护者，
> [870]绕开了巧设的猎网
> 　　猎人虽还大声吆喝着，
>
> 　　敦促猎犬奋力追赶，
> 　　它却铆足了劲，风驰电掣般跃到那傍水的
> 　　平原，在那杳无人迹、
> [875]林荫遮蔽的幼林间，
> 　　欣喜不已。
>
> (叠唱曲)什么是智慧？或者，在凡人眼里，
> 　　诸神赐予的礼物
> 　　有什么比把更强力的手

[880]放在敌人头上更美的呢?
某种美永远是友好的。

(次节)神力来
得缓,但它定
会到,去惩戒那些
[885]尊崇无知、
不赞美诸神,持
疯狂意见的凡人。
诸神巧妙遁形,
时间的漫长脚步,
[890]猎取不虔敬之人。因为
一个人的认识和行动
切不可逾越礼法。
因为,相信神圣的东西,亦即
与神灵有关的东西——有力量,
[895]相信在漫长的时间里,自然
形成的永恒礼法并不费劲。

(叠唱曲)什么是智慧?或者,在凡人看来,
诸神赐予的礼物
有什么比把更强力的手
[900]放在敌人头上更美的呢?
美的永远是友好的。

作为所有希腊悲剧中最美的合唱抒情歌之一,这段歌词以一阕令人毛骨悚然的叠唱曲结尾(两度重复)。这段歌词还紧密结合了

美与恐惧。此处确实充满美感,无论是描述的内容、描述的语言,还是错综微妙的韵律。狄俄倪索斯的宗教使这些女人能自由跳舞、欢跃、优雅有力地穿行于自然世界,带着肉体青春的欢乐和自由。她们越过文明,抵达一处无人之地,热情洋溢、充满愉悦,摆脱了那些被视为人类世界固有的习俗。另一方面,叠唱曲还表明,这些女人还以另一种方式摆脱了文明:她们嗜血,她们无情地认定,复仇是美好之物。这首颂歌的意象探讨了这种双重性。因为,这些女人像小鹿一样逃过了巧织的罗网;但她们也以猎捕猎物为乐(狄俄倪索斯方才宣称,彭透斯已落入他的罗网[行848])。这些女人迈着轻快的舞步,却又津津乐道于神圣报复来得缓但必然到。这些女人摆脱约束,却又得意地祈求酒神将之加诸于她们的敌人。

在叠唱曲最后一行,这些含混臻至顶峰,在这个独特而忠实的译本中,威廉姆斯(C. K. Williams)已精妙地试图着手解释。从字面上看,希腊人认为:"凡是美的(kalon)总是友好的(philon)。"Kalon一词让人马上想到美好和高贵。该词要么是审美的,要么是伦理的(通常二者兼有),这表明,要区分希腊思想中的这些领域何其困难。譬如,"美"是柏拉图《会饮》(Symposium)的主题,在那里,"美"是年轻人身体的特质,是道德制度和公民制度的特征,也是高贵灵魂的特质。"美"的对立面是丑(aischron)——"丑陋的"、"可耻的"和"卑贱的"。Fine 可能是翻译 kalon 的最佳语词。Philon 与名词 philos("朋友"、"被爱者")有关,意为"心爱的"、"珍贵的"、"朋友"、"爱人"和"欢迎"。因此,这句含混的诗,是"美好之物总是乐事"(A thing of beauty is a joy forever)的原型。它表达了对真正高贵、真正美好之物的热爱。但这种道德/审美理解的对象是什么呢?复仇与残忍、惩罚与死亡。美好之物与可怕之物无法区分开来。因为跳舞的自由,也是猎捕酒神的敌人。而酒神报复的残酷是最美之物,因为,这种残酷(已)使这些女人践行的行动和激情的超验之美成为可能,也(已)使这种诗性美成功打动观众。诚如狄俄倪索斯本人方才宣称的,他对人类"最可怕,也最和善"。

这种可怕与和善的混合贯穿了整剧。狄俄倪索斯来到忒拜的故事,以塞墨勒诞下他开始,在此剧开场白中,狄俄倪索斯本人描述了他的诞生。"她在闪电的催生下分娩,自己也葬身于闪电"(行3:我的直译)。[狄俄倪索斯]出生就带来死亡,[塞墨勒的]生产即是一场烈火中的毁灭:酒神的一生就由此开始。由于在这个故事中,闪电还象征着宙斯使他的凡人妻子受孕,因此,这一事件也结合了狂喜与死亡,情欲与自取灭亡。仍冒着烟的坟墓是此剧的背景。观众自始至终都看到这个背景,这处遗址让人想起文明的人类生活与非文明(即文明之外)生活的一次接触。①

在《酒神的伴侣》中,有两群女子崇拜狄俄倪索斯。在她们的言辞和行动中,两群女子都表现出混合的双重性格。山上的狂女享受着与自然的丰饶和活力变得融为一体;她们也井然有序、纯洁。然而顷刻之间,这些狂女的活力变为破坏力,她们撕裂动物、劫掠村庄、把孩子从村民家中夺走。彭透斯之死也不例外;这是疯狂、盲目和缺少控制的大格局的一部分。蜿蜒盘曲、游走自如的蛇,既象征繁殖力,也象征残忍,它们舔着狂女脸上的鲜血(行698、行767－68;参行102－103)。② 歌队中的妇女,那些跟随狄俄倪索斯从亚细亚而来的女信徒,似乎更斯文,也更克制,某种程度上的确如此。然而,其抒情诗中更有力地充斥着嗜血,她们对"啖食生肉的快乐"的渴求(行139:我的直译),以及她们对那些悲惨事件的冷酷而狂

---

① 参见 Dodds(1960),页62－64;Kirk(1970),页24－25。
② 关于一些古典作家对蛇的意象的详细探讨,参见 B. M. Knox,《蛇与火焰》("The Serpent and the Flame"), *American Journal of Philology* 38(1959),页379－400。

热的回应——这些都无法让我们认为,我们在她们身上发现了某种安全、文明的酒神精神(Dionysianism)。

事实上,僭越随处可见。《酒神的伴侣》描述了一个文明的城邦。在庄严有序的城邦节日上观看此剧的观众兴许期望,《酒神的伴侣》把文明呈现为一种显著特征,与荒野或野蛮形成鲜明对比。然而,倘若我们渴望文明及其保护边界,我们反而发现,到处都是对界线的僭越。小鹿跃过人类追捕者设下的界线。因此,在多个方面,酒神崇拜和这些行为也僭越了希腊文明生活的界线。① 我们听说了生食,这是对献祭仪式文明规范的违犯。我们听说了女人们待在城外的山上,无人监护、无人看管地跳着舞,她们的头发在风中飘散——完全背离了雅典的通常的惯例,按照这种惯例,女人应该待在家里。母亲手刃亲子,僭越了文明之爱与文明社会最根深蒂固的法律。叙述性语言连续、有序的结构,也屡遭违反——令人费解的谜样反讽、嘲弄的双关语、双重含义。连诗歌韵律也一度遭到破坏。在他们交谈的某个关键时刻——其时,彭透斯正准备率一队全副武装的人马攻打山上的狂女,狄俄倪索斯当场制止了他,用一个额外的音节 Ah 让彭透斯改变了主意——"且慢,你想看看她们在山上聚坐在一起吗?"(行 810 – 811)。无论是召唤还是奉承,警告还是欢呼,这个惊呼以一种明显而异常的方式,违反了这段三步抑扬格对话的韵律,②这也让观众意识到,这些界线也流动不居,这些惯例并非一成不变。

观众可能也没有认为,这些僭越行为只是古老的神话材料。因为,酒神敬拜舞(oreibasia)——女人们在组织有序的酒神节上自由

---

① 关于这个主题的详细探讨,参见 Segal(1982)。
② 参见 Dodds(1960),页 175;Segal(1982),页 286;Winnington – Ingram (1948),页 102。威廉姆斯的翻译"等一下!"很好地保留了原文的气势。

狂舞,被公认为雅典宗教的一部分。大多数时候,雅典女子都深居家中,即便在古希腊世界,雅典的情形也非同寻常。但通过狄俄倪索斯的宗教,她们中的一些人每两年可以离开家、家人,甚至城邦一段时间——去跳舞、狂呼,接触超出日常人类生活的东西。尽管几乎可以肯定,这些仪式没有剧中描述的那些狂暴特征,把她们纳入城邦却使城邦陷入神秘与矛盾。通过以某种夸张、令人不安的方式渲染这些矛盾,通过强调狄俄倪索斯的外来性,同时强调这一事实,即他属于希腊城邦,且必须得到承认,此剧反省了现实中的雅典实践与规范中的张力——追问外来的异方人为何能居住在文明人的中心,追问文明人究竟是不是一个明确的范畴,安全脱离了外邦人,甚至野兽。

二

当我们进一步思考这些运动和张力时,它们就开始勾勒出一种成问题的宇宙论,把人类流动而含混地置于动物与神明之间——但不完全按照通常或"简单的"方式。① 我所说的"简单的"方式,指的是这种观点,这种观点在此剧观众所受的早期宗教教育中往往很重要,在欧里庇得斯的时代,由于智术师和哲人思想中的强调,这种观点变得尤为重要,这种观点的确把人类认定为某种存在,还把人类的属性置于动物与神之间,人类还从这种居间状态及界定其

---

① 关于这些问题的更广泛讨论,参见 M. Nussbaum,《善的脆弱性:希腊悲剧和哲学中的运气和伦理》(*The Fragility of Goodness:Luck and Ethics in Greek Tragedy and Philosophy*)(Cambridge:1986),附参考文献;以及 Nussbaum,《超越人性》("Transcending Humanity"),收于《爱的知识:哲学与文学论文集》(*Love's Knowledge:Essays on Philosophy and Literature*)(New York,1990)。

独特地位的边界中获得其特有的生活方式。这种"简单的"观点呈现出如下画面。可以说(也的确如此),自然的顶端是诸神,他们是不受限制、永生不灭、神圣而完美的存在。诸神拥有理智和语言,其理智的效力不受(无论是内部的还是外部的)限制。自然的底端是动物,它们没有语言、缺乏理智,因此动物的生活缺乏结构和秩序,它们有限度、终有一死,是受欲望和环境支配的生物。人类居于中间。这些存在者分有诸神的语言和理智,但另一方面又和动物一样有限度、终有一死;与动物一样,联系他们的有限性来看,人类具有显著的身体性和欲求性。人类足智多谋,但匮乏、不安稳。

这幅简单的示意图很常见;它有深刻的根据。因此,即便人们(神话中就常)把诸神描述成屈服于各种人类的弱点和限度,我们也能有力地证明——如色诺芬(Xenophanes)和柏拉图这样的思想家就这样论证过——严格来讲,无论这些描述如何引人入胜,它们都不符合城邦关于诸神究竟是什么,以及什么配得上诸神的最深信念。因此,在《王制》卷二至卷三中,柏拉图笔下的苏格拉底轻易让受过传统教育的格劳孔(Glaucon)相信,那些表现诸神受限于恐惧或需求的故事有失妥当。苏格拉底暗示(我认为很对),这些故事不仅与柏拉图哲学的结论相抵触,也与雅典平民关于神的恰当行为的信仰和观念中根深蒂固的一部分相矛盾。

然而,在反思和讲故事的复杂传统中,这种"简单的"观点虽得以保留,却也往往变得更深奥,也更复杂。更复杂的观点是——这种观点已出现在荷马、赫拉克利特和索福克勒斯这些作家的作品中,并在亚里士多德思想中得到最广泛发展——人类不单纯是两类互不相关的品质(神样的能力与动物的限度)的拼凑物。这两"块"相互作用、彼此促进,产生某种不同或焕然一新的东西。理智对欲求做出反应,欲求又受理智教导。这种相互作用的结果即社会道德。① 动物没有能力建立一座文明的城邦,也没有能力按诸如正义、节制和勇敢这些德性的约束生活。动物不能驯服它们的激情,以形成这些作为性格稳定品质的德性。因此,动物不能对他人的要求和欲求做出反应。另一方面,由于诸神不受限制,他们不需要道德德性。这些并不适用于他们不受限制的生活方式;在那里,他们的推理并不明显。没有限制的存在不可能赛跑;原因是体育运动不适用于毫无限制的地方。因此,同样地,永生不死、不受限制的存在不可能有勇气:因为他们不需要冒任何真正严重的危险。节制也显得毫无意义,既然[诸神]不会生病,也不会染疾,也就无须规定何为合理的欲望放纵。正如亚里士多德所言,在一种没有需求也没有匮乏的生活里,正义也毫无意义。他写道,"说诸神也欠债还钱等等,实在荒唐可笑"。② 这就意味着,诸神可能无法理解这些人类德性在人类生活中的作用和意义,也无法理解人类对抗切身的局限和需求的行为。

当我们按照这种方式进行思考时,"最高的"与"最低的"便汇集在一点。神似乎与动物有着某种共性。正如亚里士多德注意到,质而言之,二者都不是社会性的存在,二者也都不具有真正的道德德性:"神性高过德性,兽性则与恶不属同种。"③ 此外,二者均不是

---

① 参见 Nussbaum,《善的脆弱性》,前揭,第十二章;以及《亚里士多德论人性与伦理的基础》("Aristotle on Human Nature and the Foundation of Ethics"),即出,收在论威廉姆斯(Bernard Williams)哲学那一卷,J. E. G. Altham 和 R. Harrison 编(Cambridge,1990)。

② 亚里士多德,《尼各马可伦理学》(*Nicomachean Ethics*),1178b10-16。[译按]亚里士多德《尼各马可伦理学》中译本参见廖申白译,北京:商务印书馆,2009。

③ 同上,1145a25 以下;对比《政治学》(*Politics*)1253a27 以下。

社会性存在这一事实，还牵涉到这种观点，即二者都不完全理解人类的需求和痛苦，也无法对之作出回应：动物是因它完全缺乏理解力，神则因之超越苦难，也从未过过受限制的生活。在希腊传统中，这种复杂的观点最早见于荷马，这导致他把诸神描写成轻佻妄为的存在，缺乏伦理的严肃性——人类通过不断接触死亡及其他限度，获得了这种严肃性，因此，诸神无法拥有真正的勇气、悲伤或冒险的忠诚。（显然有例外，譬如宙斯为儿子萨耳珀冬［Sarpedon］之死感到悲伤——柏拉图将之打上最没神样的烙印，或者在各种不同的例子中，诸神相互间经历的相对限度。不过，鉴于神人同形神学的传统，总体而言，神界与凡间对比鲜明。）在悲剧的某些因素中，同样的问题表现得愈加明显：譬如，在索福克勒斯的《特拉基斯少女》（*Women of Trachis*）剧末，希卢斯（Hyllus）对比了凡间的怜悯和同情（suggnōmosunē）与诸神的无动于衷（agnōmosunē），他表示，这种神带给凡人的痛苦"对我们是可悲的，对诸神是可耻的"。①最后，在亚里士多德关于何为社会性存在的思想中，这类思考得到显著展开。在他的论述中，亚里士多德频繁提到传统信仰的要素，旨在得出这个结论：人类，也只有人类才是社会和伦理的动物。因此，在这整个复杂的传统中，由于诸神缺乏伦理的严肃性和对苦难的同情，他们与动物联系在一起。

《酒神的伴侣》探究了这个复杂的观点，并使之进一步复杂化，此剧把神与动物置于如此相近的位置，我们往往很难区分二者。狄俄倪索斯是一位神祇，可以幻化为蛇、公牛和狮子的样子（行1080）。他超凡脱俗，飘飘欲仙，毫无同情心；由于狄俄倪索斯对他

---

① 关于这段的讨论及其与这些主题的关系，参 Nussbaum，《超越人性》，前揭。［译按］《特拉基斯少女》中译本参见罗念生译，收于《罗念生全集》（卷二），上海：上海人民出版社，2004。

引起的痛苦毫无感觉,因此,他没有缓和他的复仇。在与自然融为一体的狂喜中,狄俄倪索斯及其信徒一定程度上超越了人世。然而,由于超越了人世的道德约束,他们似乎也降至人类世界之下,沦为动物疯狂的无情。狄俄倪索斯高高在上、镇定自若,最重要的是,他总是面带微笑;但同样,由于他高高在上地漠视同情,甚至正义(参本文第五、六节),狄俄倪索斯也降至城邦(有充分理由)推崇的规范之下。

　　人类世界处于这个宇宙中央,人世充满社会道德、怜悯和同情,充满对其他有死的智识存在物的同情。但此处呈现的人间并不自足。人间的墙垣千疮百孔:各种影响从其他领域渗入,人类则莫名其妙地突然进入这些领域。显而易见,更令人惊奇的是,人类的全部人性端赖于出口。沉迷于限制和囚禁的彭透斯认为,他已成功隔绝了外界各种奇怪的影响对人类城邦的影响。但他失算了:狄俄倪索斯挫败了他的想法,还要了他的性命。此外,我们还看到,甚至在狄俄倪索斯之前,彭透斯对囚禁的热衷,就已使他成为一个残暴、野蛮的人。因此,倘若人类不理会狄俄倪索斯的召唤,他们似乎也就不是完全的人类。但如果他们听从狄俄倪索斯的召唤,又似乎要冒另一种沦为兽性的危险。人性显得是某种变幻不定、转瞬即逝的完成,在各色危险中泰然自若。此剧的深层问题是:何为人的道德,人的道德与对狄俄倪索斯的认识是何种关系? 这种生活是否存在:人们拒绝这种宗教,却仍过着道德、文明且完全人类的生活? 是否可能存在这种生活:人们接受这种宗教并遵循它生活,却仍过着道德、文明、完全人类的生活? (那些貌似有教养地端坐于狄俄倪索斯剧场中观看此剧的观众是谁?)我们会在第六节回到这些问题,但不一定会给出直截了当的回答。

三

公元前408年,欧里庇得斯离开雅典,来到马其顿(Macedon)王阿刻劳斯(Archelaus)的王宫。欧里庇得斯的一生很漫长、成就斐然。尽管他在悲剧节比赛中鲜获头奖,但他极受观众欢迎,我们可在喜剧家阿里斯托芬(Aristophanes)的《蛙》(Frogs)中看到这一点——这出喜剧创作于公元前405年。在此剧中,喜剧主角(即狄俄倪索斯)热情洋溢地朗读着欧里庇得斯的作品,并认为,从冥府复活,给身处苦难时期的城邦建议的诗人,不会是他,也不会是埃斯库罗斯。(索福克勒斯享有同样高的地位,但被认为过于泰然,不愿离开冥府。)欧里庇得斯突出地成为喜剧嘲讽的对象(有时被视为不受欢迎的证据),证实了他的卓越。因此,似乎没有理由像某些学者①那样认为,欧里庇得斯因怨恨和失望离开雅典。伯罗奔半岛战争结束在即,雅典陷入萧条、民穷财竭的境地,并受到国内政治紧张的困扰。阿刻劳斯的王宫提供一种奢侈的生活方式和热情的赞助。很多其他一流艺术家和诗人挡不住这种前景的诱惑——其中有悲剧诗人阿伽通(Agathon)和画家宙克西斯(Zeuxis)。柏拉图的《高尔吉亚》(Gorgia)极不客气地描述了阿刻劳斯,在那里,他成了不义、残暴、顽固不化的僭主的典范。但对艺术家们而言,阿刻劳斯是一位有教养、慷慨大方的资助者。

在马其顿期间,欧里庇得斯创作了一部名为《阿刻劳斯》(Archelaus)的剧——此剧是关于阿刻劳斯国王的一个祖先,以及其他几

---

① 譬如 Arrowsmith(1959)、Roux(1970-1972)。连 Dodds(1960)也赞同这种观点的某种说法,参 xxxix。

部剧。欧里庇得斯于公元前406年去世时(约70岁),留下三部未上演的剧,他的一个儿子后将这些剧搬上雅典舞台。赢得头奖的那组剧(可能是在公元前405年),含两部留存下来的剧:《伊菲革涅亚在奥利斯》(*Iphigenia at Aulis*)和《酒神的伴侣》。

人们有时认为,马其顿的荒野景致及其与古老传统的联系,促使欧里庇得斯将思想转向酒神的超然及其与自然浑然一体的主题。① 然而,这种传记式的观点,往往流于肤浅、不足为信。(鲁[Roux]把马其顿景致对欧里庇得斯的影响,比作尼亚加拉瀑布[Niagara Falls]对夏多布里昂[Chateaubriand]的影响——这个比较是自说自话,因为现在普遍认为,夏多布里昂从未见过尼亚加拉瀑布。)在古老的悲剧中,狄俄倪索斯的主题很突出:埃斯库罗斯就这类主题创作了两部三联剧。② 欧里庇得斯本人的事业也表明,他一以贯之地关注《酒神的伴侣》中处理过的主题。一部早期佚失的剧作《克里特人》(*The Cretans*),就处理过狂热宗教的问题。这部作品的残篇提到了扎格列欧斯(Zagreus)(狄俄倪索斯的一个形象)、啖食生肉、库瑞特斯(Curetes)(传说中克里特人的神,与狄俄倪索斯的青年时期有关)和酒神的女信徒。创作于公元前428年的《希珀吕托斯》,在如下描述中十分接近《酒神的伴侣》:对爱欲暴力的描述,以及试图完全与世隔绝的禁欲生活的描写。《海伦》(*Helen*)(公元前412年)包含一首关于大山母亲(Mountain Mother)秘仪的颂歌。《酒神的伴侣》显得非同寻常,需要对其身世做出特别解释,除非我们接受比如尼采对欧里庇得斯事业的叙述,尼采宣称,欧里庇得斯在创作此剧前就已是智力过人的诗人,他刚劲有力、充满乐观,毫不关心人类生活中的非理性力量以及这些力量的美。但若仔细

---

① 尤参 Roux(1970),导言。
② 参见 Dodds(1960),xxviii–xxxiii;Kirk(1970),页2–3。

考查［欧里庇得斯的］早期作品，这种解释站不住脚。因为，即便在理性论辩很突出的作品中（譬如，在《特洛亚妇女》［The Trojan Women］中），也通常表明，在对抗其他更黑暗的势力（诸如爱情、欲望和贪婪）时，理性的论辩羸弱无力。

然而，在我们所知的欧里庇得斯作品中，《酒神的伴侣》的语言非比寻常。尽管对话部分的抑扬格，在韵律上显得无疑与其他后期作品有关联，但在很多地方，此剧的文风和措辞古奥庄重，形式上直追埃斯库罗斯之风。默雷（Gilbert Murray）称，《酒神的伴侣》是"我们所知的最正式的希腊剧"。① "其形式的严整"（Dodds），②与此剧奇怪、充满激情的内容构成惊人的张力。《酒神的伴侣》的抒情诗很少像欧里庇得斯的几部晚期作品那样，是为了点缀。叠唱曲的运用，使之与崇拜仪式的颂歌联系在一起，一些精巧的韵律也一样。在一场对话部分（行 604-641），此剧重新使用了（欧里庇得斯的其他几部晚期剧作也一样）四步扬抑格这种极为古旧的悲剧韵律，这种韵律结合了古朴典雅的效果和轻快的行动，就像酒神描述他不费吹灰之力便从彭透斯那里逃走，并挫败试图绑住他的企图。

四

欧里庇得斯传世的 19 部（原本共有 92 部）剧作，以两组手稿的形式留存下来，这两种手稿源自两个古代版本。一类是带古注的注解本，源于一个古罗马学派的戏剧选集版本。第二类不带古注，收于以字母顺序编排的欧里庇得斯著作全集中；这类作品包括以字母

---

① 转引自 Dodds(1960)，xxxvi。
② 同上，xxxviii。

E、H、I 和 K 打头的剧作。迄今留存数量最多的手稿有"戏剧选"。只有两篇手稿包含以字母顺序排列的那类剧作；这组把戏剧选和《酒神的伴侣》合编在一起。《酒神的伴侣》仅出现在这个合编本中。事实上，只有行 1 – 755 留存于一部手稿；此剧的另一半，我们只能依据［另］一部手稿，这部手稿差强人意。由于《酒神的伴侣》不属于按字母顺序编排的 E – K 一组及其他原因，学者们断定,《酒神的伴侣》原本作为"戏剧选"的一部分流传，但由于该剧可能是这组剧作的最后一部，因此，在流传早期，此剧遭到删减——这种情况经常发生在手稿的最后部分，后来常被完全遗漏。

　　此剧后半部分似乎有两处缺漏。留存下来的手稿中没有指出这些缺漏，因此，我们不得不回溯到某些前人的删改。第一处缺漏出现在行 1300 之后，在那里，阿高厄的问题没有得到解答。另一处缺漏显然更长，出现在行 1329 之后，在这里，阿高厄结束发言，酒神开始出现，预言部分散佚。佚失材料的残篇和大致内容，可在《基督受难》(*Christus Patiens*)——一首 12 世纪关于基督受难的怪诗，由引自各种古代悲剧的文句拼凑而成——帮助下得到再现。其中一节含来自《酒神的伴侣》的众多小片段，经证实，这些片段中有些部分属于佚失的那部分。这些片段表明，卡德摩斯和阿高厄重新拼接了彭透斯的尸体，阿高厄还哀悼了每一块肢体。这场戏本该充分重视并强调这种悲悼行为和重组行动。威廉姆斯填补缺漏的那些诗行，就基于这些片段，虽然原文很可能更费周章地处理了同样的题材。

五

　　正如狄俄倪索斯拥有很多形态，同样，此剧对很多人意味深长。

从首演至今,《酒神的伴侣》仍是欧里庇得斯最受欢迎的剧作之一。在古代,无论是作为整体,还是节选,此剧都是最常上演的一部悲剧。此剧的舞台史和此剧本身一样,具有离奇和出人意表的特点。尼禄(Nero)王钟爱阿高厄一角,并在公开演出中扮演了此角——一种令人不可思议地富含意味的选择,因为谋害生身母亲的妄想在尼禄的一生中打上了烙印。普鲁塔克(Plutarch)的《克拉苏斯传》(*Life of Crassus*)讲述了一个更令人称奇的早期故事。公元前53年,在亚美尼亚王(king of Armenia)阿塔瓦斯得斯(Artavasdes)的宫中,国王命人表演这出戏,以庆祝妹妹嫁给帕提亚王(Parthian king)之子帕克鲁斯(Pacorus)。(这场婚礼标志着阿塔瓦斯得斯从效忠罗马转向效忠帕提亚。)同时,在亚美尼亚人的援助下,帕提亚人在卡雷战役(the battle of Carrhae)中大败罗马军。表演期间,有人把罗马将军克拉苏斯的头带给阿塔瓦斯得斯。饰演阿高厄一角的是名伶特拉勒斯的伊阿宋(Jason of Tralles),他一把抓住这颗被砍的头,手持这颗头表演了这场戏,获得大笔赏赐。兴许,即便现在,此剧的演出(用不那么戏剧性、更乡土的方式),仍与突如其来的变故和出人意表的力量联系在一起。譬如,1969年在纽约,由评论家和导演谢克纳(Richard Schechner)带领的先锋剧组,选取《酒神的伴侣》作为一座剧院的开山之作,这座剧场用著名而饱含争议的效果探讨了裸体、宗教仪式和观众参与。在《1969年以来的狄俄倪索斯》的制作和西克纳的著作中,①《酒神的伴侣》与"性革命"和反越战联系在一起。彭透斯被视为当局者,冥顽不化、穷兵黩武,反对自由、耽于酒色的生活。因此,对很多清楚这部作品的人来说,《酒神的伴侣》成了那个怪异且充满矛盾的时代象征,在这个时代中,对和平、自由的诉求,常常伴随着暴力与混乱;在这个时代,同情有时奇怪地混杂着

---

① 参 Schechner(1969)。

对自身暴行与残忍的无动于衷。

对此剧的书面解读五花八门,自相矛盾。对过去约150年某些最重要流派的考查表明,实际上,狄俄倪索斯和此剧富有多面——也表明,只关注单方面却以为已揭示了全部的做法有多危险。

我们不妨从尼采着手考查,他在《悲剧的诞生》(The Birth of Tragedy)和其他著作中①对狄俄倪索斯和酒神精神(Dionysian)的描述富有洞察力,[但]他对欧里庇得斯的总体描述流于空泛。根据他的描述,酒神精神是人类生活的普遍"倾向":这种倾向按照非理性力量,尤其是爱欲的力量(如法炮制了叔本华的意志[Wille])运动、行动。这种冲动力图超越,甚至完全消除各种明显的区别性界线;这种冲动也力图抹杀主体的个体性,与自然融为一体。陶醉是酒神精神体验的一种常有表征和伴随物;其典型的艺术性表现,存在于舞蹈行云流水的动作中。与酒神精神倾向相对的是"日神精神"倾向,这是一种以冷静的理智探究世界的倾向,划分世界,并作出明确区分。具有日神精神的人静止、沉思,受酒神精神支配的人则总是变动不安,通过行动和触觉(而非思考)接触世界。一个是纯粹理性之人,另一个则是舞动的肉体。

尼采认为,要想过上完全人类的生活,这两种倾向必须合二为一。人类需要阿波罗的秩序和纪律,也需要狄俄倪索斯的生命力和爱欲能量。在尼采看来,希腊悲剧通过把这两种倾向与如下事物惊人的艺术结合在一起,解决了这个问题:悲剧对推理和伦理秩序的关注,以及悲剧通过音乐和舞蹈对人类生活兽性力量和价值的肯定。尼采认为,他的时代尤其需要恢复这种酒神精神的要素,因为

---

① 尼采(1872);其他关于狄俄倪索斯和酒神精神的重要讨论,都收在尼采死后编定的残篇中:参见《权力意志》(The Will to Power)(1883—1888),W. Kaufmann 和 R. Hollingdale 译(New York,1967)。

基督教教导现代欧洲人鄙弃肉体和肉体的活力。

为此,尼采乐于接受《酒神的伴侣》,认为此剧成功肯定了人类生活中的非理性力量。我在上文说过,尽管尼采认为,欧里庇得斯的大半生都是冷冰冰的理性主义者,一位敌视情感和欲望的"苏格拉底式乐观主义"的门徒,但他认为,欧里庇得斯的最后这部剧作表明他临终之际改变了信仰,最终突然承认了他向来嘲弄的神性。而把禁欲主义与来世视作其时代人类繁荣头敌的尼采本人,欣然接受了此剧及剧中的狄俄倪索斯,他在这种宗教中看到了医治现代疾病的某种可能。

对狄俄倪索斯的这种正面肯定,很快遭到一群评论家的反驳,这些评论家关注狄俄倪索斯行动的过火和残酷性,以及酒神信徒盲目的狂热行为。尼采的劲敌古典学者维拉莫维茨(Wilamowitz)是这种观点的主要拥护者。20 世纪两位持这种立场的英国学者维罗尔(Verrall)和诺伍德(Norwood)提出了不同见解。① 根据维罗尔的力作《理性主义者欧里庇得斯》(*Euripides the Rationalist*)(1895)和《欧里庇得斯的〈酒神的伴侣〉及其他论文》(*The Bacchants of Euripides and Other Essays*)(1910),欧里庇得斯的一生并没有什么不连续性(维罗尔所描述的欧里庇得斯的早年生涯,很接近尼采的描述)。自始至终,欧里庇得斯都是一名苏格拉底式的理性捍卫者,反对迷信和习俗。《酒神的伴侣》揭示了狂欢宗教的非理性。根据维罗尔,观众会认为,异方人不过是骗子、魔术师、压根不是神。他们还能断定,除了主人公彭透斯,剧中的所有角色都上了异乡人的当。事实上,在此剧上演时,观众会认为,剧中描述的那些神奇事件其实

---

① Wilamowitz – Moellendorf(1923)、Verrall(1895、1910)、Norwood(1908);Norwood(1954)放弃了他先前的观点。参见关于理性主义者观点的批判性讨论,Dodds(1960),xlviii – l。

都没有发生。人们会认为,"王宫奇迹"是一种集体歇斯底里的表现。

尼采和这种"理性主义者"的观点,均表明此剧真正重要的那些方面。但两种观点都没能让人完全信服。我早前说过,尼采所持的临终前的信仰改变学说,难以令人置信。我们还会看到,尼采对狄俄倪索斯的颂扬,并未充分认清评论此剧的伦理的复杂性。不过,尼采对狄俄倪索斯崇拜冲动的细腻刻画,恰如其分地呈现了此剧对非理性之美和力量的描述,以及对由这些力量写就的这首诗的描述;而理性主义解释者们完全忽视了这一点。在庄严的酒神节齐聚一堂的雅典观众不可能会认为,《酒神的伴侣》否定了酒神的神性,完全谴责酒神崇拜。这种解读完全忽视了合唱歌异乎寻常的美,以及充斥整剧的惊奇感和陌生感。观众也不可能会认为,彭透斯是一位英勇的理性捍卫者。因为此剧把他描述成在愤怒中暴虐、残忍,冥顽不化、草率鲁莽,狂暴下隐藏着他谴责的那些欲望——这些欲望因受到压抑而变得鬼祟、邪恶。用多兹(Dodds)的话来讲,欧里庇得斯"赋予他赫米厄尼(Hermione)般愚蠢的种族性自豪,以及偷窥者(Peeping Tom)对性的好奇。因此,此处呈现的不是启蒙的殉道者"。①关于那些奇迹为假的观点,无疑站不住脚。古代戏剧最颠扑不破的一项惯例,即观众相信关于台下所发生之事的相关报道——在古代戏剧中,许多相关行动都发生在别处,经人描述。据此,《酒神的伴侣》可能被视为糟糕透顶的失败之作,因为两千年来,没有观众揣测过此剧的真正意义。

在20世纪,解释者们通常避免了这两个极端;但相关的重点差异依然存在。在其出众的笺释(1944,1960年第二版)和力作《希腊

---

① Dodds(1960),xliii。

人与非理性主义者》(*The Greeks and the Irrational*)(1951)中,①多兹主张,在希腊社会及其对何为好的人类生活的看法中,酒神精神,以及大体上,非理性欲望和情感都十分重要。多兹认为,《酒神的伴侣》一剧彰显了"超越善恶"的狄俄倪索斯的神性,②我们不能也不应用人类的道德标准来评判他,而只需承认他。多兹以严谨的治学态度,展开了尼采式解读的最佳特色,摒弃了信仰改变的说法,并比尼采更大程度上承认了狄俄倪索斯行动的道德含混性。狄俄倪索斯是神,体现了神的智慧;但他也冷酷无情。他结合了"欢乐与恐惧、洞见与疯狂、天真无邪的欢乐与邪恶的残忍"。③ 彭透斯虽不是英雄,他的命运却着实令人同情,因为彭透斯的遭遇与他的过错并不相称。

但最终,多兹认为,此剧对酒神精神与人类道德的关系持乐观态度。因为多兹的解释,把压抑和"受压抑者的回归"的思想摆在了中心位置;这种解释也强烈对比了两队酒神女信徒。彭透斯和忒拜的女信徒否定了狄俄倪索斯,并抑制了心中由狄俄倪索斯所代表的那些力量。因此,这些遭压抑的力量的回归,带来了一种毁灭性的疯狂:对彭透斯而言,是幻觉,以及自尊的消失;对忒拜女子而言,则是致命的过激行为,"原始的"歇斯底里。多兹认为,相形之下,歌队中的女子,即那些已接受并追随狄俄倪索斯的小亚细亚女信徒,体现了某种"纯洁的脱序行为"(white maenadism),这种行为结合了酒神崇拜美丽、鼓舞人心的特点与避免酒神崇拜的过激行为。多兹得出结论:

---

① Dodds(1951),页 64 – 101。
② Dodds(1960),xlv。
③ Dodds(1960),xliv。

……《酒神的伴侣》的"寓意"就是，我们冒险忽视了人类精神对酒神体验的要求。对那些心灵对之关闭的人来说，这种体验可以是精神力量和幸福（eudaimonia）的深厚来源。但是，那些在其内心压抑这种要求或者不许他人满足这种要求的人，则以他们的行动将之转化为一种瓦解和破坏性力量，这是一种能一并肃清无辜者与罪人的盲目的自然力。这种情况一旦发生，说理或祈求都为时已晚：人类的正义中有怜悯的余地，但在自然（Nature）的正义中，则毫无怜悯可言；能回答我们的"应然"（Ought）的，只有"必须"（Must）；我们别无选择，只有接受这种回答，并尽可能忍受它。①

这种解释大大加深了我们对此剧张力与复杂性的认识。不过，在这种太自得其乐的结论中，多兹也过于简单化了。狄俄倪索斯过分的愤怒，不仅体现在山上的女子身上（况且，在她们的歇斯底里中，她们并不都"野蛮"，剧中还强调了她们的纯洁和井然有序）；②也体现在歌队女子的嗜血中。的确，歌队并没有当着观众的面把人撕裂。但这不可能呈现在雅典舞台上。然而，她们的确满怀热情地提到了残暴的逾矩行为：啖食生肉的喜悦，以及猎杀敌人的喜悦。关于彭透斯之死，歌队反常地使用了竞技凯歌的用语（行1162），甚至用了庄严的凯歌（行1161）——此处恰好呼应了阿高厄在山上的措辞（行1147）。倘若这就是多兹所说的"纯洁的脱序行为"，那么，这里的"纯洁"不是"清白无辜"之意，而是白鲸（Moby Dick）意义上的——怪异、难以捉摸、邪恶而美丽。两队女信徒是情节的必要特征；之所以必要，还因歌队一旦就位，就不能离场，但此剧描述的那

---

① Dodds(1960), xlv。
② 尤其见行677以下信使的言辞。

类戏剧行动,不能呈现在悲剧舞台上。这两队酒神女信徒判然有别:一队人马选择追随狄俄倪索斯,另一队则受到惩罚。不过,多兹表示,在此剧对两队女信徒态度和行为的描述中,她们并非截然两分。

狄俄倪索斯的愤怒也不仅限于敌人。虔敬、谦恭的卡德摩斯最终也受到打击,整个家族遭灭顶之灾。随着戏剧的推进,酒神那副微笑的面具(见行1021),显露出越来越不祥的意味,直到观众有可能赞同卡德摩斯的看法:酒神实施的复仇,"要说正义,也过了火"(行1249;我的直译),以及"诸神不应像凡人那样动怒"(行1348)。

几部探讨《酒神的伴侣》的近著,出色地阐发了此剧的这些特征:尤其是科克(G. S. Kirk)的精彩笺注本(1970、1979),[1]以及西格尔(C. P. Segal)详尽、有价值的著作《酒神诗学与欧里庇得斯的〈酒神的伴侣〉》(*Dionysiac Poetics and Euripides' Bacchae*)(1982)。[2] 温宁顿-英格拉姆(R. P. Winnington-Ingram)的经典专著《欧里庇得斯与狄俄倪索斯:〈酒神的伴侣〉义疏》(*Euripides and Dionysus: An Interpretation of the Bacchae*),详尽描述了此剧的这些特征(1948),[3]整体而言,此书仍是此剧的一个最佳解读本。吉拉尔(René Girard)的《暴力与神圣》(*Violence*

---

[1] Kirk(1970,1979年重印);引用了旧版的页码。

[2] Segal(1982);亦参Segal(1977、1978、1986),Henrichs(1982)。

[3] Winnington-Ingram(1948,1969年重印)。尽管Winnington-Ingram对《酒神的伴侣》的整体描述很出色,但他显得过于急切地要从剧中找到某种"解答",以解决此剧所呈现的问题。由此导致他认为,卡德摩斯和阿高厄的角色很关键,且十分正面——欧里庇得斯无疑将他们刻画成喜剧人物,Winnington-Ingram宣称,忒瑞西阿斯代表了这种解决办法,即雅典人会用这种办法,解决呈现在狄俄倪索斯宗教和剧中的那些张力。

and the Sacred)(1972)①也有相关评述,此书认为,试图在剧中取消暴力的企图仍充满矛盾,观众也仍会感到困惑和不安,觉得彭透斯的死并未完全恢复和平。

新近的著作也对此剧的三个方面有了新的认识——剧中的酒神神话与史上的酒神崇拜的关系、心理描写,以及此剧自觉的戏剧性——早期文献对这些方面没有那么深入的研究。要让我在这篇导言中描述关于雅典及希腊世界其他地方史上酒神崇拜的学术现状,这远远超出了我的能力,尤其因为,这种学术研究让人重新意识到基于这种历史描述解读《酒神的伴侣》的危险。亨里克斯(Albert Henrichs)和其他学者就坚称,我们不能把此剧及其他文学作品中描述的酒神神话与现实中的酒神崇拜混为一谈。②亨里克斯尤其坚持,我们要认清不同地区、不同时代酒神崇拜习俗的差异,他还坚持"他的[酒神]神话与崇拜形式的根本区别"。③亨里克斯认为,《酒神的伴侣》描述了"最坏情况的场景,其特点是人与诸神的不融洽关系,以及对正常的公民和社会机制(包括崇拜)的暂时悬置"。④当然,这并非暗示,《酒神的伴侣》不含对文明城邦及其惯例的评论。此剧的确暗示,要想理解这些实际习俗的日常形式,必须依靠其他证据。亨里克斯认为,神话和崇拜的证据,最终的确在其两个极端而奇怪的复杂性中,一道呈现了一幅"连贯一致(若前后矛盾)"的

---

① Girard(1977年译本,初版于1972年)。

② 参Henrichs,尤其是(1979、1982、1984a)。Henrichs也强调了酒神崇拜现象的多样性和复杂性:"所谓的'狄俄倪索斯宗教',是某种便利的现代抽象概念,总体概括了酒神的多重面相、象征和祭仪。狄俄倪索斯没有核心祭祀制度、圣典读本,甚至没有一个属于自己的泛希腊神殿。酒神崇拜是区域性的,强调的也是这位神明的不同方面。"(Henrichs[1982],页151–52)

③ Henrichs(1990)。

④ 同上。

狄俄倪索斯肖像。不过,我们不应(多兹倾向于)认为,此剧不过是真实的崇拜仪式的延续。①

在一个相当重要的特定细节上,就有人成功批评了多兹对酒神崇拜的解读。多兹认为,《酒神的伴侣》有证据证明,在山上舞蹈的女人节日上,有一名"男性仪式主持"(male celebrant)在场。② 多兹很重视这一点,并在他对酒神宗教的历史重构中长篇论述了这一点。由于多兹著作的声望,其他人也接受了这种观点。多兹的观点是一个大胆的创新。在此之前,研究希腊宗教的史学家们坚称,根据关于仪式习俗的碑文证据和文本证据,那些以夜晚在山上舞蹈的方式敬拜酒神的狂女,完全由女人组成,并且,在这种酒神宗教的独特呈现中,男人仅限于扮演被动的"看护者"(gunaikonomos)(或女人的护卫者)角色,在远处密切关注狂女们的行为,但几乎可以肯定,他不准参与这些仪式。显然,男性也敬拜狄俄倪索斯,只是方式不同:最重要的是通过会饮,会饮上或许还有歌唱,可能还有一些舞蹈,但不是狂女在野外跳的那种舞。因此,多兹的观点与有充分理由支撑的传统相抵牾,根据这种传统,酒神赋予男性和女性的礼物截然不同。多兹没有把他的主张奠定在《酒神的伴侣》的行动上,他也不会这么做:因为剧中强调——与彭透斯的指控相反——女人们既没有喝葡萄酒,也没有跟男人鬼混;并且,卡德摩斯和忒瑞西阿斯虽的确赶赴山上跳舞,他们却并未加入女人的行列,因为他们回

---

① 虽然在某种程度上,Dodds 于 xxii - xxiii 证实了这一点,在那里,他表示,此剧回应了雅典正遭多种外来崇拜"入侵"的时期,譬如对如下这些神的崇拜:库伯勒(Cybele)([译注]弗里吉亚[Phrygia]女神,被称为大母神[the Great Mother],象征谷物的收成,相当于希腊神话中的瑞亚[Rhea])、本狄斯(Bendis)、阿提斯(Attis)、阿多尼斯(Adonis)和啤酒神萨巴兹俄斯(Sabazius),剧中还混合了某些东方元素。

② Dodds(1940),页 170,注释 71;Dodds(1960),页 82 以下、页 85 - 88。

来后才得知彭透斯的命运。相反,多兹诉诸第一合唱歌中的两个片段(行114以下、行132以下),这两段文本遭到损毁,难以索解。亨里克斯已表明,无论如何,从文本的角度看,所有可能优秀的解释,都未提及所谓的男性仪式主持,或女人节日的男性领导者——因为除此之外,神话或祭仪中都没有证据表明男人的存在。① 那些女人认为,引领她们的正是酒神本人——这是威廉姆斯译本的暗示,他赞同亨里克斯的观点。

另一组近著大致采用了精神分析的方法,关注的是此剧对彭透斯复杂心理的描述,以及在那场人称"精神分析场景"的过程中,阿高厄自我意识的各种转变。② 尽管就使用这个还是其他特定的精神分析语词分析希腊悲剧好,我们可能会意见不一,尽管不在梦和幻想上加上当时的希腊社会不可能有的意义,这一点很重要,但事实依然是,恐惧和幻想的隐秘运作,在古代文学甚至哲学中是突出主题。(譬如,伊壁鸠鲁主义[Epicureanism]就有一套关于由对死亡的无意识恐惧所引发的行为的精细学说。)总体而言,隐藏的冲动的观点,以及通过言辞作用于灵魂的疗法的观点,比最正规的哲学还要古老,在多种文学作品中也举足轻重。因此,那些受现代精神分析理论激发而关注这些现象的评论家,有助于我们理解剧中对彭透斯和阿高厄的描述。彭透斯婴儿般依恋母亲的幻想,促使他希望自

---

① Henrichs(1984a);关于阿提卡的狂女,参Henrichs(1978),页152-155;Henrichs(1982)指出,到公元前5世纪,一并吸收男女的酒神崇拜团体开始明显可见(参见譬如希罗多德4.78-80);不过,这些团体的成员,并非宗教意义上的狂女。在希腊化时期,宗教仪式意义上的"脱序"行为,与酒神崇拜较少受限的形式的区别开始模糊(Henrichs[1982],页2147)。

② 关于对心理分析解读的出色全面讨论,参Segal(1986),《彭透斯与希珀吕托斯》("Pentheus and Hippolytus");这类解读的其他突出例子有Sale(1972)和Devereux(1970);亦参Simon(1978)。

己能享有像婴儿一样再次躺在母亲怀里的"奢侈"。① 心理分析评论家们恰当强调了这个至关重要但常遭忽视的片段。与希珀吕托斯一样,事实证明,彭透斯不能成功完成由童年时期到男性成年时期的过渡。他与公牛的对抗(行616以下),似乎也是在激烈对抗其自身天性的一部分。彭透斯游走于过度的男性进取心与过分的女性顺从之间,这表明了男性成熟的深刻矛盾心理。这种对成年的拒绝,可能与彭透斯的偷窥癖有关,以及他乐于在不落入其精妙的欲望之网中观看性行为。彭透斯之死——他的母亲把他的头"紧抱在怀里"(行1277)——反讽地完成了他的愿望。对阿高厄发现场景的心理分析解读,表明了相关的复杂性,这场戏本身就是古代对心理疗法感兴趣的例证。

这类心理分析解读一旦精心展开,完全符合那类强调戏剧语言社会构成要素的解读(如我在这篇导言中的解读),这种解读关注此剧对史上形成的范畴和极性的探究。最好的心理分析解读,细致考察剧本语言本身,并将之置于社会背景中考察,而非教条地强加外来的术语。对"社会建构论"类型的最好解读,留心对个体性格描述的细微差别。这些解读也对构建团体话语的极性方式(譬如,我在此处探讨的神与人的对立)敏感,深刻探讨人类对广泛存在的人类问题的反应,而非仅涉地方利益的奇怪、无关紧要的特性。

从某种意义上讲,人们向来把《酒神的伴侣》当作戏剧研究。但最近,学者们开始比以往更有意识地关注此剧关于戏剧及其作为戏剧本身属性的自觉。《酒神的伴侣》是一部关于狄俄倪索斯的剧,在狄俄倪索斯的剧场上演,这一事实一目了然,但仍需强调。因为在很多方面,《酒神的伴侣》本身让人关注其戏剧性——此剧把狄俄倪索斯描述成一名高超的演员/剧作家,形态万千,其微笑的面

---

① 参Segal,《彭透斯与希珀吕托斯》,前揭。

具呈现出不断变化的含义;此剧点评歌队表演时歌舞类型的喜悦;把观众的注意力集中在转变、易装和错觉的场景上。弗利(Helene Foley)和西格尔①都认为,通过这种方式,此剧引领观众反思剧场作为文明(但是酒神的)机构——由此急切地提出主导此剧的问题:狄俄倪索斯真的能变得开化吗?

六

《酒神的伴侣》对这个问题的回答是什么?一方面,我已表明,彭透斯不是一位英雄人物;其心理上的怪癖削弱了他代表纯理性立场的宣称。另一方面,按照多兹的观点,此剧提供了一个关于文明狂欢的明确范例,但鉴于此剧的复杂性,多兹的观点似乎并不合理。彭透斯的少不更事令人同情,即使我们谴责他。我们不由自主地认为,尼采和多兹的回答,肯定了狄俄倪索斯在人类生活中的明确积极作用,他们的回答是出于如下事实:尼采和多兹所处的社会,宗教仪式和整个社会都已变得(在他们看来)死气沉沉、毫无激情。似乎,[这个社会]需要注入新的爱欲/宗教活力;似乎可以认为,文明道德的约束能够包含并塑造这种活力。不过,对当时的读者而言,这种乐观主义可能显得幼稚、肤浅;剧中发生的那些可怕的过激行为,也并非看上去的那么遥远或者能轻易避免。因此,我们不得不注意一个事实,这个事实就是《酒神的伴侣》没有把狄俄倪索斯的宗教描述为安全的、驯服的或文明的(即使为人所接受),而是将之描述为违法的、残酷无情——但也是必要的、美丽的、神圣的。要理解这一点很难,不反驳这一点更难。

---

① Foley(1985),Segal(1982)。

贯穿全剧的三组突出意象，使这个问题的维度愈加明晰：捕猎的意象、动物意象，以及性别和性别倒转的意象。① 彭透斯起初自示为猎手，他诱捕、捆绑他的猎物，②他宣称："我要追捕她们"（行 226-228），打算把狂女们困在"铁丝网"里（行 231）。狄俄倪索斯首次亮相，是作为"你派我们去捕捉的""这个猎物"（行 434-436）；彭透斯欢呼道："他在我的猎网里。"（行 451）然而，开初的这种局面发生了倒转，因为狄俄倪索斯轻巧地摆脱了彭透斯的控制，而让他绑住一头公牛（行 618-620）。很快，"他自投罗网"（行 848）；沉着的歌队女人马上把自己想象成逃脱追捕的动物，以及那位神圣猎人的坚定支持者（行 862 以下，参见这篇导言的第一部分）。她们的下一首颂歌呼吁"疯狂的猎犬"去追捕、猎杀敌人（行 977 以下）。这种对称在审美和戏剧上都令人满意；与此同时，又在道德上令人不安。因为如卡德摩斯所言，诸神不应像凡人一样发怒。彭透斯（自始至终都被刻画成像野兽一样过度发怒）与酒神的对称，是过分的对称。两人在表面年龄和出身上相似，两人都是龙牙的后裔，两人在残暴上也都不相上下。彭透斯有年轻、不谙世事和充满激情的干预为借口；另一位猎手无动于衷的残忍无法唤起同情，除了他的受害者。

然而，动物意象表明，情况要复杂得多。因为，把彭透斯比作动物（行 537 以下；见行 619-620），外加对其不成熟性格的提及提醒我们，在断然隔绝狄俄倪索斯及他带给人类生活的各种（爱欲的、狂热的）激情的生活中，不可能获得完全成熟的人性。（由于隔绝了阿弗洛狄特的影响，希珀吕托斯也变成一个冥顽不化、不完整的人。）因此，随狄俄倪索斯崇拜而来的危险不能完全避免；这些危险

---

① 关于所有这些，参 Segal(1982)和(1978)。
② 亦参 Nussbaum，《善的脆弱性》，前揭，第一章。在这个讨论的两例中（"铁网"和"充满欲望"），我采用了自己的直译，而非威廉姆斯更地道的译文。

就存在于人性本身之中,避免这些危险的唯一途径就是暴力压制。但是,由酒神的某些过激行为带来的人性的瓦解,更确定地由压制并否定他的那种生活完成。另一方面,狄俄倪索斯既是兽也是神。承认狄俄倪索斯要冒的危险,不只是受外邦影响的脆弱;这是一种自身变为野兽的危险。歌队提到,酒神崇拜的礼法深深植根于自然,歌队是在暗示,人性中有一个永恒的要素,既完成人性并使之完满,也企图泯灭人性,消除文明的界线和伦理话语的界线。作为人类,我们不可能也不应使我们与之隔绝;因为这种要素会放肆地冲决而出并毁灭我们。但如果我们敞开怀抱接受这种要素,它也可能会放肆地冲决而出并毁灭我们。要想安全、稳定地保持人性和道德,为我们的伦理保障自豪,似乎希望渺茫。这或许就是歌队如此奇怪地将狂热、超然与对节制的赞美和安守本分联系起来的原因:因为,认识到我们是那种狂热的追随者,并由这种狂热构成,也就是认识到,我们不能坚定地宣称我们可能希望归于自身的那种高贵:理性和坚定的道德的高贵。我们安守本分——不仅与神判然有别,而且隶属于神,受制于神的美丽和危险。

剧中惊人的性别倒转意象,进一步深化了这一点。起初,彭透斯是个充满活力、积极进取、充满男子气的人物——按照雅典对男子气的惯常看法,至关重要的是行动、避免被动。①彭透斯嘲笑狄俄倪索斯娇柔、扭捏、充满女人气的形象(行 453 以下):他那头长长的卷发,

---

① 关于这一点,参 K. J. Dover,《希腊的同性恋》(*Greek Homosexuality*) (Cambridge, Mass., 1978); David Halperin,《同性恋百年史及关于希腊爱情的其他论文》(*One Hundred Years of Homosexuality and Other Essays on Greek Love*) (New York, 1990);以及 John J. Winkler,《欲望的约束:古希腊性与性别论文集》(*The Constraints of Desire: The Anthropology of Sex and Gender in Ancient Greece*) (New York, 1990);亦参 M. Foucault,《快感的利用》(*The Uses of Pleasure*), R. Hurley 译 (New York, 1984)。

"充满欲望",未经炙晒的皮肤,指向的是足不出户的女人世界,他充满女人气的形象。因为酒神的这个面相威胁了彭透斯坚持的不同范畴之间的严格界线。然而,彭透斯本人以复杂的方式,被拉入这种充满女人气的境地——既受到性的吸引("你不敢看"),也通过认同和热望。彭透斯渴望这种充满女人气的被动状态,即便在他斥责这种状态时。彭透斯渴望界线的消失,虽然他最坚定不移地坚持这些界线。彭透斯受蒙骗喜欢上的女人的衣服,是某种揭露、完成和掩饰。正如彭透斯渴望躺在母亲怀里,他也渴望更普遍的女人状态——渴望从温柔、被动和接受影响中获得快乐——自由的男性公民不可能拥有这种快乐。社会把理想的完整男性描述为完全主动,而把女人的世界描述为被动,这种描述遭到各种复杂方式颠覆,因为我们发现,彭透斯强烈拒斥女性,其实是在拒斥深藏在他身上的某种热望。

这也不是一个仅与狭义上的性相关的观点。因为和欧里庇得斯时代的大多数男性雅典人一样,彭透斯把主动控制其性生活视为更大事业的一个方面,这项事业即声称自己主动、发号施令,居于主导地位,而非屈从于自然混乱无序的影响。彭透斯的冲突不只存在于两种性别的冲动;而是如下二者之间更普遍的张力:他渴望充当积极的文明引领者和秩序创造者角色,与他对接受更混乱的影响、无序的快感和失势的黑暗的热望。此剧的反讽意味是,彭透斯证实自己是秩序的维持者和权力化身的努力,让他更坚定地走向了无序与失控。

《酒神的伴侣》没有将这个问题呈现为彭透斯独有(源于个人癖好)的问题。因为显而易见,所有邦民都必须敬拜狄俄倪索斯。不仅剧本的内容,此剧还在酒神的庄严节日的场合上上演,都证实了这一点。同样清楚的是,这种敬拜表达了对某种蕴含在被动中的愉悦的渴望——渴望理智和理智的严格约束屈从于爱欲力量和超然力量的影响。在酒神及其身上将之与酒神捆绑在一起的力量的支配下,每个邦民都被(或变得)女性化,即便他们在主动发号施令和选择上也富有男子气。狄俄倪索斯本人体现了这些含混性;在表达其自身的复杂欲望时,彭透斯表明了他与酒神的相似和紧密关系。因此,《酒神的伴侣》的启示就是,封闭被动并不能避免被动——雅典人可能愿意这样认为。这只是以某种更致命、更可耻的方式带回被动。这表明,人们所过的任何富裕、完整的生活(无论是性生活还是社会生活),都处于控制与屈服的复杂张力中,永远都有失序的危险。《酒神的伴侣》呈现给年轻邦民一出关于对年轻国王进行严峻教育的戏,这些年轻邦民认为,此剧是对涉及男性特征和领导能力各种张力和矛盾心理的复杂、颠覆性描述,表明简单的传统对立,不足以[应对]生活的复杂性。

七

在古老的"简单"图景中,处于宇宙中心的,是人类这种有理性、有死、充满德性又匮乏的存在,能上能下。在"复杂"图景中,比如说亚里士多德的图景中,人类跨了一步,可以说,人类妄称自己处于道德、怜悯和同情的位置,坚定地不愿过诸神的那种平静祥和、漠不关心的生活,也不愿过野兽那种漠不关心的群居生活。亚里士多德把这种宇宙论与他对悲剧的关注联系起来。因为他认为,怜悯和同情——观众对悲剧反应的两种最重要情感,是两种关乎人类这种特定的独特位置的情感。① 亚里士多德表示,怜悯是对他人受苦

---

① 参 Nussbaum,《善的脆弱性》,前揭,插曲二;亦参 Stephen Halliwell,《亚里士多德的〈政治学〉》(*Aristotle's Politics*)和《亚里士多德的〈诗学〉》(*The Poetics of Aristotle*)(两本书均为 London and Chapel Hill,1986;前者是详尽的批判性讨论,后者是译注本)。

(被认为很严重且不该受苦)所怀有的一种感情。怜悯需要同情心,亦即一种信念:可能发生在受难者身上的事,也可能发生在自己身上。我们同情的事发生在他人身上时,我们害怕会发生在自己身上。恐惧需要的是这一信念,即存在我们可能遭遇的重大损失,我们也无力阻止它们。① 因此,这两种感情都预先假定,我们生活匮乏、不能自足,没有完全掌控那些最有价值的东西。(这两种感情都遭到诸如柏拉图和斯多亚主义者等思想家的拒斥,他们认为,好人是完全自足地过上好的生活;任何巨大或重大逆转的发生,都不可能超出人的控制。)②这两种感情也预先假定,人类是能获得德性的智识性动物:因为怜悯严格区分了何为我们力所能及之事(因此是我们的过失)与何为我们无能为力之事(恐惧随怜悯而生)。亚里士多德坚定地把不应受的(因此令人怜悯)苦难置于他对悲剧的规范分析的中心。他本人似乎认为,尽管世界能以意义重大的方式毁灭人类生活——妨碍或促进好人的积极生活,却不能让好人做出残忍或罪恶的行动。德性稳固地坚持人类的中间位置,并把人类置于中间的位置,既防止其上升,也防止其下降。③

在某种程度上,《酒神的伴侣》表明了对人类居间位置的类似看法。不过,要完全接受这种观点,亚里士多德可能不得不改变他

---

① 参亚里士多德,《修辞学》(*Rhetoric*)1385b13 以下,《诗学》(*Poetics*)1453a3 - 5 论怜悯;《修辞学》,前揭,1386a22 以下论恐惧。

② 柏拉图,《王制》(*Republic*),卷2 - 3,卷10;关于斯多亚学派的观点,参见对相关材料的翻译和分析,参 Nussbaum,《斯多亚学派论激情的根除》("The Stoics on the Extirpation of the Passions"),*Apeiron* 20(1987)。

③ 亚里士多德的几段原文,尤其是出自《修辞学》的原文表明,境遇能改变品质本身(参 Nussbaum,《善的脆弱性》,页336 - 40);但这并非他在《尼各马可伦理学》(*Nicomachean Ethics I*)讨论的重点,在那里,亚里士多德认为,品质经久不渝,他还关注境遇阻碍行动展开的方式:参 Nussbaum,《善的脆弱性》,前揭,第 11 章。

的某些看法。此剧最后那场发生在卡德摩斯和阿高厄之间的戏,的确把人类世界确定为截然不同于野兽和神的世界。把人类世界区分开来的主要是同情。①在卡德摩斯和阿高厄相互同情的品质中,在他们对彭透斯尸体的共同哀悼中,在不该受的灾难的相互扶持中,卡德摩斯和阿高厄与酒神区分开来,并表明他们是伦理的动物,使他们遭粉碎的生活恢复了某种整全。酒神的尊严是微笑;这些人的尊严是哭泣。卡德摩斯和阿高厄在痛苦和同情中费力重组彭透斯尸体的那场戏表明,正是具备这些感情的能力,才是人类生活中的统一和共同体的根源,这是把我们联合起来的方式。其实,这场戏也表明,只有人类才是人类生活拥有的所有统一和共同体的根源。此剧在悲剧舞台上上演——一个公认充满怜悯、恐惧和痛苦的地方,它向其观众表明,悲剧节本身及其感情,是确定一个独特的人类政治共同体(文明、截然不同于无情)纽带的方式。

这都是亚里士多德的看法。就其观点本身而言也没错。但我已经说过,亚里士多德不可能赞同,也不可能接受这部剧。因为《酒神的伴侣》描述的人类共同体,不仅屈服于突然的损失和不应受的逆转——怜悯和悲痛的主题,还屈从于更奇特的诸种变化:突如其来的残暴、盲目的洞见和强烈的愤怒。如亚里士多德的大部分伦理思想所示,面对这些入侵,德性之墙并不坚固。在某种程度上,所有的墙都是可渗透的,所有身份在一定程度上都不固定。好的品质并不像亚里士多德认为的那样,坚定地矗立于好人与可能发生的可怕行为之间。人类借以定义自己为有序、文明、好的品质之墙,本身会改变或屈服。这种流动性并不单纯是弱点;无论如何,它对好的、整全的人类生活必不可少。或者,换言之,我们所冒的试图以人的生活方式生活的危险,并不只是一种失败的危险,而是一种罪恶的危

---

① 亦参对怜悯的讨论,见 Arrowsmith(1959)。

险。我们的确在怜悯和友爱中联系在一起。但这种整体是人类,而非兽类,除非它承认狄俄倪索斯,并因此冒险干出可怕之事。① 有时,我们可能很幸运;有时,我们弑杀亲子;有时候,神圣的狂喜即死亡。

这一切都导致对悲剧的另一种看法,我们不妨将之称为超-亚里士多德(trans-Aristotle)的观点:根据这种观点,与其说剧场是人类消除天性的其余部分,保护其道德德性的地方,不如说它是上演这些流动性和不安全性,探讨诸种危险的地方。② 在这里,带着怜悯、恐惧和某种奇特的敬畏,共同体把自身在狂热的愤怒中撕裂的肢体碎片拼凑起来。狄俄倪索斯主宰着一切。

参考文献

版本与评论:

Dodds, E. R. (1960).《欧里庇得斯:〈酒神的伴侣〉》(*Euripides, Bacchae: Edited with Introduction and Commentary*). 2nd ed. Oxford.

Kirk, G. S. (1970, 1979).《欧里庇得斯的〈酒神的伴侣〉》(*The Bacchae of Euripides: A Translation with Commentary*). Englewood Cliffs, N. J., 1970; repr. as *The Bacchae of Euripides, Translated with an Introduction and Commentary*, Cambridge, England, 1979.

Kopff, E. Christian 982).《欧里庇得斯的〈酒神的伴侣〉》(*Euripides, Bacchae*). Teubner, Leipzig. (Greek text only.)

---

① 不过,依照亚里士多德的观点,是否连这些行为都很可怕,这一点尚存疑;因为,这些行为不会出自某种邪恶品质的稳定性格特征。《欧德谟伦理学》(*Eudemian Ethics*)1225a20 以下甚至表明,亚里士多德可能打算认为,这些行为情非得已,因此可以原谅,因为这些行为由人性无法承受的力量引发。

② 这种结论似乎与尼采对悲剧的总体观点一致,该结论——在这里,至少在本剧中——似乎比亚里士多德的结论更适合这个主题的复杂性。

Roux, Jeanne (1970 and 1972).《欧里庇得斯的〈酒神的伴侣〉》(*Euripides, Les Bacchantes, I, Introduction, texte et traduction*; *II, Commentaire*). Paris.

Dionysus

Detienne, M. (1979).《被害的狄俄倪索斯》(*Dionysos Slain*). Trans. M. Muellner and L. Muellner. Baltimore and London. Originally published as Dionysos mis à mort, Paris, 1977.

——. (1989).《狄俄倪索斯任逍遥》(*Dionysos at Large*). Trans. A. Goldhammer. Cambridge, Mass. Originally published as Dionysos à ciel ouvert, Paris, 1986.

Dodds, E. R. (1940).《〈酒神的伴侣〉中的脱序行为》("Maenadism in the Bacchae"). *Harvard Theological Review* 33:155 – 176. repr. in part in Dodds (1951), summarized in Dodds (1960), xi – xx.

—— (1951).《希腊人与非理性主义者》(*The Greeks and the Irrational*). Berkeley and Los Angeles. "The Blessings of Madness," pp. 64 – 101.

Henrichs, A, (1978).《希腊的脱序行为:从奥林波斯到墨萨利亚》("Greek Maenadiam from Olympia to Messalina"). *Harvard Studies in Classical Philology* 82:121 – 160.

—— (1979).《希腊和罗马的狄俄倪索斯一瞥》("Greek and Roman Glimpses of Dionysos"). In C, Houser, ed. *Dionysosand His Circle:Ancient Through Modern*. Fogg Art Museum, Cambridge, Mass.

—— (1982).《狄俄倪索斯身份的变化》("Changing Dionysiac Identities"), In B. F. Meyer and E. P. Sanders, eds. *Jewish and Christian Self – Definition III:Self – Definition in the Graeco – Roman World*. London. 137 – 160 and 213 – 236.

—— (1984a).《狂女的男性闯入者》("Male Intruders among the Maenads:The So – Called Male Celebrant"). In H. D. Evjen, ed. *Mnemai:Classical Studies in Memory of Karl K. Hulley*. Chico, Calif. 69 – 91.

—— (1984b).《自我的丧失、受苦与暴力》("Loss of Self, Suffering, Violence:The Modern View of Dionysus form Nietzsche to Girard"). *Harvard Studies in*

Classical Philology 88:205-240.

—— (1987).《视觉艺术中的神话》("Myth Visualized: Dionysos and His Circle in Sixth - Century Attic Vase Painting"). In *Papers on the Amasis and His World*, Malibu, Calif. 92-124.

—— (1990).《在乡村与城邦之间》("Between Country and City: Cultic Dimensions of Dionysos in Athens and Attica"). In Mark Griffith and D. J. Mastronarde, eds. *Cabinet of the Muses: Studies in Honor of T. G. Rosenmeyer*. Chico, Calif.

Kerényi, K. (1976).《狄俄倪索斯:坚不可摧的生命的原型意象》(*Dionysos: Archetypal Image of Indestructible Life*). Princeton. Originally published as Dionysos. *Urbild des unzerstörbaren Lebens*, Munich and Vienna, 1976.

Nietzsche, F. W. (1872).《悲剧的诞生》(*The Birth of Tragedy*). Trans. W. Kaufmann. New York, 1976.

Otto, W. (1981).《狄俄倪索斯:神话与崇拜》(*Dionysus: Myth and Cult*). Bloomington, 1965, repr. Dallas. Originally published as *Dionysos, Mythos und Cultus*, Frankfurt, 1933.

Otto 仍是最好的概述。关于证据和众多具体问题的现状,Henrichs 的文章提供了权威细致的描述,并附有大量参考文献。Detiennne 独树一帜的描述提出了真知灼见,但应慎用。

剧本研究:

Arrowsmith, W. (1959).《〈酒神的伴侣〉导读》("Introduction to the Bacchae"). In D. Grene and R. Lattimore, eds. *The Complete Greek Tragedies. Euripides III or V*, depending on the publisher and date.

Arthur, Marylin B. (1972).《〈酒神的伴侣〉中的合唱颂歌》("The Choral Odes of the Bacchae"). *Yale Classical Studies* 22:145-179.

Burnett, Anne Pippin (1979).《彭透斯与狄俄倪索斯:主人与宾客》("Pentheus and Dionysus: Host and Guest"). *Classical Philology* 65:15-29.

Conacher, D. J. (1967).《欧里庇得斯的戏剧:神话、主题与结构》(*Euripidean*

Drama: *Myth, Theme and Structure*). Toronto. 56 – 77.

Devereux, G. (1970).《欧里庇得斯〈酒神的伴侣〉中的心理疗法场景》("The Psychotherapy Scene in Euripides' Bacchae"). *Journal of Hellenic Studies* 90: 35 – 48.

Foley, Helene P. (1985).《仪式性反讽:欧里庇得斯剧作中的诗歌与献祭》(*Ritual Irony: Poetry and Sacrifice in Euripides*). Ithaca and London. 205 – 258.

Girard, René (1977).《暴力与神圣》(*Violence and the Sacred*). Trans. Patrick Gregory. Baltimore and London. Chap. V. originally published as *La Violence et le Sacré*, Paris, 1972.

Grube, G. M. A. (1941).《欧里庇得斯的戏剧》(*The Drama of Euripides*). London, repr. New York, 1961. 398 – 420.

Norwood, G. (1908).《〈酒神的伴侣〉之谜》(*The Riddle of the Bacchae*). Manchester, England.

—— (1954).《欧里庇得斯戏剧研究文集》(*Essays on Euripidean Drama*). Toronto. 52 – 73.

Pater, W. (1894).《希腊研究》(*Greek Studies*). London. Contains "A Study of Dionysus" and "The Bacchanals of Euripides".

Rosenmeyer, T. G. (1968).《悲剧与宗教:〈酒神的伴侣〉》("Tragedy and Religion: The *Bacchae*"). E. Segal, ed. In *Euripides: A Collection of Critical Essays*. Englewood Cliffs, N. J. 150 – 170. (Essay originally published in Rosenmeyer, *The Masks of Tragedy*, Austin, 1963).

Sale, W. (1972).《欧里庇得斯〈酒神的伴侣〉中彭透斯的心理分析》("The Psychoanalysis of Pentheus in the Bacchae of Euripides"). *Yale Classical Studies* 22: 63 – 83.

—— (1977).《存在主义与欧里庇得斯:〈美狄亚〉、〈希珀吕托斯〉与〈酒神的伴侣〉中的疾病、悲剧与神性》(*Existentialism and Euripides. Sickness, Tragedy and Divinity in the Medea, the Hippolytus and the Bacchae*). Berwick, Victoria, Australia. 80 – 123.

Schechner, R. (1969).《盛怒之下:〈酒神的伴侣〉与狂喜的政治学》("In Warm Blood:The Bacchae" and "The Politics of Ecstasy"). In *Public Domain:Essays on the Theatre*. Indianapolis and New York. 93 – 107, 209 – 228.

Segal, C. P. (1977).《欧里庇得斯的〈酒神的伴侣〉:冲突与调和》("Euripides' *Bacchae*:Conflict and Mediation"). *Ramus* 6:103 – 120.

—— (1978).《狄俄倪索斯的威胁:欧里庇得斯〈酒神的伴侣〉中的性别角色与性别反转》("The Menace of Dionysus:Sex roles and Reversals in Euripides' *Bacchae*"). *Arethusa* 11:185 – 202.

—— (1986).《坐在榻上的彭透斯与坐在栅栏上的希珀吕托斯:希腊悲剧的精神分析与结构分析》("Pentheus and Hippolytus on the Couch and on the Grid:Psychoanalytic and Structuralist Readings of Greek Tragedy"),以及《欧里庇得斯的〈酒神的伴侣〉:个人语言与秘教用语》("Euripides' *Bacchae*:The Language of the Self And The Language of Mysteries"), repr. in Segal. *Interpretating Greek Tragedy:Myth, Poetry, Text*. Ithaca and London. 268 – 293, 294 – 312. Also published, respectively, in *Classical World* 72 (1978):129 – 148 and in *Die wilde Seele*, Festschrift for George Devereux, ed. Hans Peter Dürr, Frankfurt, Forthcoming.

Seidensticker, B (1979).《〈酒神的伴侣〉中的祭仪》("Sacrificial Ritual in the Bacchae"). In G. W. Bowersock, W. Burkert, and M. C. J. Putnam, eds. *Arkouros:Hellenic Studies Presented to B. M. Knox*. Berlin and New York. 181 – 190.

Simon, B (1978).《古希腊的心灵与疯狂:现代精神病学的古典根源》(*Mind and Madness in Ancient Greece:The Classical Roots of Modern Psychiatry*). Ithaca and London.

Verral, A. W. (1895).《欧里庇得斯与理性主义者》(*Euripides the Rationalist*). Cambridge, England.

—— (1910).《欧里庇得斯的〈酒神的伴侣〉及其他论文集》(*The Bacchantes of Euripides and Other Essays*). Cambridge, England.

Wilamowitz – Moellendorff, U. von (1923).《希腊悲剧研究》(*Griechische*

Tragödien übersetzt). Vierter Band. Berline. 119 – 157.

Winnington – Ingram, R. P. (1948).《欧里庇得斯与狄俄倪索斯:〈酒神的伴侣〉义疏》(*Euripides and Dionysus:An Interpretation of the Bacchae*). Cambridge, England, repr. Amsterdam, 1969.

狄俄倪索斯的面具

西格尔(Charles Segal)撰

解放之神狄俄倪索斯

狄俄倪索斯是解放之神。《酒神的伴侣》(*Bakkhai*)中一再提到他的一个崇拜称号 Lysios［解放之神］,亦即释放之神(the Releaser)。他从日常社会生活的诸种限制和约束中解放出来。狄俄倪索斯做到这一点,是通过葡萄酒这一礼物——在团体狂欢和狂热的歌舞中打破各种束缚,以及由面具和戏剧引发幻想的力量所产生的轻微陶醉。狄俄倪索斯提供了某种解放性的自我屈服,这种屈服以剧中所见的极端、噩梦般的形式,带来杀人的疯狂。不过,在其更温和的形式中,这种屈服提供了恢复性的节日祝福、集体快乐,并令人振奋地解除了自身与他人之间的障碍。释放、解除控制、屈服于葡萄酒或令人兴奋的音乐令人陶醉的效果,在情感上完全融入团体,并为我们身上的动物性能量感到狂喜——这些就是狄俄倪索斯带给忒拜的礼物,并经忒拜带给全希腊,亦即(用我们的话来说)带给文明世界。

忒拜国王彭透斯厌恶这种新式崇拜,但他也越来越着迷并为之吸引。对他(我们,兴许还有当时的很多观众)而言,酒神崇拜既令人兴奋,又充满危险。根据某种心理学的解读(这已然成为解读此剧的一种传统方法),狄俄倪索斯从根本上挑战了彭透斯对他之所是的观点,并由此引发了某种身份危机,这场危机以情感的分裂和身体的分解告终。在他们首次针锋相对的会面中,彭透斯在异方人面前看不见那种神秘的力量(行501),"他在哪里,呃?我的双眼可看不见"。异方人直接攻击了彭透斯的身份(行506):"你既不知你的命数,也不晓得你在做什么,更不清楚你是谁"。

悲剧使我们卷入个体的生活和感觉;在此,我们可以毫不费力地回应《酒神的伴侣》中的诸种对立。忒拜国王彭透斯与刚从小亚细亚来到此地的新神狄俄倪索斯既是亲人,又是对手。其实,他们是表兄弟(狄俄倪索斯的母亲塞墨勒,是彭透斯的母亲阿高厄的姐妹);两人都年轻;两人都(用不同的方式)坚定地想在他们的城邦中确立其地位和权威。彭透斯是重墙围绕、有七道城门的忒拜的统治者,他关心(若不是沉迷于)法律和秩序及其军事权威。在剧中,狄俄倪索斯化作打吕底亚而来的俊美异方人,带着一群异域风情装扮的女信徒来到忒拜,她们伴着异国情调的笛音和鼓声,歌颂着新神带来的葡萄酒和歌谣。这就像一队穿着奇装异服的克里希纳教徒(Hare Krishnas),在井然有序的美国中西部市府大楼(Midwestern City Hall)门前表演他们的舞蹈。或者,我们不妨把彭透斯对狂女的镇压,与现代官方对毒品文化的反应进行比较——只不过,对欧里庇得斯的同时代人而言,狄俄倪索斯已被认定为神,在他们的宗教生活和城邦生活中已站稳脚跟。

剧中涉及多种心理冲突,但更多是成问题的。我们理解为自我语言的言辞,也是宗教启示的言辞,是以这位新神为中心的秘教的宣称。① 狄俄倪索斯的到来,也引发了一个健康的社会秩序中约束

---

① 参见拙文《欧里庇得斯的〈酒神的伴侣〉:个人语言与秘教用语》("Euripides' *Bacchae*: The Language of the Self and the Language of the Mysteries"),收于拙著《希腊悲剧绎读:神话、诗歌与文本》(*Interpreting Greek Tragedy: Myth, Poetry, Text*)(Ithaca,1986),页294-312。

与释放的平衡问题。早《酒神的伴侣》50年,埃斯库罗斯《和善女神》(*Eumenides*)中的复仇女神(Furies)就宣称(行528 – 530):"不要不受管束,也不要受专制统治,这样的生活你要称赞。天神使各种中庸具有威力。"① 很快,在那场调解中——借此,这几位可怕的女神在雅典城邦中站稳脚跟,雅典保护神雅典娜就赞同这些原则(行690 – 700):

> 在这里,邦民心中的虔敬和天生的畏惧之心会在白天、夜晚同样制止他们犯罪,只要邦民们不用脏水把法律染污了;要是用泥浆使清水变色,你就得不到一口来喝。不要不受管束,也不要受专制统治——这就是我劝邦民维护和遵守的法则;也不要把恐惧完全扔到城外。哪一个凡人会遵守正义,要是他没有畏惧之心?你们遵守正义,有所敬畏……

《酒神的伴侣》创作时,雅典的气象大不一样,但问题相似。又一次,一位异方人-强大的神来到城门前,这座城邦必须找到安全、稳妥的方法,要么拒绝要么接受他。埃斯库罗斯笔下的雅典娜能够找到某种调解的方式,使那些令人生畏的力量与城邦的社会机构和宗教机构和谐一致。在《酒神的伴侣》中,忒拜的统治者要誓死抵制,他封锁城邦,把异方人囚禁起来。② 但此剧中的这位神圣入侵者

---

① 这段及随后所引《和善女神》(*Eumenides*)的译文均出自Hugh Lloyd-Jones译,《埃斯库罗斯:〈俄瑞斯忒斯〉与〈和善女神〉》(*Aeschylus: Oresteia: Eumenides*)(Englewood Cliff, N. J. ,1970)。[译按]《和善女神》中译本参见罗念生译,收于《罗念生全集》(补卷),上海:上海人民出版社,2007。

② 关于雅典人和忒拜人对这类外来者的不同回应方式,参Forma I. Zeitlin,《忒拜:雅典戏剧中的个人剧与社会剧》("Thebes: Theatre of Self and Society in Athenian Drama"),收于John J. Winkler和F. I. Zeitlin编,《与狄俄倪索斯何

不是一种令人望而生畏、类似兽性的冥界力量,而是一位带来欢乐、面带微笑的神明,他蓄着长长的金发,面带酒色红晕。然而,正是酒神外表的这种诱惑力,让彭透斯认为他更加危险。

狄俄倪索斯及其礼物所具备的什么东西,让我们犹豫不决,是该接受之,还是该质疑它们带来的好处?为什么文明(Culture)要抵制酒神唤起的快乐冲动和动物本能的自由释放?我们为何不应干脆接受这位神明:他带给我们亲近自然快乐,以及自发的情绪表达和肢体表达的愉悦?当我们直面狄俄倪索斯带来的礼物,听着他的敬拜者激动人心的音乐,被吸引着踏步加入酒神的舞蹈,与狂热的舞蹈者一道喊着"哦嗨"(euhoi)①时,这些问题变得迫在眉睫。就是在此刻,亦即就在狄俄倪索斯真的开始改变我们的本质(being)时,抵抗便出现了。正是在此时,《酒神的伴侣》的舞台行动开始:酒神新入教者的舞蹈,酒神本人的到来——他扮成奢华的异方人、东方的野蛮人和他者;他英俊、迷人,但也有些令人生畏。

无论此剧想让我们认同酒神的胜利,还是认同反抗他的凡人的代价,这仍是基本的解释性问题。欧里庇得斯从不简单呈现诸神,解读者们仍分持两种看法:一些人认为,欧里庇得斯捍卫宗教传统,另一些人则认为,他批判宗教传统。② 依我之见,欧里庇得斯创作

干?》(*Nothing to Do with Dionysus?*)(Princeton,1990),页130 - 167;亦参 Zeitlin 的《在忒拜和雅典之间表演狄俄倪索斯》("Staging Dionysos between Thebes and Athens"),收于 Thomas H. Carpenter 和 A. Faraone 编,《狄俄倪索斯的面具》(*Masks of Dionysus*)(Ithaca, N. Y.,1993),页147 - 182。

① [译按]狂女们的欢呼声,参见《酒神的伴侣》,行142。
② 举一个持极端立场的新近例子,对 Seaford 来讲,质而言之,此剧主要颂扬了狄俄倪索斯在城邦中的正面和团结作用(Richard Seaford 编译,《欧里庇得斯:〈酒神的伴侣〉》[*Euripides,Bacchae*][Warminster,1996],页46 - 51;以及他的《互惠与仪式》[*Reciprocity and Ritual*][Oxford,1994],页255 - 256、页293 - 327),但 Stephen Esposito 认为,"在迄今为止所创作的悲剧中,欧里庇得斯的《酒

此剧的方式,让他的观众体会到狄俄倪索斯能引发的各种冲突的回应。在我看来,欧里庇得斯既未攻击狄俄倪索斯,也没有为之辩护,他更不可能是在庆祝自己的某种转向——他改变了早前对奥林波斯宗教的怀疑主义。相反,欧里庇得斯以超越此剧历史和宗教时刻的方式,考察了酒神崇拜成问题的方面,揭示了这种崇拜的美好和可怕之处,由此探究了集体暴力和集体疯狂的现象。

狄俄倪索斯与《酒神的伴侣》

公元前405年,《酒神的伴侣》于雅典首次正式上演,3个半世纪后,此剧无疑算是戏剧年鉴中文学接受的最奇特时刻。公元前53年,凯旋的帕提亚(Parthian)将军把战败的罗马将军克拉苏斯(Crassus)的首级——他战死沙场,带到在帕提亚法庭举行的宴会上。当时有一位希腊悲剧演员在场助兴——人称特拉勒斯的伊阿宋——他抓起这颗头,朗诵了《酒神的伴侣》中的行1169-1171,这是一个令人毛骨悚然的时刻,其时,仍发着狂的阿高厄举着儿子彭透斯被割下的首级走进来:"……我从山里带了一个新采的卷须回屋来,这趟行猎很走运。"据普鲁塔克(Plutarch)说,这场表演取悦了观众,伊阿宋也从帕提亚国王那里得到大笔赏赐(《克拉苏斯传》[*Life of Crassus*],33)。

神的伴侣》可以说最阴郁、最残忍",Stephen Esposito 编译,《欧里庇得斯的〈酒神的伴侣〉》(*The Bacchae of Euripides*)(Newburyport, Mass., 1998),页1。关于最近的纷呈意见,参 C. Segal,《酒神诗学与欧里庇得斯的〈酒神的伴侣〉》(*Dionysiac Poetics and Euripides' Bacchae*),第二版,(Princeton, 1997),后记,页349-393,亦参 Paul Woodruff 编译,《欧里庇得斯:〈酒神的伴侣〉》(*Euripides, Bacchae*)(Indianapolis, 1998),页xxix-xxxviii。

此事与如下事物有着神奇的巧合:《酒神的伴侣》的原创,以及此剧兴许于公元前 5 世纪最后 10 年在马其顿王阿刻劳斯(King Archelaus of Maceeon)宫廷上的试演。这部创作于希腊世界北部边疆的剧,是关于希腊文化与非希腊("外邦")文化的冲突,数个世纪之后,此剧在更偏远的背景中重新(虽部分)上演,神话蜕变成了生活——美与野蛮更令人困惑地混杂在一起,不同文化间的冲突也更尖锐。普鲁塔克暗示了两种相互矛盾的观众反应,一是兴高采烈的帕提亚观众,按照普鲁塔克对场景的描述,这些观众满怀热忱地参与了表演;另一类则是普鲁塔克的预期观众,他们是有教养的希腊人(兴许还有罗马人),生活在一个更稳定,总体而言也更和平的世界里,两千年之后,我们很容易认同这个世界。观众反应中快乐与恐惧的矛盾混合,预示了从古至今对此剧的接受和模仿;诺伍德(Gilbert Norwood)所谓的"《酒神的伴侣》之谜"("The Riddle of the Bakkhai")(Manchester,1908),仍令人困惑、不安、发人深省。

欧里庇得斯究竟为何在漫长一生的最后几年(公元前 480 - 406)离开雅典前往马其顿,我们不得而知。他可能受到阿刻劳斯雄心勃勃的文化计划吸引,这项计划吸引了整个希腊世界的诗人和音乐家。无论如何,生活在马其顿,欧里庇得斯可能更强烈地体验过由酒神仪式激发的集体情感和个体情感,这些情感是《酒神的伴侣》的中心。在《亚历山大大帝传》(*Life of Alexander the Great*)中,普鲁塔克记载,这种宗教中的妇女尤其倾心于狄俄倪索斯 - 俄尔甫斯(Dionysiac - Orphic)乐队或狂欢歌舞队(thiasoi)的狂欢仪式,奉行迷狂、着魔和训蛇。① 不过,关于狄俄倪索斯主题的戏剧,曾是悲

---

① 普鲁塔克,《亚历山大传》(*Life of Alexander*),第二章。对希腊北部和马其顿河流的提及(《酒神的伴侣》[*Bakkhai*],行 409 - 415、行 568 - 575),均表明此剧在那里创作。

剧剧目的一部分;《酒神的伴侣》中狄俄倪索斯的大多数特质,也为雅典观众所熟悉,无论在崇拜、神话还是艺术上。诗人死后不久,此剧在雅典上演,获得头奖。①

含混性似乎是欧里庇得斯设想中的狄俄倪索斯的主要部分。诚如(伪装的)酒神本人在高潮时所宣称的,他"对人类而言,最可怕,却又最和善"(行861)。与希腊悲剧的其他诸神一样——尤其让人想到《希珀吕托斯》(*Hippolytus*)中的阿弗洛狄特(Aphrodite)——由于其神性遭人藐视,狄俄倪索斯展开了可怕的惩罚;和阿弗洛狄特的情形一样,酒神的惩罚采取了夸大、毁灭性地运用酒神礼物的方式,此剧是彭透斯致命的入会仪式及忒拜狂女凶残的迷狂。

对于酒神身上的这种美与可怕的混合,欧里庇得斯的观众可能有其他参照点:那些关于男人和女人同室操戈的酒神神话,那些关于酒神抵达新地方时的奇迹的传说,那些关于如下事物的可怕传说——葡萄酒的发明、入教仪式、下到冥府、举邦戴上面具、装扮成萨图尔的仪式、少女手持阳物意象的游行、生殖崇拜仪式、神圣婚

---

① 参Thomas H. Carpenter,《狄俄倪索斯在公元前5世纪的雅典形象》(*Dionysiac Imagery in Fifth - Century Athens*)(Oxford,1997),页117 - 118。对狄俄倪索斯的精彩概述及丰富文献,参Albert Henrichs,第三版,(Oxford,1996),页479 - 482;同前,"'他身上有神性':现代观念中狄俄倪索斯的人与神"("'He Has a God in Him':Human and Divine in the Modern Perception of Dionysos"),收于Carpenter和Faraone编,《狄俄倪索斯的面具》,页13 - 14;亦参Walter Burkert,《希腊宗教》(*Greek Religion*),John Rffan(Cambridge, Mass., 1985),页161 - 167、页237 - 242;Carlo Gasparri等,《狄俄倪索斯》("Dionysos")、《狄俄倪索斯/弗福伦斯》("Dionysos/Fufluns")、《狄俄倪索斯/巴克科斯》("Dionysos/Bacchus")等,收于*Lexicon Leonographiae Mythologiae Classicae*(Zurich和Munich,1986),第三卷,第一部分,页414 - 566;第三卷,第二部分,页296 - 456(插图)。更多文献,参见拙著《酒神诗学与欧里庇得斯的〈酒神的伴侣〉》,前揭,页405 - 411。

姻,以及最重要的,那些新葡萄酒开坛品尝的节庆时光。与此剧本身可能暗示的相反,狄俄倪索斯传播广泛、广受欢迎的节日,在希腊宗教中通常产生幸福的联想,其特点是纵情、自由、狂欢作乐的氛围。我们几乎没有这种公开、宗教上许可的悬置社会行为日常规约的经历。我们最接近的类比可能是存留各地的万圣节或狂欢节。在摇滚乐音乐会或足球比赛等活动中,由兴奋转化为暴力的群体性骚乱,为我们提供了一些世俗的对应,警察在这些情况介入,表明社会在这些暴乱中感受到的威胁。

正如狄俄倪索斯在开场白中告诉我们的,他既是宙斯之子,也由凡人母亲所生,她就是忒拜的塞墨勒(Theban Semelé),卡德摩斯之女,彭透斯的姨母。神性与有死性的这种并置,也反映了狄俄倪索斯的矛盾结合:他既有奥林波斯神祇身份,又亲近大地,是丰产和液体能量之神。狄俄倪索斯能宣称自己是希腊本土人,却又化作英俊的吕底亚青年,领着一群来自小亚细亚的酒神女信徒。事实上,古风时期和古典时期的希腊人一般认为,狄俄倪索斯是一位来自色雷斯(Thrace)或东方(他可能最早起源于此)的外邦新神。作为新神,狄俄倪索斯对自己的特权很敏感,热切渴望得到应有的尊敬。其实,狄俄倪索斯似乎在青铜时期就在希腊确立了神位,因为在公元前 1250 年左右,他的名字就出现在迈锡尼(Mycenaean)关于皮洛斯(Pylos)和克里特(Crete)档案的线性文字 B 碑上。

对于所有时期的希腊人来讲,狄俄倪索斯最响亮的名号是葡萄栽培术的发明者和酒神。逾 2000 个古风时期和古典时期的陶瓮都把他描述成这个角色,在葡萄藤、一串串葡萄和枝蔓缠绕的常春藤中领着一群萨图尔和狂女。这些关于酒神崇拜的装饰物,表现了酒神赋予其信徒进入大自然的不羁活力。在那些陶瓮上,酒神狂女们身穿鹿皮,精力充沛地跳跃、舞蹈、训练蛇和其他野兽,手持常春藤杖——一根顶端饰有一丛常春叶的大茴香棍。随从的萨图尔半人半兽,竖着尖尖的耳朵,还有马尾,用热情奔放的舞蹈、酩酊大醉和赤裸裸的性——为此,这些陶瓮仍不见天日——肆无忌惮地释放动物能量。① 这种更为轻佻的精神,不仅体现在瓶画上萨图尔虚构的搞怪上,还体现在喜剧和萨图尔剧中,这些剧作和悲剧一道,在酒神大节(the Great Dionysiac festival)或城邦酒神节(City Dionysia)和狄俄倪索斯小节(勒奈亚节[Lenaea])上上演。譬如,在阿里斯托芬的《蛙》(*Frogs*)里——另一部以狄俄倪索斯为主角的戏剧,酒神模棱两可的性别、懦弱的行动,以及对葡萄酒、女人和歌曲的嗜好,都是搞笑逗乐的来源。

在忒拜和其他城邦中(但显然不在雅典),狄俄倪索斯的女信徒们上山参加一种激动人心的宗教游行——人称 oreibasia[上山游行](字面意义是登山),此剧在信使的两段长篇说辞中展现了其富有诗意的一面。在林中或山上无人看顾的女子、节庆的氛围与葡萄酒的结合,是一个启人疑窦的场景,彭透斯的反应可能并不反常。欧里庇得斯的《伊翁》(*Ion*)和公元前4世纪的喜剧,把这些节日设定为艳遇的背景,并由此最终带来剧情所需的弃儿。② 更宽泛地说,这些与狄俄倪索斯有关的传说和意象,可能传达了公元前5世纪男性主导的雅典社会对女性情感自由表达的威胁所感到的重重忧虑。这种文化的症候就是被快乐、愤怒或悲伤这些不节制的情

---

① 在那些陶瓮上,酒神的女性同伴很可能是山泽女仙,而非凡人;参 Carpenter,《狄俄倪索斯在公元前5世纪的雅典形象》,前揭,页52-69;Sarah Peirce,《"勒纳节瓶画"上的视觉语言与崇拜观念》("Visual Language and Concepts of Cult in the 'Lenaia Vases'"),*Classical Antiquity* 17(1998),页59-95,尤其是页54-67。

② 彭透斯反复重申他的信念:这些狂欢仪式为不正当性行为提供了机会,参见行260-277、行416-418、行541-545、行573、行793-795。关于酒神神话中的淫乱,大致可参 Seaford,《互惠与仪式》,前揭,页265-267。

感——狄俄倪索斯的意象描述了这些感情——冲昏头脑的女子，maenad[狂女]的字面意思就是疯女人。① 阿高厄体现了这种酒神式情感的危险。在由清一色的女子构成的崇拜团体的狂热中，阿高厄像撕裂瓶画上的野兽一样撕裂了亲子（一种仪式性的英雄撕裂[sparagmos]或撕裂），为儿子的尸体自鸣得意，而非为儿子悲悼——传统上，这个社会中的妇女会为之集体悲悼，待阿高厄恢复理智后，她其实也会这么做。②

幸好，狄俄倪索斯的礼物没那么复杂——这些礼物主导了酒神在雅典的两大最受欢迎的节日。在安忒斯特里亚节（Anthesteria）上，新酒开坛；在《酒神的伴侣》上演的酒神大节上，有阳物崇拜游行和其他游行、合唱歌，以及悲剧和喜剧表演。这两个节日都有庄严的时刻，但主导气氛是欢闹、即兴、摆脱束缚和活力奔放。《酒神的伴侣》前半部分的颂歌反映了这种精神。公元前5世纪后半叶一个绘有红色人物的阿提卡（Attic）陶瓮，为此剧第一首合唱歌的欢乐气氛提供了出色的对比，在那里，狄俄倪索斯"喜欢节日的宴饮，钟爱赐福者和平之神，那位哺育男儿的女神"（行418–420）。这个陶瓮描绘了年轻、好色的狄俄倪索斯被象征和平（Peace）、葡萄花

---

① 譬如，参埃斯库罗斯，《七雄攻忒拜》（Seven against Thebes），行835–836，《乞援女》（Suppliants），行562–564；索福克勒斯，《特拉基斯少女》（Trachinian Women），行216–220；欧里庇得斯，《赫卡柏》（Hecuba），行684–687、行1075–1078，《腓尼基少女》（Phoenician Women），行1489–1490。酒神意象也常描述狂暴而具毁灭性的男性情感，譬如战争的愤怒或疯狂，见索福克勒斯，《安提戈涅》，行133–137，或欧里庇得斯《疯狂的赫拉克勒斯》（Herakles），行889–893。大体参见Renate Schlesier，《面具的混淆：作为悲剧原型的狂女》（"Mixtures of Masks: Maenads as Tragic Models"），收于Carpenter和Faraone编，《狄俄倪索斯的面具》，前揭，页89–114，尤其是页98–114。

② 参《酒神的伴侣》，前揭，行1323–1355，总体参拙著《酒神诗学与欧里庇得斯的〈酒神的伴侣〉》，页362–366，以及此处援引的更多文献。

(Grape Blossom)和成熟(Ripeness)的女人围住。这些女人端着一盘盘水果,一名萨图尔静静地吹着里拉琴,另一名象征狂欢(Kômos)的萨图尔则站在一旁。长着翅膀的丘比特盘旋在狄俄倪索斯头上,象征欲望(Desire),手里伸出一条束发带。① 然而,即便这个平静的场景,也表明酒神礼物更难把控的一面,因为一名萨图尔正要攻击其中一名女子。

在雅典,狄俄倪索斯也有着重要的社会功能,与城邦的民主精神一致。他是一名均化神(leveling god),人人都能得到他的馈赠,人们颂扬他的方式,模糊了男人与女人、年轻人与老年人、富人与穷人,以及人类和动物的差别。狄俄倪索斯的主要节日酒神大节,展现了城邦的实力、统一和政治关切。② 酒神大节由一场游行开启,在游行中,人们把酒神的一尊古老木像,从他在厄琉西斯(Eleutherae)的神社中抬出——这座神社坐落在毗邻忒拜的边境上,送往酒神挨近剧院的辖区(位于城邦中心),由此象征性连接起城邦领土的外围与城邦中心。狄俄倪索斯剧场中发生的其他大事,带有政治和爱国意味:十名获选的将领在此奠酒、陈列臣属盟军向雅典海军帝国缴纳的贡品,以及举行到达参军年龄的年轻人的列队游行——他们的父亲捐躯沙场,这些青年由城邦抚养成人。(这并不意味着,酒神大节上上演的戏剧,必然认同某种政治意识形态或带

---

① 关于这个陶瓷,参见 Carpenter,《狄俄倪索斯在公元前 5 世纪的雅典形象》,前揭,插图 36B 及作者的描述,页 100 - 101。

② 参 Simon Goldhill,《酒神大节与邦民意识》("The Great Dionysia and Civic Ideology"),收于 Winkler 和 Zeitlin 编,《与狄俄倪索斯何干?》,前揭,页 97 - 129,尤其是页 98 - 106;亦参拙著《酒神诗学与欧里庇得斯的〈酒神的伴侣〉》,前揭,页 356 - 359。关于狄俄倪索斯与戏剧,参 P. E. Easterling,《一场纪念狄俄倪索斯的演出》("A Show for Dionysos"),收于 Easterling 编,《剑桥希腊悲剧集》(*Cambridge Companion to Greek Tragedy*)(Cambridge 1997),第二章,尤其是页 36 - 38、页 44 - 53。

有宣传性。)在安忒斯特里亚节上,狄俄倪索斯迎娶主执政官(King Archon)的妻子,她拥有巴丝莉娜(Basilinna)的仪式称号——王后,这可能是某种神圣婚姻(hieros gamos)的象征形式,通过神与凡人结合,促进城邦的繁荣昌盛。

通观所有阿提卡悲剧,人们都称呼狄俄倪索斯为净化之神,他能在危难时刻助城邦一臂之力。在索福克勒斯的《安提戈涅》中,焦虑不安的歌队如是吁请狄俄倪索斯:"在一切城邦中,你最爱忒拜,你那遭了霹雳的母亲也是这样;如今啊,既然举邦的人都处在大难之中,请你举起脚步越过帕纳索斯(Parnassos)山岭,或波涛怒吼的海峡前来清除污染啊。"(行1137–1145)①在古风时期和古典时期的雕塑和瓶画中,包括帕台农神庙(Parthenon)的装饰墙面,狄俄倪索斯加入了诸神对抗提坦族(Giants)的战争,这是一场混沌与秩序的象征性冲突,波斯战争后尤为流行。② 作为伊阿科斯(Iakkhos),这位神子与谷物和大地丰饶女神得墨特耳(Demeter)有关,他在得墨特耳女神在厄琉西斯圣地(Eleusis)(位于雅典南部边境)的秘教中占有一席之地。到公元前5世纪末,狄俄倪索斯也有了自己的秘仪,入教的男女有望在死后获得更好的生活。狄俄倪索斯在所谓的俄尔甫斯秘教的精巧神话中也有重要地位,虽然这些神话的日期存有争议。在一个古老的神话传统中,狄俄倪索斯亲自下到冥府(Hades),带回他的凡人母亲塞墨勒。新近的考古发现已证实了冥府和入教仪式的诸种关联,并赋予前苏格拉底哲人赫拉克利特

---

① 亦参索福克勒斯,《安提戈涅》,行147–154,以及《俄狄浦斯王》,行209–215。[译按]《安提戈涅》中译本参见罗念生译,收于《罗念生全集》,卷二,上海:上海人民出版社,2004。

② 参 Carpenter,《狄俄倪索斯在公元前5世纪的雅典形象》,前揭,第二章;亦参 Richard Seaford 编,《欧里庇得斯:〈独目巨人〉》(*Euripides, Cyclops*)(Oxford,1984)对行5–9的讨论。

(Herakleitos)(公元前 6 世纪)的谜样宣称以新的意义,"狄俄倪索斯即冥王"。① 秘教和外来崇拜,诸如本狄斯(Bendis)、库柏勒(Kybelé)或萨巴梓俄斯(Sabazios),在公元前 5 世纪末的雅典变得更为流行;学者们已表明,欧里庇得斯是在利用狄俄倪索斯从东方来到[忒拜]的神话,以此探究这些新神带来的不安。②

剧中多次反映了加入狄俄倪索斯秘教的入会仪式。在剧中狄俄倪索斯的第一个奇迹中——地震撼动王宫(所谓的王宫奇迹[Palace Miracle],行 671 - 701),他的敬拜者瞧见了一道明亮的光;如西弗德(Richard Seaford)详述的,这种关于光的幻象,通常是秘教体验的一部分。③ 在领着彭透斯登上基泰隆山(Mount Kitháiron)送死前,异方人把彭透斯装扮成狂女,可能让人想起入教者在这种秘

---

① Herakleitos,22B15,收于 Hermann Dïels 和 Walther Kranz 编,《前苏格拉底残篇》(*Die Fragmente der Vorsokratiker*),第五版,两卷本(Berlin,1950 - 1952)。关于狄俄倪索斯与冥府的种种关联及其穿越冥府的新近概述,参 Fritz Graf,《酒神式的及俄尔甫斯式的末世论:新文本与旧问题》("Dionysian and Orphic Eschatology:New Texts and Old Questions"),以及 Susan Guettel Cole,《冥府传来的声音:狄俄倪索斯与死者》("Voices from beyond the Grave:Dionysos and the Dead"),以上两篇均收于 Faraone 和 Carpenter 编,《狄俄倪索斯的面具》,前揭,分别参见页 239 - 258 和页 276 - 295。关于加入酒神秘仪的入教仪式,参 Richard Seaford,《酒神戏剧与酒神秘仪》("Dionysiac Drama and the Dionysiac Mysteries"),*Classical Quarterly* 31(1981),页 252 - 275;同上,《互惠与仪式》,前揭,页 280 - 301,同上,《酒神的伴侣》(*Bacchae*),页 39 - 44;Walter Burkert,《古代的秘教》(*Ancient Mystery Cults*)(Cambridge, Mass.,1987),页 33 - 35、页 95 - 97。亦参拙著《酒神诗学与欧里庇得斯的〈酒神的伴侣〉》,前揭,页 353 - 355,以及此处给出的更多文献。

② 参 H. S. Versnel,《希腊宗教和罗马宗教中的诸矛盾 I》(*Inconsistencies in Greek and Roman Religion I:Ter Unus*)(Leiden,1990),页 131 以下。

③ 关于此处讨论的诸种入教因素,参见上文提到的 Seaford 的著作,注释 15;以及他在其《酒神的伴侣》版本中对行 606 - 609、行 616 - 637、行 912 - 976(希腊原文行数)的评注。

仪中的装扮。通过脱下他/她的日常衣装,换上酒神崇拜的特定服饰,入教者便去除了他的旧身份,象征性地脱胎换骨,进入了成为这些秘仪信徒的崭新生活。同时,入教仪式象征性结束了一个人过去的生活。因此,换上长袍的场景及其呈现的酒神的神秘力量,"最可怕、又最温和",也戏剧化描述了彭透斯的行动,他成为入教者,进入一个他先前拒绝、并对之隐而不显的经验领域。

不过,这些入教主题,在悲剧行动中有其独特的功能。剧中没有任何事物暗示了秘仪性的重生或更新。从此剧的悲剧视角来看,入教仪式带来血腥的死亡,而非重生。与此剧出现的所有仪式一样,入教仪式的积极意义遭到了误解。①《酒神的伴侣》之所以令我们不安,正因狄俄倪索斯增强生命与毁灭生命的力量如此息息相关。自愿接受酒神的狂女,体验了进场颂歌许诺的幸福。由于拒绝了酒神的祝福,剧中出现的忒拜人体验了酒神的毁灭性一面。瓶画表现了随狄俄倪索斯左右的山泽女仙,既爱抚又毁灭相同的野兽(通常是幼鹿或野猫);②因此,《酒神的伴侣》表现了忒拜狂女突然从与自然和谐一致的黄金时代的天堂般氛围(行783–817),转向不可抗拒、无法控制的疯狂杀戮与劫掠(行843–877)。

无疑,现实中的酒神崇拜可能比神话呈现所暗示的要节制得多。③《酒神的伴侣》进场颂歌所描述的啖食生肉——彭透斯被撕

---

① 关于入教仪式的种种反讽倒转,参见拙著《酒神诗学与欧里庇得斯的〈酒神的伴侣〉》,前揭,第六章,以及 Helene Foley,《仪式性反讽》(*Ritual Irony*)(Ithaca, N. Y., 1985),页208–218。

② 参 Carpenter,《狄俄倪索斯在公元前5世纪的雅典形象》,前揭,页114。

③ Jan N. Bremmer,《重审希腊的脱序行为》("Greek Maenadism Reconsidered"), *Zeitschrift Für Papyrologue und Epigraphik* 55(1984),页267–286; Albert Henrichs,《希腊的脱序行为:从奥林波斯到梅萨丽娜》("Greek Maenadism from Olympias to Messalina"), *Harvard Studies in Classical Philology* 82(1978),页121–160。

裂后也有暗示（行1339），在这一历史时期仅有一例得到证实，采用的形式也较剧中温和，也更平淡。在公元前3世纪的一块米勒托斯（Miletos）碑文上，崇拜者们要"扔进一块生肉"，这可能指预先准备好并分发下去的象征性肉片。

因此，在把欧里庇得斯对酒神及其教仪的描述，视为真实反映了古代城邦中的酒神崇拜时，我们必须审慎。瓶画和此剧都是神话的再现，而非对真实事件的描述。不过，这些场景的确揭示了狄俄倪索斯在希腊人臆想中——亦即，在古希腊人用以探究其观念世界和情感世界的重现方式中——的矛盾心理。人类学家可能会说，之所以"值得跟着"狄俄倪索斯"一道思考"，正因他质疑了动物与人类领域的界线，以及自然的勃勃生机与文明生活所需的秩序和约束的界线。

礼法与自然：狄俄倪索斯与"自然"

剧中由狄俄倪索斯引发的冲突，牵涉到公元前5世纪末一场重要的哲学和伦理论争：礼法（nomos）与自然（physis）的区分，对欧里庇得斯的同代人而言，这些语词影响深远。① Nomos（礼法或习俗）暗含社会实践和既定的制度。Physis（通常译为自然）指通常受礼法约束的力量：本能、欲望，以及身体的各种欲求和冲动。自然表明，文化即对比人类制度更基本、更本质的事物的人为强加。自然

---

① 关于剧中礼法-自然的二元对立及其与智术师运动的联系，参 W. K. C. Guthrie,《希腊语文学史》（*A History of Greek Philology*），第三卷（Cambridge, 1969），页55 – 134；G. B. Kerferd,《智术师运动》（*The Sophistic Movement*）（Cambridge, 1981），页111 – 130。关于新近对之言简意赅的讨论，参 Desmond Conacher,《欧里庇得斯与智术师》（*Euripides and the Sophists*）（London, 1998），页99 – 107。

包括自然世界不受人类控制、不为人类设计,但人类可能屈服于它的那些方面。欧里庇得斯的同时代人用源于自然的论证,暗示人类中存在着法律必须加以控制的危险、冒进特质,或者表明法律是对潜在的、无涉道德的动物欲望的人为约束——只要我们敢,我们就都会愉快地沉溺于这些动物欲望。后一种是阿里斯托芬(Aristophanes)《云》(*Clouds*)中的不义言辞(Unjust Argument)所持的立场,柏拉图《高尔吉亚》(*Gorgias*)中的卡里克勒斯(Kallikles)和《王制》中的忒拉叙马霍斯(Thrasymakhos)更激进地推进了这种观点。在这里,自然被定义为某种无情的人类权力意志,力图控制所能控制的一切。但礼法-自然的两分也可以采取更温和的形式,在这种形式中,社会制度(nomoi)被视为本身根植于自然(physis),或者说,自然甚至主动减轻约束或某些社会制度的严酷。① 这些学说试图弥合礼法与自然的分歧,在《酒神的伴侣》中也有反映。②

尽管在释放我们的感情能量,让我们更亲近动植物的生命力上,狄俄倪索斯崇拜与自然有着千丝万缕的联系,但此剧远非在颂扬自然优于礼法。譬如,歌队和忒瑞西阿斯均暗示,狄俄倪索斯崇拜同时带来了礼法与自然。在剧中多处,吕底亚狂女歌队、卡德摩斯(Kadmos)和忒瑞西阿斯,都极力主张接受狄俄倪索斯崇拜,将之纳入普通民众的既定礼法或习俗(nomoi)。歌队在其第二首颂歌结束时唱道:"凡是多数人——民众尊为习俗并奉行的东西,我都欢

---

① 这些观点类似于所谓的无名氏(Anonymus Iamblichi)所持的相对正面的立场(第六章,收于 Diels - Kranz,《前苏格拉底残篇》,前揭),以及归在智术师安提丰(Antiphon the Sophist)名下(87 B44,见 Diels - Kranz)的充满争议的残篇《论真理》(*On Truth*)。对此的讨论,见 Guthrie,页 84 - 107,以及 Kerferd,页 114 - 116。

② 关于剧中礼法与自然的某些复杂性,参拙著《酒神诗学与欧里庇得斯的〈酒神的伴侣〉》,页 20 - 22、页 31、页 334,以及第三章各处。

迎。"（行 430 – 432）歌队把她们的神与古老、流传广泛的宗教习俗联系起来，其中包括欢庆丰产、自然的活力，以及古老的近东（Near East）地－母神库柏勒（Kybelé）。先知忒瑞西阿斯的探讨更为理性；他显得合乎时宜，似乎是公元前 5 世纪那场人称智术师启蒙（Sophistic Enlightenment）的智识运动的拥护者。在他看来，狄俄倪索斯其实是液体营养原则的象征，与谷物女神得墨特耳相得益彰（行 321 – 334；亦见行 236 – 240）。

在第三合唱歌第四首颂歌结尾处，歌队最清楚也最富哲学意味地表明了狄俄倪索斯崇拜中礼法与自然的这种和谐（行 893 – 896）：

> 因为，相信神圣的东西，亦即
> 与神灵有关的东西——有力量，
> [895] 相信在漫长的时间里，自然
> 形成的永恒礼法并不费劲。①

按照这种观点，狄俄倪索斯的宗教允许（作为自然一部分的）动物能量的必要释放和宣泄，但限定在既定的社会制度框架，亦即礼法中。

彭透斯持相反立场：对他而言，礼法（社会制度）是文化对自然的必要强加物。他怀疑，也害怕未受社会控制克制、疏导的本能和冲动固有的危险。狄俄倪索斯的信徒可能会回应说，这些本能是人类的基本部分，因此也必定是文化的一部分。按照这种看法，礼法必须为我们身上的这部分留有一席之地，否则，文化本身就有缺陷、岌岌可危。换言之，正如行 893 – 896（上段引文）的暗示，礼法本身

---

① 关于这些难以理解但至关重要的诗行的原文以及对它们的解读，参 E. R. Dodds 编，《欧里庇得斯：〈酒神的伴侣〉》，第二版（Oxford, 1960），希腊原文是行 890 – 892、行 893 – 894、行 895 – 896。

基于自然。歌队一再提及明智和智慧(sôphrosynê、sophia)时,歌队指的是当狄俄倪索斯在城邦内部拥有恰切地位时,才会有的自然与文化、本能与礼法的平衡。歌队宣称她们的神所拥有的智慧(sophia),与歌队对手们的聪明(to sophon)形成对比,这些人想撇开狄俄倪索斯,把城邦限定在礼法与文化的狭隘和权威主义定义中(行469、行1002 – 1006)。

然而,《酒神的伴侣》动摇了这两种立场,使之不稳定。双方都宣称拥有明智和智慧的德性。但彭透斯表面是忒拜城邦礼法的捍卫者,却远不理性,他被情感的暴力和冲动冲昏了头脑。狄俄倪索斯的崇拜者,至少最初颂扬了和平和安宁;但剧中对狄俄倪索斯式狂喜最引人注目的呈现,是一种狂热的凶残复仇和疯狂的嗜血。在剧本开始不久,年轻的国王、忒拜的老先知和狄俄倪索斯的众位吕底亚代表,皆宣称拥有礼法的权威:所有人都以自己的方式,自示为文化的捍卫者。但最终,三方都在某种程度上不令人置信——彭透斯是通过伴随其暴力而来的镇压和自我蒙蔽;忒瑞西阿斯和卡德摩斯通过他们功利主义的说理,以及偏私的动机(忒拜的荣耀,以及既定宗教权威的威望);歌队则通过其愈演愈烈的狂热和残暴的复仇,在结尾那几场戏中,她们的神没有做出任何举动来平息这种狂热和复仇。

抵抗、神显与幻觉

《酒神的伴侣》讲述了狄俄倪索斯如何挫败忒拜抵制其崇拜的故事,在关于酒神的神话中,这个故事是一种广为流传的故事类型。这是一个关于凯旋的故事,也是一个充满痛苦的故事。在其关于色雷斯王吕库戈斯(Thracian king Lykourgos)的三联剧中,埃斯库罗斯描写了一个相似的神话:由于拒绝崇拜酒神,吕库古被逼疯,并用锯子把儿子锯成碎片,以为自己是在攻击酒神的神圣葡萄藤。① 埃斯库罗斯创作了另一部关于狄俄倪索斯到达忒拜的三联剧,含《塞墨勒》(Semelé)和《彭透斯》(Pentheus)。与悲剧重述的所有神话一样,这个神话可以有若干不同讲法。欧里庇得斯似乎采用了埃斯库罗斯的情节梗概,但更强调了人的心理,或许也更凸显了神义成问题的那一面。②

《酒神的伴侣》改编了一个不断重现的神话叙述,在这个叙述中,一座城邦拒绝接受狄俄倪索斯,于是,狄俄倪索斯让城邦中的女子发狂,与自己的骨肉对抗。通过阿高厄弑子的疯狂在忒拜证明其神性后,狄俄倪索斯前往阿尔戈斯(Argos),在那里,他同样让女人发狂,结果,"在山上,她们吞食了在怀里吃奶的孩子的肉"。③ 当俄耳科墨诺斯王米尼阿斯(King Minyas at Orkhomenos)的女儿们忽视狄俄倪索斯的节日,继续干着神志清醒的女人所做的纺织工作时,织机突然长出葡萄藤蔓和葡萄,屋子也滴着牛奶和蜜。这些女人于是奔上山,在那里,其中一个女人撕裂了自己的孩子。④ 同样,在

---

① 参荷马,《伊利亚特》(Iliad),6.130 – 140,以及索福克勒斯,《安提戈涅》,行955 – 965。

② 关于埃斯库罗斯涉及狄俄倪索斯的剧作,参 Dodds 编,《酒神的伴侣》,前言,页 xxviii – xxxii;Seaford 编,《酒神的伴侣》,页 26 – 28,附有更多文献。有种猜测认为,欧里庇得斯《酒神的伴侣》为拜占庭的阿里斯托芬(Aristophanes of Byzantium)(公元前 5 世纪)所著,这种假设认为,"这个神话出现在埃斯库罗斯的《彭透斯》(Pentheus)里"。

③ Apollodorus,《神话全集》(Library of Mythology)3.5.2。这些阿尔戈斯(Argive)妇女可能就是普罗透斯王(King Proetus)的女儿,在一些版本中,她们被狄俄倪索斯逼疯:参 Apollodorus 2.2.2。

④ Aelian,《杂史记》(Varia Historia)3.42;亦参奥维德,《变形记》(Metamorpgoses)4.389 – 415。伊诺(Ino)的疯狂遵循的是类似的模式,尽管她被赫拉逼疯,但也与狄俄倪索斯有着千丝万缕的联系:参 Apollodorus 3.4.3,以及奥维德,《变形记》4.520 – 530。参 Burkert,《希腊宗教》,页 164;Seaford,《互惠与仪式》,前揭,页 291 – 292。

《酒神的伴侣》中,忒拜女子丢下织机奔上山,并突然从流出葡萄酒、牛奶和蜜,变为流血。① 这些神话可能反映了酒神的力量:把女人从家长制家庭的控制中解放出来;②但这些神话也表明,狄俄倪索斯能多出人意表地把哺育生命变为毁灭生命。譬如,在上文讨论的吕库古的抵制神话中,这位国王不仅剁碎了自己的儿子,也通过儿子的死恢复了土地的繁殖力。在这些关于狄俄倪索斯的神话中,繁殖力与毁灭性总是危险地如影相随。

戏剧性是酒神节的根本:戴着面具的舞者、合唱歌表演,以及打扮成萨图尔、围着阳物雕像行进的各种邦民游行。③ 作为面具之神,狄俄倪索斯赋予其崇拜者成为他人的自由,由此获得了酒神节特有的玩笑的许可。④ 扮演另一种身份,进入一个不是自己的角色的可能,显然是作为酒神节主要组成部分的戏剧表演的基础。面具也可能很吓人:从一重身份进入另一重身份,这很危险。异方人把忒拜国王装扮成狂女的惊人场景,亦即,作为彭透斯的终极他者,考

---

① 关于这些织机,参见《酒神的伴侣》,行147 - 148;比较行601、行1394 - 1395,关于从哺育的乳汁到流血的转变(反之亦然),见《酒神的伴侣》,行166 - 177、行786 - 881。

② 关于狄俄倪索斯与女人摆脱家庭,参Seaford,《互惠与仪式》,页258 - 262、页301 - 311、页326 - 327;以及他的《狄俄倪索斯作为家庭破坏者:荷马、悲剧与城邦》("Dionysos as Destroyer of the Household: Homer, Tragedy, and the Polis"),收于Carpenter和Faraone编,《狄俄倪索斯的面具》,页115 - 146。

③ Seaford,《互惠与仪式》,页266 - 275。

④ 关于狄俄倪索斯和面具,参见Françoise Frontisi - Ducroux,《戴面具的神:狄俄倪索斯在雅典的一种形象》(*Le Dieux - masque: une figure de Dionysos à Athènes*)(Paris,1991);同上,《关于面具》(*Du masque au visage*)(Paris,1995),页105 - 116;Henrichs收于Carpenter和Faraone编,《狄俄倪索斯的面具》,页36 - 39;拙著《酒神诗学与欧里庇得斯的〈酒神的伴侣〉》,页372 - 373;Eric Csapo,《为狄俄倪索斯骑阳具》("Riding the Phallus for Dionysos"),*Phoenix* 51(1997),页255 - 258,附有早期文献。

察了沉迷于幻想(包括戏剧幻想)力量的危险和愉悦。①

公元前5世纪末醉心于艺术幻想的性质,这无论如何都与狄俄倪索斯的面具有关。这一点在剧中也有戏剧表现。因此,在这里,作为旁观者的彭透斯从场景的边缘,移至场景的中心(作为被捕获的猎物),这个场景也考察了陷入幻想的过程。尽管一开始,彭透斯处于观众的位置,可以说,由于急于想看异方人描绘给他的场景,他很快就成为狄俄倪索斯策划的毁灭性短剧的中心人物,为此,狄俄倪索斯还装扮了他的"演员"彭透斯。因此,这段插曲用一种可怕的方式考察了观众与参与者之间界线的逾越。

在一股令人敬畏、喜悦及激起权力感的神秘力量突然爆发时,狄俄倪索斯让他的崇拜者感受到了他的存在。这种神秘的突然出现,是酒神崇拜的常规特色。欧里庇得斯利用了酒神崇拜的背景,把他的剧构思成一系列神显,酒神的每次显现都标志着戏剧行动的一个新阶段。② 狄俄倪索斯的第一语词,亦即此剧的第一个希腊语词是 hôkê,意为"我来到"或"我在这",这表明,整部剧都可视为他的显现。③ 在剧中后来的那些显现中,酒神神奇地在一道光中,或者更不祥地,以动物的形象(尤其是一头公牛)为人所知。酒神在

---

① 参拙著《酒神诗学与欧里庇得斯的〈酒神的伴侣〉》,第七章,后记,页369-378。除了书中引用的文献,还可加上 Easterling 编,《剑桥希腊悲剧集》,前揭,页165-173、页193-198;Mark Ringer,《〈厄勒克特拉〉与空瓮》(*Electra and the Empty Urn*)(Chapel Hill,1998);Gregory Dobrov,《戏剧插图:希腊戏剧与元小说诗学》(*Figures of Play: Greek Drama and Metafictional Poetics*)(Oxford 1998)。

② 酒神的显现和神奇变形,在《荷马的酒神颂》(*Homeric Hymn to Dionysus*)(《荷马颂诗》第七首)中也很突出,参 Henrichs,收于 Carpenter 和 Faraone 编,《狄俄倪索斯的面具》,页16-22。

③ 参 Dodds 编,《酒神的伴侣》,行1,页62;亦参 Giorgio Ieranò 编,《欧里庇得斯:〈酒神的伴侣〉》(*Euripide, Baccanti*)(Milan,1999),页98。

场的种种迹象逐渐变得越来越强烈,也越来越危险:从异方人面对彭透斯的当面盘问,断言酒神在场(行 537 - 607),到伴随地震而来的"大光",这场地震撼动了王宫和那个公牛模样的幽灵——彭透斯在王宫黑洞洞的牢狱里与之搏斗(行 717 - 739)。

后来,当彭透斯穿着狂女的长袍走出王宫,完全处于酒神的掌控之中时,他看到以公牛形象显现的酒神(行 1054 - 1057)。这场戏以歌队吁请狄俄倪索斯显现结束(行 1017 - 1019):"快以公牛、多头蛇或吐火的雄狮的样子现身吧!"酒神在第二信使言辞中的出现,其实回应了这个吁请,这肯定引起了古代观众的一阵恐惧和敬畏,今天也一样(行 1224 - 1229):

> 就在他说这番话时,天
> 地之间闪现一道神圣的火光。
> 天空随之寂然、林间溪谷树叶
> [1085]住声,你也听不到野兽咆哮。

这些显现截然不同的效果,符合全剧狄俄倪索斯身上的种种反差。对他的崇拜者而言,酒神的显现带来的是快乐和慰藉;而对外人来讲,他的显现带来的则是恐惧和危险。

通过把自己的神圣外表隐藏在吕底亚异方人下,狄俄倪索斯强化了其显现的威力。甚至在他的复仇计划中,酒神装扮彭透斯,也悖谬地是某种启示的方式,因为它揭示了这位年轻国王迄今不为人知的一面。一旦被酒神装扮成狂女领上山,彭透斯便失去了自诩的对女人和性的控制。他不仅不再能控制内部与外部、城邦与山、自我与他者的界线,也不再能掌控自己的性别。吕底亚异方人(幻化的狄俄倪索斯),逐渐成为这位年轻国王被压抑的他我,他想把自己的这一面隐藏在其城邦固若金汤的城墙背后,或者将之幽禁在王宫的黑牢里。由于没有做到这一点,彭透斯遭受了自我的分裂之苦,在此剧噩梦般的呈现中,这种自我分裂表现为身体的撕裂(sparagmos)——狂女们仪式性撕裂了他的肉体。

《酒神的伴侣》

和他创作其他几部戏剧一样,在《酒神的伴侣》开篇,欧里庇得斯让一位神解释背景,描述事情的未来发展。然而,狄俄倪索斯这位神化作凡人(行5),还将在他一手策划的阴谋中充当角色。狄俄倪索斯的伪装也表明了酒神崇拜的某些特质:显现的重要性(酒神突然向其崇拜者现以真身)、他与崇拜者的亲密关系,以及他让崇拜者觉得与之亲密无间地在一起——随后的颂歌很快会表明这些特点。

狄俄倪索斯以他出生的故事开始。卡德摩斯之女、阿高厄的姐妹塞墨勒怀上了宙斯的孩子狄俄倪索斯。宙斯善妒的妻子赫拉,诱使塞墨勒请求其天神情人以其全部神圣尊荣现身(宙斯是天神、雷电神和霹雳神);在这次私下显现中,塞墨勒葬身于霹雳火。塞墨勒招来杀身之祸的请求的结果,在忒拜那冒烟的废墟中仍依稀可见,此地现在是她的坟墓和纪念物,狄俄倪索斯让这里很快爬满葡萄藤。宙斯把这个孩子藏入大腿的"男性子宫"中救了他一命(世上首个早产儿保温箱),直至他足月(行614–617)。狄俄倪索斯现在是一位年轻的神祇(公元前5世纪末通常把他呈现为年轻的神),①

---

① 公元前6世纪对狄俄倪索斯的各种呈现,都把他表现为长满胡须的成熟成年男子。直到公元前5世纪下半叶,人们才把他呈现为优雅、无须的青年,约公元前440年,帕台农(可能在)东面的三角墙上的倚靠形象就是这样。

他来到忒拜,欲证明自己是宙斯之子的身份、惩罚拒绝崇拜他的忒拜王族,并以他的出生地为起点,把他的教仪引入希腊。狄俄倪索斯令塞墨勒的众姐妹(包括彭透斯的母亲阿高厄),以及忒拜女子一起发狂,把她们带出城邦,走上基泰隆山(行 44–53)。正如此剧开篇所示,在山上,这些女子成为希腊的首批狂女庆祝着狄俄倪索斯的教仪。

狄俄倪索斯结束开场白时,一身异域装扮的亚细亚狂女歌队伴着笛子(也可能是手鼓)激昂的节奏,步入乐队席,并在极为优美的第一颂歌中颂扬了她们的神(进场歌,行 84–202)。歌队呼吁狂女们加入教仪,由此表明了这位新神崇拜的显著特征:乐于歌唱、狂舞、令人血脉偾张的动物生活的刺激,以及在强烈的集体情感冲击下的忘我。然而,此剧第一个真正的行动,表明了酒神力量截然不同的一面,其时,忒拜的两位老人——先知忒瑞西阿斯和老王卡德摩斯——身穿鹿皮,手执酒神崇拜的标志常春藤杖入场,他们要加入山上的酒神信徒的行列。这场戏可能具有喜剧性,但也表明了狄俄倪索斯的普世力量(universal power)。狄俄倪索斯把忒拜这两位最稳重的邦民,变为截然不同于他们惯常的角色。这是最有节制,迄今为止也是最温和地表明酒神彻底改变那些承认其威力的人的力量。然而,彭透斯现在入场,瞧见两位老人一身酒神装扮,令他勃然大怒,他还嘲笑了酒神崇拜者和酒神。

彭透斯在舞台上的首段台词(行 254–288),确定了他与狄俄倪索斯冲突的问题:城邦对女人和性的约束,以及限制和界线的加强。彭透斯专注于这种新式崇拜对女人的诱惑力,还特别关注那位年轻的吕底亚异方人充满情欲的魅力(行 273–277)。彭透斯要把酒神信徒囚禁在城邦里,猎捕并用链锁锁住那些在山上的信徒,还要让异方人身首异处,包括那头飘飘长发。这种惩罚恰恰会是彭透斯本人的命运,这符合此剧的如下基本反转结构:年轻的国王与年轻的异方人、攻击者与受害者、正面人物与反面人物,以及猎手与猎物。

当他瞧见这两位新的皈依者时,彭透斯轻蔑地叫道,"这又是一桩怪事"。彭透斯马上归罪于忒瑞西阿斯,威胁着要囚禁他,并严斥酒神崇拜对女人的败坏(行289-306)。然而,当他穿上狂女的长袍时(行1044-1105),彭透斯对这些酒神男信徒的嘲笑,最终指向了自己;到那时,欢笑与怜悯和恐惧的悲剧情感混杂在一起。在精心设计的倒转中,酒神将嘲笑彭透斯(行1156;行959、行973-974),彭透斯嘲笑的"奇迹"(行289),很快就会证明酒神不可抗拒的力量(行534、行773、行799、行822、行1203)。

忒瑞西阿斯那场戏表明了此剧的一个核心问题:如何把狄俄倪索斯和他的崇拜引入城邦。这也造成了新神的代表与其对手舌战或争辩(agôn)的格局。两位老人呈现的是一个温顺的狄俄倪索斯,很容易进入利益、实用和寓意解释的理性话语。彭透斯愤怒的回答,很快驱散了忒瑞西阿斯言辞的演讲氛围,以及卡德摩斯谆谆教诲的慈爱温情。彭透斯使暴力逐步升级,命自己的随从摧毁忒瑞西阿斯的占卜所,重申他囚禁酒神信徒及其首领的命令,并判处吕底亚异方人受石击之刑而死——另一种后来将落到他本人头上的惩罚(行409-421;行1240-1242)。而忒瑞西阿斯一再警告彭透斯本人的疯狂;两位老人入场后便出场,无力地一路跟跄着走向山上的酒神教仪(行428-432)。

随后的合唱歌再次对比了彭透斯的暴力与酒神的节日欢乐和美妙——酒神与虔敬女神、爱欲、缪斯女神、植物的自然繁殖力、和平、丰足和明智相关。这位狄俄倪索斯远非彭透斯所想的那样破坏家庭,他"可保安然,维系家族"(行392以下)。歌队简要警告了彭透斯的口"无遮拦"和无法无天的疯狂(行457-459),但总体而言,这是一首恬静、欢快的颂歌,并为彭透斯与吕底亚异方人的首次正面冲突设定了背景,异方人的平静和自制与愤怒、激动的年轻国王形成强烈对比(行547-607)。彭透斯的随从公开宣称,在押的酒神信徒神秘获释,这一宣称已然挑战了彭透斯的权威(行527-33)。彭透斯随后与酒神/异方人的较量,眼下是在被称为单行轮流对白(stichomythia)的逐行对话中,而非上一场戏事先准备好的演说中,不料,这场较量令彭透斯愈发困惑不解、更加勃然大怒。这场较量的结尾恰好对应于前一场较量:彭透斯再次下达了逮捕命令,他的对手出场时警告他将受酒神惩罚(行595-607;行406-435)。

下一首颂歌,亦即第二合唱歌(行608-670),颂扬了狄俄倪索斯神奇地从奥林波斯神宙斯的大腿中诞生;但这首颂歌还把彭透斯描述成一头野蛮的怪兽,系地生的厄克西翁之子。这首颂歌较前一首更具威胁口气,因为歌队呼请酒神"去制止这恶棍的肆心"(行555)。不过,歌队又在华丽的诗歌中回归酒神颂的优美,这首诗把狄俄倪索斯与俄尔甫斯跟自然、滋养之水和植物生命的亲密关系联系在一起(行652-670)。

酒神的呼喊,"喂!听,你们听我的声音,信徒们噢,信徒们噢"(行576-579),骤然打断了[歌队]对狄俄倪索斯——他领着狂女翻山越岭、穿过希腊北部河流——的这种满怀欣喜的召唤,这就回到了歌队进场歌的激动心情("啊,前进吧,酒神的伴侣们,啊,前进吧,酒神的伴侣们!")(行152-153)。现在,狄俄倪索斯在他的首次显现中展示了威力;王宫的神秘倒塌,以及王宫奇迹中伴随的光和火的闪现,引入了酒神与国王的下一轮较量(行671-701)。王宫是否真的倒塌,以及这一事件究竟如何在舞台上上演,仍聚讼纷纭:在剧本结尾处,卡德摩斯与阿高厄的那一场戏中,王宫似乎完好无损。无论如何,狄俄倪索斯开始展示他的酒神力量;这种力量包括他那无法抗拒的魔力,无论是迷狂的、幻觉的,还是疯狂的魔力。

现在,局面得到了扭转,彭透斯的每一次行动都受阻。当狄俄倪索斯鼓舞其新近被囚的信徒(歌队),描述宫里所发生的事时,他(仍化作吕底亚异方人)掌控了整个叙述和舞台行动(行 710 - 740)。随后的短暂会面,再次聚焦于界线和囚禁的问题上,彭透斯叫道,"我命你们关闭并封锁整个城堡"(行 653)。然而,正如上一场戏所示,酒神神秘地穿过了城邦和王宫的防卫,他也开始神秘地渗透彭透斯灵魂中的防卫。

向城邦界线之外的领域(基泰隆山的荒野)——忒拜女子在山上像狂女一样发狂——的突转——打断了这次正面冲突。酒神由此在两个互补的方向上,摧毁了彭透斯对其王国界线的掌控:酒神把他的吕底亚女信徒从城邦内部的王宫中解放出来,他还让忒拜女子走出城墙,上山成为狂女。在山上,狂女行为的突转——从黄金时代的极乐到嗜血的狂热(行 783 - 881),预示了即将给彭透斯和阿高厄带来痛苦的血腥逆转。信使的报告,起初只是坚定了彭透斯对抗酒神的决心。随后,彭透斯与异方人的那场长戏,重复了前一场冲突论争的结构,这场发生在酒神的代表与他的对手之间的较量,很快演变成一场激烈的、你一言我一语的舌战(行 893 - 963)。

在这一系列冲突的场景中,狄俄倪索斯越发展示出他的力量,彭透斯则越发显露出他的种种弱点。我们记得,彭透斯是一名青年(行 321、行 1110)、几乎还没长胡须(行 1340 - 1342)、至今未婚,当上国王不可能很久。在舞台亮相时,彭透斯对卡德摩斯的温和(相对而言),以及卡德摩斯同样对他的宽和,甚至还能激起某种同情,并为后来更多的同情埋下伏笔。① 彭透斯发出了舞台上的僭主典

---

① 彭透斯虽认为卡德摩斯的衣着可笑,并提醒他不要把身上的疯狂揩到自己身上(行 291 - 292、行 406 - 408),他却主要归罪于忒瑞西阿斯(行 296 - 306),彭透斯对他勃然大怒,就像《安提戈涅》中的克瑞翁和《俄狄浦斯王》中的俄狄浦斯,但他对卡德摩斯所用的语词更温和(行 293 - 296;比较行 408),卡德摩斯也以同样的方式对他讲话(行 389 - 405)。

型的疯狂威胁,但他虽极尽恫吓,也还是个徒劳无功的青年。彭透斯在整剧中所作的威胁都未能实现。当他召集忒拜的武装力量,以应对关于山上女人的消息时(行896－902),军队似乎并没有到来。当彭透斯承认自己没能成功囚禁异方人时,他再度威胁着要惩罚他,就显得可笑了(行792－793):"别教训我!你这才逃出束缚,还不好好保住它?还是要我让你再回到惩罚?"

通过出其不意地问道:"你想看看她们在山上聚坐在一起吗?"(行811)狄俄倪索斯平抑了彭透斯的怒气(但无济于事),彭透斯突然中了他的迷惑。在这个平静而艰难的时刻,酒神通过神秘的纽带——他一直知道他们之间存在着这种纽带,掌控了自己的对手。彭透斯屈服于自己以及狄俄倪索斯身上的某样东西。狄俄倪索斯暗示,他要把女人们带来,"拯救"彭透斯;然而,就在彭透斯似乎要摆脱异方人的诱惑,命随从把他的武器拿过来时,异方人发出了这样简单的音节"Ah[且慢]"(违背了惯常的韵律),然后才提出令彭透斯无法拒绝的提议。仅用了一个简单的语词,酒神就揭示并释放了彭透斯一直在内心对抗的所有热望。其实,彭透斯失去了自制,直接落入对手的股掌,因为这种自制的缺失,表明彭透斯情感上的脆弱,狄俄倪索斯就将以此毁灭他。

彭透斯困惑而犹豫地离开了舞台(行845－846):"我要上路了;因为我要么武装前行,要么听从你的计划。"①彭透斯两次关于拿起武器的宣称,将他从抵抗到屈服的转变括在中间(行926、行962－963)。犹豫本身表明彭透斯彻底改变了他此前回应酒神时的坚决和冲劲。彭透斯的恫吓与不行动之间的偏差,表明这位国王既不再能完

---

① 彭透斯在行963的困惑,部分通过译为"痛苦"的peisomai一词含混传达出来,该词既表示我应遵从(源于peithô),也表示我会受苦(源于paschô):参见拙著《酒神诗学与欧里庇得斯的〈酒神的伴侣〉》,前揭,页251－253。

全掌控他的城邦,也不再完全克制自己,并预示了他的屈辱的失败。甚至通过接受异方人的提议,彭透斯就已在精神上用男勇士的武器换取了女信徒的衣帽。

那段把异方人的角色描述成彭透斯压抑的他我,是人物刻画的杰作;这段也是构成行动基础的性别角色倒转的关键。在全剧中,彭透斯始终坚持空间、年龄和性别这些严格界定的范畴。在这场戏中,彭透斯认为,最大的耻辱莫过于"在女人手中落得这步田地,是可忍,孰不可忍!"(行785–786)已向被囚的女信徒证明其释放者(Lysios)("解放者")称号的狄俄倪索斯,也把男人和女人从其通常角色和自我看法的束缚中解放出来。我们记得,年迈的卡德摩斯和忒瑞西阿斯在他们敬拜酒神的热忱中,感到青春焕发。如今,异方人把彭透斯由勇士变为狂女,领着他穿过城门和城墙,来到山林和山涧。

在山上,女人们不仅不受男人监管,作为猎手和勇士,她们还接过了男性权利的特质。在这种自由的更温和一面中,这些女人不用再干家务活,也不再有禁足家中的限制(在织机旁纺纱,看护婴儿),她们转而哺育野兽(行805–809)。更为极端地,经过驯化的女性身体的养育功能,神秘地转向外界,使一股股清泉、葡萄酒、牛奶和蜜从地面喷涌或流出(行811–817)。两幕场景都呈现了某种狄俄倪索斯式的母性,以某种打破人兽界线的慷慨,把母性力量由文化转向自然。这些女人抛开她们在父权家庭中传统、有利于社会的角色,走向野外与自然超自然融为一体的清一色的女性社会。但随之而来的是对女性角色的可怕败坏:母亲手刃亲子,在狄俄倪索斯的盛宴上把他重新带回自己的身体(行1338–1339)。

对彭透斯而言,狄俄倪索斯的凯旋,不仅意味着那些他如此热切捍卫的界线和差异的消解。狄俄倪索斯的凯旋也意味着某种倒退:从成年国王和勇士的角色,变成精神错乱的青年,最终沦为在一位暴怒、具有无上权力的母亲面前的无助婴儿。当彭透斯屈服于狄俄倪索斯的诱惑时,他不仅屈服于某种窥淫癖好(在一定程度上,他的母亲是他的窥探对象),还从重装甲步兵勇士的地位,亦即身穿铠甲的成年邦民-战士,倒退为青年公民(ephebe)的地位。青年公民是介于18至20岁之间的年轻人,持轻兵器,担负着像童子军和"侦察兵"那样巡卫边疆的特殊使命。因此,在行926和行926-963,当彭透斯无法拿起这些"武器",反而同意成为在山上使用诈术和欺瞒(行955、行1080-1150、行1088-1089)的探子时,他在男人成长过程的关键点上失败了,停留在青年时期。与此同时,彭透斯成了猎物而非猎手、女人而非男人、被献祭的牺牲而非献祭者、野兽而非人类,以及遭人蔑视的替罪羊而非威权赫赫的国王。① 与彭透斯身份瓦解对应的,是狄俄倪索斯成功确立起其身份。在这场戏最后,狄俄倪索斯对这些女人的呼唤中,这位异方人虽是在向狄俄倪索斯言说,却几乎要揭穿自己的伪装,恢复其神的身份,因为他预告了彭透斯的屈辱,并将死在母亲手中。

紧随彭透斯屈服及其最初失败的那首颂歌,歌颂了狄俄倪索斯式自由之美(行981-1001)。现在,狂女们能像欢快地逃脱猎手及其猎犬追捕时的小鹿那样,在绿色的森林里舞蹈(行981-1043)。然而,随着颂歌的推进,它体现了类似于狄俄倪索斯本身集温和与可怕于一身的优美与复仇的结合(行979-980)。就在异方人领着一身狂女装扮的彭透斯走出王宫时——这身装扮恰恰预示着他在这一天的生活会有多不幸,歌队最后唱道(行910-911):"不过,我认为,只有每天都生活幸福,才算幸福。"

随着彭透斯从暴怒的统治者变成温顺的狂女,从神的对抗者(theomakhos)变成献祭给酒神的牺牲,酒神身上"最温和"与"最可

---

① 充满了关于彭透斯从国王沦为牺牲品的暗示:行910-911、行976-977;比较行954、行1069。

怕"之间的平衡也开始改变(行979 - 980)。此剧前半部分的颂歌主要描述了狄俄倪索斯的解放热情,后半部分的颂歌却越来越专注于复仇。① 在歌队颂唱的第五首也是最后一首完整的颂歌,以及第四合唱歌(行1113 - 1159)中,充斥着行凶的念头。吕底亚狂女把眼下孤苦无依的年轻国王妖魔化为危险的野兽,她们要在自以为是的愤怒中割下他的脖子(行1125 - 1132)。在次节中,伴着对自然之美与俄尔甫斯歌谣的抒情性乞愿,末曲缓和了这种仇恨(比较行630 -638、行652 -670)。眼下,没有任何缓解的宽和。[狄俄倪索斯]此前的显现为受压迫的崇拜者带来了令人欣慰的光明和自由,此处新的显现却具有毁灭性(行1220 - 1260)。

毫无疑问,从王宫奇迹到撕裂彭透斯的复仇的逐步升级,是这位国王未注意到狄俄倪索斯先前更温和展示其力量的必然结果。然而,惩罚的正义并未减轻其可怕。充当酒神血腥复仇序曲的第四合唱歌,似乎属于某个截然不同于进场歌抒情诗般至福的世界;但颂唱这首歌的同样是那些狂女。歌队吁请他以公牛、蛇或狮子形象现身的酒神,在使他的敌手跟跄于他那群残暴的狂女时,将露出一张"微笑的脸"(行1153 - 1159)。原本出现在歌队进场歌狂喜的血腥猎杀和啖食生肉(行169 - 171),现在展露了其黑暗的一面。

与第一信使言说中的狂女一样,第二信使所述的狂女,一开始干着"令人愉快的活计",她们把常春藤绕在常春藤杖上,相互唱着酒神颂歌(行1190 -1193)。但现在,狂女的温和一面已极为有限。第一信使言辞中充斥的液体——从地面喷涌而出的葡萄酒、蜜和牛奶——在此处

---

① 参见拙著《酒神诗学与欧里庇得斯的〈酒神的伴侣〉》,前揭,页243 -244、页385;亦参Hans Oranje,《欧里庇得斯的〈酒神的伴侣〉:剧本及其观众》(*Euripides' Bacchae*: *The Play and Its Audience*), Mnemosyne Supplement 78 (Leiden,1984),页101 -113、页168 -170。

不见踪影;这一场景中的水,是更严酷、更危险的景象中的一部分,主要是环绕的溪谷和枞树(行1189 – 1191、行1239 – 1246)。因此,当酒神激励狂女们展开复仇行动时,她们变得凶残的愤怒也要突兀得多。现在,酒神的力量完全令他的凡人对手和崇拜者相形见绌。酒神在第一场戏的基泰隆山上没有直接介入,现在,他在某个可怕的神秘时刻表明了他的意志:其时,天地在一道闪光中结合在一起,整座山林一片寂静(行1224 – 1229)。随后的撕裂(仪式性撕裂)一如既往地血腥,但眼下的受害者是指定的人类,而非母牛或公牛,行凶者也不是全体歌队成员,而是受害人的母亲和姨母。欧里庇得斯不遗余力地渲染了恐怖。彭透斯望着阿高厄转动的双眼和吐着白沫的嘴,徒劳无益地求饶;狂女们把撕裂的肉体当球踢;阿高厄最终高举着戳在常春藤杖上的头,像凯旋的女猎手一样在山上炫耀(行1263 – 1301)。

信使最后以几句关于节制、明智和对诸神虔敬的审慎语结束了他的言辞(行1302 – 1307)。在此剧颇具匠心的对称中,这几句台词呼应了第一信使最后关于狄俄倪索斯赐福的概括(行882 – 888)。第一信使直接对彭透斯言说,赞扬狄俄倪索斯赐给人类葡萄酒,没有葡萄酒,就不会有性,"也就没有任何别的乐事了"(行885 – 889)。第二信使以"虔敬和明智"的"智慧",而非以"乐"事作结(行1304 – 1307)。彭透斯一死,[第二信使的]语气是防御性的,而非享乐主义的。歌队的行为也迥然不同。在回应第一信使时,歌队要犹豫得多,且仅歌颂狄俄倪索斯不输任何诸神(行890 – 892)。眼下,歌队公然目空一切,又唱又跳地大肆在抒情诗般的狂喜中欢庆对手之死(行1308 – 1310)。这种喊叫表明狂女大获全胜,但感情的强烈仍小心翼翼地限定在某种形式的对称上。在言说开始,信使提及忒拜王族蛇生的祖先,歌队在最后也提到这一点(行1161 – 1163、行1310)。当歌队为他的主人所遭的不幸幸灾乐祸时,信使义愤填膺(行1172 – 1177);现在,歌队的抒情诗放任那种狂喜;没有任何反对的声音阻止她们颂唱。

这场戏清楚表明,此处歌队的行为与希腊悲剧中歌队的惯常角色有多大相径庭。这支歌队完全没有与城邦或那些为人熟知的道德通则的集体声音保持一致,而是令人震惊地对抗城邦,以致此剧缺失了某种集体关切的声音或规范的邦民道德。① 譬如,在第三合唱歌末尾,我们无法确定该如何调和这两点:歌队关于神的惩罚和凡人生活沉浮的老生常谈,与歌队作为引发迷狂的神的吕底亚信徒的角色。歌队在这一点上的角色含混,对应于此剧探讨的关于狄俄倪索斯在城邦中的位置的含混性。

无论是由于恐惧还是怜悯,信使急着在阿高厄回来前离开(行1302–1303),现在,我们首次目睹阿高厄出现在舞台上。从山上回来的阿高厄展示了令人毛骨悚然的狩猎战利品——亲生儿子的头,她打算用这颗头装饰王宫。这场戏是狄俄倪索斯推翻彭透斯世界的视觉高潮。不仅阿高厄接替了通常由男人充当的凯旋勇士和得胜猎手角色,她与歌队一道颂唱的凯歌,还无情地戏仿了哭丧,哭丧采用的恰恰是这种形式:一名女子与一支合唱队进行抒情性交流。② 在此,这位不知丧子的母亲发出欢快(而非痛苦)的叫喊。阿高厄在邀请歌队参加宴会时,也充满了诸种对献祭反转的暗示(行1338–1339);我们也想起,当阿高厄"开始屠杀"彭透斯时,信使把她描述为女祭司(hierea)(行1262–1263)。

阿高厄就像一位得意的凯旋勇士,她站在王宫前,对忒拜邦民讲

---

① 关于歌队的这个方面,参见拙文,《欧里庇得斯〈酒神的伴侣〉中的歌队与共同体》("Chorus and Community in Euripides' *Bacchae*"),收于 Lowell Edmunds 和 Robert W. Wallaces 编,《古希腊的诗人、公众与演出》(*Poet, Public, and Performance in Ancient Greece*)(Baltimore,1997),页 65–86。

② 行 1316–1319,这一诗节最后,为丧歌的泪水与庆祝胜利的欢呼的反常结尾埋下伏笔,见上文注释10,页9。

话,展示她的战利品——那颗她欲悬于彭透斯狂热捍卫的王宫城墙上的头(行 1358 – 1370)。就在卡德摩斯带着撕成碎片的尸体进场时,仍处于酒神魔力之下的阿高厄把彭透斯的头抱在怀里,用表示传统男性力量的语词吹嘘她的胜利。在某种无情的反讽中,阿高厄希望自己不在场的儿子能在狩猎上以他的母亲为楷模(行 1411 – 1414)。在一段单行轮流对白中,卡德摩斯逐步引导阿高厄恢复神志,这段轮流对白被比作让人摆脱精神病阶段的过程。① 兴许在马其顿,欧里庇得斯亲眼见过这种让狂女恢复神智的技艺。

到了这里,剧本中断(因为此剧后半部分仅有一种手稿传世);接下来那场人称尸体拼接(Composito Membrorum)或肢体合拢的戏仅留残篇。不过,我们可以根据各种古代来源和(可能是)拜占庭晚期的戏剧《基督受难记》(*The Passion of Christ*)——此剧很大部分吸收了《酒神的伴侣》,重现了大部分剧本(见附录,页 138 – 141)。阿高厄肯定把头安在了身体的其他部分上,她还跟卡德摩斯一道把尸身拼凑起来,并为之悲悼。这场戏在希腊悲剧中并不典型,关于这场戏如何在舞台上上演也存有争议。阿高厄的悲悼(几乎全部佚失)无疑饱含感情。卡德摩斯更为正式,因为他颂扬孙儿是始终庇护老者的忒拜统治者(行 1491 – 1505);不过,这段葬礼悼词反讽地与这位年轻人的死形成对比:他仅仅威胁要向家族里的女人开战争,却丧命于狂女 - 猎手(而非男勇士)之手。

在这段悲悼最后,狄俄倪索斯作为机械降神(deux ex machina)出现,如今可能是以其奥林波斯神的形象现身,不再伪装,从舞台建筑的顶部(或楼厢[theologeion])发话——常用于这类场景。狄俄

---

① 参 George Devereux,《欧里庇得斯的〈酒神的伴侣〉中的心理疗法场景》("The Psychotherapy Scene in Euripides' *Bacchae*"), *Journal of Hellenic Studies* 90(1970),页 35 – 48。

倪索斯讲话的第一部分已佚失,不过,现存的那部分透着一种严酷和自我辩白(而非同情或理解)的口气。他下令放逐阿高厄和卡德摩斯。由于受到亲子的血的污染,阿高厄不能留在城里;卡德摩斯和妻子哈耳摩尼亚(Harmonia)将变成蛇,率领一个伊利里亚(Illyrian)部族攻打希腊诸邦,还将劫掠德尔菲的阿波罗神庙。与他通常的结尾一样,在这里,欧里庇得斯整合了这个神话传统的其他部分。这对卡德摩斯愈发反讽。这位希腊城邦的缔造者——他原本来自腓尼基人的外邦(非希腊)之地,在忒拜杀死那条看守狄耳刻泉的蛇——将变成一条蛇,并率领外邦的游牧部落攻打希腊诸邦。对这一时期的希腊人而言,放逐意味着悲惨的命运,剥夺了他/她的政治权力、公民权,以及家族往来和保护。当狄俄倪索斯预言卡德摩斯最终将到达受福佑之地时,透露出一丝光明,但在污染、放逐和分离的幽暗中,这点光亮并未大放光明。

希腊悲剧中的诸神从不宽宥;他们的应报正义(retributive justice)不一定与受到的冒犯相当。和早期对抗神话中的吕库古一样,彭透斯因强烈对抗激怒酒神,最终无可避免地走向死亡。连接受酒神的卡德摩斯也受到惩罚:他虽接受了酒神,却未以正确的心态接受他。同样,如俄耳科墨诺斯的米尼阿斯的女儿们一样,阿高厄和她的姐妹们所受的苦难,似乎与她们的冒犯,以及她们起初在开场白中对酒神的怀疑并不相称(行33–43)。卡德摩斯无力地分辩道,诸神不应像凡人一样动怒,但狄俄倪索斯并不打算进行道德辩护,而只是宣称一项自宙斯以降的古老法令,并命令人们谨遵"命里已注定"的必然性(行1565–1568)。在那些古老的神话里,狄俄倪索斯在家族内部残杀进行复仇,无情而残忍,观众兴许已将之视为传统的惩罚。然而,欧里庇得斯引入了对拟人化的神的批评(未得到解答)。和其他地方一样,欧里庇得斯让我们觉得,诸神的正义以及人与神看法的分歧无法理解。

此剧以彭透斯年迈的外祖父与悲痛的母亲的痛苦诀别结束。

这场浩劫和他们即将来临的放逐,摧垮了这两位幸存的凡人。与《希珀吕托斯》结尾处的希珀吕托斯和忒修斯一样,他们在被迫永别前依偎在一起,以求慰藉。此剧向我们展示了这些仪式之美,但最后一场戏促使我们思索其另一面。

最后的话由阿高厄说出(撇开老套的歌队终场词,这可能是后来所加)。她的唯一愿望是加入姐妹们,与之一道流放,不再与酒神仪式有任何瓜葛。这种行动是离心的,语气充满阴郁,尤其是她在倒数第二句话的请求——她想让人领着去"没有什么酒神杖来唤起我的往事的地方"——让人想起坟墓(行 1386)。① 此剧以女人和女性体验以及标题中的酒神的伴侣结束;然而,阿高厄的最后一句台词,"还是让它们成为其他女信徒的念想吧!"(行 1387),表示了对未来崇拜的某种含混欢迎。

我们不晓得最后这场戏如何在舞台上上演,但彭透斯支离破碎的尸体——无论在剧末被抬走,还是在卡德摩斯和阿高厄出场后仍留在台上——仍是一个有力的、无法避免的意象。不说别的,彭透斯的尸体还引发了整个家族灭绝的恐惧,因为我们目睹了这个王族三代人在我们眼前的厄运。②

---

① Seaford 编,《酒神的伴侣》,在行 1386 中,引用的是行 1157。但是,Seaford 在行 1387(此处的行 1608),从对"其他酒神信徒"的提及中,发现了对"忒拜狄俄倪索斯崇拜的神话起源"的某种刻画。不过,毋庸置疑,语气不是为成功确立某种新式崇拜庆祝,而是言说者的失落感和绝望感。譬如,关于行 1387(页 91),Esposito 认为:"阿高厄斩钉截铁地拒绝了狄俄倪索斯及其信徒,在这种最终的拒绝中,她延续了儿子的精神。"

② 我们不仅明确得知,王族遭灭顶之灾,剧中也如是作了暗示,尤其因为剧中数次提及彭透斯的表兄弟阿克泰翁(Aktaion)之死,此人是阿高厄的姐妹伊诺之子。剧末遭毁灭的三代人的意象,与《奥德赛》(*Odyssey*)截然相反,24.514–515,在那里,老拉俄特斯(Laertes)欣喜于他那东山再起的三代人的家族,齐心协力战胜敌人。

狄俄倪索斯式的发现

剧末体现了狄俄倪索斯体验中的某样东西,我们不妨称之为狄俄倪索斯式的发现(Dionysiac anagorisis):狂放和狂喜之后对痛苦现实的可悲觉醒。用日常用语来讲,这是一种从酒神的礼物——由葡萄酒引发的快乐(亦即宿醉)中清醒的经历。但在此剧的行动中,这种发现首先以一种相对温和的方式表现在忒拜狂女从山上回来(行877-881);接着,对彭透斯来说更可怕(见下文),以及阿高厄摆脱酒神迷狂,意识到自己的所作所为时;最后,是当卡德摩斯摆脱年老的酒神式欢乐——发生在此剧的首个舞台行动中(行203-255),让位于他作为"老年人"的无能时(行1502、行1572、行1584-1587)。

这种酒神式的发现,在基调上有别于譬如索福克勒斯笔下的俄狄浦斯(Oedipus)在《俄狄浦斯王》(*Oedipus Tyrannos*)最后经历的那种发现。由于戳瞎自己的双眼,瞧不见可见的世界,俄狄浦斯获得了对生活周遭各种不可见力量的更深刻洞察,也更宽泛地获得了对人类处境悲剧性的更深刻洞察。在他从幻想到现实的旅程中,俄狄浦斯获得了对表象富于欺骗的表面的更清楚认识——他本人就生活在这些表象中,并最终获得了某种新的内部力量(见《俄狄浦斯王》,行1414-1415、行1455-1458)。当阿高厄和卡德摩斯从幻觉中醒来,他们只能认识到自己的极度悲惨,及其在毁灭他们的神力面前的孤苦无助。彭透斯摆脱酒神魔力的时间,只够让他认识到,他将死于残忍的母亲和姨母之手。彭透斯始终没有认清异方人是谁,他也没洞悉自己遭受苦难的原因。酒神领着彭透斯走向死亡时,他本人(伪装的)就预示,"这样一来,他就会晓得,宙斯之子狄俄倪索斯,生来就是真正的神"(行859-860)。但在下一场戏最后,彭透斯处于半催眠状态的恍惚中离开了舞台,那段讲述他死亡的叙述,只字未提他对酒神有何认识。阿高厄和卡德摩斯获得了更多认识,但主要是心理上的,而非智识上的;震惊和恐惧笼罩在更深刻的道德理解的微光上。

第二信使在报告忒拜狂女在山上获释的结果时劝道:"节制并敬重诸神的各样东西吧。"(行1150)但这种道德说教的解决方式,几乎不适于此剧呈现的那种悲惨经历。扔下你们的链锁,获得自由吧,狄俄倪索斯如是告诉他的崇拜者;然而,此剧随后描述了认识到由这种自由导致的恐惧的过程。在此剧开初,卡德摩斯和忒瑞西阿斯颂扬狄俄倪索斯的一腔热情中,他们快乐地遣年忘岁,觉得重返青春(行223-226)。但在使阿高厄摆脱疯狂时,卡德摩斯又充分重视他的年纪及与之俱来的可悲智慧。仍处于酒神魔力下的阿高厄,谴责父亲年老那令人不快的暴戾(行1251-1252):"人上了年纪,有多闷愁,愁眉不展喔!"但卡德摩斯正确地用包含痛苦的知识和包含不幸的真相反击了阿高厄的酒神癫狂(行1287):"不幸的真相噢,你来得真不是时候哟!"

弗洛伊德在一段著名的论述中表示,在某种意义上,俄狄浦斯神话是关于文化(Culture)加诸我们动物性残留的必要约束。[1] 文化之神阿波罗,就强行限制,并坚持有死性与神性、动物性与人性的差别。不过,关于狄俄倪索斯的那些神话,探讨的是我们身上动物性的释放,以及摆脱文化的诸种压抑性限制。倘若俄狄浦斯神话表明,幸福是一种悲惨的幻象,那么,狄俄倪索斯颂扬的是葡萄酒、快

---

[1] 譬如,参见 S. Freud, "Preface to Theodor Reik",《仪式:心理分析研究》(*Ritual: Psycho-Analytical Studies*)(1919),收于 James Strachey 编,*The Standard Edition of the Complete Psychological Works of Sigmund Freud*,第17卷(London,1955),页261。

乐和节日在人类生活中的地位;《酒神的伴侣》中数次提到,狄俄倪索斯的礼物与阿弗洛狄特的礼物相伴相随(行493 - 496、行887 - 889)。倘若俄狄浦斯神话呈现了打破差异带来的诸种灾难性后果,那么,那些关于狄俄倪索斯的神话,则醉心于人类与自然及动物世界令人愉悦的亲近。因此,狄俄倪索斯似乎与喜剧有着某种天然的联系;事实的确如此,因为无以计数的喜剧和萨图尔剧都用狄俄倪索斯或酒神形象充当主角。不过,埃斯库罗斯的狄俄倪索斯三联剧也表明,狄俄倪索斯与文化的关系,进一步说是悲剧主题。

欧里庇得斯提出但未完全解答这个问题,即如何在摆脱随可怕的认识而来的疯狂的情况下,享受酒神式的迷醉。我在其他地方已表明,一种解答可能就在酒神赐予雅典的其他礼物中,不是狂热的仪式(未经阿提卡证实),而是在纪念狄俄倪索斯的节日上的戏剧表演更温和的入迷,因为这些戏剧表演把酒神狄俄倪索斯安全引入城邦,并把如下事物结合在一起:自由的愉悦与"平静"或"安宁"(hêsychia)、放纵和迷狂与情感的平衡或神智清明(sôphrosynê)。在此,对真相的认识带来的是净化的整合,而非恐惧、疯狂和污染。①

狄俄倪索斯猛然揭穿他的身份,改变了这个世界,也改变了他所遇到的那些凡人的世界观。对此剧结构至关重要的强与弱、迫害者与被迫害者的反转,也提出了我们该同情谁的根本问题。此剧前半部分让我们很容易同情异方人和他的随行人员,而非其过激的迫害者,这位迫害者像典型的舞台僭主那样行事(对比《安提戈涅》中的克瑞翁)。然而,随着酒神的报复从眼下孤苦无依的彭透斯,殃及阿高厄和卡德摩斯,我们对狄俄倪索斯的看法变得更加复杂。观众晓得,胜出的会是酒神,酒神崇拜也将带着它的诸种福祉和危险进

---

① 参见拙著《酒神诗学与欧里庇得斯的〈酒神的伴侣〉》,前揭,页339 - 347。

入忒拜,并由此进入整个希腊。

不过,此剧在如下二者之间仍保持割裂:前四首颂歌歌词中传达出的仪式之美,与剧末解释的酒神复仇的无情。我们从不认为彭透斯是对的。兴许,若他充满敌意的反应不那么强烈,这场灾难就能避免。然而,与许多希腊悲剧一样,《酒神的伴侣》既让我们感到神圣正义的无情,又感到对人类受害者的同情。

欧里庇得斯把狄俄倪索斯称为我们身上的那种冲动与活力的混合,这种混合能骤然从欢欣鼓舞转向疯狂、野蛮的残暴。在宗教仪式中完全陷入集体情感的迷狂,美妙而刺激;然而,欧里庇得斯时代和我们时代都清楚,民众情感的限制一旦打破,也可能致使"正常的"男女走向几乎难以想象的恐怖暴行。由于狄俄倪索斯已证明他是神,亦即他是一种永恒的元素力量和存在性力量,他也要求我们承认并接受他在我们世界中的地位。

狄俄倪索斯与秘仪

莱尼克斯(Valdis Leinieks) 撰

按照现代学者对这个主题的看法,①关于《酒神的伴侣》中的狄俄倪索斯宗教,值得一提的是,欧里庇得斯并未将之呈现为秘仪。②他没有这样呈现的理由显而易见。古代的秘仪有两大重要特征。首先,成为秘教成员是受约束、有限制的。会员资格是一种赋予诸种独特益处的特权。因此,唯有被选中的人才有会员资格。会员资格的获得,受限于入教仪式的方式。③ 入教仪式向新入会者、秘仪

---

① 在讨论此剧时,一般会谈到秘仪和入教仪式。Helene P. Foley,《欧里庇得斯作品中的仪式与献祭》(*Ritual and Sacrifice in Euripides*)(Ithaca 1985)。"彭透斯毁灭的各方面,的确表明某种参加酒神秘仪的不当入教仪式"(页214),Richard Seaford,《欧里庇得斯的〈独眼巨人〉》(*Euripides: Cyclops*)(Oxford 1984)。"此处可发现与彭透斯在《酒神的伴侣》中的'转变'惊人相似的细节。因为二者均基于加入狄俄倪索斯秘仪的入教仪式过程。"(页57)Charles P. Segal,《酒神诗学与欧里庇得斯的〈酒神的伴侣〉》(*Dionysiac Poetics and Euripides' Bacchae*)(Princeton 1982)。"在他的入教仪式中,他[彭透斯]向后退而非往前走。"(页199)

② Ugo Bianchi,《希腊的秘仪》(*The Greek Mysteries*)(Leiden 1976)。"作为每3年庆祝一次的狂欢性节日,欧里庇得斯在《酒神的伴侣》中栩栩如生描述的狄俄倪索斯教,并非严格意义上的秘教。"(页13)

③ Walter Burkert,《古代秘教》(*Ancient Mystery Cults*)(Cambridge, 1987)。"秘仪即入教仪式,在这些秘教中,准入和参与均取决于入教仪式上举行的某些个人仪式。保密和(多数情况下)夜间场景随这种排外性而来。"(页8)Class J. Bleeker,"前言",《入教仪式》(*Initiation*),Class J. Bleeker 编(Leiden, 1965)。"严格意义上的入教仪式,即把人们引入某种封闭的宗教团体的仪式。"(IX)

成员,以及整个团体宣告,新入会者现在获得了新的特许地位。①为了彰明自己的新地位,新入会者可能会身着特定的衣服、特立独行。因此,欧里庇得斯《克瑞特斯》(*Kretes*)(472 Nauck)中宙斯(Idaian Zeus)的新入教者,穿着一袭白衣四处游荡,笃行素食主义。不过,独特的衣着和行为并非关键。厄琉西斯秘仪(Eleusinian mysteries)的新入会者就既不身着奇服,也不特立独行。② 入教仪式本身向非入教者保密。但这并非秘教独有的特征。主要或完全由妇女举行的仪式,也倾向于保密。相应地,入会仪式需一群官员来管理。这些官员既可以悉数由秘教成员组成,或者更有可能的是从他们中选出一部分人组成。就是这些官员实际掌控着秘教成员的入会资格。古代秘教的第二个基本特征,是秘教成员来世独享的诸种特殊好处。③ 譬如,阿里斯托芬《蛙》里由新入教者组成的歌队,就细数了冥府中享有的种种好处。

古代秘教的这两大基本特征,均与欧里庇得斯在《酒神的伴侣》中对狄俄倪索斯宗教的看法直接冲突。首先,他特别摈弃了有限制的入会这一观念。诚如忒瑞西阿斯所言所示,成为狄俄倪索斯的崇拜者是个人选择问题。人们只需穿上恰当的服装,加入跳舞的行列。④

---

① Burkert(注释3)。"从社会学角度上讲,总体而言,入教仪式被界定为'地位的戏剧化'(status dramatization)或地位的仪式性转变。"(页8)Bianchi(注释2)。"进入某个新身份的仪式,这重新身份暗示归附某个界定明确的团体。"(页4)

② George E. Mylonas,《厄琉西斯与厄琉西斯秘仪》(*Eulusis and the Eleusinian Mysteries*)(Princeton 1961)。"他们并未被迫遵循某种特定的生活方式或行为规范……他们可以自由回归正常生活。"(页280)

③ Ugo Bianchi,《入教仪式、秘仪与真知》("Initiation, Mystères, Gnose"),*Initiation*,前揭,页154-171。"一种独特的命运等候着入教者,他们让自己的灵魂亲近那里的诸神。"(页154)

④ Bianchi(注释2)。"参与这些仪式是某种专有的特权,这似乎也不是事实。"(页13)

> [175]老朽和这位更年长的老人有约在先:
> 我们要扎上常春藤杖,披上幼鹿皮,
> 还要在头上缠上常春藤的嫩枝条。

此处没有任何迹象表明,这两位老人必须举行任何入教仪式。装扮合适后,他们便赶往山上参加跳舞(行191、行195)。不仅人人皆可加入对狄俄倪索斯的敬拜,根据忒瑞西阿斯,酒神还期望受到每个人的敬拜:

> [206]不会的,因为这位神并没有作出区分,
> 声明只有年轻人或老年人才能跳舞。
> 相反,他想得到所有人的共同崇敬,
> 不想让谁不颂扬自己。

忒拜人没有全部欣然敬拜狄俄倪索斯,就引发了歌队的不快:

> [530]而你,有福的狄耳刻哟,
> 我领着头戴常春藤冠的
> 狂欢队进来时,
> 却一把将我推开。
> 你为什么拒绝我?为什么躲避我?

狄俄倪索斯一心想受所有人敬拜,以致他甚至强迫那些不愿敬拜他的人也要敬拜他:

> 因为这座城邦必须彻底认识到——虽然它不愿意
> [40]——不加入我狂欢仪式的后果;

尽管忒拜女子被迫敬拜狄俄倪索斯,但依然没有任何迹象表明,她们被迫举行了任何入教仪式。剧中也没有迹象表明,作为歌队成员的吕底亚女子举行过入教仪式。狄俄倪索斯将之视为传播其宗教的助手和伴侣($παρέδρους\ καί\ ξυνεμπόρους$,行57),一路随行。异方人(the Stranger)也仅宣称,他受命把狄俄倪索斯的仪式带到希腊,并且,狄俄倪索斯将这些仪式亲授给他后($Διόνυσος\ αὐτός\ μ'εἰσέβησε$,行466)才派他前来($δίδωσιν\ ὄργια$,行470)。吕底亚女子和异方人都被选中,受命充当酒神的使者。他们并未入秘教。

　　其次,欧里庇得斯反对来世得福的看法。根据欧里庇得斯,狄俄倪索斯宗教的福祉就在此时此地的当下。当彭透斯质询狄俄倪索斯仪式的形式时,异方人提到了其好处:

　　　　[471]彭:你的这些教仪是什么形式?
　　　　　　狄:不可话与未入酒神秘仪者知。
　　　　　　彭:这些秘仪给献祭的人带来什么好处?
　　　　　　狄:说与你听有违神律,虽然值得一知。

　　这些仪式不能说与不践礼的人知。由于这些仪式主要包括狄俄倪索斯的舞蹈,因此,也没必要告知那些践礼的人。这些仪式不言自明,参与其中自然明了。不可能通过任何恰切的口头解释说清道明,也没这个必要。在此,表示福祉的语词经过精心挑选。在宗教语境中,表示福祉的语词$ὄνησις$[好处]和$ὀνίνησι$[得到好处],特指此世的好处,而非来世的福祉。这两个语词已成为祈祷套语的一部分,祈求诸神让自己不断享有此时此地的现世好处。① 这种祈祷套

---

① Eduard Fraenkel 收集了证据并讨论了这种套话(2.179),见《埃斯库罗斯的〈阿伽门农〉》(*Aeschylus: Agamemnon*)(Oxford 1950)。

语的一个出色例子,可在阿忒奈奥斯(Athenaios)(659e)引用米兰德(Menandros)《科拉克斯》(*Kolax*)(1 Sandbach)残篇中看到:

> 让我们祈求奥林波斯诸神
> 及奥林波斯诸女神,所有神祇……
> [5]……请赐予我们安全、健康、诸多好处,
> 让我们继续享有现在享有的各种好处,
> 让我们为此祈祷。

欧里庇得斯的《赫卡柏》(*Hekabe*)里有一个更具体的例子。赫卡柏刚好问珀吕墨斯特(Polymestor),特洛亚的珀吕多洛斯(Polydoros)送给他的黄金是否还在手上:

> [996]赫:好生保管它,也不要贪想邻国的财物。
> 珀:绝不会。但愿我继续从我所拥有之物中受益,女人。①

在《阿尔刻提斯》(*Alkestis*)中,阿得墨托斯(Admetos)说到他的孩子和阿尔刻提斯时也用了这些套话:

> 我有足够多的孩子。我祈求诸神能继续托他们的福,
> [335]我并不总是从你们那里得福。②

---

① [译按]《赫卡柏》中译本见周作人译,收于《欧里庇得斯悲剧集》(上),北京:中国对外翻译出版公司,2003。
② [译按]《阿尔刻提斯》中译本见罗念生译,收于《罗念生全集》(第三卷),上海:上海人民出版社,2004。

在《美狄亚》(*Medeia*)行254,美狄亚用ὄνησις一词表示生活在母邦的好处,在行618,她又用该词指称钱财的好处和伊阿宋(Iason)给她的引见信。在《赫卡柏》行1231,赫卡柏用这个语词指黄金的好处。在《伊菲革涅亚在陶洛人里》(*Iphigeneia in Tauris*)行579,伊菲革涅亚用该词指称一项将有利于她和俄瑞斯忒斯事业的好处。在《俄瑞斯忒斯》(*Orestes*)行1043,俄瑞斯忒斯用该词指称拥抱厄勒克特拉(Elektra)的快乐。同样,《酒神的伴侣》行473的ὄνησις,也没有暗示来世的好处,而是指狄俄倪索斯带来的此世的各种好处。这些好处多种多样,包括歌唱、舞蹈、各种节日和爱,也包括解放:摆脱老年、经济拮据和社会压迫。

至此,详细考查《酒神的伴侣》中用于谈及秘仪和入教仪式的那些遣词和段落,将大有裨益。公元前5世纪晚期,用于指称秘仪和入会仪式的语词,最含混的有μυστήρια、μύστης和μεμύηται。欧里庇得斯既使用μυστήρια,也使用μύστης。在《疯狂的赫拉克勒斯》中,赫拉克勒斯认为,他之所以能战胜看守冥府的三头狗(Kerberos),就因他入了秘教:

[613]由于看过秘教的仪式,我成功了。

赫拉克勒斯所指无疑是厄琉西斯秘仪。因为他刚才提到了科拉(Kore)(行608),随后又提到阿尔戈利斯的赫尔米翁(Hermion in Argolis),此地因得墨特耳的神殿闻名(行615)。对仪式视觉方面(ἰδών)的强调,是得墨特耳秘教的典型特征。《希珀吕托斯》(*Hippolytos*)(σεμνῶν ἐς ὄψιν καὶ τέλη μυστηρίων[参观并完成那庄严的秘教仪式],25)和《希克提得斯》(*Hiketides*)(Δήμητρος ἐς μυστήρια[得墨特耳秘仪],173)也提到了厄琉西斯秘仪。《科瑞特斯》(*Kretes*)的一段长残篇(472 Nauck)提到一名新入宙斯崇拜的入教者(μύστης,

行 10)。在《瑞索斯》(Rhesos)中,μυστήρια一词被用于指称一般意义上的秘教:

> [943]俄尔甫斯展示了不可为外人道的秘仪所用的火炬。

在这两处,μυστήρια一词似乎用在一般的宗教游行中。在《希克提得斯》行 470,"束发带的神圣秘仪",指的是乞援的权利。在《厄勒克特拉》行 87,"来自神的秘籍",指的是俄瑞斯忒斯在德尔菲询问神谕。由于在其他所有地方,μυστήρια 都意为真正的秘仪,编校者们在这两段文字中都提出了校正。瑙克(Nauck)的ἱκτήσια 应印在《希克提得斯》行 470,巴纳斯(Barnes)的χρηστησίων则应印在《厄勒克特拉》行 87。索福克勒斯用 μυστήρια 指称过厄琉西斯秘仪(σεμνὰ τῆς σῆς παρϹένου μυστήρια, 804 Radt) 一次。希罗多德(Herodotos)(2.51.2 - 4)谈到萨墨忒莱克(Samothraike)秘仪中卡比利圣地(Kabeiroi)的入教仪式(ἐν ΣαμοϹρηίκηι μυστηρίοισι)。他提到了(2.171.2)埃及人称之为μυστήρια的仪式——和得墨忒耳秘仪一样,这种秘仪也对外保密(εὔστομα),他还提及(8.65.1)厄琉西斯的神秘喊叫(τὸν μυστικὸν ἴακχον)。修昔底德(Thoukydides)则只用μυστήρια和μυστικά指称厄琉西斯秘仪(6.28.2;6.53.1;6.53.2;6.60.1;8.53.2)。

在阿里斯托芬作品中,μυστήρια在两重意义上使用。绝大多数时候指的是厄琉西斯秘仪。《阿卡奈人》(Achanians)两度提到秘仪上献祭的乳猪(χοιρίων μυστηρικῶν,行 747;χοίρως...μυστικάς,行 764)。《蛙》(Frogs)提到了秘仪上的驴(ὄνος...μυστηρσια,行 159)。此外,《蛙》里还提到了秘仪上的舞蹈(ἱερὰν ὁσίοις μύσταις χορείαν,行 335 - 336;μύσταισι χοροῖς,行 370)和秘仪中的火炬(δᾴδων...αὔρα...μυστικωτάτη,行 313 - 314)。《云》(Clouds)中有一处提到举行秘仪的场所

($\mu\nu\sigma\tau o\delta\acute{o}\kappa o\varsigma\ \delta\acute{o}\mu o\varsigma$,行303)。其他地方的提及主要指称厄琉西斯秘仪($\pi\varrho\grave{o}\ \tau\tilde{\omega}\nu\ \mu\nu\sigma\tau\eta\varrho\acute{\iota}\omega\nu$,《马蜂》[*Wasps*],行1363;$\mu\nu\sigma\tau\acute{\eta}\varrho\iota\alpha$,《和平》[*Peace*],行420;$\mu\nu\sigma\tau\eta\varrho\acute{\iota}\omega\nu$,《蛙》,行887;$\mu\nu\sigma\tau\eta\varrho\acute{\iota}o\iota\varsigma\ \delta\grave{\epsilon}\ \tau o\tilde{\iota}\varsigma\ \mu\epsilon\gamma\lambda\acute{a}o\iota\varsigma$,《财神》[*Ploutos*],行1013)。其中,唯一的例外出现在《云》里:

[143]这可是宗教神秘。①

在此,这名学徒说的是苏格拉底用跳蚤跳动丈量距离的可笑举动。他向斯特普斯阿得斯(Strepsiades)表示,透露这点琐事,就等于泄露厄琉西斯秘仪的秘密教义。用秘教入会仪式的隐喻指涉哲学学说的泄露,很可能随毕达哥拉斯学派(Pythagoreans)出现。根据第欧根尼·拉尔修(Diogenes Laertios)(8.7),毕达哥拉斯学派的希帕索斯(Hippasos)写了一本名为《神秘言辞》(*Mystic Dicourse*)的著作,中伤毕达哥拉斯。珀斐里俄斯(Porphyrios)(《毕达哥拉斯传》[*Life of Pythagoras*],41)记载,毕达哥拉斯用秘教的方式($\mu\nu\sigma\tau\iota\varkappa\tilde{\omega}\iota\ \tau\varrho\acute{o}\pi\omega\iota\ \sigma\upsilon\mu\beta o\lambda\iota\varkappa\tilde{\omega}\varsigma$),形象地讲述了许多事情。用秘教入会仪式的隐喻譬喻哲学学说的泄露,是柏拉图最喜欢的手法。阿里斯托芬作品中对秘教入会仪式的提及,大多指厄琉西斯秘仪的入教仪式($\mu\nu\eta\vartheta\tilde{\eta}\nu\alpha\iota$,《和平》,行375;$\mu\epsilon\mu\nu\eta\mu\acute{\epsilon}\nu o\iota$,《蛙》,行158、行318;$\mu\epsilon\mu\nu\acute{\eta}\mu\epsilon\vartheta\alpha$,《蛙》,行456;$\grave{\epsilon}\mu\nu\acute{\eta}\vartheta\eta\varsigma$,《财神》,行845)。《和平》中有一处提到萨默忒莱克秘仪的入教仪式($\grave{\epsilon}\nu\ \Sigma\alpha\mu o\vartheta\varrho\acute{\alpha}\iota\varkappa\eta\iota...\mu\epsilon\mu\nu\eta\mu\acute{\epsilon}\nu o\varsigma$,行277-278)。阿里斯托芬也清楚地表示,厄琉西斯秘教的入教仪式对来世很重要。在《和平》中,赫耳墨斯(Hermes)威胁着要杀死特律该俄斯(Trygaios)时,特律该俄斯渴望死前入教(行

---

① [译按]阿里斯托芬《云》中译本参见罗念生译本,收于《罗念生全集》(卷四),上海:上海人民出版社,2007。

375)。因此,公元前 5 世纪末,阿提卡戏剧用 μυστήρια、μύστης 和 μεμύηται 指称三种不同的秘教:宙斯秘仪、萨默忒莱克的卡比利圣地秘仪,以及绝大多数情形下指厄琉西斯举行的得墨特耳秘仪。不过,欧里庇得斯小心翼翼地把这些语词从《酒神的伴侣》中剔除了。这有力地证明,有别于他的现代注疏家们,欧里庇得斯不想把狄俄倪索斯宗教呈现为某种秘仪。① 由于最为欧里庇得斯的观众熟知的秘教是厄琉西斯秘仪,这就尤其意味着,欧里庇得斯不想让观众用谙熟的厄琉西斯秘仪的观念,曲解他对狄俄倪索斯宗教的描述。不同于厄琉西斯秘仪,欧里庇得斯的狄俄倪索斯宗教并不排外。无论是希腊人还是野蛮人、年轻人还是老年人、男人还是女人,都欢迎加入。有别于厄琉西斯秘仪给予的诸种来世福祉,根据欧里庇得斯,狄俄倪索斯宗教的好处就在当下。

在《酒神的伴侣》中,狄俄倪索斯用了四个不同的语词,指称狄俄倪索斯引入忒拜的仪式:τελεταί、ὄργια、ἱερά 和 βακχεύματα [狂欢教仪]。这几个语词的意思似乎并无差别。② 经常有人认为,公元前 5

---

① Étienne Coche de la Ferté,《彭透斯与狄俄倪索斯:欧里庇得斯〈酒神的伴侣〉解读新论》("Penthée et Dionysos: Nouvel essai d'interprétation des *Bacchantes* d'Euripide"),*Recherches sur les religions de l'antiquité classique*,Raymond Bloch 编(Géneve 1980),页 105 – 257。"可能,归根结底,在公元前 5 世纪,μυστήρια 比其他所用的表达方式更确切地表示入教者;由此,在《酒神的伴侣》中,欧里庇得斯未使用该词,就意味深长了。"(页 240)

② Burkert(注释 3):"显而易见,该词词族在意思上更普遍;通常,该词不足以确定秘仪本身,但可用于表示任何秘教或仪式。"(页 9)Coche de la Ferté(页 236,注释 9);Hendrik Bolkestein,*Theophrastos' Charakter der Deisidaimonia als Religionsgeschichtliche Urkunde*,Giessen,1929,页 54。

世纪时，τελετή和τελεταί特指入秘教的入教仪式。① 但对该词用法的考查没能支撑这种观点。② 在《酒神的伴侣》中，τελεταί一词五次以复数形式出现：四次特指狄俄倪索斯引入的仪式（τελεταί，行22、行238、行260、行465），一次在更宽泛意义上指称诸神的仪式，但也包含狄俄倪索斯的仪式（τελετάς θεῶν，行73）。一处用到动词形式τελεῖ，用来指庆祝狄俄倪索斯的节日（τὰ δ'ἱερὰ τελεῖς，行485）。在《伊菲革涅亚在陶洛人里》，欧里庇得斯曾用该词的单数形式，指称花月节（Anthesteria）③上的开坛日（Pithoigia）仪式，这个仪式的设立，是为了纪念俄瑞斯忒斯的乞援（τελετήν，行959）。在《美狄亚》中，欧里庇得斯用了τέλη（在悲剧中相当于τελεταί），指称由美狄亚在科林斯（Kolinth）创立的一种祭仪，以纪念其子嗣的遇害（τέλη，行1382）。在《达那厄》（Danae）（327 Nauck）中，则指一般意义上的向诸神献祭（θεοῖσι μικρὰ θύοντας τέλη，行6）。在《希珀吕托斯》中，欧里庇得斯用这个语词指称厄琉西斯秘仪（σεμνῶν ἐς ὄψιν καὶ τέλη μυστηρίων，行25）。在《法厄同》（Phaethon）（773 Nauck）中，他用该词的单数形式表示婚礼（γάμων τέλος，行51）。τελετή和τελεταί都没有出现在埃斯库罗

---

① Richard Seaford，《狄俄倪索斯戏剧与狄俄倪索斯秘仪》（"Dionysiac Drama and the Dionysiac Mysteries"），*Classical Quarterly* 31（1981），页252-275。"在此，该词［τελετή］的确指入教仪式，我们有幸通过一些对应确定。"（页253）Jeanne Roux，《欧里庇得斯的〈酒神的伴侣〉》（*Euripide: Les Bacchantes*）（Paris 1970-1972）。"这些语词属于秘教用语，和τελεταί一样：该词……从公元前5世纪开始，更常用于专指入教典礼和入教仪式。"（页269）Eric R. Dodds，《欧里庇得斯的〈酒神的伴侣〉》（*Euripides: Bacchae*），第二版（Oxford 1960）。"一个最初用于指多种仪式的语词……但自公元前5世纪末以降，该词主要用于表示秘教中举行的仪式。该词的含义并非'入教仪式'：入教仪式只举行一次。"（页75-76）

② Cornelis Zijderveld 详细讨论了该词的用法，见*Teletè: Bijdrage tot de kennis der religieuze terminologie in het Grieksch*，Purmerend，1934。

③ ［译按］通常在春天的第一个月举行，旨在纪念酒神狄俄倪索斯。

斯(Aischylos)的作品中。在《波斯人》行204,埃斯库罗斯用τέλη表示波斯王后用琼浆(pelanos)向众位保护神奠酒。在《希克提得斯》行122,他用τέλεα指称向诸神献祭,在该剧行810也很可能如出一辙。在《复仇女神》(Eumenides)行835(γαμηλίου τέλους),埃斯库罗斯用单数形式τέλος指称一场婚礼,在一部尚未确定的剧本残篇中,他还用之指称某个未言明的秘仪(μυστικοῦ τέλους)(387 Radt)。索福克勒斯只使用了τέλη。在《特拉基斯少女》(Trachiniai)行238,他用该词指称赫拉克勒斯向宙斯(Kenaian Zeus)供奉水果以还愿。在《安提戈涅》行143,该词用来表示向宙斯供奉武器,在该剧行1241,索福克勒斯用该词指称一场婚礼(τὰ νυμφικὰ τέλη)。在《俄狄浦斯王在科洛诺斯》(Oidipous at Kolonos)行1050(σεμνὰ...τέλη)和一部未确定的戏剧残篇中(837 Radt),该词用来表示厄琉西斯秘仪。

公元前5世纪末,对于确定τελετή和τελεταί的用法,唯一最有帮助的作家是阿里斯托芬。在《蛙》里,阿里斯托芬用该词指称一项涉及伊阿科斯(Iakchos)的仪式:

[340]快醒来,快醒来,伊阿科斯。
他的手中,带来了午夜祭奠的神秘火焰。
草地被火光照得雪亮。

伊阿科斯与雅典的大游行有关,游行在傍晚抵达厄琉西斯。因此,在这里,单数形式的τελετή指厄琉西斯秘仪的一部分。在《云》中,阿里斯托芬曾用其复数形式表示厄琉西斯秘仪(μυστοδόκος δόμος ἐν τελεταῖς ἁγίαις,行303-304),并曾在《蛙》中用之指称可能由俄尔甫斯传入的秘仪(τελετὰς...κατέδειξε,行1032)。不过,最有启发的是《和平》中的一段。在这段里,特律该俄斯首先吐露,日神和月神谋划着要把希腊出卖给野蛮人,好让他们可以占有其他诸神的一切节日(τὰς τελετὰς...τῶν θεῶν,行413)。这样一来,日神和月神就能拥有所有节日,因为野蛮人很可能只敬奉日神和月神。根据希罗多德(1.131.2),波斯人崇奉太阳、月亮、土、火、水和风。接着,在许诺若赫耳墨斯愿助他一臂之力,他将用所有的仪式来纪念赫耳墨斯时,特律该俄斯细数了诸神的一些节日:

> 我们会颂扬你,赫耳墨斯,
> 泛雅典娜大节,以及诸神的所有其他节日:
> [420]秘仪、狄波里亚节和阿多尼亚节。

因此,τελεταί可用于表示雅典的各种主要宗教节日。尽管该词也可用以表示厄琉西斯秘仪,但绝不局限于这种用法。在《马蜂》中,阿里斯托芬就用τελεταί指称科律班特仪式(Korybantic rite)(ἐκορυβάντοζε,行119;ταύταις ταῖς τελεταῖς,行121),该仪式由布德吕克勒翁(Bdelykleon)操办,以医治父亲菲洛克勒翁(Philokeleon)的官司瘾。后来,科律班特仪式失败后,为了实现这一目的,布德吕克勒翁自创了一种仪式(τελετήν,行876)。该仪式由一段向阿波罗(Appollo Aguieus)(行875)的祈祷词和焚烧乳香组成。在《蛙》中,阿里斯托芬用τελεταί指称狄俄倪索斯的节日,喜剧就在这些节日上上演(ἐν ταῖς πατρίοις τελεταῖς ταῖς Διονύσου,行368)。在《云》里,τελεταί还有另一层意思:作为秘密入教仪式的哲学教诲。斯特普斯阿得斯坐在长椅上(σκίμποδα,行254),头戴花环(στέφανον,行256),很可能是在戏仿新入教者在某个入教仪式中的独特坐相。斯特普斯阿得斯抱怨时,苏格拉底告诉他,所有入教者(τοὺς τελουμένους,行258)都必须这样做。在《蛙》中,该动词再次用来表示秘教入会仪式:

> [355] 所有不能理解我的话语的人,
> 或是头脑不洁净的人,
> 还有那既没有观看过,
> 也没有参加过可敬的缪斯的狂欢舞蹈的人,
> 和那些不曾感受吃牛的克拉提诺斯的节奏的人。

此处最直接指的是狄俄倪索斯节,克拉提诺斯的喜剧就在此节日上上演,这样一来,ἐτελέσθη 就仅指成为观众。然而,对言辞 (λόγων)、观看 (εἶδεν)、舞蹈 (ἐχόρευσεν),以及最重要的洁净 (καθαρεύει) 的提及,再次暗指厄琉西斯秘仪。这就表明 ἐτελέσθη 还含"已入教者"这第二重含义。就像哲学研习者和秘教入会者一样,阿里斯托芬把观看喜剧的观众描述成获得了某种特定知识的人。

希罗多德在一节 (2.171) 中三次用 τελετή 指称得墨特耳的节日 (τῆς Δήμητρος τελετῆς πέρι),希腊人称之为地母节 (Thesmophoria),该节日 (τὴν τελετήν) 由达那俄斯 (Danaos) 之女从埃及带到希腊。多利安征服 (Dorian Conquest) 之后,这个节日 (ἡ τελετή) 在伯罗奔半岛(阿卡狄亚 [Arkadia] 除外) 消失。地母节具保密性 (εὔστομα)。在雅典,地母节并非秘仪,既没有入教仪式,也不许诺来世的诸种好处。但这是一个只有妇女庆祝的节日。在第二节 (4.79) 中,希罗多德用 τελετή 及其相应的动词,描述斯基泰 (Skythian) 王斯基勒斯 (Skyles) 在波里斯忒涅斯河 (Borysthenes) 参加狄俄倪索斯节。斯基勒斯想要开始参加狄俄倪索斯 (Dionysos Bakcheios) 的仪式 (ἐπεθύμησε Διονύσωι Βακχείωι τελεσθῆναι)。就在他要参加这个仪式时 (τὴν τελετήν),出现了一种不祥的预兆。但他依然开始了仪式 (πετέλεσε τὴν τελετήν)。就在他开始仪式后 (ἐπεί τε δὲ ἐτελέσθη τῶι Βακχείωι),一名邦民告诉斯基泰人,斯基勒斯沉溺于狄俄倪索斯的迷狂 (βακχεύει)。斯基勒斯受到斯基泰人的秘密监视。狄俄倪索斯的仪式显然由狂欢歌舞队 (παρήιε σὺν τῶι θιάσωι) 的上街游行组成,她们深陷酒神迷狂(βακχεύει,βακχεύοντα),处于疯狂(μαίνεται)的状态中。斯基泰人反对这种迷狂(βακχεύειν,βακχεύομεν),斯基勒斯也悲惨收场。人们常认为,这一节讲的是由民众迷狂引发的入教仪式。但事实并不一定如此。不定过去式(aorist)可理解为动作的开始。因此,这些不定过去式仅表示斯基勒斯开始参与构成狄俄倪索斯仪式的狂欢。

斯基勒斯的故事,通常与公元前5世纪在奥尔比亚(Olbia,亦即波里斯忒涅斯河)发现的骨碑联系起来,碑上有表现俄尔甫斯沉思的涂鸦。① 除了表现其他事物,这些碑还列出了几组对立:生-死-生(ΒΙΟΣ-ΘΑΝΑΤΟΣ-ΒΙΟΣ),和平-战争(ΕΙΡΗΝΗ-ΠΟΛΕΜΟΣ),真理-谬误(ΑΛΗΘΕΙΑ-ΨΕΥΔΟΣ),以及ΑΛΗΘΕΙ、ΨΥΧΗ和ΟΡΦΙΚ(…)等词,ΟΡΦΙΚ一般写作ΟΡΦΙΚΟΙ。这些碑也包含ΔΙΟ这些字母,编校者们将之扩展为ΔΙΟΝΥΣΟΣ。不过,在三个例子中,有两例ΔΙΟ后跟着Z字形,看上去特别像几个三笔画的S。其中一个是反写的,因此,碑上的字就不是ΔΙΟΝΥΣΟΣ,而是ΔΙΟΣ"of Zeus"。其实,这些碑要表达的是,这里列举出的各种对立,以及真理和灵魂,都是宙斯的外在表现。这种看法后来又被确定为俄尔甫斯。这种推测十分契合俄尔甫斯神谱归于宙斯的卓越,德维尼莎草纸(Derveni)对此有评论。在此,据说,万物皆由宙斯创造(Διὸς δ'ἐκ πάντα τέτυκται,行27)。② 还应注意的是,这些碑是在奥尔比亚的忒墨诺斯(Temenos)地区发现的。此地敬拜宙斯、阿波罗和雅典娜,但不敬拜狄俄倪索斯。③ 这些碑与俄尔甫斯教的宙斯(Orphic Zeus)有关,无关乎俄尔甫斯教的

---

① Martin L. West,《俄尔甫斯诗歌集》(*The Orphic Poems*)(Oxford 1983),页17-19,第一版,*Supplementum Epigraphicum Graecum* 28(1978),页659-661。
② West(注释3)试着重组这首诗歌,页114-115。
③ Fritz Graf,《德尔菲的阿波罗》("Appolon Delphinios"),*Museum Helveticum* 36(1979),页2-22。Aleksandra Wasowicz, *Olbia pontique et son territoire* (Paris 1975)。

狄俄倪索斯(Orphic Dionysos),与斯基勒斯的故事毫无关联。

品达对τελετή的使用极富启发。① 他曾在《奥林波斯竞技凯歌》(*Olympia* 10)中用τελετα'表示首度欢庆奥林波斯节(ταύται δ'ἐν πρωτογόνωι τελετᾶι,行51)。很可能,此后庆祝奥林波斯节也叫τελετᾶι。这首凯歌将体育竞技呈现为首次奥林波斯节的重要部分(νικαφορίαισι,行59)。品达两次用τελετᾶι表示泛雅典娜节,一次是在《皮托竞技凯歌》(*Pythian* 9)(τελετᾶι ὡρίαις ἐν Παλλάδος,行97–98),另一次则是在《涅墨竞技凯歌》(*Nemean* 10)(ἐν τελετᾶις…Ἀθαιναίων,行34)。两首诗中都显然提到了体育竞技的胜利(νικάσαντα,《皮托竞技凯歌》,9.97;κώμασαν,《涅墨竞技凯歌》,10.35)。因此,品达主要用τελετᾶι一词指称那些含有竞技赛的节日。在《奥林波斯竞技凯歌》(*Olympia* 3)中,品达用τελετᾶι表示纪念阿克拉加斯(Akragas)的狄俄斯库里(Dioskouroi)(μακάρων τελετάς,行41)的忒奥克尼亚(theoxenia)节。这些例子丝毫未暗示入教仪式或秘仪。迄今为止,我们在品达的《忒拜人的酒神颂》(*Dithyramb for the Thebans*)找到(70b Snell)了《酒神的伴侣》中τελετᾶι用法的最有用对应。现存残篇的主要部分,专门描述了诸神庆祝酒神节:

> 天神将布洛弥厄斯节
> 藏在他们的殿堂里,
> 紧挨着宙斯的神杖。
> 在大母神的神圣见证下,
> [10]一阵手鼓开始响起;

---

① M. J. H. van der Weiden,《品达的酒神颂》(*The Dithyramb of Pindar*)(Amsterdam 1991)。"品达在'仪式'(ceremony)的更普遍意义上使用τελετά一词。"

有响板的噼啪声;
火把在金黄的松树下
熠熠闪光。
嚎啕大哭声、
[15] 狂欢声,
还有水泉女神那伴着
扭脖动作的叫喊声。
还有那威力无比的喷火霹雳的闪动,
以及恩雅利厄斯(Enyalios)的长矛。
[20] 帕拉斯的坚固盾牌回响起上万条蛇的嘶嘶声。
孤独的阿尔忒弥斯蹑手蹑脚地走过来,
将狮子的勇猛部族困在巴克斯节中。
他也喜欢野兽群的舞蹈。

此处描述的酒神节($\tau\varepsilon\lambda\varepsilon\tau\grave{\alpha}\nu$,行6),其实就是《酒神的伴侣》中的酒神节。① 在此处和《酒神的伴侣》中,大母神($\mu\alpha\tau\varrho\grave{o}\varsigma\ \mu\varepsilon\gamma\acute{\alpha}\lambda\alpha\varsigma$,行78)都有着举足轻重的地位。两个节日都有手鼓、叫喊以及狂热中表演的甩脖舞。松树下的火把对应《酒神的伴侣》中狄俄倪索斯手擎的火把($\pi\varepsilon\acute{u}\varkappa\alpha\varsigma$,行146;$\sigma\grave{u}\nu\ \pi\varepsilon\acute{u}\varkappa\alpha\iota\sigma\iota$,行307),而松树本身对应忒拜狂女在其中举行仪式的松林。宙斯的霹雳和阿瑞斯(Ares)的长矛,象征性取代了狂女们的常春藤杖。附在雅典娜盾牌上的那些蛇,对应狂女们耍弄($\delta\varrho\acute{\alpha}\varkappa o\nu\tau\varepsilon\varsigma$,行768;$\ddot{o}\varphi\varepsilon\sigma\iota$,行698)并戴在狄俄倪索斯头上($\delta\varrho\sigma\varkappa\acute{o}\tau\omega\nu\ \sigma\tau\varepsilon\varphi\acute{\alpha}\nu o\iota\varsigma$,行101-102)的蛇。此处和《酒神的伴侣》中一样,野兽变得舞动起来(行727)。宙斯本人充当狂欢歌舞队的领

---

① van der Weiden(注释16)。"人间酒神节的一切特点都有了。"(页66)

队,用他的霹雳(κεκίνηται)指挥他们。由于品达的酒神颂为忒拜人而作,这里描述的节日无疑是忒拜的酒神节。几乎可以肯定,这就是忒拜的释放者狄俄倪索斯(Dionysos Lysios)——解放者狄俄倪索斯(Dionysos the Liberator)节。① 这就意味着,在《酒神的伴侣》中,欧里庇得斯根据某个特定的忒拜节日,描述了狄俄倪索斯宗教。他之所以这样做,乃因他欲在剧中运用释放者狄俄倪索斯的独有之物。毋庸置疑,欧里庇得斯的雅典观众谙熟这个忒拜的酒神节。观众依据释放者狄俄倪索斯,而非秘教来理解此剧。

要看出品达描述的独特之处,可通过对比他在《雅典人的酒神颂》中对忒拜酒神节和雅典酒神节的描述(75 Snell):

> 奥林波斯诸神啊,
> 到这儿来跳舞,
> 带来极大的欢乐。
> 你们常光临熙熙攘攘、
> [5]香气萦绕的城邦中心,
> 以及神圣的雅典那著名的精美集市。
> 戴上紫罗兰编就的花冠,
> 唱起春天流行的歌。
> 看我再次带着宙斯赐予的颂歌的光辉前进,
> 朝带着常春藤花冠的布洛弥俄斯神走去,
> [10]我们庆祝最高的父与某个卡德摩斯妇女的后代时,
> 我们凡人称之为雷神。

---

① van der Weiden(注释16)。"我们所知的在忒拜举行的两个酒神节,哪个都是这种情形……我们清楚阿格里安尼亚节(Agriania)……另一个是释放者节(Λύσιοι τελεταί)。"(页27)

当紫色的季节开始，

香甜的植物带来香气四溢的春天时，

我这个观看者目睹了它的壮观。

[15]接着，

一簇簇紫罗兰散布在永恒的地上，

簇叶中的玫瑰吐露芬芳，

歌声伴着笛音响起，

舞蹈来到戴着花冠的塞墨勒跟前。

这首酒神颂显然描述了一个截然不同的节日。此处有伴着笛音的歌唱、狄俄倪索斯式的舞蹈和喧闹。但许多在《忒拜人的酒神颂》和《酒神的伴侣》中司空见惯的独特、不寻常的特点，却消失不见。既没有常春藤杖，也没有手鼓。没有夜间松林里的火把，也没有蛇和舞动的野兽。庆祝活动在城里，而非在野外举行。时节也有别。对花朵和春天的多次提及表明，《雅典人的酒神颂》中的节日发生在春天，①而非像《酒神的伴侣》中的节日那样发生在冬季。这种对比可以清楚看出，《忒拜人的酒神颂》与《酒神的伴侣》中的酒神节的密切对应，并非偶然。还应注意，《忒拜人的酒神颂》与《雅典人的酒神颂》都未提及秘仪或入教仪式。

由此可见，τελετή和τελεταί的使用情况如下：多数情况下，单复数形式的用法重合。因此，埃斯库罗斯用τέλος表示一场婚礼，索福克勒斯却用了τέλη。不过，阿提卡地区对二者的使用有所区分。复数形式的τελεταί可用于表示某个持续数日或含若干不同节庆活动的重大节日。单数形式的τελετή则可用于指称这些不同节日活动中

---

① van der Weiden（注释16）。"其实可以肯定，酒神颂……在狄俄尼西亚城邦（City Dionysia）颂唱，因为其他表演酒神颂的节日不在春天。"（页27）

的一个。因此，厄琉西斯秘仪可称为τελεταί，入教仪式则可称为τελετή。不过，τελετή和τελεταί这两个词跟秘仪和入教仪式没有任何特殊关联。它们可任意用于指任何其他节庆或仪式活动。赫西基俄斯(Hesychios)用节庆、献祭和秘仪(ἑορταί、θυσίαι、μυστήρια)注解τελεταί。该词的最常见翻译是"演出"(performance)。在《酒神的伴侣》中，τελεταί与ὄργια、ἱερά和βακχεύματα仅指剧中描述的酒神崇拜者们的行为。为了进一步避免误解，欧里庇得斯在剧中未使用单数形式的τελετή，该词通常用来指秘教入会仪式，他也没有使用μυστήρια和μύστης。

《酒神的伴侣》中对酒神仪式秘密性的提及，也被视为秘仪的证据。① 在行472，在回答彭透斯对仪式形式(ὄργια，行471)的质询时，异方人回答说，不可说与非敬拜者听(ἄρρητα)。在宗教用语中，ἄρρητος和ἀπόρρητος同义，意为禁言之事。在欧里庇得斯的其他作品中，这些词主要用来指厄琉西斯秘仪。在《亚历山得洛斯》(*Alexandros*)(63 Nauck)的一段残篇里，珀耳塞福涅(Persephone)被称为不可暴露的少女(ἄρρητος κόρη)。在《海伦》(*Helen*)中，这名不可暴露的少女(ἀρρήτου κούρας，行1307)与诸神的大山之母(Mountain Mother)关联在一起(ὀρεία...μάτηρ θεῶν，行1301 - 1302)。因为在此剧中，诸神的大山之母正在寻找这名少女，她无疑被认为是得墨特耳。在《瑞索斯》中，据称，俄尔甫斯说出了不可泄露的秘仪的火把

---

① Seaford(注释11)。"Λεγόμενα……和ἱερὸς λόγος尤与秘仪(包括狄俄倪索斯秘仪)有关。这类知识通常不为非入教者所知……狄俄倪索斯不能告诉彭透斯太多关于其ὄργια[教仪]的事，因为他们不能为外人道(ἄρρητα)。"(页253 - 254) Susan Guettel Cole,《狄俄倪索斯秘仪新证》("New Evidence for the Mysteries of Dionysos")，*Greek*, *Roman*, *and Byzantine Studies* 21(1980)，页223 - 238。"这几行诗的言外之意是，某些秘密仅为酒神信徒(bakchoi)所知。"(页233)

(μυστηρίων τε τῶν ἀπορρήτων φανάς, 行 943)。几乎可以肯定, 这再次指向了厄琉西斯秘仪。不过, 在《伊菲革涅亚在陶洛人里》中, 描述为向外界保密的, 正是伊菲革涅亚提议献祭的那些异方人 (ἀπόρρητον φλόγα Cύουσα, 行 1331-1332)。在《云》中, 阿里斯托芬也提到厄琉西斯秘仪的那些秘密仪式 (ἀρρήτων ἱερῶν, 行 302)。另一方面, 在《伊克里西阿》(Ekklesiazousai) 中, 包含秘密仪式的是地母节 (τἀπόρρητα...ἐκ θεσμοφόροιν, 行 442-443)。希罗多德也称地母节 (τῆς Δήμητρος τελετῆς πέρι, τὴν οἱ Ἕλληνες θεσμοφόρια καλέουσι, 2.171.2) 为秘仪 (εὔστομα)。此外, 希罗多德提到, 地母得墨忒耳 (θεσμοφόρου Δήμητρος, 6.134.2) 在帕罗斯岛 (Paros) 上的女祭司提摩 (Timo), 被控向男人透露了秘密的米尔提阿得斯 (Miltiades) 仪式 (τὰ ἐς ἔρσενα γόνον ἄρρητα ἱρά, 6.135.2)。没有证据表明, 雅典或帕罗斯岛的地母节与任何秘仪有关。地母节是仅由女子庆祝的节日, 详情禁止向男人透露。希罗多德提到, 埃吉纳 (Aigina) 和爱皮达乌洛斯 (Epidauros) 的达米 (Damie) 节和奥克瑟希斯 (Auxesis) 节, 包含秘密仪式 (ἄρρητοι ἱρογίαι, 5.83.3)。这些节日也仅有女子庆祝。

吕西阿斯谴责安多基德斯 (Andokides) 举行这些仪式 (μιμούμενος τὰ ἱερά, 6.51), 为此将这些仪式透露给未入教者, 还高声吟诵这些秘密 (τὰ ἀπόρρητα) 仪式。这指的仍是厄琉西斯秘仪。在《希腊志》(Hellenika) 中, 色诺芬 (Xenophon) 专门提到得墨忒耳和科拉的这些秘仪 (τὰ Δήμητρος καὶ Κόρης ἄρρητα ἱερά, 6.3.6)。在《反涅埃拉》(Against Neaira) 中, 得摩斯特纳斯 (Demosthenes) 提到军事首领的妻子在大雅典娜节上举行的秘仪 (ἔθυε τὰ ἄρρητα ἱερά, 59.73; τὰς δὲ θυσίας...ἀρρήτους...ἐποίει, 59.74; θύηται τὰ ἄρρητα ἱερά, 59.75; ποιῆσαι τὰ ἱερὰ τὰ ἄρρητα, 59.81; ἔθυσε τὰ ἱερὰ τὰ ἄρρητα, 59.110)。目睹过这些仪式的妇女, 不禁止将之告诉任何人 (οὐδ' αὐτῆς ταῖς ὁρώσαις τὰ ἱερὰ ταῦτα οἷόν τ' ἐστὶν λέγειν πρὸς ἄλλον οὐδένα, 59.79)。不

过,这些仪式与秘仪毫不相干。因此,在公元前 5 世纪的文献中,ἄρρητος 和 ἀπόρρητος 几乎专门用来指得墨特耳节或科拉节这两个节日——厄琉西斯秘仪或地母节。《酒神的伴侣》中的酒神节类似于地母节,而非厄琉西斯秘仪。《酒神的伴侣》中的酒神节和地母节皆为仅由女子庆祝的节日。[①] 两个节日都保密。男人偷窥这些女人的节日,是严重的冒犯。在阿里斯托芬《地母节妇女》行 194,阿伽通(Agathon)援引了欧里庇得斯《阿尔刻提斯》(*Alkestis*)行 691,诗行暗示,偷窥地母节可招来死罪:

> 你高兴看到光亮;难道你不认为你的父亲也一样吗?

乔装的墨涅斯洛库斯(Mnesilochos)后来被捕时,他希望去喂牛(τοῖς κόραξιν ἑστιῶν,行 942)。彭透斯在《酒神的伴侣》中的偷窥,也招来了杀身之祸:

> [847] 他要到狂女们中去,在那里受到死的惩罚。

因此,《酒神的伴侣》行 472 的ἄρρητα并非指秘仪,而是指某个女人的节日,禁止男人观看或探听。酒神仪式之所以保密,除了宗教的理由,还有一个纯技术上的理由。因为酒神仪式的主要特征是酒神式的舞蹈,言辞解释难尽其意。只有参与其中,方能认识并理解。

也有人认为,《酒神的伴侣》中有段话包含厄琉西斯秘仪(也是所有秘仪)的典型用语。

---

① Herbert W. Parke,《雅典人的节日》(*Festivals of the Athenians*)(London 1977)。"地母节是为女人保留的节日。"(页 82)

啊!
有幸知晓诸神教仪的人
是有福的!
这种人过着虔敬的生活,
[75] 全心加入酒神狂欢队,
他带着圣洁的祭品
进山敬奉巴克科斯。

据称,这几行诗反映了某个祝福祷告的套话,在厄琉西斯秘仪中用来指涉新入教者。① 问题是,这种祝福祷语的套话,在厄琉西斯秘仪语境的任何地方都未发现。在厄琉西斯秘仪的语境中,倒是发现了奥尔比思摩斯(Olbismos)(杜撰的希腊词)套话。这种套话的最早例子,可见《荷马的得墨特耳颂》(Homeric Hymn to Demeter):

[480] 在此世目睹这些的人有福。
没有加入这些仪式的人,也不参与其中的人与福无缘,
死后和他的同类落得在幽冥的下场。

另一例奥尔比思摩斯套话出现在品达《挽歌》(Threnoi)(137 Snell)残篇:

地下目睹这些的人有福,

---

① Roux(注释 11)。"开头的几个词表现了入教者的极乐。涉及 makarismos[祝福],在秘教入会仪式上对新入教者表达祝福。"(页 268)Dodds(注释 11)。"这类祝福的套话是希腊诗歌中的惯例……但在秘教用语中更意味深长。"(页 75)

> 他了解生命的终结,
> 他还了解宙斯赋予的开端。

亚历山大里亚的克雷芒(Clement of Alexandria)引用了这段残篇(Stromateis, 3.17.2),他表示,这指的是厄琉西斯秘仪。奥尔比思摩斯套话的第三例,出现在索福克勒斯某部未确定的剧的残篇中(837 Radt):

> 目睹了这些仪式的去到冥府的人三倍有福。
> 只有他们在那里还活着;
> 对其他人而言,万物皆恶。

普鲁塔克在《如何听诗》(How to Listen to Poetry)中引用了这段残篇(21e-f),他认为,这指的是秘仪。

在《蛙》中,阿里斯托芬提供了更多有关入教者来世享有的诸种好处的信息:

> 现在,所有参加这盛典的人,
> 快从鲜花遍地的树林穿过,
> 到女神的圣地去,
> 而我,
> [450] 却要去那姑娘们和妇女们通宵娱乐的地方,
> 去把这圣火传给她们。
> 在那由野花装点的草地上,
> 开满了玫瑰;
> 来吧,
> 以我们最美的舞步,

[455] 翩翩起舞，
对我们这群狂欢的信徒，
太阳和散开了它的光芒；
我们的举动，
得到了异方人和本地人的一致尊敬。

入教者死后生活的情形堪比此世，歌舞打发时日。因此，在某种意义上，我们可以说她们还活着。值得注意的是，在这种厄琉西斯秘仪语境中，命运女神也被描述为ὄλβιαι[幸福的]。

《酒神的伴侣》中没有对奥尔比思摩斯套话的暗示。该剧出现的所有ὄλβιος，显然都非厄琉西斯秘仪之意。该词常指当下的物质富足，而非来世的诸益处。剧中称，和平女神带来繁荣（ὀλβοδότειραν Εἰρήναν，行419–420），养育男儿（κουροτρόφον，行420）。马其顿的吕底阿斯(Lydias)河也被称为繁荣的赋予者（ὀλβοδόταν，行572），可能因它提供的灌溉用水。在别处，富足与影响力相生相伴（ὄλβωι καὶ δυνάμει，行906）。富足的人（τὸν ὄλβιον，行421）与窘迫的人（τὸν...χείρονα，行422）形成对照。某种希望带来富足的观点（τελευτῶσιν ἐν ὄλβωι，行908），指的也是物质的富足。行906的ὄλβος就是在此意义上使用。

关于厄琉西斯的奥尔比思摩斯套话，有三点需注意。首先，必须用ὄλβιος一词，因为这是仪式用语，用词精准很重要。不能调换语词。其次，人们不了解(οἶδε)但观看(εἶδε)仪式。① 通过这种观看，人们了解到生命的开始和结束，而非仪式本身。第三，

---

① Karl Kernyi,《厄琉西斯：母女的原型形象》(*Eleusis: Archetypal Image of Mother and Daughter*)(New York 1967)。"'入教者'加入这种'视觉'节日的仪式游行，在游行中获得了'亲历'的状态。"(页47)

观看仪式的诸种好处,要来世才能享受。因此,《酒神的伴侣》行 72 - 73 的 μάκαρ、εὐδαίμων 和 τελετάς,都压根没有厄琉西斯秘仪用语的特点或体现。此外,随后的行 74 - 82 指现世的各种活动,而非来世的诸益处。敬拜者净化自己的生命、加入狂欢歌舞队,在山中狂欢。因崇奉狄俄倪索斯,狄俄倪索斯的敬拜者得享此世的快乐(μάκαρ)和幸福(εὐδαίμων)。厄琉西斯信徒活(ζῆν)在来世,狄俄倪索斯的敬拜者则活在当下。和剧中其他地方一样,在行 72 - 77,欧里庇得斯小心翼翼避免暗示厄琉西斯秘仪的语言。

哲人们把厄琉西斯秘仪特有的奥尔比思摩斯套语与 μυστρια 和 τελετ 一起使用,并恰当订正了这些语词。该套语的哲学版本,见于恩培多克勒(31 B1 32 Diels):

> 具有神样头脑这笔财富的人有福,
> 对诸神持悲观看法的人不幸。

对哲人而言,幸福在于运用一个人的推理能力。不过,理智的福佑和无知的不幸在现世经历,而非像秘教教徒的来世幸福一样在死后得享。

有人认为,《酒神的伴侣》的另一段话也明确指向秘教入会仪式:

> [465] 彭:你为何把这些秘仪带进希腊?
> 狄:宙斯之子狄俄倪索斯让我进来的。

有人认为,行 466 的 εἰσέβησε 指"入秘教"。希腊语中没有类似用法。① 大巴黎神秘莎草纸（Great Paris Magic Papyrus）中被认定为 εἴσβασις（可能意为"入会仪式"），是语词划分不当的结果。② "进入他"（εἰσβὰς εἰς αὐτόν）这个短语里两个分开的单词，合并成了 εἰσβάσεις αὐτόν，导致这句话不通。在公元 2 世纪克拉洛斯（Klaros）的阿波罗神谕的碑文中，③ ἐνεβάτευσεν（这当然是个蹩脚的对比）的意思不是"加入秘教"，而是"进入神示所求神谕"。④ 因此，《酒神的伴侣》中没有任何表明与秘仪或入教仪式有关的东西。其实，由于在欧里庇得斯的观念中，狄俄倪索斯宗教是一种现世的宗教，他已经刻意剔除了任何暗示秘仪的事物。

---

① Roux（注释 11）。"εἰσέβησ'旨在补足后面的εἰς τελετάς，在巴黎的一份神秘莎草纸上……εἴσβασις指举行入教仪式。"（页 410）Dodds（注释 11）。"我们不清楚，该用εἰς Ἑλλάδα，还是用εἰς τὰς τελετάς……从语言学上看，后者更有可能：比较ἐμβατεύειν［入教］……以及用来表示最初的变戏法的εἴσβασις。"（页 135 – 136）

② Karl Preisendanz，《神秘的希腊莎草纸》（Papyri Graecae Magicae），第二版（Stuttgart 1973）。Papyrus 4，行 897。收于第一卷，页 102。

③ Theodor Macridy, "Antiquités de Notion II", Jahreshefte des Österreichischen Archäologischen Instituts in Wien 15（1912 – 1913），1. 36 – 67，页 46，题词 2，行 7。

④ Fred O. Francis，《embateuein 的背景》（"The Background of embateuein"）（Col 2 : 18），收于法律莎草纸本和神谕碑铭，Conflict at Colossae : A Problem in the Interpretation of Early Christianity Illustrated by Selected Modern Studies，Fred O. Francis 和 Wayne A. Meeks 编（Missoula, MT 1975），页 197 – 207。"当大片建筑物建立起来，神谕从地面'进入'，选择ἐμβατεύειν这个表示不下降地进入的动词，恰如其分。"（页 201）Samson Eitrem，《古典时期末的神谕与秘仪》（Orakel und Mysteien am Ausgang der Antike）（Zrich 1947）。"毫无疑问，我们同样必须区分'入教仪式'（Hineinschreiten）与'开幕式'（Einweihung）。"（页 72）André J. Festugière，《狄俄倪索斯秘仪》（"Les Mystères de Dionysos"），tudes de religion grecque et hellenistique（Paris 1972），页 13 – 63。"恰切地说，Embateuein 即跨过某个 abaton［神圣不可侵犯之地］，进入禁止非入教者踏足的地方。"（页 51）

此外,没有证据表明,公元前5世纪存在狄俄倪索斯秘仪,在雅典和忒拜尤其如此。① 对狄俄倪索斯秘仪的最强有力宣称,是基于意大利南部希珀尼翁(Hipponion)的一座墓中发现的一块金箔。② 这块金箔的时间可追溯到公元前400年左右。③ 金箔的最后一行(第16行)有μύσται καὶ βάκχοι[参加秘仪的人和狂女]这些字眼。据称,这些秘仪参加者和狂女正踱着神圣的步伐,ὁδὸν...ἱεράν[神圣的……步子]。之所以会认为这块金箔跟狄俄倪索斯秘仪有关,依据是βάκχοι一词的出现。不过,对该词用法的考查,没能支撑这种观点。在大多数情况下,βάκχος及其相关语词的确指和狄俄倪索斯有关的人。但该词并非只指与狄俄倪索斯有关。④ 被称为βάκχοι的人,也与其他诸神有关。这对和阿波罗有关的人来讲尤其正确。欧里庇得斯称呼阿波罗本人为βάκχος(δέσποτα、φιλόδαόφνε、βάκχε、παιάν、

---

① Dirk Obbink,《倾倒出的狄俄倪索斯》("Dionysos Poured out: Ancient and Modern Theories of Sacrifice and Culture Formation"), *Masks of Dionysus*, Thomas H. Carpenter 和 Christopher A. Faraone 编(Ithaca 1993),页65 - 86。"加入狄俄倪索斯秘教的入教仪式,可能并非在阿提卡地区举行,所有貌似忒拜的狄俄倪索斯秘仪的证据……均属子虚乌有。"(页78)

② Fritz Graf,《狄俄倪索斯与俄尔甫斯来世论》("Dionysian and Orphic Eschatology: New Texts and Old Quetions"), *Masks of Dionysus*, 前揭, 页239 - 258。"它[金箔]首次清楚无误地证实,至少,B文本构成了狄俄倪索斯来世论的一部分。"(页239) Cole(注释20):"希珀尼翁碑文中的mystai[秘教]和bakchoi[酒神信徒]在秘仪中出现,这些仪式的举行无疑旨在纪念狄俄倪索斯。"(页233)

③ 该文本的一个好的合适版本,可在Cole中找到(注释20)。"希珀尼翁新出土的薄叶片年代最早,根据墓中陶罐及其书写风格,可推断其时间为公元前5世纪末或公元前4世纪初。"(页223)

④ Martin L. West,《希腊挽歌与抑扬格研究》(*Studies in Greek Elegy and Iambus*)(Berlin 1974)。"公元前4世纪前,该词与狄俄倪索斯没有什么必然关联。"(页24)

Ἄπολλον、477 Nauck)。(肯定跟阿波罗有关的)先知也可称为εὔλυρε。欧里庇得斯《赫卡柏》和《特洛亚妇女》(*Troiades*)中的卡桑德拉(Kassandra)就是如此。在《赫卡柏》中,卡桑德拉是"疯狂的女先知"(βάκχος,行121)。在《特洛亚妇女》中,她被称为"诸神的疯狂同道"(τῆς μαντιπόλου βάκχης,行500)。在这两部涉及卡桑德拉的剧中,还有与ὦ σύμβακχε Κασάνδρα Θεοῖς有关的其他语词的例子。在《赫卡柏》中,有"先知卡桑德拉的疯狂头脑"(βάκχος,行676–677)。在《特洛亚妇女》中,我们有"疯狂的卡桑德拉"(τὸ βακχεῖν κάρα τῆς θεσπιωιδοῦ...Κασάνδρα,行169–170),以及"疯狂的少女"(τὰν ἐκβακχεύουσαν Κασάνδραν,行341)。在《特洛亚妇女》中,阿波罗被认为"使她的头脑发狂"(βακχεύουσαν...κόρην,行408)。据说,卡桑德拉本人被赋予神力(σ᾽ Ἀπόλλων ἐξεβάκχευεν φρένας,行366),但暂时走出了先知的角色(ἔνθεος,行367)。在这些早期戏剧中,狂欢被等同于疯狂。严格来讲,人们一般不把狂欢和疯狂视为两种不同的精神状况。《酒神的伴侣》中二者的鲜明区别,是欧里庇得斯有意为之的独创。在埃斯库罗斯的《七雄攻忒拜》(*Seven Against Thebes*)中,神赋予的力量和伴随而来的狂欢,由阿瑞斯引起(τοσόν δέ γ᾽ ἔξω στήσομαι βακχευμάτων,行497–498)。在欧里庇得斯的《疯狂的赫拉克勒斯》中,手刃亲骨肉的赫拉克勒斯,被称为"冥王的狂欢者"(ἔνθεος δ᾽ Ἄρει βακχᾶι,行1119)。通过迷幻(Delusion)女神,赫拉克勒斯成了狂欢者(Ἄιδου βάκχο,行899)。不过,安菲特律翁(Amphitryon)怀疑,赫拉克勒斯狂暴的狂欢,归根结底源于他杀害了其他人(Λύσσα βακχεύσει,行966)。在《赫卡柏》中,珀吕墨斯特称赫卡柏及其同伴们为"冥王的狂欢者"(φόνος σ᾽ ἐβάκχευσεν νεκρῶν,行1077)。她们刚弄瞎了珀吕墨斯特,并在为珀吕多洛斯之死的复仇行动中杀死了他的儿子们。在《俄瑞斯忒斯》中,俄瑞斯忒斯被复仇三女神(Vengeances)逼疯(βάκχαις Ἄιδου,βεβάκχευται μανίαις,行835–

836)。但他的疯狂,主要起因于他杀死了克吕泰墨斯特拉(Klytaimestra)(Εὐμενίσι θήραμα, ματέρος αἷμα σᾶς, 行 338)。关于 ὅ σ' ἀναβακχεύει 及其相关词不指涉狄俄倪索斯的用法,还有很多其他例子。好些别的诸神和神灵也总是引发迷狂。但这足以表明,希珀尼翁金箔上的 βάκχος [参加秘仪的人和狂女],不一定指狄俄倪索斯秘仪或任何与狄俄倪索斯有关的东西。

金箔上的 μύσται καὶ βάκχοι 的确让我们想起几段话。第一段是欧里庇得斯的《科瑞特斯》残篇,其中提到一位 μύσται καὶ βάκχοι [参加秘仪的人]和 μύστης [狂女]。在那里,宙斯的信徒奉行素食主义,穿着白衣四处游走,并过着洁净的生活。反过来,这段话使人想起《希珀吕托斯》中忒修斯对希珀吕托斯的怒评。

[952] 现在你尽管去夸口,用吃素骗人。
去认俄尔甫斯当祖师爷,胡说去吧,
尊奉那许多文书里出来的烟雾。

根据忒修斯,希珀吕托斯显得要过洁净的生活,还要吃素。在这一点上,他就像《科瑞特斯》里的信徒。希珀吕托斯的行为,被刻画成由俄尔甫斯经句中的俄尔甫斯思想引发的疯狂。此外,忒修斯很清楚,希珀吕托斯还是厄琉西斯秘仪的信徒(行 25)。《科瑞特斯》和《希珀吕托斯》中对疯狂的提及,又让人想起希罗多德对俄尔甫斯信徒和狂欢者们的提及(2.81.2)。根据希罗多德,埃及人身穿白色羊毛外套,但他们不能进入神殿,也不能身穿羊毛下葬。希罗多德随后表示,埃及人的这种习俗与所谓的俄尔甫斯教徒和狂欢者(βάκχος)一致。不过,俄尔甫斯教徒和狂欢者,其实是埃及人和毕达哥拉斯学派的人 (τοῖσι Ὀρφικοῖσι καλεομένοισι καὶ βακχικοῖσι)。和欧里庇得斯在《希珀吕托斯》中的刻画一样,希罗多德也在此认定,迷狂跟俄尔甫斯思想有关。俄尔甫斯的思想能引发狂热。但据希罗多德,这其实是毕达哥拉斯的思想。柏拉图进而推进了这种观点。在《会饮》(Symposion)中,柏拉图提到哲学式疯狂与狂热(ἐοῦσι δὲ Αἰγυπτίοισι καὶ Πυθαγορείοισι,218b. 3 – 4)。和俄尔甫斯思想一样,哲学思想也能引发狂热。有鉴于此,似乎在公元前5世纪下半叶,有些民众被认为是俄尔甫斯的τῆς φιλοσόφου μανία τε καὶ βακχεία[信徒]。成为俄尔甫斯信徒就等于是秘教信徒。同样,除了是秘教信徒,希珀尼翁金箔上的βάκχοι,很可能还指俄尔甫斯信徒,抑或如希罗多德所认为的,是毕达哥拉斯学派信徒。没有理由认为,这些是狄俄倪索斯的信徒。

特萨里(Thessaly)的两片金箔上首次明确指出了狄俄倪索斯信徒与来世诸福祉关系。这些金箔可追溯到公元前4世纪最后25年。① 这些金箔指示死去的妇人告诉佩尔塞弗涅(Persephone),巴克科斯(Bakchios)亲自解救了她(βάκχοι)。值得思考的是,佩尔塞弗涅的什么得到了解救。巴克科斯是施救者,但显然暗指狄俄倪索斯。金箔的样子也支撑了狄俄倪索斯的特征。这两片金箔被切割成常春藤叶子状。② 而且,墓中还发现了一尊酒神信徒的赤陶土小雕像。③ 巴克科斯、解放、常春藤叶以及酒神信徒,不仅强有力表明

---

① Graf(注释29)。"常春藤表明了某个明确的背景:狄俄倪索斯的世界;文本……证实了这一点。"(页240)Kyriakos Tsantsanoglou 和 G. M. Parassolou,《特萨里的两块金箔》("Two Gold Lamellae from Thessaly"),*Hellenika* 38 (1987),页3 – 16。"根据考古学家,几乎可以断定,有些陶土花瓶可追溯到公元前4世纪最后25年。"(页4)

② Tsantsanoglou 和 Parassolou(注释32)。"这些金箔不是长方形,而是被剪成真实的心形叶子,几乎可以肯定就是常春藤叶。"(页4)

③ Tsantsanoglou 和 Parassolou(注释32)。"在石棺外靠近石棺的地方,发现了两个赤土小雕像,其中一个代表狂女,另一个面目全非,难以辨认。"(页4)

了狄俄倪索斯,而且更明确了是解放者狄俄倪索斯,至关重要的是,表明了《酒神的伴侣》的直接影响。这反过来又表明,要实现此处提到的解放,就要加入狄俄倪索斯净化灵魂的舞蹈。加入狄俄倪索斯的舞蹈,也就使女子成为狄俄倪索斯信徒。值得注意的是,即便在这里,狄俄倪索斯也并没有明确与秘仪或秘教扯上关联。

由此证据可知,公元前 5 世纪末就有俄尔甫斯崇拜,其主神是宙斯。在这种崇拜的宇宙学和末世论思考中,宙斯扮演着引人注目的角色。民众加入这些秘教,并因此被称为 σ' ὅτι Βάκχιος αὐτὸς ἔλυσε [入秘教者]。除了别的,这些信徒身穿特定的服装,并奉行饮食戒律。由于这种非同寻常的行为,他们被称为 μύσται。俄尔甫斯崇拜是货真价实的秘教,向其信徒许诺来世的诸种好处。俄尔甫斯崇拜与狄俄倪索斯无关。狄俄倪索斯与来世福祉有关的确凿证据,直到公元前 4 世纪末才发现。但即便如此,也未明确受益者是信徒。狄俄倪索斯提供的来世福祉,似乎是从某物中解脱出来。这就表明,狄俄倪索斯提供来世好处的功能,源于其作为解放者的更常见功能。实现这种解放的可能机制,是加入狄俄倪索斯的舞蹈。

狄俄倪索斯和秘仪之间的明显关联,还有最后一点。这就是小神伊阿科斯(Iakchos)。在《安提戈涅》中,索福克勒斯将之等同于狄俄倪索斯。在我们讨论的那一段里,歌队向神明求援。这位神显然是狄俄倪索斯。歌队一开始就称呼他卡德摩斯家的新娘与宙斯的儿子(行 1115 – 1116),并称之为巴克科斯(行 1121)。歌队把他跟忒拜、狂欢者之母(βάκχοι,行 1122)及狂欢者山泽女仙联系起来(βακχᾶν,行 1129)。她们还把他跟尼萨(Nysan)山(Νύμφαι βακχίδες,行 1131)、常春藤(Νυσαίων ὀρέων,行 1132)和葡萄(κισσήρεις,行 1133)联系在一起。歌队将之描述为宙斯之子(πολυστάφυλος,行 1149),并提到他那支陷入迷狂的狂欢歌舞队(παῖ Διὸς γένεθλον, σαῖς... θυίαισιν,行 1150 – 1152)。末了,歌队称呼他为伊阿科斯,好东西的分配者（αἳ...μαινόμεναι...χορεύουσι，行1152）。阿里斯托芬的《蛙》表明，二者的等同，不仅限于伊阿科斯和狄俄倪索斯这两个名称的相似。《蛙》中的信徒享有典型的狄俄倪索斯福祉，由伊阿科斯分配给他们。歌队呼唤伊阿科斯加入他那经过净化的狂欢歌舞队的舞蹈（τὸν ταμίαν Ἴακχον，行326－327）。他摇晃着装扮停当的脑袋（行328－330）。不过，花冠由桃金娘叶而非常春藤编成。宴饮之神美惠三女神（Charites）也出现在舞蹈中。没有饥饿（行338）、没有年老（行345－347），也无忧愁（行346）。伊阿科斯本人擎着火炬（行350），走在最前面（行351）。他让信徒们不觉辛苦走完漫漫旅程（行401－402）。但这并不足以确立狄俄倪索斯和秘仪之间的密切关联。学者们普遍同意，在厄琉西斯秘仪中，伊阿科斯仅仅扮演了微不足道的角色。① 他的活动仅限于节庆的第五天——在那天，大游行从雅典赶赴厄琉西斯，以及第六天傍晚——此时，大游行抵达厄琉西斯。② 第六天的其余时间都在为第七天和第八天筹备，真正的入教仪式在这两天举行。显而易见，伊阿科斯并未在入教仪式中扮演角色。将伊阿科斯等同于狄俄倪索斯，的确显得很古老。③ 但由于伊阿科斯在入教仪式中不扮演重要角色，也就不能用他证明，与之对应的狄俄倪索斯扮演了重要角色。

上述观点代表了意欲证明欧里庇得斯在《酒神的伴侣》中将狄俄

---

① Mylonas（注释5）。"伊阿科斯具有神格，与秘教有关，但不构成秘教的一部分。他是欢呼与激情（从雅典游行到厄琉西斯的特征）的化身。"（页238）

② H. S. Versnel，《伊阿科斯》（"Ἴακχος"），*Talanta* 4（1972），页23－38。"伊阿科斯是（虽严格说来可能并非厄琉西斯独有）秘教信徒游行至厄琉西斯的特点。"（页28）

③ Versnel（注释36）。"与狄俄倪索斯的关联，在伊阿科斯神人格化之前就已存在，在时间上也远早于目前的通常看法，即早于公元前5世纪左右。"（页37）

倪索斯宗教呈现为秘仪的更严肃证据。此外,还有很多人用子虚乌有的证据支撑这个观点。因此,有人宣称,狄俄倪索斯言辞中表明了其秘仪在忒拜的确立,这段话出现在此剧临近结尾的一段缺文里。① 这类论断无法也无须证明。关于行 630 的 χορεύων ὁσίους εἰς θιασώτας,还有人宣称,神为黑暗带来光明,即秘教入会仪式的证据。② 这就忽略了《奥德赛》(Odyssey)行 19 呈现的熟悉场景:当奥德修斯和特勒马科斯(Telemachos)移走大殿的武器时,雅典娜带来了光明:

[33] 雅典娜手举金黄的灯,在前引领他们,
　　　灯发出美丽的光芒。

通过观察灯光,特勒马科斯准确地断定,有神在场(φῶς,19.40)。并非只有在秘教入会仪式举行时,诸神才会在黑暗中制造光明。

综上所述,剧中并无证据表明,欧里庇得斯想让人们把《酒神的伴侣》中的狄俄倪索斯宗教理解为秘教。倒有明确的证据证明,剧中的狄俄倪索斯宗教不是秘教。对雅典观众而言,秘仪主要指得墨特耳的厄琉西斯秘仪。在剧中,欧里庇得斯小心翼翼地避免使用涉及厄琉西斯秘仪的措辞和观念。此外,也无力证表明,公元前 5 世纪哪里有狄俄倪索斯秘仪。这种秘仪是后来才有的事。因此,欧里庇得斯的观众就没有理由将此剧与秘仪联系起来。欧里庇得斯这么做的原因也不清楚。把狄俄倪索斯宗教描述成秘教,有悖于欧里

---

① Seaford(注释 11)。"几乎可以肯定,在他佚失的那段演说中,狄俄倪索斯其实表明了其秘仪在忒拜的确立。"(页 252)
② Seaford(注释 11)。"这种对比:突如其来的光明与先前的黑暗,是秘教入会仪式的突出特点。现在,至少在厄琉西斯,这种神秘的光似乎就被等于酒神。"(页 256)

庇得斯的意图。根据欧里庇得斯,狄俄倪索斯宗教的好处就在当下,开放,随时向所有人敞开。① 相反,古老的秘教许诺来世的诸种好处,严格区分入教者和非入教者。因此,对欧里庇得斯来讲,在剧中避免狄俄倪索斯与秘仪有关的一切迹象,这一点至关重要。

---

① Dodds(注释11)。"狄俄倪索斯是民主神:人人皆可接近……直接通过他馈赠的酒,通过加入他的狂欢歌舞队($\vartheta i\alpha\sigma o\varsigma$)。"(页127)

家庭、城邦与山

——《酒神的伴侣》中的空间轴

西格尔(Charles Segal) 撰

一

和众多希腊悲剧一样,在《酒神的伴侣》(*Bacchae*)中,界定何为适于公民生活、何为不适于公民生活的问题,以空间对比和空间张力的形式呈现出来。在索福克勒斯(Sophocles)的大多数传世作品中,这些问题集中在英雄的含混定位上:他既是被放逐者,又是拯救者;他既渎神,又接近神性。在其早期作品中,欧里庇得斯用英雄(或含混的英雄)人物,探讨了相似的问题。希珀吕托斯(Hippolytus)是一位伟大国王的私生子,喜欢狩猎和准-秘教崇拜胜于军功和政治责任。在他所处的野外边缘之地——临近他所敬拜的女神,但也靠近他追猎的野兽,希珀吕托斯代表了公民生活规范无法承受的诸对立面的危险结合。① 淫荡但显出"某种高贵"的斐德拉(Phaedra)(《希珀吕托斯》,行1300-1301),开启了一系列相似的对立,在这些对立中,家庭被迫对抗具有潜在毁灭性的诸种激情——人类就生活在这些激情中。

---

① 关于希珀吕托斯的边缘性地位,参见 Segal(1978/1979),页133-139。

在数年前完成的《美狄亚》中,性,尤其是女性的危险力量,与如下二者结合在一起:既拯救又摧毁的智识的含混性,以及敢爱敢恨的母性能力,这种能力既珍爱又牺牲生命。欧里庇得斯笔下的女主人公公然反抗分类,正如她公然反抗空间界定:她既是家庭的护卫者,又是未开化的外邦人;她既是正义又是可怕的残忍的典范;她既充满英雄气概,又卑劣无耻。① 和《美狄亚》一样,索福克勒斯的《特拉基斯少女》(Trachiniae)也关注性别暴力在家庭和城邦中的含混地位。《特拉基斯少女》在女性激情的毁灭性力量上,还增加了野兽样的人(beast-man)的残暴力量,此人充满诱惑性的谎言,成功在家庭中心安放了一剂可怕的毒药,这剂毒药将摧毁整个家庭。

《酒神的伴侣》把化身为酒神的未知事物的毁灭性力量融入城邦,酒神既是本地神,又是外邦神,既是外邦人,又是希腊人。和希珀吕托斯不同,我们不能简单地在最后为了纪念而接纳他,把狄俄倪索斯重新整合进城邦(《希珀吕托斯》,行1452、行1459-1466)。有别于美狄亚,我们不能简单把狄俄倪索斯视为异类(遭拒的异己生活方式的暴力)驱逐他。不同于《疯狂的赫拉克勒斯》(Heracles Mad),《酒神的伴侣》未显示出对英雄价值的重新整合,这些价值能重新吸收由疯狂、暴力和神的不义引发的混乱。相反,狄俄倪索斯的到来,带来了整合异己之物与驱逐熟悉之物的含混互换。熟悉之物变得陌生,外来之物被视为本邦之物。母亲疏离她的亲骨肉,是在个人家庭生活层面产生影响,类似于疯狂的心理性疏远和城邦失序,在这种失序中,城邦中的女人弑君,代之以也是"异方人"的新君。这名异方人将主导某种神圣游行(theōria,行1047);尽管是"自

---

① B. M. W. Knox 精彩阐述了美狄亚的这些含混性,参《欧里庇得斯的〈美狄亚〉》("The *Medea* of Euripides"),*YCS* 25(1977),页193-225 = *Word and Action*,页295-322,尤其是页300以下。

家人"(oikeios,行1250),异方人却将对这个家族做出可怕的暴行(行1374-1375)。死在亲生母亲血腥"怀抱"中的国王(行1163-1164)认为,杀害他的人是"他最好的朋友"(prōton philōn,行939)。

在某种意义上,阿克泰翁(Actaeon)与卡德摩斯(Cadmus)的故事,构成了忒拜与由以下事物构成的他性(otherness)关系的另类神话:自然、世界与自我(the self)中的未知之物和神秘之物。这两个神话表明了对大地与荒野创生性神话的相反回应。阿克泰翁丧失了对荒野的支配力,正如他不能掌控自己;卡德摩斯则把这种力量用于满足文明的诸种需要。狄俄倪索斯和彭透斯都含混地悬于二者之间。狄俄倪索斯把国王变成一名类似阿克泰翁的猎手,还让开化的老王变得与之针锋相对,成了城邦的可怕摧毁者。彭透斯若能让自己和城邦接纳酒神,兴许能达成与卡德摩斯的文明和解;失败之后,彭透斯落得了跟那位年轻的野蛮猎手一样的下场,被放逐野外,像野兽一样抛尸荒野。

二

在《酒神的伴侣》的空间域横轴上,戏剧行动一方面在外邦人与希腊人之间来回穿梭(行13-20、行1333以下、行1354以下),另一方面则在城邦与荒野之间展开。"打山上来的"信使(行657以下)在此剧中心引入了关键的一场戏;国王对信使叙述的反应,决定了他必然离开城邦。山只是背景空间,但对山中所发生之事的形象描述,使前台与背景相互竞争。[1] 遥远的背景呈现出的空间现实感,与所有视觉表演舞台的布景一样引人注目。

---

[1] 参 Wassermann(1929),页278。

在该剧前三分之一,国王的行动主要包括:他试图把忒拜女子重新幽闭在城邦和家里,他把外来的异方人囚禁在王宫的监狱中。囚禁酒神的企图屡屡失败,主导了彭透斯与酒神的会面,直到酒神胜出,领着彭透斯从城邦走向山中,此时的彭透斯一身狄俄倪索斯敬拜者的狂女装扮。

从山上回到忒拜的信使报告说,狂女们逃脱了欲将她们遣回城邦的追捕者。此次失败预示了彭透斯稍后从城邦远征基泰隆山的失败。彭透斯没法领会信使的叙述对他的意味。彭透斯不是开明的"读者",他把叙述的寓意局限于自己的窄框。他不仅没能阻止城外不羁的酒神狂欢,还在外邦神面前暴露了城邦纪律的无力。

通过信使的言辞与彭透斯之死的一些语词重复,欧里庇得斯强化了山上的这首次失败与忒拜王权分崩离析的对称。① 现在,在城邦中发狂的彭透斯,渴望被"领着穿过忒拜土地的中心"(行961);在剧末,彭透斯被砍下的头,被人当成"山上的狮子"头拿着,举着"穿过基泰隆山"(行1141以下)。阿高厄从山上回到城邦时,她也成了边缘人物,失去了对现实秩序和规范的把控,这些规范让她在城邦中占有一席之地。阿高厄回到王宫——城邦的事实和象征性中心(行1202、行1212以下)——的旅程只是表明,她在那里极不相宜。

与此同时,彭透斯被撕裂的残尸的其他部分,也被人从山上带回城邦(行1216以下),但从基泰隆山到城邦的最后时刻,只是放逐王室其他成员的序曲。眼下,狄俄倪索斯已成功进入忒拜。他已证明自己是合法居民。在某种可怕的对称中,先前的王后和最初的建邦者放弃了这座城邦,一个是出于选择,另一个则用暴力。

---

① 见行742以下与行1135以下;行774与行1112;行745与行974、行1080、行1109;行746与行1130、行1136;行748与行957;行749与行1044;行750与行1115。

所有的舞台行动都发生在忒拜的御宅前。开场白开门见山确立了狄俄倪索斯与王族的含混关系。狄俄倪索斯打算回到忒拜,宣示他身为卡德摩斯家族成员应得的名誉,因为他是卡德摩斯的女儿塞墨勒之子。剧中首先明示的空间点,是那个还冒着烟的废墟,塞墨勒生下狄俄倪索斯后就死在此处。卡德摩斯隔离了这个列为禁忌的圣地,此地象征着这位神的创造潜能与毁灭潜能的混合。措辞与神相称,极富诗意、崇高,在最后还刻意花哨。下面的译文试图保留一点这种韵味(行1–12):

    狄:我来到,身为宙斯之子,忒拜人的这片土地,
    我,狄俄倪索斯,乃卡德摩斯的女儿所生,
    塞墨勒借着霹雳火催生诞下了我。
    我由神样化作凡人,
  [5]路过狄耳刻河和伊斯墨诺斯河。
    我看见母亲那遭雷击的坟墓,
    就在这王室住宅旁,她的殿堂的断壁残垣
    正冒着烟,还闪着宙斯的火焰,
    那是赫拉对我母亲永不泯灭的肆心。
  [10]我赞美卡德摩斯,他使此地——他女儿的坟陵
    神圣不可侵犯;而我,曾用无数葡萄藤
    新枝将此地四周围起。

下一章要进一步探讨的纵轴,开篇就已确立:一位宙斯之子来到忒拜这块"土地"(chthōn)、凡人母亲阵痛中"诞下"一位神(行2)、一位化作"凡人模样"的神。酒神出现在凡人中间,牵扯到天火与凡人所居的土地的一次相遇(行1、行3)。土地-有死性-出生与天空-神性-火的并置,有力地体现在行3的语言中,四个关键

语词一道密集出现:"塞墨勒借着霹雳火催生诞下了我"。隐含痛苦、风险以及女人生死未卜之义的 locheutheisa[阵痛],紧挨着冷酷无情的神力的迹象——天神美丽但致命的霹雳火。数行诗之后,"永恒的肆心"(athanaton……hybrin)把"母亲"框在这行诗中心,由此,"永恒的"与"母亲"似乎拉向相反的方向。乍一看,"永恒的"似乎修饰"母亲",但无疑,正是塞墨勒的母亲身份,表明她是凡人,受制于不朽的赫拉的"肆心"($\mathring{\eta}\ \mu\acute{\alpha}\lambda\alpha\ \tau\iota\varsigma\ \Theta\varepsilon\grave{o}\varsigma\ \check{\varepsilon}\nu\delta o\nu$)。

这些对比为狄俄倪索斯身上的矛盾作了铺垫:水与火、冒烟的废墟与冒芽的植物、神圣的根基与愤怒地疏离诸神。狄俄倪索斯出现在"正冒着烟的殿堂的断壁残垣"(行7)附近,预示了他成功报复彭透斯家族后将发生之事。一个具有神圣血统的儿子在王族出生,毁灭而非使这个家族变得高贵。事实证明,母亲因此获得的荣耀,对所有相关人员福祸参半。

在城邦领域内部尊崇狄俄倪索斯的基础,同样涉及酒神与自然无法控制的生命力的含混联系。纪念塞墨勒的"碑"被称为 mnēma[坟陵](行9),该词可指琢石建成的纪念碑;不过,由于狄俄倪索斯的葡萄藤"将此地四周围起"(行12),此地成了围墙的形状(kalypsa[覆盖了]),这符合酒神的位置:他介于精致的工件与无定形的自然,以及静态与生长之间。这种措辞预示了围绕这个家族的冲突,这个家族是国王与异方人拉锯战的战利品。作为王宫,这个家族在国王统治之下;作为家庭,这个家族属于作为母亲和养育者的女人(行1118以下),因此与关乎狄俄倪索斯的生命力有某些联系。彭透斯经历了一场把家庭转变为王宫的考验。在他的极端反应中,彭透斯突破了这个家族的文明空间,体会到他在这个家族的出生,成了其灭顶之灾的原因(行1119),落得抛尸荒野的下场,他成了被猎的野蛮猎手,而非国王。

彭透斯死于狄俄倪索斯的城外王国,这牵涉到另一个空间对立,因为在这里,国王彭透斯捍卫的人造围墙与他的葬身之地(高低不平的绝壁)形成对比,他像被捕的野兽一样落入陷阱。为了用石头砸死彭透斯,狂女们爬上"高塔般的岩石"(antipyron petran[行1097]),或者可能用多兹的话说,"耸立在对面的岩石"。狂女们攀上"对面的塔"(anti - tower),就像她们使用"抵抗 - 工具"一样,"非铁制的撬棍"(asidēroi mochloi,行1104)。

进场歌为狄俄倪索斯与出生的含混关系提供了某种古老的范式。歌队提及克里特的"神秘洞府"(thalameuma,行120),宙斯就出生在这里。接着,她们又把和追随狄俄倪索斯的酒神信徒(行129)一道看护婴儿的库瑞特斯(Couretes),与如下事物联系起来:野兽、跟随他的"疯狂的萨图尔",以及"狄俄倪索斯喜欢的"节日舞蹈(行134)。① 在狄俄倪索斯的王国里,可能庇护孩子的居住空间或内部空间(thalameuma,行120;enauloi,行122),与深山的野外空间(洞府[antrois],行123)混为一谈,在这个洞府中,自然神用异域音乐庆祝象征宇宙活力恢复的诞生。

这个片段里的"洞府"(thalameuma,行120)一词,把宙斯的洞府/家族的内部空间,等同于子宫内部。② 约20行之前,thalamē 一

---

① 参见 Dodds,《酒神的伴侣》(Bacchae),页126 - 129:"βαϰϰεία与Βαϰϰᾶν 困扰着编校者,因为描述的是对瑞亚的崇拜,而非对狄俄倪索斯崇拜",Dodds 还援引了欧里庇得斯的残篇472.13以下,N(Cretans)。

② Dodds,《酒神的伴侣》,前揭,页120指出,thalameuma 是"thalamē 的一种诗歌变体,thalamē 是神圣洞府的(vox propria)"。在《伊翁》(Ion)行393以下,欧里庇得斯用 thalamē 一词表示特洛弗尼乌斯(Trophonius)发布神谕的洞府。在《乞援女》(Suppliants)行980以下,thalamai 指卡帕涅乌斯(Capaneus)的坟墓,在这里,艾乌阿德纳(Euadna)为了忒拜的利益将自己献祭。在这两个例子中,欧里庇得斯都把这些 thalamai 与阳间与阴间,以及凡人力量与超自然力量的转变联系在一起。亦参 Roux 的注疏,以及索福克勒斯,《安提戈涅》(Antigone),行947。

词(thalameuma 由此派生)就描述了宙斯大腿中"孕育"狄俄倪索斯的"腔体"(行 94 – 98):

> 诺斯之子宙斯
> [95]将他放入一个孕育的腔体,
> 　　藏入大腿深处,
> 　　再用金针缝合,
> 　　这才瞒过了赫拉。

正如狄俄倪索斯的开场白所言,"出生"与"隐藏"结合在一起,在母亲的暴死中保全了充满危险的新生命。我们兴许注意到 loch -("出生",行 3、行 94)与 kalyptein("隐藏",行 12、行 96)的一再出现。两个诗段都把酒神混为一体的各种对立、生命及其毁灭结合在一起。

下一节诗把狄俄倪索斯的出身描述为"长着牛角的神",狂女们用蛇装饰这位神,这段描述把神性与兽性混为一谈,也把狄俄倪索斯在宙斯大腿中的出生与婴儿宙斯的出生混为一谈——宙斯在洞府中由"疯狂的"(mainomenoi,行 130;mainades,行 103)萨图尔照料。宙斯出生时,疯狂的萨图尔跳起了舞(行 132);狄俄倪索斯狂欢时,"整个地面"(ga pasa choreusei,行 114)都起舞。在这两种情形中,都有一个暗示孩子降生到凡人家庭的房子(thalamos 在剧中仅以这个义项频繁重现)的语词,描述处于兽 – 神等级两极的反常"房间"。一端是在前奥林波斯世界中处于文明边缘的野外洞府(行 120 以下),在这里,脆弱的婴儿宙斯,受到残忍、吞食的父亲的威胁(注意宙斯源于父名的姓,"克洛诺斯之子",行 95);另一端则是奥林波斯统治者缝着"金针"的大腿,充当子宫庇护了这位新神。

同一个语词 thalamē 一再出现在第二首合唱歌中,描述"树木繁茂的奥林波斯山",在这里,俄尔甫斯(Orpheus)在山林中弹奏音乐,

"引来树木,招来野兽"(行560－564)。正如狄俄倪索斯的音乐从城邦移到荒野,由人类转向野兽,围墙或"房间"的含义,也从家庭的安全内部,变为城外的露天之地——希腊人与野蛮人的边境。对于一名歌者而言,这种场景很合适:他一方面进行着一项主要文明技艺,另一方面,与他在此发生关联的酒神一样,他又与文明保持着临界关系。

在《腓尼基少女》(*Phoenissae*)中,一则重要的预言涉及这种房子(《腓尼基少女》,行931－941)。为了对忒拜建立时遇害的地生蛇作出补偿,必须献祭一名王族成员,并用他的血向这块土地的房间奠酒。在这里,该词再次指土地的庇护洞穴,这些洞既是城邦的一部分,也在城邦控制之外,这是一股可能对城邦怀有敌意的神秘力量。

因此,这些"室/洞"在庇护与毁灭、文明与野蛮、生与死之间摇摆不定。它们与净化仪式有关,在这些仪式上,人们把受到污染和令人厌恶之物(aporrhēta)埋入乱葬岗。① 通过将污染埋入或隐藏在其神秘的地下洞穴里,人类保留了其土地(大部分地表)的文明品质。"地下的东西"其实就是未知之物。在阿里斯托芬的《云》里,苏格拉底思想所里的门徒,专注于"探究地下之物"(《云》,行188－192)。在欧里庇得斯的一部早期作品中,"在地下发出光亮的东西",是人类幻想的源头,这个神秘的源头可能诱使人类走向灭亡(《希珀吕托斯》,行193－197)。②

---

① Schol. 对《腓尼基少女》(*Phoen.*)行931的评述,描述thalamai的那个段落,在这里,"地生蛇是狄耳刻泉的守护者"。
② 参Segal(1979),页154。因为藏在地下的东西,即不受凡人控制与主导的非理性的幽暗神秘,参见《安提戈涅》,行338以下、行361,另参Seth Benardete,《索福克勒斯的〈安提戈涅〉解读》("A Reading of Sophocles' *Antigone*"), *Interpretation: A Journal of Political Philosophy* 4(1975),页189－191。

三

此剧接近尾声时,卡德摩斯抱怨道,"这位神,怎样毁了我们啊!虽正当,却过了火,布洛俄弥斯王可是自家人呐"(oikeios gegōs,行1249以下)。狄俄倪索斯可算作 oikeios[自家人],即"家庭"(oikos)成员,摧毁了家庭提供给妇孺的安全庇护。在第一合唱歌中,狂女们歌颂了"维系家族"(synechei dōmata,行388-392)的"安宁生活"(hēsychia)。在剧末,卡德摩斯明白过来,随着他的最后一位在世男性继承者的死,他的"家族崩塌了":酒神"毁了这个家族",并让那个"为城邦所敬畏的"人死去,"孩儿啊,是你凝聚了我的家族"(行1304-1309)。出于对卡德摩斯的同情,在剧末,阿高厄在她那首挽歌式的抒情诗末尾重申了悔恨(行1374-1376):"狄俄倪索斯王辱没了你的家族。"(oikoi)为年幼诸神提供庇护的神秘"洞穴"(遥远的洞府或神的大腿),与凡人母亲的"厄运"形成尖锐对比,她最终成了"被驱逐出家门"的人(行1369以下)。

忒瑞西阿斯已然提醒彭透斯,他眼下的所作所为将给卡德摩斯家族内部带来痛苦(penthos)(行367以下)。依然神志不清的阿高厄回到城邦,坚信自己拿着"山中狮子的"头(行1141以下)"进入城邦"(行1145)。她要把这颗狮子头作为战利品,悬挂在王宫外墙上(行1212-1215)。此时此刻,卡德摩斯正在"御殿前"(domōn paros,行1217)收拾彭透斯余下的残骸,名副其实地怀着彭透斯-痛苦(Pentheus-penthos)带来的"痛苦"(penthos)(行1244;比较行367、行508)。彭透斯回到王宫时——昭示王室英勇的战利品赫然挂在王宫上,以供邦民瞻仰——他成了被展示的战利品,而非这个战利品的得意拥有者(行1239以下)。

狄俄倪索斯对这个家族的侵犯，充当了如下事物的客观对应物：在因他的到来所引发的身份危机中，他对人格界线的侵犯。在行872，就在彭透斯受制于狄俄倪索斯的威力，释放出他对狂女受压抑的着迷时，狄俄倪索斯告诉他，"我来装扮你，进屋去"(ἀθάνατον...Ἥρας ὕβριν)。这个在屋内的行动，导致这位主人公混淆了居所的内在空间和自我的内心世界。当彭透斯从这个内部空间出来时，他与由其家族确立并巩固的可靠身份的关系，处于最脆弱的时刻。彭透斯偷偷摸摸穿过城区，成了密探，而非勇士－国王，他装扮成女人，踏上"人迹罕至的小道"出城上山(行841)。下一场戏由狄俄倪索斯呼唤彭透斯"走出家门"开启(行914)。如今，屋内的所有东西都是扭曲的。这位男继承人看起来像卡德摩斯的女儿(行917)。定义的单一性屈从于双重性，一致屈从于含混(行917以下)。狄俄倪索斯的向心运动：从外邦来的异方人到夺回其祀拜家族，引发了王族离开王室的离心运动。狄俄倪索斯的酒神式疯狂，迫使祀拜女子像被牛虻叮咬的牛或马匹一样，"离开家"，走向"绿枞树下的裸岩"(行36－38)。在剧末，剧中幸存的凡人，用一种更恒久、更惨烈的方式重新上演了这种离心运动——遭到放逐的卡德摩斯目睹他的家族被毁(行1303－1309)，阿高厄最后向她的家族和城邦告别(行1368－1370)。

狄俄倪索斯对那些抵制他的家族的离心作用，在关于这位神的其他神话中引人注目。普罗透斯(Proteus)在阿尔戈斯的女儿们，以及米尼阿斯(Minyas)在奥克墨诺斯(Orchomenos)的女儿们离开家，走向荒野，米尼阿斯的女儿们还手刃亲子。同样，在色雷斯王吕库古(Lycurgus)的神话中，酒神通过让父亲杀死儿子毁灭这个家族，实现了复仇。①

---

① 参 Dodds，《酒神的伴侣》，前揭，xxixf；Kerényi，页175－188。

与开场白一样,第一场戏关注的重点是家族。歌队在美妙的进场歌最后提到如下意象:遥远的吕底亚和克里特、充盈的黄金时代、令人心醉神迷的异邦仪式音乐以及山上激昂的舞蹈,进场歌一结束,年迈的忒瑞西阿斯——扎根忒拜本地传统预示灾难的先知,就踏进"入口",他双目失明、步履蹒跚,"去把卡德摩斯叫出屋"(行170)。卡德摩斯从王宫入场:"我来了,"他说道,"我在屋里就留心听,听见你这个睿智者发出的智慧之声。"(行178以下)轻巧自如的狂女与身弱体衰的老人、大山与家族、狄俄倪索斯令人愉悦的狂喜与城邦的传统"智慧"(sophia,行189)——老人是这种智慧的宝库,这些对比都是远处-近处这一更宏大对比的各部分。屈从于那位亚细亚新到来者的情感自由与惊心动魄的冒险,与熟悉的传统和王族权力形成对比,卡德摩斯就由这个家族登台亮相。

两位老人很快商定离开城邦和家庭,"上山",他们协商的短长格,呼应了亚细亚狂女歌队的抒情性呼吁,"上山去,上山去"(行191、行165)。忒瑞西阿斯的哲学思考,将调和狄俄倪索斯与"父辈传统"(patrious paradochas,行201),但彭透斯激动而匆忙的到来骤然打断了他。从"外地"(ekdēmos chthonos,行215)回"到家中"(行212)的彭透斯,听说了"城邦里的奇怪祸事"(行216):"女人们抛弃家庭"($\dot{\varepsilon}\gamma\grave{\omega}$ $\sigma\tau\varepsilon\lambda\tilde{\omega}$ $\sigma\varepsilon$ $\delta\omega\mu\acute{\alpha}\tau\omega\nu$ $\check{\varepsilon}\sigma\omega$ $\mu o\lambda\acute{\omega}\nu$,行217),他勃然大怒,去往"草木繁茂的山间"(行218以下)。彭透斯猜想,女人们在那里饮酒,满足男人的情欲(行223)。对彭透斯而言,妇女们不是深居家中,就是纵情山林、为所欲为。他的矫正措施是幽闭在家里或牢中:"我已逮住不少,让她们手加镣铐,因在由我的仆人看守的公共监牢。"(行226以下;比较行514)他表示监狱的语词(pandēmoi stegai),用的是普通名词stegē,指任何封闭建筑,包括私宅。彭透斯的措辞——在行443再次用于表示"捆绑"(desmoi)主题,表明他自视为个人与公共内部空间的护卫者。事实将证明,这是一种致命性的结合:他死于一位与其家族内务失去关联的母亲之手(行 1118 以下;比较行 1211 – 1215)。彭透斯在行 217 阻止[忒拜女子]离家出走的彻底失败,体现在剧末阿高厄悲悼中重现的那个动词,在那里,"离开"家是一种截然不同的心境($δώματ' ἐκλελοιπέναι$,行 217、行 1369)。

在彭透斯亮相的那场戏中,彭透斯逐渐陷入一阵疯狂(行 233 – 236),"家"代表的不只是家庭空间或惩罚的工具,它也是彭透斯权威的象征。家暗示了彭透斯世界里小心划定的界线,现在遭到这个耽于声色、野蛮、令人不安的俊美青年入侵。彭透斯必定不惜一切代价捍卫这些界线。正如全剧一样,在此,狄俄倪索斯充当了屏幕,在上面,剧中的凡人投射他们对自身人格及其世界或理想化或歪曲的幻象。

在他剧烈爆发的顶点,彭透斯不怎么理直气壮地把狄俄倪索斯视为家庭或王宫内部(stegē)的闯入者(行 239 – 214):"只要我将他抓捕收监,就要制止他用常春藤杖发出声响,仰头甩发,让他身首异处。"①这个与彭透斯的封闭世界根本格格不入的人物的出现,挑战了彭透斯对其家族的严格控制。因此,第一场戏刚开始就结束:忒瑞西阿斯谈及卡德摩斯和他的家族,但他现在预言,彭透斯将给这个家族带来"闷愁事"(penthos)(行 367 以下;比较行 170、行 178 以下)。如下二者的对比,加强了这种对称:卡德摩斯"在屋里"听到的"睿智者发出的智慧之声"(行 179),与忒瑞西阿斯返回其原目的地时最后发出的告诫,"有个蠢人在说着蠢话"(行 369)。

---

① Dodds,《酒神的伴侣》,ad loc,Dodds 注意到,stegē 一词"有点奇怪:彭透斯不仅反对异方人的活动在城堡中进行,也反对他在整个城邦中举行,他还命手下(ana polin)逮捕异方人"。Norwood 的校订没有必要,除了引入单复数动词的冲突(不一定没可能);很难理解,为何现在的文本接受了这个讹误的短语。

把狂女们强制关入公共监狱的牢房(stegē,行444),开启了第三场戏,不过,狄俄倪索斯对彭透斯权威的威胁,已由空间术语的悖论确定下来:这些身陷囹圄的囚徒,其实在她们"草木茂盛的地方"(orgades),"镣铐松开"、"撒开了欢"(行445以下)。仆人对彭透斯先前命令的重复,只是凸显了彻底失败(行227、行444)。典型的狄俄倪索斯动词"跳"(skirtōsi,行446),让我们想起狂女们在山上的欢"跳"(skirtēmata,行169)。①

彭透斯欲以斩首行动"制止"(pausō,行240)异方人敬拜狄俄倪索斯的自由活动。稍后,彭透斯同样夸张地表示,他要把狂女们卖为"奴婢"或让她们成为自己的"财产"(织布的王宫侍女)(行511-514),以"制止"(pausa,行514)她们跳舞、击鼓。② 我们看到,这两种威胁都把典型的文明生活活动——商业和制造业,变成镇压工具。这种转变对应了彭透斯的王权在纪律与混乱、秩序与野蛮之间的切换。对于这个奴役的威胁,我们不妨对比彭透斯稍后(行803)的愤怒,"要怎么做?要我做我女奴的奴隶吗?"彭透斯只能根据主奴关系,设想城邦权威或家族权威,但眼下,这种权威的崩塌一触即发。

歌队在进场歌中颂扬的狄俄倪索斯,把女人从"织机"上解放出来(aph'histōn,行117-119);彭透斯本欲"拥"这些女人为奴,让她们在室内"织机"上劳作(aph'histois,行514)。在这个表明彭透斯变幻莫测的各色囚禁和排斥方式的可怕场景中,又回到了先前的主题。阿高厄举着儿子被割下的头进场时,她夸口称自己为这个

---

① 关于表示由衷的欣喜与不受权威压制的skirtén一词,参见智术师安提丰(Antiphon the Sophist)87B 49DK ad fin.;柏拉图,《王制》(*Republic*)571c;阿里斯托芬,《云》,行1078,以及Dover对此处的注解。

② 参Dodds,《酒神的伴侣》对行513的注疏:"奴役他们的提议很突然,也不该从一个本应心怀同情心的人口中说出。"

家族带来了殊荣(行 1234),"把梭子扔在织机旁"(aph'histois,行 1236),去狩猎中施展身手(行 1237 – 1239)。①

四

"当民众拥立在城关",忒瑞西阿斯告诉彭透斯,"举邦回荡着彭透斯的名字;那个人,我料想他也乐于受人崇敬"(行 319 – 321)。在这个小小的譬喻中,国王的名字(onoma,行 320)与城门的关联表明,彭透斯倾向于根据界线、排外以及城邦的公共防御工事,确定他的身份。这类似于他对民众(people)(此处的"民众"[polloi]即如此,与君主相对)的等级划分,与酒神有意无等级的敬拜者社会形成对比,这些敬拜者在狂欢歌舞中获得平等。歌队在下一首颂歌结尾处唱道,"凡是多数人——民众[to plthos…to phauloteron]尊为习俗[nomizein]并奉行的东西,我都欢迎"(行 430 – 432)。卡德摩斯认可忒瑞西阿斯的话,劝道,"跟我们待[oikei]在一起,不要超越礼法[nomoi]"(行 330 以下)。然而,彭透斯的家仍等级分明、严格排外。按照忒瑞西阿斯在这场戏最后的预言,彭透斯将带"进家"(domoi)的,不是彭透斯的"威名"(行 320;比较行 508),而是"彭透斯"这个名字的词源 penthos,不幸(行 367 以下)。

彭透斯把那位打遥远的亚细亚来的流浪异方人关在王宫的暗狱中,以示惩罚,这是彭透斯的典型做法,近乎牲口被驯化的兽性

---

① 关于离开织机和家庭是女人身体和情感的解放,参见 Slater,页 225。比较 Bacchyl.,11.38,以及 Jacob Stern,《巴基里德斯颂歌 11 中的动物意象》("Bestial Imagery in Bacchylides' Ode 11"),*GRBS* 6(1965),页 276 – 277。

(行 509 以下):

> 把他关入旁边的马厩!
> [510]这样他就只能瞧见那阴沉沉的黑暗。

然而,这名囚徒很快将用他毁灭性的火和一道"最耀眼的"光(行 594 – 597、行 608)战胜这黑暗。就在那些彭透斯欲用来"囚禁"异方人的马厩里(行 509),彭透斯会发现一头公牛——酒神势不可挡的畜力的象征(行 618),彭透斯在一次与公牛的对抗中落败,公牛的凶猛表明,彭透斯潜藏的野蛮情欲力量得到了释放(行 618 – 621)。①

词根 herk – "关闭"、"拘禁"在全剧一再出现,不仅指彭透斯囚禁他人,也指他封闭自我,及其设下工事的城邦和王宫禁闭森严的空间。由 herk – 构成的合成词的反义词,是 lyein "松开"、"释放"的各种形式。② 由于不承认并释放身上的狄俄倪索斯[要素],彭透斯不得不坚持使用更大规模的囚禁和拘禁方式。

在狄俄倪索斯的魔力下,彭透斯把狂女们想象成"在灌木丛里,像鸟儿一样,套在了最美妙的情网[herkē]里!"(行 957 以下)彭透斯的疯狂,表明了他本人既厌恶又喜欢狂女的矛盾心理。一旦落入狂女们床笫的"罗网",她们便再次安全地封闭在男性主导的城邦和家庭世界中,正如彭透斯(行 511 – 514)威胁着要让被捕的狂女在织机上劳作一样。在"最美妙的情网中"(行 958)套住狂女的意

---

① 参 WI 84。
② 关于 lyein 可能的比喻性用法,参 Dorothea Wender,《放手:柏拉图〈吕西斯〉中的意象与象征性命名》("Letting Go: Imagery and Symbolic Naming in Plato's *Lysis*"),*Ramus* 7(1978),页 40 以下。关于狄俄倪索斯与情感界线的消解,参 Slater,页 267 以下,Roberts,页 43 以下。

象,表明了彭透斯冲破压抑后的下流想法,从他们的压迫感中"得以释放"(亦参行 216 – 225)。反讽的是,这些在地上无助的鸟儿,一点也不像那些宛如鸟儿俯冲而下,展翅攻击忒拜边远田野的狂女(行 748)。这个意象迥异的方向,表明彭透斯对他人和他本人所用的囚禁方式的不稳定。

"王宫奇迹"不仅表明狄俄倪索斯的力量战胜了彭透斯的压制,也表明彭透斯的权威人格随着狄俄倪索斯的进入开始瓦解。当狄俄倪索斯"在屋里"(行 589),布洛弥俄斯神(Bromios)在"屋里"($\dot{\varepsilon}\varkappa\lambda\varepsilon i\pi\omega$,行 592 以下)发出仪式性呼喊时,彭透斯已遭渗透的内心防守开始崩溃。无论在精神意义还是政治意义上,"公共监狱"(行 226、行 444)都无法困住与彭透斯被看护的地盘格格不入的神。王宫那场戏和随后那场戏——彭透斯与公牛的相遇,预示了行 810 以下彭透斯对异方人的彻底屈服。在击败约束其自由活动的企图后,狄俄倪索斯侵入了彭透斯的王宫,并随后侵入了彭透斯的头脑。

在他试图囚禁狂女失败后,来自基泰隆山的信使报告称,彭透斯不但要"关押她们"($\dot{\alpha}\lambda\alpha\lambda\dot{\alpha}\zeta\varepsilon\tau\alpha\iota\ \sigma\tau\dot{\varepsilon}\gamma\alpha\varsigma\ \ddot{\varepsilon}\sigma\omega$,行 443),还要"把她们抓走"(syn – harpazein),"把她们囚在公共监牢里"(行 443 以下):$\varepsilon\check{\iota}\varrho\xi\alpha\varsigma$, $\ddot{\alpha}\varsigma\ \delta'\ \alpha\check{\upsilon}\ \sigma\grave{\upsilon}\ \beta\acute{\alpha}\varkappa\chi\alpha\varsigma\ \varepsilon\check{\iota}\varrho\xi\alpha\varsigma,\ \ddot{\alpha}\varsigma\ \sigma\upsilon\nu\acute{\eta}\varrho\pi\alpha\sigma\alpha\varsigma\ \varkappa\dot{\alpha}\vartheta\eta\sigma\alpha\varsigma\ \dot{\varepsilon}\nu\ \delta\varepsilon\sigma\mu o\tilde{\iota}\sigma\iota\ \pi\alpha\nu\delta\acute{\eta}\mu o\upsilon\ \sigma\tau\dot{\varepsilon}\gamma\eta\varsigma$ [至于你那些在押的女信徒们,你当初把她们抓走,戴上镣铐,囚在公共监牢里]。然而,当我们看到狂女们在山上"自由自在",不仅城邦的男人下定决心要"捉拿"(syn – harpazein,行 729;同行 443),狂女们也用某种超自然力的暴力"捉拿"(harpazein)。这场戏在彭透斯的绝望中也有预示:他疯狂跑入宫,"抓起"一把剑(harpasas,行 628)。

行 444 有意玩弄词根 dē – (绑)和 dēmos – (城邦),这表明,对彭透斯而言,城邦即封闭。① 就在紧随其后的单行轮流对白中,把城邦等同于他本人的彭透斯,其实把他的"权威"定义为约束(dein)的权力(行503–506):

> 彭:把他抓起来!他藐视我和忒拜。
> 狄:告诉你,可别绑我,我明智,你却不明智哦!
> 彭:我偏说"绑起来"[dein],我比你权力大[kyrōteros]!

在下一场戏中,彭透斯没能"捆住"或"囚禁"酒神,这尤其表明,这种关于自我、明智(行504)和名字(行507以下)的观念,基于最不稳靠的基础。下一场戏提出了究竟彭透斯还是狄俄倪索斯拥有"更高权威"的挑战。

五

正如彭透斯用自己的城邦囚禁自由之物,他也用他的王宫囚禁自由之物,防止可能越过他需维持的界线的事物进入。由于他把王宫地牢变成吕底亚异方人的囚牢,彭透斯揭示了王宫的双重含义:

---

① 捆绑、囚禁和约束的各种语词(譬如 desmos、anankē、brochos),常意味深长地一再出现在全剧中,例如行355、行545、行548以下、行552、行611、行615以下、行618、行642以下、行755、行1020以下。关于城墙和高塔,参Scott,页340以下。关于"捆绑"与 anankē 在早期希腊文学中的总体关联,参 Heinz Schreckenberg,《Ananke:关于语词用法的历史研究》("Ananke: Untersuchungen zur Geschichte des Wortegebrauchs"), Zetemata 36 (Munich 1964),页2–11、页40–42,尤其是页42对《酒神的伴侣》行552、行642的评述。更多细节,参 Segal(1982)(即出)。

他统治忒拜的意象,以及他自身情绪状态的标志。

　　国王-英雄与王宫的等同,希腊文学和神话中是一个司空见惯的主题。① 欧里庇得斯的《疯狂的赫拉克勒斯》提供了某种相近的对应。主人公在疯狂中的自我分裂,与其宫殿的真实解体紧密相关(譬如,《疯狂的赫拉克勒斯》,行864、行919以下、行943以下、行1006-1012)。狄俄倪索斯被囚禁在王宫,在视觉上上演了舞台事件的意义——酒神已进入并掌控了彭透斯。兴许是依从了埃斯库罗斯《厄多尼》(Edoni)这部关于狄俄倪索斯的戏的主题,欧里庇得斯笔下的彭透斯的宫殿,由将成为酒神的牢狱,变为酒神表现其威力的工具。② 狄俄倪索斯使落入其虚妄之网的宫殿震动,正如他让地面震动一样。他还让宫殿"倒塌"(pesēmata,行588),这很快会让王宫统治者痛苦。通过造出"发光的以太"(行631)迷惑国王及其"黑剑"(行628),狄俄倪索斯揭示了藏在这位统治者戒严的宫殿和灵魂中的黑暗。与彭透斯堡垒式监狱中心的黑暗相反,明亮的火光表明酒神对其敬拜者们的力量(行594-599)。这还让我们想起,狄俄倪索斯野外令人喜悦的礼物,"葡萄酒的晶莹"(见botryos ganos,行261、行382-386)。

　　酒神不仅"撼动"、"焚烧"并"颠覆"彭透斯的宫殿(行594以下、行603以下、行606、行623、行633以下),还把彭透斯观念和取向的内部和外部空间混为一谈。通过入侵他的据点,狄俄倪索斯开启了质疑严格区分如下事物的过程:男女、主奴、希腊人与野蛮人,

---

　　① Wohlberg,页149-155,Wohlberg仅简略谈及该主题对彭透斯这个人物的意义,以及这个主题的心理含义(页152、页154)。
　　② 埃斯库罗斯残篇,58N=76 Mette;见上文,第三章,注释7;亦参Wohlberg,页152。关于埃斯库罗斯的三联剧,现参T. N. Gantz,《埃斯库罗斯三部曲》("The Aeschylean Tetralogy: Attested and Conjectured Groups"),*AJP* 101 (1980),页154-156。

这些区分构成了国王对其世界的孤立看法。令彭透斯失望的是,异方人自由而平静地走"出屋"(行 636 以下、行 646、行 648)。"彭透斯看到了,以为宅子失火"(行 624),接着疯狂冲"进屋内"(行 628),彭透斯表明,他已失去那场以他的方式维持其内部空间秩序的战争。当异方人"在屋内"平静地发出鞋子的声响时,彭透斯的失败已成定局。最后一个短语,domōn es[屋内](行 638),呼应了十行前彭透斯大发雷霆的入场。

六

信使的长篇说辞,是从彭透斯"家族"精神-空间安全的象征性毁灭,向他完全屈从于酒神的转折点。这段说辞突然把戏剧行动从家庭转向其剧中的象征性对立面——野外的山坡。此处的经济活动不是商业或纺织——在上一场戏中,彭透斯威胁说要结束这些活动(行 511-514)——而是处于城邦生活边缘的放牧和狩猎。①

处于这一环境中的已婚妇女现已"不受约束"(行 694),身处本应限定她们的文明空间之外。② 由于她们杀死驯牛、公牛和小母牛(行 736 以下),威胁耕地(行 748 以下),对于被驯化的土地和驯兽,她们变得含混不清。在平原上,她们威胁到那些"沉甸甸的稻穗"(εὔκαρπον στχάυν,行 748-750),然而,正是从山上的"平地"上,她们汲取令人不可思议的营养牛奶、葡萄酒和蜂蜜(πέδον γῆς,行

---

① 关于猎手的边缘性,参 Detienne,《狄俄倪索斯》(*Dionysos*),页 75 以下;Vidal-Naquet(1972),页 137 以下;Schnapp,页 39 以下;Fontenrose,《俄瑞翁》(*Orion*),页 58 以下、页 79、页 94 以下,第 7-8 章,页 252 以下。

② 见上文,第三章,注释 11。

706)。把常春藤杖插入地面以获得神奇食物的阳物意象,是对农耕的某种颠转——属阴的地由传统的男性犁耕行为穿透、耕作。这种从男性主导的犁耕,到女性支配、非工具的杉木棍的转变,与如下转变如出一辙:从家庭内部空间到野外的山脉、从家畜到野兽、从婚姻到悍妇般的独立。她们的母性也变成与野性相混的非人性结合,"一种毫无边界的母爱的魔力"。① 这种母爱可伸向自然的一切,也能陡然倒向其对立面,变成一种嗜血的暴力,毁灭年轻人,并能"从人家里把孩子抢走"(ek domōn,行754)。后来,阿高厄真的隐喻性地把野性带入家庭的内部空间,把基泰隆山上集体呈现的情形个体化。②

彭透斯的"转变",完成了内部空间与外部空间的互换。狄俄倪索斯的许诺,"我来装扮你,进屋去(dōmatōn esō)"(行827),标志着他对这个戒严的屋内的一再威胁臻至顶峰(行367、行628、行638等)。在下一场戏中,异方人完全没被关在暗无天日的监牢里,他掌控了国王的心理活动和外部活动。异方人把彭透斯唤"至宫前"(ἔξιτι πάροιτε δωμάτων,行914),领着他走向城外的荒凉之地(行945)。由此,异方人颠倒了彭透斯入场时从外面(ekdēmos,行215)回到"这个家族"(pros oikous,行212)的行动。彭透斯"急匆匆"进入他掌控下的内部城邦领域,与他不体面"急匆匆"离开城邦形成对比(dia spouds,行212;speudonta t'aspoudasta,"渴望去做那不该追求的事",行913)。

---

① Otto,页109。
② 尽管在关于狂女的其他神话中(譬如米尼阿斯的女儿们),这种从婴儿在家中受到庇护到野外可怕的野蛮行动也有出现,但欧里庇得斯可能首次如此有力地把这一模式用到彭透斯的故事中。Webster,页269,以及注释41,他指出,欧里庇得斯是让彭透斯的母亲撕裂他的首位知名诗人。在波士顿的一个陶器上,手持彭透斯头的狂女被称为迦勒涅(Galene)。

第二位信使所述的彭透斯之死,由一段向一个"曾享幸福"的家族的致辞引入(行1024以下)。讲完那个令人毛骨悚然的故事后,信使赶在"阿高厄还没来到宫前"之前匆忙退场(行1149)。随后的抒情歌凸显了由野外向家庭的突然转换(domoi,行1165;melathra,行1170),此刻,阿高厄正带着她"幸运的"狩猎战利品"匆匆"入宫(行1180)。

在向"忒拜土地那有着美丽望塔的都城"(行1202)致辞时,阿高厄宣称,她要把那颗头悬挂在王宫的三槽板上,此处是展示城邦力量的地方(行1212–1215):

> 叫他扛张
> 结实的梯子来架在屋上,
> 好把这颗狮子头,我猎回的这东西
> [1215]钉在三线槽石板上。

就在阿高厄身为受杀子污染的疯狂猎手时,她带着王后的尊严讲话。此处扛梯子的语言,让人想起攻城的主题——悲剧里有其他对应的例子为证,①因此,对安全的文明空间的肯定,掩饰了其多方面的解体。

卡德摩斯将通过让阿高厄记起这个家族的关系,使阿高厄逐步恢复神智,家是其真实自我的所在地,不是作为狂女,而是作为曾在其中养育家庭的女人(行1273–1276):

卡:你在婚歌声里进的是什么样的人家?

---

① 参见埃斯库罗斯,《七雄攻忒拜》(*Sept*.),行446,以及欧里庇得斯,《腓尼基少女》,前揭,行489、行1173。见上文,第6章,第9节。

> 阿:你把我交给厄克西翁,人们说他是龙牙变的。
> [1275]卡:那你在这家族为你丈夫生育的儿子是谁呢?
> 阿:是彭透斯,我和他父亲结合所生。

恢复理智后仍惊魂甫定的阿高厄问道:"那他死在了哪里?在家里[kat'oikon],还是什么别的地方?"(行1290)这个问题的无知中含有这一反讽,即彭透斯之死与对这个家族的否定及其所隐含的一切紧密相关。卡德摩斯兴许能唤起女儿过去的家庭生活,使之忆起阿高厄凭此界定自己大半辈子的身份,但他们结束时的对话,强调了这个家族的毁灭:王族最后一名在世男性继承者已死,[其他人]悲惨地离开家族和城邦(行1304 – 1310、行1368 – 1371、行1374 – 1376)。

七

狄俄倪索斯侵入并毁灭了王族的受庇护空间,他更极端地向与之格格不入的野外力量打开了城邦的各种限制。在他描写自然的整首诗中,欧里庇得斯呈现了城邦必须排除在外的他性。这种排斥包括如下事物之间的斗争:"男人 – 城邦为中心的理性主义与神 – 自然为中心的情感主义"、濡化与本能、礼法(nomos)与自然(physis)。①

狄俄倪索斯的信徒"把他带下弗里吉亚山,把这位吵闹神带入希腊的宽阔街道!"(行86 – 88)剧中所有凡人离开城邦。彭透斯的亮相,是从外邦回到忒拜(行215),但很快,这趟旅程就遭到颠倒,因为酒神领着他"穿过城邦"(行855)或"穿过忒拜土地的中心"(行961),走进"荒无人烟之地"(行841),在那里,他"代表城邦独

---

① 引文出自 Wassermann(1953),页563;亦参 Barlow,页34。

自受苦"(行963)。和狄俄倪索斯一样,卡德摩斯也从蛮夷之邦亚细亚来到希腊,但最终将率领外邦人的军队攻打希腊。阿高厄将"穿过基泰隆山"(行1142),进入忒拜的城墙和宫殿(行1145、行1202),但终将"被逐出祖邦"(πατρίδος ἐκβεβλημένη,行1366),就像卡德摩斯被"逐出家园,颜面扫地"(ἐκ δόμων ἄτιμος ἐκβεβλήσομαι,行1313)。在她完全崩溃时,阿高厄悲叹自己遭"祖邦"(patris, patria polis,行1366、行1369以下)和自己的"家族"(melathron,行1368)放逐。

狄俄倪索斯在城里和乡下都有神殿,虽然乡下的小圣殿比城里的正式神殿常见。① 在第一章中,我们已注意到关于拒绝将之纳入公民崇拜的神话。在另一则忒拜传说中,据说,狄俄倪索斯放出斯芬克斯(Sphinx),猎食邦民,这个半人半兽的动物有时住在城中心,有时住在城外。② 在《酒神的伴侣》的空间运动中,无论(卡德摩斯与忒瑞西阿斯)试图将之纳入城邦,还是(彭透斯)将之拒于城外的尝试均告失败。

由于受狄俄倪索斯入侵,城邦界定分明的空间,失去了其整体的统一,在象征人物的心理状态与代表城邦秩序之间游移不定。有评论者表示,"充满超人力量的""空间本身","已成为酒神的某种本质(hypostasis)"。③ 通过把重大事件安排在观众看不到的山上,欧里庇得斯让戏剧行动同时在两种空间层面上展开:一种是可见的,另一中则是臆想的。毫无疑问,任何利用观众对幕后重大事件知识的戏剧,均使用这种区分。不过,这里的区分尤为明显,因为隐

---

① 参见 Farnell,《祭仪》(Cults) 5. 133 以下;Jeanmaire,页 20;Gernet(1953),页 392;Roux,1. 63。

② Schola ad,赫西俄德,《神谱》(Theology),行326,以及 ad,欧里庇得斯,《腓尼基少女》,行1031。参见 Otto,页 114。

③ Wassermann(1929),页 277。

含在这两个空间场中的价值冲突极为强烈。① 代表"父辈传统"的老人(行201),离开城邦,去参加山上的狄俄倪索斯的舞蹈。年轻的国王变得越来越不可靠。合唱歌的格言式智慧——常在希腊悲剧中充当城邦价值的某种稳定(就算单调)参照点,现在成了某个外邦崇拜的含混"智慧"(sophia)。

八

打一开始,彭透斯就用狭隘的政治术语和军事术语,回应狄俄倪索斯式的体验,他也遭到以牙还牙。从基泰隆山上回来的信使劝称,山上的奇迹激起的竟是"祈祷"(euchai),而非"冒犯"(行712以下),彭透斯却用"武力"(hopla)(行759、行789、行809、行845)回应。他的"侮辱"很快上升到把狂女的仪式视为"恣肆妄行"(hybrisma),"对希腊人而言,真是奇耻大辱"(行779)。

彭透斯的反应已在狄俄倪索斯意料之中,正好落入了他的股掌,因为酒神在开场白中(行50-52)就已警告:"倘若武拜人的城邦[Thēbaiōn polis]企图愤怒地用武力[hopla]把我的信徒们赶出山,我会率领狂女们一起战斗"。酒神在开篇宣示其到来并强调他与武拜的母方关系时,他称这座城邦为"武拜人的这片土地"(行1)。当他用其赋予生命的自然特征描述这座城邦时,"狄耳刻河和伊斯墨诺斯河"(行5),狄俄倪索斯在武拜城邦与这位神赋予生命的液体的自身特征之间建立起某种关联(参见武瑞西阿斯的阐述,行274-285)。然而,在开场白余下部分,由于预见了来自武拜的抵抗,狄俄倪索斯完全将之视为一个政治实体:"武拜"(行23)、"这

---

① Wassermann(1929),页278;亦参Rudberg,页46以下。

座城邦"(行39)、"全体忒拜人"(行48)、"忒拜人的城邦"(行50)、"卡德摩斯的城邦"(行61)。①

显而易见,从基泰隆山上来的信使应验了酒神的预言性警告。首先,"整座山"都加入了酒神狂欢:πᾶν δὲ συνεβάκχευ' ὄρος(行726);最终,"整个城邦都在像酒神信徒那样癫狂":πᾶσά τ' ἐξεβακχεύτη πόλις(行1295)。

彭透斯与信使对山上所发生事件的反应的对比(行712以下),证实了先前的模式。在国王与异方人的首次交锋中,一名守卫或下人带来一则"令人惊奇"的故事(thaumata,行449以下)。彭透斯的回应,不是把这名俘虏视为术士——因此,他就接近诸神,而是视之为落入"罗网",无从"逃脱"(ekphygein,行452)的野兽(行451)——羞辱和嘲讽的目标(行453、行459)。后来,这头"野兽"的确"成功脱逃"(diapepheuge,行642),并通过"奇迹"证明自己接近诸神,他将在山上游刃有余地击溃彭透斯的人(thaumata,"惊奇",行667、693、行716)。

随着剧情发展,情况变得一目了然:与索福克勒斯《安提戈涅》中的克瑞翁一样,彭透斯把城邦等同于他本人。② 在行503中,在他命守卫带走异方人时,彭透斯愤怒地提到异方人,"他藐视我和忒拜"。信使在行666表示,"我来是想向你和城邦禀告"。信使在行770恳求道,"把他接纳进我们城邦吧",其实是彭透斯内心接受酒神的问题。约40行之后(行810以下),彭透斯内心就发生了这种突然"转变"。

当彭透斯试图囚禁狂女时,彭透斯的"捆绑",被镣铐自身"自动松开"一笔勾销,仿佛这些镣铐有其神秘的生命,并不遵从人的意

---

① 关于忒拜的称呼,参见 Podlecki,页148。
② Seidensticker(1972),页46。

志(行 445－447):

> [445]她们已经跑了,那些解脱的女人,奔向草木茂盛的地方
> 撒开了欢,高声呼喊着布洛弥俄斯神;
> 镣铐自动从她们脚上松开,

这种"自动"还有另一种形式:当基泰隆山上的狂女——现已是摆脱丈夫与父亲权威的女子,"解开绑带"(syndesm'elelyto,行697),穿上野生鹿皮。当她们黄金时代的温和,露出其更野蛮的一面时,她们带上青铜工具,无须拴住(desmoi)(行755)。如果说彭透斯是捆缚者和约束者,那么,狄俄倪索斯就是释放者和解放者;背景中矗立着"释放者狄俄倪索斯"(Dionysus Looser)的偶像。① 然而,这位神也会捆绑那些与之对抗的人。稍后,狂女们会歌颂捆住并杀死彭透斯的致命"绳套"(行1021),挫败了他本想用套索捕捉狂女(行545)及其领队的企图(行619)。"套索"从被捕者到追捕者的转移,表明了这位含混的神特有的颠转。

九

封闭也有心理维度。彭透斯用绞刑(包括砍头的威胁)的隐喻(行246－247),结束了他对异方人的首次长篇言说:

---

① 释放者狄俄倪索斯在忒拜剧场旁有一座神殿:Pausanias 9.16.6;西锡安(Sicyon)的释放者狄俄倪索斯的祭仪,也与忒拜有关:Paus. 2.7.5 以下,Rohde,页287,以及注释21,页308,Rohde 评论了酒神的这个方面:他平息并安抚由他引起的疯狂。亦参 Ramnoux,页200 以下,他评论了诸如彭透斯神话那样的神话,"人类想捆住疯狂的酒神"(页201)。更多文献,见 Roux,页447。

这异方人,不管他是谁,如此肆心妄为,
难道不该处以可怕的绞刑吗?

多兹指出,这个隐喻可能是悲剧的套话;但这丝毫无损于这个隐喻与剧中昭然若揭的主题的关联。彭透斯用异方人"仰头甩发"的意象(ἀνασείοντα...κόμας,行240以下)发泄怒火。在下一场戏中,彭透斯描述了那头长发,"披散在颊旁"(κεχυμένος)时"充满欲望"(pothos),正与标志他本人及其态度的压抑针锋相对。

正如彭透斯把他的宫殿设想成一座封闭的监狱(行239以下、行443以下),他也把城邦视为一座更大规模的围场,一座对抗一切明示酒神在山上狂欢之物的堡垒。要让彭透斯"释放",唯有把他困在罗网中,他本想用这些罗网困住那些狂女。

封闭的主题,突出表现在 peri 与 amphi(环绕)的合成词中,尤其是在动词 periballein 与 amphiballein[寻求、包围、拥抱]中。在此剧开篇,狄俄倪索斯用吐芽的葡萄藤"围住"[塞墨勒的坟](注意 perix[包围],行12);另一方面,卡德摩斯确立了一块神圣不可侵犯的(abaton,行10以下)封闭区域(sēkos)。身为凡人的前王国使用了隔离与禁止(a-baton[禁止踏入])的方式,酒神则利用葡萄藤这种植物错综交织、连为一体的环抱,葡萄藤结的果子还以其他方式把人类联合在一起。按照狄俄倪索斯的看法,城邦不仅由城墙包围(行15、行19),而且由"鲜花遍野"的山脉包围——一种远为温和的封闭形式。异方人与国王彭透斯的对话意味深长(行462–463):

狄:你该听说过那鲜花遍地的特摩罗斯山吧。
彭:我晓得,它环[kyklos]抱[periballei]着萨耳得斯城。

这是开场白的模式：在那里，忒拜统治者们谈及封闭与环绕；（伪装或去除伪装的）酒神则谈到自然（葡萄藤芽或花）不受约束的生长（行 11 以下、行 462）。① 就在特摩罗斯山这段前，歌队颂扬了狄俄倪索斯式环绕截然不同的模式：缠绕调酒缸四周的常春藤"用睡眠拥抱［我们］"（hypnon amphiballein，行 385 以下）。

用同样的方式，此剧的进场歌颂扬了"蒙着兽皮的"手鼓，鼓声伴着克里特山上科律班特舞蹈的欢快自由（byrsotonon kyklōma，行 124）。在这里，萨图尔"一起加入"（συνῆφαν）取悦狄俄倪索斯的舞蹈（行 132–135）。另一方面，彭透斯的"一起加入"是一种强制行为。歌队表示，"他马上就要把我——布洛弥俄斯的侍女，困［synapsei］在这罗网里"（brochoi，行 545 以下）。狂女们惊讶地瞧见她们的引领者行动自由，问道"他不是用套索捆住［synēpse］了你的双手吗？"（行 615）由于受到抵制，神的"一起加入"变成了惩罚。信使带着无意识的预示报告称，狂女们扯下公牛被撕开的肉，"比你盖上尊眼的功夫都快"（行 747）。如卡德摩斯在剧末的悲叹，酒神最终"集合了"所有王族成员，"一网打尽"（synēpse，行 1303）。

一种不同的封闭表明忒瑞西阿斯与酒神的关系。当他用"环绕大地的以太"（τοῦ χτόν' ἐγκυκλουμένου αἰτέρος，行 292 以下）解释酒神的性质和名字时，忒瑞西阿斯并非试图把狄俄倪索斯囚禁在狱墙或链锁中，而是将之囚禁在其比喻的微妙之网中。酒神本人随后对"以太"的使用（行 631）表明，身体和精神的囚禁对他的作用微乎其微。

彭透斯欲用的强制囚禁主导了大部分戏剧行动。为了对抗酒神的松

---

① 这一事实，即古人庆祝特摩罗斯山是因其葡萄藤和番红花（参维吉尔，《农事诗》，1.56，以及 Roux ad 462 以下），并未减弱行 462 中的称号在欧里庇得斯语境中的戏剧性效果。

弛或消解力,彭透斯振作起他作为国王与将军的全部权威。到了现在,这种模式应该很熟悉。(装扮成异方人的)狄俄倪索斯描述他"为凡人长出累累果实的葡萄藤"(τὴν πολύβοτρυν ἄμπελον φύει βροτοῖς,行651)的力量,对此,彭透斯很快回应道,κλῄειν κελεύω πάντα πύργον ἐν κύκλῳ("我命你们关闭并封锁整个城堡",行653)。这行诗的发音突出了封闭的意味:"下令"与"关闭"的 k/kl 音,把"整个城堡"的 p's 框在中央(klē…kel…/p…p/…ky–kl…)。①

彭透斯囚禁酒神及其敬拜者们的努力,在某种别样的囚禁中遭遇失败。起初是一块绿草如茵的乐土,很快,这个背景呈现为一个峭壁环抱的峡谷(amphi–krēmnon,行 1051),四周松树成荫(πεύκαισι συσκιάζον,行 1052)。② 在狄俄倪索斯节庆的"拥抱"和"集合"中,复合介词 amphi– 和 syn– 含褒义,在此却含有不祥的意味。

另一个复合形容词 diabrochos 描述了这个地方:ὕδασι διάβροχον[溪水蜿蜒](行 1051)。该词源于动词 brechein[打湿],但它是 bro-

---

① 亦注意行 306 – 308 的头韵效果,这几行诗描述了狄俄倪索斯更自由的公开行动时,他"举着松木火炬跃过那有两座山峰的高地,挥舞着酒神杖"。亦参行 621 中的文字游戏和头韵,描述了彭透斯紧咬双唇。关于强调封闭与囚禁的措辞,参见对奥林波斯围城的描述,阿里斯托芬,《鸟》(*Birds*),行 1158 – 1159:"而今,那里的所有东西都设有城门关卡[pepylōtai pylais],还插上了门闩,围在圈子里保护起来[phylattetai kyklō(i)]。"[译按]《鸟》中译本参见罗念生译,收于《罗念生全集》(卷四),上海:上海人民出版社,2004。

② 关于行 1048 以下的地形学,以及 syskiazon 感,参见 Dodds,《酒神的伴侣》,以及 Sandys 的注疏。关于绿荫的主题,参见 Scott,页 343 以下。Winfried Elliger,《希腊诗歌中的风景描述》(*Die Darstellung der Landschaft in der griechischen Dichtung*)(Beilin 1975),页 254,把行 1050 以下认为是"典型的宜人之地"(locus amoenus),在这里,"宁静的自然对应于酒神信徒们的平静冲动"。我们必须在其戏剧性背景中理解这段话,信使以彭透斯之死这一可怕的消息开始他的言辞(行 1024 – 1030),这个消息提醒我们注意田园风光与可怕事件之间的诸种张力。参见 Theocr.,《田园诗》,26.5 以下。

chos[索套]的谐音词。① 在酒神激发活力的液体可能赋予生命的特点中,我们也听出了一声令人窒息的封闭或捆绑的回音,彭透斯试图借此镇压这股酒神力量(见 brocho[套索],行 545、行 615、行 619,以及前文行 246 以下的窒息意象)。在酒神放任自流的力量的旷野上,彭透斯找到了他本想强行实施的约束。

在 diabrochon(用不同的重读,可表示"由于套索")中听出这种回响,并不荒唐,如下"诗歌正义"("poetic justice")证实了这一点——歌队在 30 行诗之前就预见到的好几处反转中,"索套"一再重现:她们吁请狄俄倪索斯用"致命的绳套""套住"彭透斯(peribale brochon/thanasimon,行 1021 以下)。在行 1048 以下的景致中,缉拿者彭透斯自身陷入包围,不是他作为国王与将军权威下的人造城墙和城门,而是大自然的特色。这些事物听从酒神的神秘声音,而非

---

① 从词源学上来讲,brechei[弄湿]与 brochos[套索]可能源于相同的词根,若 brechein 的意思是"窒息":参见 T. G. Rosenmeyer,《论雪与石》("On Snow and Stones"),*Cal. Studies in Class. Antiquity* 11(1978),页 217,转引自 Hermann Fränkel,*Glotta* 14(1925),页 1 – 2。因此,行 1051 中的 diabrochos 与 brochos[套索]之间的区别,对公元前 5 世纪的希腊人来讲,在语言学上可能没有我们认为的那么大。亦参 Pindar,《奥林波斯竞技凯歌》(*Olympian* 6),行 55。Ankos,行 1052 中的"林间空地"继续使用了词根 ank-,用来指酒神对彭透斯限制性 anankē 的回答:参见行 246、行 552、行 642 以下、行 969,以及行 699 以下和行 1277 中的 ankalai。包含 nakalai 的"柔和"(行 968),证明是残酷的 anankē,或者酒神因国王试图用 desmoi 或 brochoi 的 anankē,惩罚他的"必要性"(行 969、行 1351)。同上,注释 16。从另一种观点来看,把彭透斯"捆"在束缚的"套索"中,可能反映了某种古老的命运观,即神迫使凡人静止不动;参见 R. B. Onians,《欧洲思想的起源》(*The Origins of European Thought*),第二版(Cambridge 1954),页 326 以下,尤其是页 331:"诸神的'捆绑'不仅是语言技巧,而且是对某个真实过程的平实描述,是他们把命运强加在凡人身上的方式,是一种宗教信仰而非隐喻。"这种把命运理解为"捆绑"的观点,也是 Jules Brody 对索福克勒斯《俄狄浦斯王》的研究主题,即出。

国王的军事命令(比较行 1084 以下与行 1118 以下、行 1131 以下)。

彭透斯死亡的确切地点是"耸立在对面的岩石"(antipyrgon petran,行 1097),被狂女们"团团围住"(peristasai kyklōi,行 1106)。这里的环抱,是母亲那滴着孩子鲜血的手的拥抱(chera … peribalein,行 1163 - 1164)。① 由于没有围住(peri…eballe)他"关"(katheirxe)在宫殿里(行 618 - 619)的那头公牛,彭透斯本人"落入致命的绳套"(peribale brochon/thanasimon,行 1020 - 1022)。他是一头遭牧人反常击败的野兽,一只在野外"没用网"(行 1173)就悖谬地落入套索(行 1021)的动物。在文化意义与心理意义的对应上,彭透斯还是一名孩童,在全能的母亲致命的怀里窒息而死(行 1163 - 1164)。个人身份的毁灭对应了家族与城邦的毁灭。在剧末,卡德摩斯问阿高厄,"你为什么双手搂着我喔,可怜的孩子啊?"(amphiballeis chersin,行 1364)这双手仍粘着先前"拥抱"的淋淋鲜血(行 1163 - 1164;比较行 1135 - 1136)。父女的拥抱无法完全抹去之前母子的拥抱。在这里,女儿遭"祖邦"(fatherland)放逐,"父亲"不过是女儿"帮不上忙的盟友"(行 1366 - 1367)。

引入彭透斯最终死亡的那个复杂比喻,描述了一棵弯成碗状或车床圆形的杉树(kyklouto,行 1066)。由此形成的封闭的内部空间圈,消除而非勾勒了城邦与野外、人与兽的界线。这个封闭圈指向的领域,恰好与这个比喻本体(喻体)中的战争纪律和文明工具的使用相反。

---

① 用 MSS 解释"χέρ' αἵματι στάζουσαν/ περιβαλεῖν τέκνου", Dodds,《酒神的伴侣》ad loc,译为"把滴血的手浸入儿子的血中"。但不少编者偏向 Kirchhoff 的 τέκνῳ,意为"用血淋淋的手搂住孩子";亦参行 1135。关于此处表示"联合"的 ballein 在 peri 和 amphi 中的复合词,我们不妨将之与彭透斯的 hyper - ballei ("超越")作比较,他对男人被女人击败这一观念反应强烈。他下令在"埃勒克特拉城门"集合,并以下面的话结束了命令,"要在女人手中落得这步田地是可忍,孰不可忍[超过 hyperballei][一切限度]"(行 785 以下)。

一个关于包围的"命令",是描述在基泰隆山上"自由奔跑"、"无拘无束的"狂女的序曲(行653)。另一个关于包围的命令结束了这一插曲。信使讲完他的故事后,彭透斯回应道(行780-785):

> 速往厄勒克特莱[pylas];
> 城门;命所有持重盾的兵士
> 和快马骑兵迎敌,以及所有
> 挥着轻盾的兵士和手拨弓弦
> 的射手,因为我们向狂女们
> 进军。

和行653一样,"城门"与武力一道出现在彭透斯的脑海里;这些是他对抗酒神狂欢的典型办法。正如他用压迫(行246以下的"绞刑")的隐喻回应酒神的"肆心"(hybris),在这里,彭透斯也通过捍卫那些他眼见受到威胁的封闭物,应对酒神信徒的"恣肆妄行"(hybrisma,行779)。行780-786军事细节的慌乱,暴露了彭透斯面对狂女构成的威胁时欲否认的惶惶不安。

狄俄倪索斯对忒拜的影响,首先戏剧性体现在"门口"的一声呼喊中,忒瑞西阿斯正呼唤"建造了这座忒拜城"的老王(epyrgōse,行170-172)。在剧末,就在酒神的报复即将完成时,这位国王的女儿对着这些望塔讲话(行1202以下)。彭透斯唐突"关闭"城邦以对抗酒神(行633)的主动行动现在再次出现,变得完全被动,因为在英雄撕裂后,他遭撕裂的尸身被"缝起来"(亦即拼凑起来)(*πᾶν συγκεκλῃμένον καλῶς*,行1300)。当由望塔"围住"的城邦渴求的固若金汤(行653),变成脱离其城墙防卫的国王的脆弱不堪时,国王与他的宫殿或城邦的等同,得到了可怕的最终阐述。国王身体与实体政治、城邦与个体灵魂的关联,是索福克勒斯《俄狄浦斯王》

(*Oedipus Tyrannus*)的核心,在柏拉图《王制》中也"昭然若揭";这种关联已隐含在此剧的意象和舞台行动中。

十

《酒神的伴侣》中的城邦既是政治实体,也是精神实体,城邦外的自然世界也一样。这既是一道灵魂的风景,也是一道现实中的自然风景。在其有福的黄金时代的特征中,我们能看到属于已逝去的童真的欢乐、自发性和回应的纯洁。与此同时,在这里,我们也在自己身上看到恶魔般的暴力,我们无法总将之"压抑",但可以冒点险将之释放出来。①

从一开始,狄俄倪索斯的景象就是极端的景象。酒神在开场白中所述的游荡之地,包括"太阳炙烤的平原"和"严酷之地"(行13 - 16)。关于基泰隆山上狂女的长篇叙述,由山峰开启,"在那儿,圣洁的皑皑白雪从不消减"(行662),但很快,叙述转向了高地上的牧场,"在那里,太阳刚放出光芒温暖大地"(行677 - 679)。

神酒在忒拜的对手,在与城邦的封闭关系中审视自然。忒瑞西阿斯用城门、望塔和城堡介绍卡德摩斯(行170 - 172)。唯一的形容词是地理学上的精确地名,"西顿的"(行171)。酒神列数的城邦,出现在开阔的景观上:"盛产黄金的土地"、"太阳炙烤的平原"、"严酷之地",以及"盐海"(行13 - 20)。带着神的视野,酒神收揽了"整个亚细亚"。酒神用土地、天空和海洋这些要素想象人类世

---

① Rudberg(页42)提到,欧里庇得斯创造的"心理上的景象",偏向于承认或揭示那些受压抑或隐藏的需求,从这种景象中,灵魂"获得喜悦或力量,通常也是灵魂自认为再次认清的一种景象——从孩童时期、生命中的重要时刻、也可能从前世"。

界,夏去冬来,在四季更替中经历着各种变化(行 14 – 15)。就算酒神描述这些城邦时,这些城邦也充满活力,具有一定的审美意义("充满"、"矗立着美丽的",行 19)。

稍后,狄俄倪索斯竟称特摩罗斯山为"吕底亚屏障"(ἔρυμα Λυδίας,行 55),但很快,酒神狂女就赋予特摩罗斯山"神圣"(hieros)的称号(行 65)。狄俄倪索斯用"淌着金沙"描述此地的富庶(chrysorhoos,行 154),甚至把此地的金银财宝视为自然力运动的一部分,河流带着贵金属流下山(亦参酒神在行 13 对吕底亚黄金的强调)。在酒神化作异方人与彭透斯的冲突中,对吕底亚人而言"鲜花遍地的"特摩罗斯山,对忒拜国王来讲不过是"围场"(行 462 以下;亦比较上文的行 651、行 653)。

即便支持酒神的忒瑞西阿斯,也把狄俄倪索斯发明的葡萄酒,抽象描述为"葡萄的液体饮品"(βότρυος ὑγρὸν πῶμα,行 279),但在异方人看来,狄俄倪索斯是"为凡人长出累累果实的葡萄藤[phyei]"的神(行 651)。忒瑞西阿斯表示,凡人"灌足了葡萄酒"(ampelou rhoē,行 281),以减轻烦忧,但对狄俄倪索斯而言,地上的这些液体运动,并不总适于满足文明人的需求:我们兴许还记得从地下冒出各种液体供基泰隆山上的狂女饮用的奇迹、第三合唱歌中逃脱的鹿[跨过]的溪流(行 873 以下),或者靠近彭透斯葬身之地的山涧(行 1051 以下)。

进场歌中的"常春藤杖"(hybristic narthexes)(νάρτηκα ὑβριστάς,行 113),让我们想起不受约束的植物的枝繁叶茂,人力无法控制。[1]进场歌(行 109 以下)或基泰隆山(行 684 以下)上的野生植物,暗

---

[1] 关于 hybris[肆心]与自然和植物不受人控制的肆虐生长的关联,参见 Ann Michelini 的重要文章,《肆心与植物》("Hybris and Plants"),*HSCP* 82 (1978),页 35 – 44,尤其是页 39、页 43 以下;亦参 Grube,《戏剧》(*Drama*),页 402,注释 2;WI,页 34 以下;Dyer,页 19。

藏着危险,在彭透斯遭撕裂的背景下成了活生生的现实(行1061、行1064、行1098、行1104)。在这里,高耸入云的杉树、橡树和浓荫,彰示着自然所向披靡的他性。尸身"不易找寻",因之"落在林中枝叶深处"(ὕλη ἐν βατυξύλῳ φόβῃ,行1138)。

即便作为狄俄倪索斯未来的信徒,彭透斯也本能地是自然的摧毁者。在酒神引领下作为准狂女走出城邦,彭透斯就想推翻大山或摧毁潘神和山泽女仙的神龛(行948-952)。早前,彭透斯也凭其下流的想象,歪曲了狂女们举行仪式的"荒凉之地"(erēmiai)(行218-225、行688)。狂女歌队把这些"荒凉之地"视为愉悦休憩的绿色世界,躲避男人侵犯野生生物的庇护所(行873-876),在那里,彭透斯却只看到由之释放出的毁灭性潜能引发的死亡(关于"荒凉之地",erēmiai,见行841、行1177)。

眼下,已"受神的灵感而发狂"的狂女"一跃而起"(行1094)。这种"跳跃"(pēdan,行1094)不再是先前狂女歌队的欢闹(行167、行873)或酒神在德尔菲双峰上的欢"跳"(行307),也不是地下喷涌而出的提神之水(行705)。最终,该词几乎完全丧失了其字面意思,变成了卡德摩斯使阿高厄从酒神疯狂中恢复神智时,阿高厄那颗惊恐之心的隐喻性跳动:ὡς τὸ μέλλον καρδία πήδημ' ἤχει["我的心跳得多厉害啊!"](行1288)欢快地在空气和阳光下自由、疯狂地手舞足蹈,现在变成了某种内在、焦虑、受约束之物。① 彭透斯将"秘密"参加的狂欢仪式,只是将之更深重地困在受压抑的内心世界里,

---

① 狂女们在行167、行873的这种欢"跃",也与彭透斯随从咄咄逼人的"跳跃"形成对比。其时,信使在描述他如何"冲过去"(exepedēsa,行729)抓住阿高厄。比较卡德摩斯在行1321中对彭透斯的描述——彭透斯不让任何人"扰乱[他的]心神"(tis sēn tarassei kardian,行1321),与行1288阿高厄的"跳跃",我们不清楚,这种对比是否在提醒我们注意父母-子女互惠残酷毁灭,行1321准-父亲与准-儿子之间的互惠,引发了行1288对母-子互惠的违反。

他以自己的毁灭为代价,向酒神敞开了这个世界(行953-958)。

十一

人与自然的同理心反应,是酒神狂欢歌舞队魔力反复出现的特点:"这整个地方将即刻起舞"(行114以下);"整座山脉和山中野兽都狂欢起来"(行726以下);"天空随之寂然、林间溪谷树叶住声,你也听不到野兽咆哮"(行1084以下)。与狄俄倪索斯的跳跃一样,这种与自然的融合也有更阴暗的一面。

山上狂欢之后,阿高厄恢复了理智和她的忒拜身份,这时,卡德摩斯解释说(行1295),"你们发了狂,整个城邦都在像酒神信徒那样癫狂"(πᾶσά τ' ἐξεβακεύτη πόλις)。他用的动词不再是syn(结合在一起)的复合词,该词体现了全剧酒神式融合的特征。狂女是酒神的"旅伴"(synemporoi,行57)、"狩猎伴侣"、"狂欢伴侣"等等(synkynagos, synergatēs,行1146;synkōmos,行1173)。狄俄倪索斯在开场白中的最后一句话是一个约定,"和那里的信徒们一道歌舞(sym-metaschēsō)"(行63)。在古老的神话传说中,萨图尔们为酒神"加入"他们的音乐(行133)。① 但最终,阿高厄将"加入"悲惨的放逐行列(symphygades[一道流亡],行1382)。

正如行197和行324中的syn-复合词所示,卡德摩斯与忒瑞西阿斯略知狄俄倪索斯崇拜要求的"联合"(joining with)。彭透斯威胁要奴役那些他称之为异方人"帮凶"(kakōn synergoi,行512)的

---

① 还要注意σύνοχα,行161,注意与山上的敬拜者"结合在一起"的弗里吉亚音乐。当山上为彭透斯发生"集合"时,它让人产生不祥、复仇压制的联想,就像其藏身之地的"成荫"(συσκιάζον)一样,行1052。

狂女,体现了其从属性权威与酒神的"归属感"的对比。① 彭透斯的追随者"聚在一起"(synelthein),想通过镇压狂女赢得他的青睐,结果只是"你一言我一语争辩开来"(κοινῶν λόγων ἔριν,行 714 以下)。这声"齐唤"(athroon stoma)截然不同——狂女齐唤她们的神的名字,在狂欢中把有生命的和无生命的自然界结合在一起(行 726 以下)。

异方人引诱彭透斯到荒野,许诺让他看山上"聚坐在一起"(syn‑kathēmenai)的狂女(行 811)。数行诗之后,当彭透斯想象自己"悄悄坐在杉树下"时,他省略了 syn‑(kathēmenos,行 816),这种变化既符合他的性情,也符合他的实际命运:他是孤立无援的受害者,孑然一身(monos,行 962 以下)。在进场歌惊人的措辞中(τιασεύεται ψυχάν[全心加入酒神狂欢队],行 75),个体"把自己的灵魂与神圣的歌舞队混为一体"(Kirk),或者感到"与狂欢歌舞队紧密相连,并借此与酒神合为一体"(Dodds)。② 然而,彭透斯的城邦框架及其高低差序,只能在某种畏惧的关系中——个体在城邦主导的军事暴力中的服从与谦逊——才能结合个体与集体(行 780 以下)。

彭透斯总是孑然一身、孤立无援。③ 当他终于突破,与他人融合时,是在可怕地戏仿酒神式的狂喜,在其中,他既是参与者,又是

---

① 亦注意如下二者的区别:彭透斯此处的 di‑empolan(行 512)——把狂女"分"售为奴,以拆散她们的狂欢歌舞队,与她们共同作为神的伴侣(syn‑emporoi,行 57),该词也含商业意味。

② 亦参 Roux 1. 70 以下;Harrison,《忒弥斯》(*Themis*),页 48;Festugière (1956),页 81–86,他强调了这段诗中反映出的欧里庇得斯精神性神秘的一面,及其与《海伦》(以及残篇 897N 或 388N)中的忒奥诺厄(Theonoe)这类人物的关联。

③ 还要注意行 59–61 孤立彭透斯的词序效果:狄俄倪索斯要重新加入他的狂女队伍,好让"卡德摩斯的城邦看见";但属格的"彭透斯",跟它的名词 dōmata[屋子]分离,悬在那里,似乎暴露在舞蹈的狂女与城邦之下(行 60–61):βασιλεία τ' ἀμφὶ δώματ' ἐλτοῦσαι τάδε/κτυπεῖτε Πενθέως, ὡς ὁρᾷ Κάδμου πόλις [绕着彭透斯的家屋敲吧,好让卡德摩斯的城邦看见]。

狂女——来自外邦的狂女和敌探。彭透斯为王的孤独与之作为受害者的孤立混为一体。由于被献祭给酒神,彭透斯作为圣人与其他人区别开来(行961-963)。彭透斯受迷惑的自我形象——在某种婴孩般的姿势中与母亲结合在一起(行969以下),变成了最极端的疏离:生下他的女人,把他当成素不相识的人毁灭(行1115以下)。在这场反常的献祭中,受害者的仪式性孤立,与眼下这个最孤立无援之人的心理疏离结合在一起。

与 syn - 的复合词一样,pas[所有的]一词对比了彭透斯的孤立与酒神的普世主义。狄俄倪索斯崇拜接受"整个"亚细亚(行14)、"整个地面"(行114)、"整座山"(行726)。狄俄倪索斯崇拜发展到试拜"所有女人"(行35以下)、"每个外邦人"(行482),最后报复性延伸到"整个城邦"(行1295)。

当酒神遇到的不是欢迎和联盟,而是抵制时,格局就截然不同了。对抗导致"整座王宫"($συντετράνωται\ δ'\ ἅπαν$)(行633,在此,syn - 复合词具有某种毁灭力量)和"整个城邦"倒塌(行1295)。彭透斯用过这个形容词:他召集"全体"步兵团,咄咄逼人地武力对抗酒神(行781)。结果,万物都在狄俄倪索斯也能释放的暴力中融为一体。彭透斯临死时,"所有人一齐狂呼"($ἦν\ δὲ\ πᾶσ'\ ὁμοῦ\ βοή$,行1131),这行诗极为含蓄地表达了恐惧之情。当狂女们四处抛掷彭透斯被撕裂的尸身时,"每个[狂女]的双手都沾满了血"($πᾶσα\ δ'\ ἡμασωμένη/χεῖρας\ διεσφαίριζε\ σάρκα\ Πενθέως$,行1135以下),最后下葬时不得不"全部拼起"(pan,行1300)。

十二

在这根空间轴——从受控的城邦内部,到充满欢乐但潜在危险的狄俄倪索斯王国——中,山扮演了尤为重要的角色。狄俄倪索斯复仇的第一个细节,包括让女人离开家(domoi),去到山上(oros),她们"现居"(oikos)山中(oikousi,行 32 以下)。在稍后的开场白中,狄俄倪索斯威胁称,若忒拜"企图愤怒地用武力把我的信徒们赶出山"(ex orous,行 50 – 52),后果将不堪设想。在"驱赶"(agein)中,人兽颠倒的首个实验性尝试,把"城邦"、"愤怒"、"武器"(hopla)引入一系列主题,这些主题确立了彭透斯不稳定的城邦秩序。这种尝试的再次出现,是在国王本人打算离开城邦上山,异方人劝他不要拿起"武器",而是保持"冷静"(hēsychazein,行 789 以下;参见行 670 以下)时,因为狄俄倪索斯不会让彭透斯把酒神信徒赶"下山"(orōn apo,行 791)。

事实证明,面对不断加剧的"上山"(es oros)冲动,把酒神信徒赶"下山"的企图,越来越无望。这句话像仪式性呼喊一样在全剧回荡,直到它最终把彭透斯本人吞没。① 狂女获胜的首个消息来"自山上"(行 658),彭透斯死后,卡德摩斯将对此作出回应,他悲惨地回到"山上",收集彭透斯被撕裂的残骸(行 1225),这趟"上山"之旅,有别于他早前的愉悦之旅(行 191;亦参行 1224、行 186、行 193)。

如果说山上既有 ōmophagia[啖食生肉]甜蜜但可怕的喜悦(行 135 – 140),也有可怕的英雄撕裂(sparagmos),山中也呈现出大自然奇妙地化作充盈的黄金时代图景(行 141 以下、行 704 – 711)。②

---

① 关于一再出现的"在山上"或"去山上",参行 76、行 116、行 135、行 140、行 165、行 191、行 977、行 986、行 1225 等;Arthur(1972),页 166 以下。这种重复可能也旨在让人想起反复吟唱某个语词或短语产生的心醉神迷或自我催眠技巧,这些技巧在萨满活动中司空见惯,欧里庇得斯可能在马其顿亲眼见过。

② Diller(1960),页 103 以下精彩地把狄俄倪索斯魔力的背景描述为,允许"自然通过狄俄倪索斯式的奇迹发生变化,在这种场景中,象征和真实性密不可分"(页 104)。亦参 De Romilly,页 364 以下。

山上的林间空地(orgades),兴许是可怕惩罚阿克泰翁(Actaeon)的现场,他的命运类似彭透斯的命运(行370),但这里也是摆脱、逃离彭透斯暗狱的地方。"获释的"狂女"奔向草木茂盛的地方"(lelymenai pros orgadas,行445),之所以选用orgades,可能因之与酒神的orgia狂欢仪式接近(行470以下、行476、行482)。狄俄倪索斯危险力量的释放就在一场游行之后,这场游行从第三合唱歌的低地平原和河谷(行873 – 876)到第四合唱歌的高地山区("卡德摩斯家那些在山中奔跑的女人",oreidromoi,行985;行977、行986),再到英雄撕裂的峡谷(行1048以下、行1093以下)。

然而,进场歌暗示(行72 – 77),山上虽有奔跑的狂女,却可能比充斥着国王郁积、激烈感情的城邦更安宁。山是酒神神秘他性的所在地和象征,在这里,酒神拥有不受约束的力量,带来狂喜或疯狂、幸福或痛苦。

和欧里庇得斯作品中的其他偏远场景一样,山是逃离生活冲突及其复杂性的庇护所。① 山也是人类正视终极的自我真实、最隐秘的欲望和冲动的地方。因此,山变得充满酒神的力量:山本身"加入狂欢"(行726),并加入酒神的狂喜(行791,"回荡着欢呼声的山脉",εὐίων ὀρῶν)。这些山中的林木似乎回应酒神的命令,树叶在酒神要求肃静之时住声(行1084以下)。在与酒神力量的这种神秘联系中,山不仅与山间舞蹈(oreibasia)仪式有关——女人们隆冬在帕纳索斯山和其他山上的狂欢,②而且与古老而威严的诸神之母瑞亚或库柏勒(Cybele)有关(行59以下、行79以下、行125以下),她与

---

① 关于山和"逃跑"的主题,参见 Barlow,页38以下,尤其是页40 – 41;Helen Padel,《异域意象:欧里庇得斯的两首合唱颂歌》("'Imagery of the Elsewhere':Two Choral Odes of Euripides"),CQ 34(1974),页227以下,尤其是页234。

② 参见 Paus. 10. 32. 5;普鲁塔克,《论极寒》(De Primo Frigido),18. 953d;总体参见 Dodds,《脱序行为》("Maenadism"),页156;Henrichs(1978)。

自然活力、宇宙繁衍力和更新力的融合,似乎令欧里庇得斯心驰神往。①

在这个景象中,彭透斯只能看到自身受压抑的冲动的黑暗面。对他而言,山间"草木繁茂"的"凉荫"(skia,行 458 以下;daskia orea,行 218 以下),只是藏着私情。为了让彭透斯疯狂,狄俄倪索斯释放出他在繁茂的草木(仿佛在爱床和情网)中诱捕狂女的欲望(行 957 以下)。对狂女而言,这些树林是充满欢快的自由与"欢快的活儿"的地方(行 874 – 876、行 1051 – 1053);而对彭透斯来讲,成荫的松树是一道陷阱(行 1051 以下)。同样的对立也适于树林的其他方面:林间空地、枝叶和岩石。②

一种情形下是未遭破坏的自然的最纯美场景,在另一场景中却成了一幅可怕的大屠杀图景。狄俄倪索斯的"绿枞树下的裸岩"($\chi\lambda\omega\varrho\alpha\tilde{\iota}\varsigma$ $\dot{\upsilon}\pi$' $\dot{\epsilon}\lambda\acute{\alpha}\tau\alpha\iota\varsigma$ $\dot{\alpha}\nu o\varrho\acute{o}\varphi o\iota\varsigma$ $\H{\eta}\nu\tau\alpha\iota$ $\pi\acute{\epsilon}\tau\varrho\alpha\iota\varsigma$,行 38)——在开场白中,狂女就端坐其上,在英雄撕裂中呈现出截然不同的一面。同样,彭透斯死后我们最后瞧见这些狂女时,供她们休息的灌木丛和丛林呈现出令人毛骨悚然的一面(行 1227 – 1229):"我看见奥托诺厄(Autonoe)……和那牛虻叮咬成疯的不幸伊俄(Ino)依然在橡树林里"

---

① 比较《海伦》行 1301 – 1369 与《克里特岛人》(*Cretans*)残篇 472N 的场景;参见 Dodds,《脱序行为》,页 170 以下。我们也可能想起古苏美人(Sumeria)和克里特岛文明(Minoan Crete)对山的敬畏,以及希腊的如下神山:帕纳索斯山、赫利孔山(Helicon)、库勒涅山(Cyllene)、吕开翁山(Lycaeon)、阿塔比里翁山(Atabyrion)、埃特纳山(Aetna)等。

② 我们不妨注意彭透斯与狂女在与风景关系上的如下差异:行 873 以下、行 1084 与行 1137(林间空地);行 110、行 685 与行 1098、行 1103、行 1221(树枝和树叶);行 677、行 703 与行 751、行 982、行 1045、行 1093 – 1098(岩石和悬崖)。行 1097 中的 antipyrgos petra,"岩石高耸对立"或"高塔般的岩石"把这种对比浓缩为单个意象,并带来这一蜕变:彭透斯对抗野外的稳固界线,变成了野外对他的毁灭;关于行 1097,以及野外与城邦的对比,参见 Scott,页 341 以下。

(ἔτ' ἀμφὶ δρυμοὺς οἰστροπλῆγας ἀτλίας, 行 1229 以下;比较行 32)。同样,酒神杖或茴香棍可以是生长的植物,就像酒神的葡萄藤或常春藤,表明酒神与自然不受约束的生命力的关联(行 141–151、行 702–711),也可以是有"杀伤"力(narthēkes hybristai, 行 114)的"武器"(kissinon belos,"常春藤做的标枪",行 25),相当于战士的长矛(行 761–764),一件与冥王哈得斯有关的死亡之物(行 1157)。①

十三

此剧的核心部分——对狂女们在基泰隆山上狂欢的长篇叙述,尤为鲜明地呈现了城邦与山的这些截然不同的价值。狄俄倪索斯声称,信使打"山上来"(ex orous parestin, 行 658)。信使以彭透斯的城邦权威称呼他,"忒拜这片土地的统治者啊"(行 660);但他接下来的话,描述了基泰隆山令人难于忘怀的美,"在那里,圣洁的皑皑白雪从不消减"(ἴν' οὔποτε/ λευκῆς χιόνος ἀνεῖσαν εὐαγεῖς βολαί, 行 661 以下)。最近有评论者指出,这几行诗并非只是为了把我们带"入纯文学领域"的华丽辞藻。② 相反,这几行诗唤起了纯净自然的神秘与幽远。两个形容词 leukos 与 enargēs 强调了雪的明亮,跟上一场戏的幽禁形成对比(见"幽禁",skoteinai horkanai, 行 611)。雪的明亮也暗示与酒神有关的生命之光和光明(ganos, 行 261、行 383)。狂女现在自由漫游其中的耀眼降雪,再次反衬了彭透斯的约

---

① 用 P. Ant. 1.73 校订行 1157 中的 νάρτηκά τε πιστὸν Ἅιδα。Kirk 译为"冥王以酒神杖起誓"。类似于 Verdenius(1962),页 361。

② Roux ad loc(2.454)。关于雪的诗歌价值,参见 Rosenmeyer(前揭,注释 35),页 209–225。

束企图。不过,在这个场景中含纯洁之意的白色,稍后将与污染树林的人血与兽血形成对比。①

田园生活的平静节奏,引入了狂女行动的诸种细节(行677 – 680):

> 当时太阳
> 刚放出光芒温暖大地。
> 我瞧见三队歌舞的女人。

在这种安宁而丰饶的日常田园生活中,信使提及舞蹈必然惹恼彭透斯(行509 – 511)。对观众来讲,这种生活让人想起酒神在开场白中的预言(choreusas,行21;choroi,行63),现已成真。太阳与雪的结合,兴许还让我们想起狄俄倪索斯与季节节奏的关联(在酒神的开场白中也很惹眼)(行14以下)。置身于关于自然进程的框架中,这个场景模仿了人与自然的协作,远非彭透斯的二分法。不过,在这里,"放出"、"牛群"和"牛"这些纯洁的语词,后来都有不祥之意(行762、行1022、行1185)。

这块牧者之地是一块模糊领域,位于文明与自然的边界。此地适于神秘之物进入人类生活,带来从狂喜到野蛮的可怕反转。借助这种引入恐惧的田园般的平静,我们可对比《俄狄浦斯王》中那位科林斯人对他在基泰隆山上放牧的描述,他的叙述引入了揭示俄狄浦斯乱伦身世真相的故事(《俄狄浦斯王》,行1133 – 1139)。

与狂女酒神杖下牛奶、蜜和葡萄酒的神奇涌出形成对比的(行704 – 711),是彭透斯支持者平淡无奇的争论,此人是十足的镇民,"这家伙常在城里游荡,嘴皮子了得"(行716)。神"迹"(thaumata,

---

① 参见《酒神的伴侣》,行741以下、行1135以下、行1163以下、行1221。

行667、行693、行716)与日常争吵形成对比,封闭在城邦里的游荡与山上狂喜的自由形成对比(参见行717中的planēs,以及行148中的planētēs,"漫游者狄俄倪索斯")。这位镇民想讨好他在城邦里的"主子"(anax,行721)。他对其乡下同伴的讲话,似乎在嘲讽、瞧不起他们的山间住处(行718-721):"你们这些住在神圣山坡上的人呐[semnas plakas/oreōn],想不想把彭透斯的母亲阿高厄从这些狂欢歌舞队中捉出来,为国王效劳呢?"① 可能更明事理的山民接受了他的提议,埋伏在灌木丛里(thamnōn phobais,行722),预示着彭透斯本人后来的灾难性过程,并不出所料地触发了潜藏在这种与世隔绝的宁静另一面中的暴力。"阿索珀斯河"(Asopos' streams)附近受庇护的田野,暴露在"基泰隆山崖"(Kithairnos lepas,行751;比较行677)这一偏僻场景的暴力攻击中。同样的搭配反过来——"阿索珀斯河"与"基泰隆山崖"——再次出现:在第二信使的发言中,彭透斯离开城邦的庇护,把自己暴露在山上等候他的暴力之下('Ασωποῦ ῥοάς/λέπας Κιταιρῶνειον,行1044以下)。

作为狄俄倪索斯神秘他性与诱惑力的化身,山对彭透斯保持着某种独特的魅力。在他转变的关键时刻,这种来自对立物的吸引力把他引向灭亡。彭透斯对这个问题的回答,"你想看看她们在山上聚坐在一起吗?"(行811)让彭透斯着了狄俄倪索斯奇妙的催眠力。当狄俄倪索斯用行813的色情语言继续追问关于山上的问题时,空间对比延伸到心理维度:"但你怎么为这掉入强烈的爱欲呢?"

很自然,山在狄俄倪索斯的复仇中发挥着举足轻重的作用。狄

---

① Dodds,《酒神的伴侣》ad 717,我觉得,Dodds准确无误地将这几行诗视为"一名不相干的agiraios anēr的忠告",一个类似于"小镇煽动者"的人物,欧里庇得斯在别处"毫不留情地刻画"了这种人。有必要在这种视角下审视欧里庇得斯行718对山的描述。亦参Barlow,页76,以及Roux ad loc。关于对言说者更富同情的看法,参见 WI93,以及注释1。见下文,第8章,注释14。

俄倪索斯用来击中受害者的树枝,被喻为"山上的树桠"(klōn´ oreion,行1068)。在阿高厄看来,彭透斯就是"一头山上的狮子" (oresteros leōn),阿高厄骄傲地把她的猎物"从山上"(ex oreōn)带到王"宫"(melathra,行1169–1171)。在"基泰隆山坳里"悲痛地找到支离破碎的四肢后,卡德摩斯也由这些山入场(行1219)。他的转喜为悲,形式上采取了从家到山上的双趟旅程,起初是在酒神舞蹈中敬拜神(行191),后来是搜集外孙的残骸。卡德摩斯明确提请我们注意这趟双程(行1222–1226):"因为我听说女儿们的胆大妄为,就在我刚进城的时候——我和年迈的忒瑞西阿斯从女信徒那儿回来[kat'asty teicheōn esō,行1223]。我又回到山里[palin kampsa eis oros,行1225],运回我这被狂女们杀害的孩儿"。在第一趟旅程中,卡德摩斯暗示驾车(ochoi)出行,这是与前国王年龄、地位相配的标志,但不适于这位神要求的"敬重"(行192以下)。马车的重现旨在表明,狄俄倪索斯消解了差异,因为酒神预言了卡德摩斯的最后一趟旅程,"驾着牛车",率领外邦人劫掠希腊城邦(行1333以下)。

　　全剧对基泰隆山越来越多的提及,其实表明野外对城邦的逐渐侵蚀。在其开场白最后,酒神把弗里吉亚的科律班特鼓声——很快会在进场歌中再次听到——与发狂的忒拜女子的舞蹈结合在一起,酒神很快会在基泰隆山上与之会合(行58–63)。"我要进入基泰隆山谷,和那里的信徒们一道歌舞。"(行62以下)"基泰隆山谷"三次出现:第一次是在彭透斯对狂女的全面军事镇压中(行796以下);接着是在酒神的疯狂诱使彭透斯认为,他能用肩扛起"基泰隆山谷,连同狂女"(行945以下);最后,是在卡德摩斯带着"在基泰隆山的山坳里找到的支离破碎的"尸体,从山上回到王宫(行1219以下)。基泰隆山也与(自始至终在我们脑海中的)阿克泰翁的相似死亡(行338)联系在一起(行229、行337、行1227、行1291;比较行1371)。倒数第二次提及确定,彭透斯之死发生"在从前猎犬撕裂阿克泰翁的地方"(行1291)。①

　　山从白雪皑皑的耀眼纯洁变得污染(行662、行1384),但它仍有另外一面。② 在第一合唱歌中,奥林波斯山是缪斯女神与美惠三女神的居所(行410-415)。第二合唱歌拓宽了视野,涵括了狄俄倪索斯的神山——"养护野兽的"尼萨山(Nysa)(throtrophos,行556以下)、耸立在帕纳索斯山坡上的科里奇安岩洞(Corycian)以及奥林波斯山——"俄耳甫斯曾在那儿弹奏竖琴,用他的音乐引来树木,招来野兽"(行560以下)。③ 我们再次听到被称为"有福的"(makar)的皮厄里阿(Pieria)(行565;比较行410以下)、进场歌中

---

① 对阿克泰翁的首次提及,来自彭透斯本人,他威胁着要"把她们逐出山,包括伊诺、阿高厄——他和厄克西翁生下了我"(行228-230)。这三人不是作为妇人"从山上逮捕归来",而是作为一群战无不胜的狂女的领队(行681以下),最终还成了弑君者(行1225-1228)。阿高厄因她在行1228以下的缺场凸显出来,因为此刻,她正举着彭透斯的头回到王宫。卡德摩斯在行1228的描述,严密呼应了彭透斯行229的话:

　　Ἰνώ τ' Ἀγαύην θ', ἥ μ' ἔτικτ' Ἐχίονι
　　伊诺、阿高厄——她和厄克西翁生下了我。(行229)
　　καὶ τὴν μὲν Ἀκτέων' Ἀρισταίῳ ποτὲ
　　τεκοῦσαν εἶδον Αὐτονόην Ἰνώ θ' ἅμα
　　我还看见那曾为阿里斯泰俄斯生育厄克西翁
　　的奥托诺厄,还有跟她一起的伊诺。(行1227-1228)

彭透斯用更生动、(在这里的文脉中)更富同情的语词描述了这两位母亲,"她生育"(tiktein)。有编校者删除了行229-230,但无充分理由,Dodds(《酒神的伴侣》与Roux ad loc)和Verdenius(1962),页342,成功为这些诗行进行了辩护。Kirk未加评论便删除了这几行诗。

② 在对文中所引基泰隆山的提及上,我们不妨加上行661、行1045、行1142、行1176。注意行1384中miaros这个强烈的字眼对基泰隆山所受污染的强调。

③ 关于俄尔甫斯,见上文,第三章,第六节

酒神敬拜者的称号(行73)。狄俄倪索斯本人"崇敬"皮厄里阿,还要把他的信徒们带到那里去跳舞(行565-568)。

十四

在彭透斯与狄俄倪索斯冲突的空间轴上,希腊人与外邦人的对立,对应着城邦与山的对立。狄俄倪索斯强调了他和他的信徒的外邦出身(行13-32)。在他们从亚细亚出发的旅途中,忒拜是他们到达的首个希腊城邦(行21以下)。在开场白末尾,有关酒神吕底亚家乡的两处详尽描述,框住了彭透斯的城邦(行61):"特摩罗斯山——吕底亚屏障"在之前出现(行55);进场歌中的"离开亚细亚的土地,翻过神圣的特摩罗斯山",在其后出现(行65以下)。在开场白末尾与进场歌中(行58以下、行120以下),关于弗里吉亚的瑞亚的鼓声和小手鼓的细节,强化了这种框架作用。①

彭透斯对狄俄倪索斯的抵抗,表现为卓越的希腊纪律对抗亚细亚的淫荡,理智对抗狂热,推理对抗魔法和魔咒。在他最初非难这位香喷喷、温柔、勾引妇女的"来自吕底亚土地的念咒巫师"时,彭透斯本人就用这些语词提出了这个问题(行232-241)。他与异方人的正面冲突,重复了其中很多语词(行451以下),包括"鲜花遍地的特摩罗斯山"与希腊人所认为的城邦即封闭与边界的对比(行462-465)。

忒瑞西阿斯为狄俄倪索斯辩护,称他"在希腊伟大"(行309);召集军事力量抵抗的彭透斯却认为,狂女的胜利"是希腊人的奇耻大

---

① 关于希腊人外邦蛮人的对比,参见 WI 31。我们几乎不用强调,这种对比是公元前5世纪司空见惯的传统主题。注意亚细亚地名在行18-24、行55-66、行85-88的重现。

辱",这在语词上呼应了忒瑞西阿斯的措辞($\lambda\acute{o}\gamma o \varsigma \;\acute{\epsilon}\varsigma\;"E\lambda\lambda\eta\nu\alpha\varsigma\;\mu\acute{\epsilon}\gamma\alpha\varsigma$,行779;$\mu\acute{\epsilon}\gamma\alpha\nu\;\tau'\;\acute{\alpha}\nu'\;E\lambda\lambda\acute{\alpha}\delta\alpha$,行309)。卡德摩斯的入场,凸显了文明英雄从亚细亚到希腊的迁移(行170 – 172);然而,酒神的毁灭性胜利勾销了这一历程(行1330 – 1336;行1354 – 1356;比较行1024 – 1026)。① 剧末的预言赋予戏剧行动更宽广的历史维度和地理维度。这不仅牵涉到卡德摩斯的家族,也牵涉到一种文明的全部历史,以及卡德摩斯作为文化英雄的毕生事业。在希腊北部边陲创作此剧的欧里庇得斯,是否特别意识到希腊人与非希腊人的这些对立观点呢?他又是否尤其敏锐地引入这位含混的神,以探究这种区分呢?

狄俄倪索斯在忒拜的出现,无疑具有质疑这种区分的作用。通过让忒拜王族中的公主们染上亚细亚的疯病,并接着将之扩展到老者,最终到忒拜的统治者,狄俄倪索斯摧毁了深深扎根于彭透斯的排外的两分世界观。地理学上的两分法,只是思想和价值狭隘划分的一种形式,这种形式是忒拜执政当局的特色。在他的其他作品中——我们会想到《美狄亚》、《伊菲革涅亚在陶洛人里》、《海伦》,欧里庇得斯跨越了希腊城邦的地方主义,至少表明这种可能:一种更开阔的视野可能表明,传统希腊价值并没有它们看上去那么绝对。②

通过反对单个城邦特有的法律和制度,狄俄倪索斯倡导了某种普遍的自然法(行890 – 896),或者至少是一种视角,据此,不同城

---

① 参见 WI 147。

② 对比陶洛国王托阿斯对其希腊囚徒弑母的反应,"凭阿波罗起誓,即便在外邦人中也不会发生这种事",《伊菲革涅亚在陶洛人里》,行1147。关于欧里庇得斯的世界主义,参见 Nestle,《欧里庇得斯》(*Euripides*),页361 – 368,尤其是页367以下。关于公元前5世纪末的世界主义,参见 Guthrie,《希腊友爱史》(*History of Greek Philos*),3. 160 – 163。

邦的不同制度皆可得到理解和尊重。① 当彭透斯轻蔑地表示,"外邦人""远不及希腊人明智"时,狄俄倪索斯平静地答道,至少在他们接受狄俄倪索斯这一点上,外邦人更好,"习俗不同而已"(hoi nomoi de diaphoroi,行484)。

希腊人与外邦人的区别在狄俄倪索斯那里的模糊,在舞台行动的一个重要细节中可找到视觉上的对应:唱着颂歌的合唱歌队,并非大多数剧中熟悉的邦民歌队,而是一群外邦女子,欣喜若狂的亚细亚狂女。剧中描述了邦民歌队,即忒拜女子,但从未出现在舞台行动中。② 歌队的这种双重性:可见的歌队与不可见的歌队,希腊歌队对外邦歌队,在剧末尤为有力。当国王死去,一场可怕的含混"狂欢"(kōmos)和"宴饮"(thoina,行1184)庆祝着狂欢的吕底亚神的胜利时,亚细亚狂女歌队称忒拜女子为"卡德墨亚的女信徒",忒拜邦民歌队首领阿高厄答称,"亚细亚的女信徒们"(bakchoi Kadmeiai,行1160;Asiades bakchai,行1168)。在这里,在这些应答式交谈中,两队狂女似乎混杂在了一起:在城邦中拥有合法地位的忒拜女子,以及因其出身和崇拜身处城邦之外的亚细亚女子。彭透斯关于城邦秩序的特定观点一瓦解,忒拜的酒神信徒就表现得比与之对应的亚细亚狂女更具毁灭力,也更敌视文明。

为了试图把酒神要素逐出忒拜,彭透斯把忒拜女子变为"敌

---

① 关于文本以及对极富争议的行890-896的解读,参见Dodds,《酒神的伴侣》,以及Roux ad loc;Verdenius(1962),页355以下;Willink,页231以下;Conacher,页77;Gold,页13;R. D. Dawe,《关于欧里庇得斯〈酒神的伴侣〉行896的注解》("A Note on Euripides' *Bacchae* 896"),*RhM* 123(1980),页223以下,Dawe简要评论了早期解读,并提出了修订。

② 在行1381,阿高厄对"信徒们"(pompoi)讲话,但她的姐妹们(以及忒拜的其他女子?)身在别处(行1382)。阿高厄在行1168入场时,狂女歌队用单数形式称呼她。行1204和1209以下阿高厄的第一人称复数形式,不一定暗示忒拜歌队:她在行1215用了单数形式。

人"(polemioi,行752),她们劫掠城邦的边远田地,仿佛这些是外邦领土。在彭透斯的等级观念中,妇女、野兽和狂女别无二致;均需城邦纪律约束。但在狄俄倪索斯对基本区分的混同中,狂女既是女人也是野兽,既居于山间又身在城里,既是邦民也是敌人,既是局内人也是外邦人。酒神对想象与现实的混淆,可怕地将比喻性的分类变为真实的分类。作为野外女人的忒拜女子,事实上的确追捕了彭透斯,并像一头野兽撕裂另一头野兽一样将之撕裂。她们沦为城邦真实而非比喻意义上的"敌人":击溃城邦军队、杀死城邦的国王,并导致建邦者及其家族遭放逐。

随着忒拜女子的地位由文明的妇人变为基泰隆山上的狂女,她们也改变了自己的装束。她们放下头发,像异方人那样披落肩头(行695),解下腰带或胸针脱下忒拜服装(行696以下),穿上梅花鹿皮,扎上舔着她们脸的活蛇(行696 – 698)。她们的装束不仅标志着从城邦到野外,从希腊人到野蛮人的转变,还以典型的酒神方式模糊了如下事物的界线:有生之物与无生之物(行726以下)、生灵与人工制品,以及自然与文化。那个描述蛇"紧束"的语词,强调了"腰带"的这种奇特生命形态($κατζώσαντο$,行698)。正如(在不同方面)希腊人与野蛮人有别,作为人与兽的一个显著区别,服装在构成社会价值体系的能指代码中失去了其区分意义。

在彭透斯的例子中,这种混淆更为严重,因为,通过穿上狂女的"女人的袍子"(行827),他就从男人变成了女人(行822)。通过穿上"细麻布长袍"(byssinoi peploi,行821),彭透斯变成了外邦人而非希腊人。通过穿上"小梅花鹿皮"(行835,呼应行697),他确立了自己在野外而非城邦中的地位,由此接近兽而非人。所有这三种转变——从男人变为女人、从希腊人变为外邦人、从人变为兽,依次对应于并源于以下空间转换——从城邦到山上、从城邦领域到狄俄倪索斯的领域。

对彭透斯来讲,忒拜是希腊纪律对抗亚细亚混乱的堡垒。彭透斯作为忒拜国王的使命是,"镇压/一切亚细亚混沌的无限空间"。①然而,狄俄倪索斯的出现,呈现出忒拜的另一面,揭示忒拜是诸文明的聚合地,在这里,(不折不扣的和象征性的)希腊人与外邦人越过界线、混杂在一起。尽管此剧第一首颂歌强调了酒神的吕底亚和弗里吉亚身世,但它还表明,忒拜——"塞墨勒的乳母"(行 105),是酒神从亚细亚到希腊行程的中转地(行 83-88)。通过克里特的宙斯(Dictaean Zeus)与弗里吉亚的库柏勒仪式的诸种关联——这种关联在开场白中就已建立(行 58 以下、行 120-134),这首颂歌也让人想起古老而神秘的过去,一个充满创造性发源的时代。我们回到了那个时代(illo tempore),其时,酒神混迹于凡人,超越希腊人与外邦人的分野。

下一首颂歌,即第一合唱歌(行 402 以下),描述了位于希腊与亚细亚十字路口的其他岛屿:塞浦路斯岛(Cyprus)、阿弗洛狄特岛和帕弗斯岛(Paphos)(又名法洛斯[Pharos]),经"一条有着成百河口的外邦河流"灌溉变得丰饶(行 406-408),这条河大致相当于尼罗河(Nile)。② 在第二合唱歌中,狄俄倪索斯的领域涵括了尼萨山脉的三座神山(通常认为位于亚细亚)、帕纳索斯山脉和奥林波斯山(行 556-564),接着向北延伸到阿刻西俄斯河(Axios)和吕底亚

---

① W. B. Yeats,《雕像》("The Statues"),收于 *Collected Poems*(New York 1956),页 322。

② Dodds,《酒神的伴侣》ad 406-408,对抄件为 paphon 的校订作了有力的辩护;亦参 Verdenius(1962),页 346。Roux ad loc,Roux 犹豫不决地表示赞成 Reiske 的修订,《法依》(*Pharon*)。Willink,页 222 以下,以及 Musurillo 页 303 以及注释 3 赞成《法依》;这种修订可能结合了希腊-亚细亚的东西方冲突与希腊-埃及的南北冲突,但后者绝对隐含在对尼罗河的提及中。兴许,在这种抒情颂歌中,我们不应过于执着于欧里庇得斯地理学的精准。

河,抵达外邦色雷斯(行568–575)。之所以选择吕底亚河,可能考虑到狄俄倪索斯的吕底亚出身,表明亚细亚与欧洲的另一种联系。评论家们表示,这几行诗可能是在赞美阿克劳斯的北部王国,欧里庇得斯在那里创作了《酒神的伴侣》。①

狄俄倪索斯在开场白中关于其旅程的叙述(行13–22),不仅包括烈日炙烤的沙漠和白雪皑皑的荒原,亦即处于文明世界边缘、荒无人烟的亚细亚地区(行14以下),还包括"亚细亚的所有滨海城邦","城中矗立着美丽的望塔,希腊人与外邦人杂居其间"(行17–19)。这个由卡德摩斯建立、彭透斯捍卫的希腊城邦的空间特征,并非只限于希腊人。和希腊人一样,外邦人居住的城镇也有美丽的望塔(行19、行1202)、城墙(行15、行653)、防御工事和城堡,和卡德摩斯的忒拜一样(行55、行58、行462以下、行171以下)。行171–172让我们想起,忒拜起源于亚细亚外邦人的迁徙(亦见行1024以下)。正如狄俄倪索斯悖谬地拥有文明技术的特征,同样,即便在外邦亚细亚——他领着狂喜、热爱山的敬拜者从中带出,酒神也懂得城邦结构与政治秩序。

卡德摩斯在剧末的放逐,涉及这两个民族间的一场未来战争(行1334、行1354–1356)。开场白中希腊人与野蛮人的"混合"(人口)(行18),出场时变成"一支混杂的蛮军",发起一场"进犯希腊"的入侵(行1356)。语词的呼应意味深长:

行18: κεῖται μιγάσιν Ἕλλησι βαρβάροις θ' ὁμοῦ [希腊人与外邦人杂居其间]

行1356: ἐς Ἑλλάδ' ἀγαγεῖν μιγάδα βάρβαρον στρατόν [我会率一支混杂的蛮军攻打希腊]

---

① Dodds,《酒神的伴侣》ad 568–575;McDonald,页256。

欧里庇得斯并没有犯年代错误:①他把小亚细亚呈现为已遭希腊殖民,让人想起狄俄倪索斯更古老出身的半神话时代,其时,希腊人与外邦人并非泾渭分明。希腊人在忒拜对狄俄倪索斯的首次抵制,标志着这两个种族间侵略关系的出现。忒拜的灾难终结了黄金时代的和平共处,这在酒神未遭反对、大获全胜时的亚细亚有可能。卡德摩斯对希腊的新一轮入侵,不复有其早期迁徙的美好特点。在此,忒拜也充当了文明与文化危机的象征性交汇地。忒拜的命运中铭刻着一次从神话到历史的运动,从一个混沌、古老的和平时代,到眼下以敌对和战争为特征的现实。

在对卡德摩斯言说时,忒瑞西阿斯提到了忒拜城的建立($\epsilon\pi\upsilon\rho\gamma\omega\sigma'\,\check{\alpha}\sigma\tau\upsilon\,\varphi\eta\beta\alpha\iota\omega\nu\,\tau\acute{o}\delta\epsilon$,行172)。在确定异方人的身世时,彭透斯通过环绕它的特摩罗斯山,确定了萨耳得斯城($\mathring{o}\varsigma\,\tau\grave{o}\,\Sigma\acute{\alpha}\rho\delta\epsilon\omega\nu\,\check{\alpha}\sigma\tau\upsilon\,\pi\epsilon\rho\iota\beta\acute{\alpha}\lambda\lambda\epsilon\iota\,\kappa\acute{\upsilon}\kappa\lambda\omega$,"环抱着萨耳得斯城的特摩罗斯山",行463)。后来,他又借助于忒拜封闭、耸立的围墙(行653)。唯有开场白中的狄俄倪索斯与临近剧末处于酒神疯狂中的阿高厄,认识到城邦高塔耸立看起来很美。狄俄倪索斯提到"城中矗立着美丽的望塔"(kallipyrgōtoi poleis,行19),阿高厄提到"忒拜土地有着美丽望塔"(kallipyrgon asty,行1202)。彭透斯所知的特摩罗斯山,不过一道防御性环道(行463),对狄俄倪索斯而言,特摩罗斯山不仅具防御作用(eryma,行55),还有神性、流淌着金沙的河流和鲜花(行65、行154、行462)。

那么,彭透斯之所以受到惩罚,部分是因为他切断了自己与周遭美好事物的联系,竖起种种障碍,迫使他对世界的看法忽视审美、道德和情感?狄俄倪索斯的这层意义也与我们息息相关。对任何维系生命的要素的破坏、否定或玷污,都必将遭报应(dikē)。在狄

---

① Dodds,《酒神的伴侣》ad 17。

俄倪索斯复仇与正义的有限领域里,我们也思索以下更宽广的言外之意:败坏生命潜在纯洁的"明朗的欢乐"和我们的环境与自己身上的自我更新能力。

土、气、水与火

——《酒神的伴侣》中的自然元素

西格尔(Charles Segal) 撰

一

在一段著名残篇中,赫拉克勒斯认定,冥王"即"狄俄倪索斯(22 B15 DK)。狄俄倪索斯的母亲塞墨勒可能是古阿纳托利亚(Anatolian)的地母神。① 进场歌将狄俄倪索斯与瑞亚-库柏勒(Rhea-Cybele)联系在一起,母亲的洞府在克里特岛上庇护着婴儿宙斯。② 忒瑞西阿斯将之与丰饶的地母神得墨特耳-地母(Demeter-Ge)配成一对(行274以下),和她一样,狄俄倪索斯也是地生植物生命之神。③ 在品达诗歌中,狄俄倪索斯与得墨特耳均为忒拜的要神

---

① 参见 Otto,页 66-73,以及页 215 注释 23-27 中的文献;Farnell,《祭仪》(*Cults*)5.95 以下及注释;Nilsson,*GGR* 568;Guthrie,《希腊人与他们的诸神》(*Greeks and Their Gods*),页 154;Dodds,《酒神的伴侣》(*Bacchae*) ad 6-12。

② 关于这一时期瑞亚-库柏勒与地母(Ge)或该亚(Gaia)的紧密一致,参见索福克勒斯,《菲洛克忒忒斯》(*Phil.*),行 391 以下;U. von Wilamowitz-Moellendorff,《希腊人的信仰》(*Der Glaube der Hellenen*)(1931-1932,Darmstadt 1959 重印)1.198 以下。

③ 譬如行 11 以下、行 382 以下、行 534 以下、行 651;见上文,第一章,注释 5。

(《伊斯特米亚地峡竞技凯歌》[*Isthmian* 7],行3),在《酒神的伴侣》中,他能唤来地下的震地神助他一臂之力(行585)。

然而,作为奥林波斯神宙斯之子,狄俄倪索斯在天火与天雷中诞生(行3-9),这些也是他胜利力量的标志(行597-599、行1082-1083)。不过,狄俄倪索斯奥林波斯神地位的这个标志,也意味着死亡和生下他的凡人母亲的土冢(行1-9、行523-529、行597-599)。① 赋予酒神在忒拜合法地位的"永远燃烧着的火焰"(行8),预示着城邦象征性中心后来的焚毁(行590-603)。忒拜城邦建造者卡德摩斯因建造确立[塞墨勒的]圣地而赢得酒神的赞赏(行10-11),但因说理的聪明(sophismata)受到谴责,这种聪明很容易固化这块圣地象征的有死性与神性、土与气的危险结合(行26-31)。彭透斯以另一种方式消解了这种危险的结合:对他而言,狄俄倪索斯的出生不过一场大火;而酒神不过"和他母亲一起被霹雳火化为灰烬"(行243-244)。相反,酒神及其敬拜者都把天火与"出生"或"生命"联系在一起(行3、行8、行88-95)。②

狄俄倪索斯与蛇的关系,表明他接近土地永远更新的活力(行101、行698、行704-711、行766-768、行1019)。然而,与蛇的诸种联系——可能将狄俄倪索斯与忒拜起源关联在一起,也表明他与忒拜城邦的含混关系——他宣称自己在此有一席之地。狄俄倪索斯对城邦的报复,颠覆了古老的建邦行动——杀死蛇,把蛇牙种在地里(行1025-1027;比较行1333、行1358)。

---

① 关于剧中狄俄倪索斯奥林波斯神属性的含混性,参见 Sale,《存在主义》(*Existentialism*),页90以下,以及注释4,页138。在《希珀吕托斯》行559-564,欧里庇得斯也触及了这个主题:天火是导致凡人塞墨勒死亡的致命原因:参见 Segal(1979),页156以下。

② 也要注意开场白中毁灭性的火与进场歌中欢乐的火焰之间的鲜明对比:pyros eti zōsan phloga(行8);pyrsōdē phloga(行146)。

由于狄俄倪索斯是奥林波斯神,他超脱于土地变动不居的过程。由于狄俄倪索斯是植物神,他与之为伍。并存于酒神秘仪中的事物,对人类充满威胁。和《腓尼基少女》(*Phoenissae*)中的情形一样,忒拜维持着如下二者的不稳定平衡:土地的滋养力,及其忒拜地生起源的潜在毁灭性。

合唱颂歌把神话背景中的这些张力,集中在德性和价值上。在第一合唱歌中,"鼓着金翼掠过大地"的虔敬女神(Holiness),将目睹彭透斯以暴力对抗酒神(行370-375)。次节强调了"乌拉诺斯的儿子们"(ouranidai)在天上的位置,他们"远住云天",远远看顾着凡间的一举一动(行392-394)。随后是格言式的总结:"聪明不是智慧[sophia],也不是思索不朽的东西。人生短暂;既然如此,谁要追求伟大的东西,就会连手中之物也丢掉。"(行395-399)这些箴言确定了天与地、凡人与诸神的天壤之别,并规定了人类行动的限度。这种老生常谈的"智慧"(sophia),重现于第三合唱歌更复杂的纵向譬喻中:彭透斯由高走向低(行877-881 = 行897-901):

> 什么是智慧?或者,在凡人眼里,
> 诸神赐予的礼物
> 有什么比把更强力的手
> 放在敌人头上更美的呢?
> 某种美永远是友好的。

此剧围绕着"智慧"的问题,此处以凡人够不着的危险高处的形式出现。最后一节诗末节宣称,"战胜困厄的人有福"(行904以下),提请我们注意剧中的另一个含混关键词(eudaimōn,"幸福",亦参行911)。然而,歌队为受到如此抬举得意忘形,打乱了我们的情感、同情和正义感。眼下身为歌队复仇及酒神惩罚对象的彭透斯,在此成了怜悯的对象,因为他本人就要从准-奥林波斯神的高度,重重地跌落地面(行 974、行 1070 以下、行 1111-1112)。很快,彭透斯的疯狂,就呼应了歌队歪曲的说教:"还是我用双手拔起山峰,把肩头或臂膀垫在底下?"(行 949-950)歌队欣喜于"把手……"放在敌人"头上"(koryphas);彭透斯则欣喜于把"手垫在底下"。谁更疯狂?这个问题没法回答,但语词的呼应让人更怀疑歌队在关于歌队关于高-低界线这一老套箴言中的道德正当性。① 这种戏剧背景甚至使天地之别——一切道德准则的最根本——变得含混不清。同样遭到消解的有以下事物的明确区分:秩序与混乱、正义的复仇与残酷的不幸、清醒与疯狂。在下一场戏中,成为狂女猎物的国王从天堂神志不清地栽到地上,就把空间秩序的混乱呈现为道德秩序与情感秩序的混乱。

二

这种含混性的政治蕴含,部分集中在剧中地生(autochthony)的含混价值上。② 地生的身世,表明邦民如一脉同出的手足般结合在一起,以及从未被逐出其土地的邦民长居于此。地生的这一积极一面,受到

---

① 关于行 879 以下=行 899 以下,Winnington-Ingram(1966)注意到,歌队在此赞美的传统智慧,也包括报复敌人的传统价值。关于剧中的垂直意象,Simon 114 表示,"在我所熟悉的剧作中,没有一部像此剧这样充满如下事物的意象:错位、地面和房屋让路、垂直突然变成水平(反之亦然)"。

② 关于与文明概念相关的原地成因(autochthony)的含混价值,参见 Loraux(1979)各处及现在的《雅典娜的创造》(*L'invention d'Athéna*)(Paris 和 The Hague 1981),页 150 以下,以及《雅典娜的孩子》(*Les enfants d'Athéna*)(Paris 1981),页 35 以下、页 119 以下、页 197 以下;Arthur(1977),页 172 以下,关于《腓尼基少女》(*Phoenissae*);Whitman(1974),页 97-99。

公元前4世纪阿提卡演说家们的追捧,他们以此作为一种传统主题,维护自豪于其神圣不可侵犯的土地的公民体的团结。地生的这个方面,也是黄金时代幸福的特点:生育先于交合的需要。另一方面,地生也是野兽和巨人族的特征。这紧随混沌和反抗奥林波斯秩序,如荷马的阿波罗颂(Homeric Hymn to Pythian Apollo)中的提封神话所示。①

卡德摩斯的"在地里种下蛇牙,长出地生人"(行1025-1026),体现了忒拜城的居间位置——这座城邦处于蒙昧自然的原始暴力与未受文明复杂性沾染的黄金时代的天堂般悠闲之间。前者标志着次人类的野兽生活,后者则标志高于人类的诸神生活。②

狄俄倪索斯介乎原始神与奥林波斯神之间,打乱了其敬拜者与忒拜人的这种区分。狄俄倪索斯的出现,让彭透斯突然陷入对如下事物的摇摆不定:原始父亲的潜在野蛮(厄克西翁[Echion]这个名字是蛇怪厄吉得纳[Echidna]的阳性形式),以及外祖父建立忒拜城的文明意义——他种下蛇牙,由此使土地潜在的可怕生产力适用于文明生活。③

---

① 参见拙著《悲剧与文明》(*Tragedy and Civilization*),页26以下。
② 在此,我援引了我对卡德摩斯播种的早期研究:Segal(1977),页114-116。
③ 注意这一对应:行1030将彭透斯确定为"厄克西翁之子",与行1026卡德摩斯是蛇牙的"播种者"。关于厄克西翁与混乱与暴力的关系,参见Fontenrose,《巨蟒》(*Python*),页311以下、页316。厄克西翁背后的女性来源是埃吉德纳(Echidna),"一头无法控制的野兽,完全不像有死的人类或永生的诸神……令人害怕、巨大无比、闪闪发亮、啖食生肉"(赫西俄德,《神谱》[*Theogony*],行295-303),与危险的提丰(Typhon)关系密切(行304以下)。Guépin 208把厄克西翁视为丰年祭中"狄俄倪索斯的象征性对手",这场祭仪旨在使作物免遭毁灭性暴力;但在欧里庇得斯的剧作中,彭透斯本人相当程度上充当了这种对手角色。另一方面,奥维德,《变形记》(*Metamorphosis*)10.686以下,提到了某个"著名的厄克西翁"(clarus Echion),他充当了某种文化英雄的角色,为诸神之母(the Mother of the Gods)建造了一座神庙。在Paus.9.5.3中,厄克西翁也有更积极的城邦面相。

在彭透斯之死中,结合了神-兽-受害者的高立树上(狄俄倪索斯把他高举到树上),接着是作为野蛮的地生怪兽的摔落。彭透斯消极地绕过忒拜城介于原始与奥林波斯、野兽与神圣的居间位置,狄俄倪索斯则积极地从上面绕过。为了证明自己是奥林波斯神宙斯之子,打个比方说,狄俄倪索斯成功从地上到了天上;为了体验亲生父母身上的诸种矛盾,彭透斯真切地从高处跌至低处。

彭透斯与狄俄倪索斯的冲突,不只是凡人与神之间必然不公平的较量,也是原始神与奥林波斯神的冲突——两个人物都代表其对手奋力抵抗的危险对立面。狄俄倪索斯想让自己摆脱污名:他是凡人母亲所生,他是地生的或原始的凡人,和表兄彭透斯一样。狄俄倪索斯的奥林波斯神性,把彭透斯引向非分的权力和危险的狂喜。

此剧一再强调,彭透斯的原始祖先是神的野蛮对手。彭透斯是对抗诸神者(Theomachos),是诸神之敌(行45、行325;比较行795-796、行1255)。[①] 作为地生的厄克西翁之子,文中明确把彭透斯比作"对抗诸神的残忍的巨人族"(行544-545)。[②] 歌队的开场惊叹(若是真的),以及整段诗极为缠绕的句法,描述了歌队的强烈感情(行537-544):

怎样、怎样的愤怒啊!

[①] 亦参埃斯库罗斯,《七雄攻忒拜》,行424以下;参 Kamerbeek(1948),页280以下;Verdenius(1980),页11;亦参 Bernett(1970),页18以下;WI 79;Sale,《存在主义》,前揭,页118。

[②] 参见阿里斯托芬,《云》,行853以及 Dodds 对 gēgeneis 与无序的关联的注释;以及 Fontenrose,《巨蟒》,页316以下;Turato,页199以下;Whitman(1974),页98以下。尤参荷马,《奥德赛》(Odyssey)7.59;品达,《涅墨竞技凯歌》(Nemean 1),行67以下,《巴基里德斯颂歌15》(Bacchyl. 15),行59-63;欧里庇得斯,《疯狂的赫拉克勒斯》(HF),行178以下、行906以下、行1193以下。

> 彭透斯显露出,
> 他从前源于地生
> 龙族,地生的厄克西翁
> 生下了他,生出这个
> 面目狰狞的怪兽,而非
> 有死的人类,倒像那对抗
> 诸神的残忍的巨人族;

在欧里庇得斯(以及其他希腊作家)的作品中,作为文明的奥林波斯秩序的无序摧毁者,巨人族(Giants)是地生的(gēgeneis)。他们在阴森的地下居所威胁着诸神居住的宁静天庭。在德尔菲的西弗尼阿(Siphnian)饰带上,狄俄倪索斯本人可能参与了抵抗巨人族入侵的战斗。①

彭透斯的地生面相,类似于《腓尼基少女》中的人物卡帕涅乌斯(Capaneus),"怕看他,就像地生的巨人,不像是温顺的动物"(《腓尼基少女》,行 127–130)。歌队对彭透斯——忒拜未来的护卫者——的看法,将之等同于"野蛮人"的原型——彭透斯会粉碎歌队的看法(行 539–544)。狄俄倪索斯在惩罚彭透斯时从神变成公牛状野兽,回应了彭透斯本人在统治者与原始野蛮人之间的内心摇摆。

狂女眼中彭透斯的怪相,部分反映了她们自身的愤怒与野蛮。不过,彭透斯本人对狄俄倪索斯的过分敌意,以及由此导致狄俄倪索斯释放出其阴暗面,也解放了潜藏在他本人身上的怪兽。一代人之后,柏拉图会进一步发展这头潜藏在僭主无节制灵魂深处的蛇怪

---

① 参 Francis Vian,《巨人族之战》(La guerre des géants)(Paris 1952),页 206 以下。

意象(《王制》9.588c 以下)。与把佩利翁(Pelion)钉在奥萨山(Ossa)上的巨人族一样,彭透斯也将把山连根拔起,赤手空拳摧毁潘神与山泽女仙的神龛(行 945 以下、行 949 以下),这是他下令用家伙捣毁忒瑞西阿斯占卜所的暴力升级(行 346 - 351)。① 由此,在忒拜的狂女们(尤其是他的母亲)看来,彭透斯成了另一种怪兽,因为他在"牛犊"、"狮子"或不明确的野兽之间变动(行 1173 - 1175、行 1185 - 1187、行 1196、行 1203 以下、行 1214 以下、行 1278)。

不过,歌队也清楚城邦起源的另一面。第二合唱歌以狄耳刻开始:狄耳刻是处女神(potni'euparthene,行 520),狄耳刻的地方神,象征着忒拜城和平、欣欣向荣的一面。狄耳刻在其"河流"中收养了生于"宙斯不灭的火焰"中的那位年轻神祇(pagai,行 521 - 525),她能使酒神的天神出身适应人间烟火。她用生命与出生之水,对抗古老的危险之火。②

在狄耳刻颂歌开头对狄俄倪索斯出生的描述中,宙斯"一把将他夺出不灭的火焰",将之放入他的"男性子宫"(arsēn nēdys,行 526 - 527)。在此,天火、永生不死、奥林波斯及男性生育与土、有死性、原始区域及从女性有性生殖的子宫中出生形成鲜明对比。这种对比导致了狄俄倪索斯与对手的最大差距,因为,次节强调了彭透斯原始出身

---

① Conacher,页 65 精彩评论了彭透斯行 945 - 950 行动中隐含的穷凶极恶。关于彭透斯地生面相与早期神话中类 - 巨人形象的诸种相似之处,亦参《腓尼基少女》,行 1130 - 1133,埃斯库罗斯,《七雄攻忒拜》,行 424,Paus. 9.5.4,关于忒拜"地生"起源的预示意义,亦参 Vian(上一个注释),页 151,以及 Arthur(1977),页 172 以下。

② 在其他传说中,狄耳刻作为蛇穴具有更多不祥的原始联系,卡德摩斯必须先铲除蛇,人类才能定居:参古注对索福克勒斯,《安提戈涅》,行 126,以及欧里庇得斯,《腓尼基少女》,行 931、行 935 的注解。大体参见 Fontenrose,《巨蟒》,前揭,页 307 以下、页 548 以下;Vian,《起源》(Origines),第四章,尤其是页 106 - 109。

的"野蛮"(行 538 – 544)。①

在狂女歌队看来——她们把忒拜潜在的温和与它的自然特征,而非与它的人类改造者联系在一起,将之与自然而非文化联系在一起——忒拜的狄耳刻成了遥不可及、超人的矛盾体(unio oppositorum),一处水火相逢的神秘之地。这座城邦中的生活,在诸种无望的对立中两极分化。厄克西翁的原始怪相,从地下颠覆了常态;宙斯的"男性子宫"和狄俄倪索斯在烈火中出生,则从上面颠覆了常态。与其说地生的怪相是父权的意象,不如确切地说是霹雳神父亲用天火焚化母亲。由于其原始出身,彭透斯位于人类家庭(oikos)规范之外的处境,在野外葬身于疯狂母亲的双手中臻至高峰。狄俄倪索斯的奇怪出身,最终反讽地在忒拜取得合法地位;通过彻底毁灭王族的三代人,他成功在这个家族中确立了一席之地。

彭透斯的双亲都变成了恶梦般的幻象:父亲与蛇怪有关联,母亲则与残忍的野蛮联系在一起。不过,多亏了他的奥林波斯神父"永生不灭的火"和"男性子宫",狄俄倪索斯与凡人母亲区分开来,彭透斯的身世使之暴露于父母都有的最具毁灭力的一面。在彭透斯的母亲看来,儿子那"面目狰狞的怪兽"怪相(agriōpon teras,行542)变成了现实,因为她把举着的这张"脸"(prosōpon,行1277),当成了她猎取的猛狮的脸。

一开始,彭透斯与他文化上的父亲——忒拜城的创立者卡德摩斯关系紧密(是否紧张?)。② 卡德摩斯其实是彭透斯的外祖父,但

---

① 鉴于行 542 中短语 agriōpon teras "面目狰狞的怪兽"的位置,它既可指称厄克西翁,也可指称彭透斯。如果将之视为"不是有死的人类"(ou phōta broteion)的对应结构,它必然在语法上指称彭透斯,不过,这种含混性可能是有意为之。更多细节参 Segal(1977),页 107 以下。比较页 263 – 265,在此,歌队援引彭透斯的"地生"祖先,作为他现在暴力的正面陪衬。

② Vian,《起源》,页 123 中表示,卡德摩斯可能"是龙的有益一面:龙保住了忒拜神圣之源中的水"。

显然充当了代理父亲的形象。在此剧发展过程中,彭透斯迅速从其文化上的父亲转向生父,从建邦英雄转向原始"野兽"。这种转变与如下转变一致:他从城邦和家族中的安全之地,转向受到威胁、难以立足的野外生活,就像野外的野兽一样。另一方面,狄俄倪索斯起初有位凡人父亲(行 26 - 31、行 331 - 336),但取得天神宙斯之子的合法身份,由此,他的身份从忒拜城外的异方人,变为受忒拜城敬畏和敬仰之人,但付出的代价是母亲家族的毁灭,很像宙斯焚毁狄俄倪索斯母亲的身体。

第二合唱歌之后,厄克西翁与彭透斯的地生祖先,让人想起暴力与野蛮的意象。行 263 - 265 中暗示"虔敬"的厄克西翁,成了"不敬神、无法无天、不义的地生子"之父(行 995 以下 = 行 1005 以下)。儿子甚至被置于人类由女人所生这一正常标准之下:

> 究竟是谁生下了他哟?
> 他分明绝非从女人的
> 血中出生,而是某头母狮
> 或利比亚的戈耳工的种。

对戈耳工的提及,重新回到了希腊神话关于世界或城邦起源的宇宙战争,从赫西俄德的《神谱》到埃斯库罗斯的《俄瑞斯忒斯》都有提及。这场斗争的双方是前 - 奥林波斯的混沌女神:海洋女神、黑夜女神和山泽女仙,与宙斯与奥林波斯神的宗法秩序。① 在这

---

① 在赫西俄德《神谱》行 270 - 279 中,戈耳工是弗尔基斯(Phorkys)和科托(Keto)的女儿,他们是原始河神,居住在"光辉灿烂的海对岸,在朝向黑暗的最边缘"(行 274 以下)。关于她们的可怕蛇形,参赫西俄德伪篇,《阿斯匹斯》(Aspis),行 230 以下,关于这类深水女怪,参见 Gilbert Durand,《想象的人类结构》(Les structures anthropologiques de l' imaginare)(Paris 1969),页 105 以下。

里,同样,宇宙秩序与灵魂秩序相互贯通,因为,歌队正把彭透斯塑造成面目最凶蛮、噩梦般母亲的子嗣。①

这些戈耳工是阿高厄本人在下场戏中的神秘铺垫,她们代表母"蛇"(uroboros)。用诺依曼(Erich Neumann)的话讲,戈耳工是把儿子带回其吞食权力轨道的地母的原型。② 反讽的是,这些戈耳工品质——狂女们在行 987 – 990 谴责其猎物具有这些品质,通常代表可怕的女性疯狂,与其他戈耳工形象(譬如原始的厄里倪厄斯[Erinyes];[译按]即复仇三女神)有关或由之激发(譬如《疯狂的赫拉克勒斯》[*Heracles Mad*],行 868 – 870、行 880 – 884、行 990)。在这里,狂女将其危险对应物的毁灭性疯狂——残忍的忒拜母亲形象,投射到彭透斯身上。从另一种视角来看,可以说,狂女代表了彭透斯想象中的母亲的邪恶一面,或者那些和彭透斯产生共鸣的观众成员的幻想。

在此剧的纵轴上,彭透斯身陷于对天庭的虚幻热望中,扎根于其人性的世俗暴力。他和其他年轻英雄一样,譬如法厄同(Phaethon)、伊卡洛斯(Icalus)、希珀吕托斯(Hippolytus)——这些年轻人

---

① 关于戈耳工的心理象征有过诸多讨论,观点不一——从弗洛伊德的女性生殖器象征到 Slater 的阳物崇拜的母亲,以及人格界线的消解:参 Sigmund Freud,《美杜萨的头》("Medusa's Head")(1922),收于 *Collected Papers*, James Strachey 编(New York 1959),5. 105 以下;Slater,页 18 以下、页 319 以下;Feldman,各处,尤其是页 485 – 488、页 492 以下;Michael Simpson,《阿波罗多洛斯集》(*The Library of Apollodorus*)(Amherst, Mass. 1976),页 82 – 88, ad Apollod. 2. 4.,珀尔修斯(Perseus)成功对付这些怪兽和母兽,使他处于与彭透斯对立的位置,他战胜了邪恶母亲(Evil Mother)的那些可怕投射:参赫西俄德伪篇,《阿斯匹斯》,行 216 以下;品达,《皮托竞技凯歌》,行 10 和行 12;埃斯库罗斯,《奠酒人》(*Cho.*),行 831 – 837,并大致参见 Slater,页 71 以下、页 308 – 333。

② 参 Erich Neumann,《意识的来源与历史》(*The Origins and History of Consciousness*),R. F. C. Hull 译(Princeton 1954),第二章。

想通过飞上天,摆脱他们的凡人属性和成人性的要求,但落得摔落地面的悲惨下场。① 更成功的例子是加尼墨德(Ganymede)([译按]宙斯带去为众神司酒的美少年),他逃往奥林波斯,安心扮演着英俊、迷人的青年角色,或者珀修斯(Perseus),②他完成了一次飞翔之旅,杀死女怪、迎娶公主、赢得王国,并救出了遭囚禁的母亲。

和希珀吕托斯一样,彭透斯没有成功高翔于大地上空,带着胜利的标志,凌驾于充满威胁的母亲性别之上。他被拉回黑暗和尘世,重新遁入自身及其地生的蛇(男女)祖先的戈耳工一面,彭透斯既无法接受也不能超越他们。希珀吕托斯之所以注定失败,是因为他既否认父亲人物也反对母亲人物的美满性行为(忒修斯-波塞冬、斐德若-阿弗洛狄特)。由于希珀吕托斯对双方都暴力相向,由此遭灭顶之灾。③ 作为地生、残暴的厄克西翁的儿子,彭透斯葬身于邪恶的母亲可怕、不可理喻的疯狂之手(行1114-1120);不过,他的死亡背后,也有他与父亲蛇样象征冲突的失败,这些象征与他本人的男性性别,及其在男性生育中的根基(公牛与蛇)有关。

总之,彭透斯与狄俄倪索斯这对敌手,造成了双亲形象的双重分化:一个卓越的天父和一个阴郁的原始怪兽;一个是能够放弃女性子宫、完全屈从于宗法男权(其实遭之毁灭)的母亲,另一个则是在与宗法家族和城邦代理人的对抗中不可战胜的母亲,她残忍对待这种权威的代表。后一种母亲形象,进一步在黄金时代的繁衍力与荒野的野蛮之间两极分化。无论如何,主人公都深陷不可调和的剧

---

① 关于年轻人为了避免性别成熟而逃离的这些意象,参 Segal(1979)各处;K. J. Reckford,《法厄同、希珀吕托斯与阿弗洛狄特》("Phaethon, Hippolytus, and Aphrodite"),*TAPA* 103(1972),页405-432。

② [译按]宙斯与得墨特耳之子,杀死怪物美杜莎,并从海怪手中救出埃塞俄比亚公主安德洛墨达(Andromeda)的英雄。

③ 参见 Segal(1978/1979),页135-137。

烈对抗中。无论哪种选择都不切实际,一样远离可能存在的城邦、家庭或灵魂平衡,也一样暗含毁灭性。

那首关于彭透斯戈耳工出身和原始野蛮的颂歌,恰好出现在国王穿上节日服装与他葬身基泰隆山的消息之间。这首颂歌使导致彭透斯之死的反转显得庄严;他没能活着重返舞台。现在,由于被认定为原始怪兽与野兽,彭透斯不再受到忒拜城政治或宗教封闭庇护。就在信使以彭透斯的可怕死亡结束下一场戏时,狂女歌队在抒情歌中喊道:

> 让我们为巴克科斯歌舞!
> 让我们为蛇的后人,
> 彭透斯的灾难欢呼
> ……
> 卡德墨亚的女信徒啊,
> 你们取得了好听的辉煌胜利,
> 结果却是哀号,是泪水。
> 一场多漂亮的竞技啊……(行 1153 – 1155、行 1161 – 1163)①

这与真正的凯歌针锋相对,真正的凯歌重申英雄与家族传统及城邦传统的关联,这首颂歌则颂扬把国王逐出城邦,因为她们将之重新定义为原始怪物和猎取的野兽。"辉煌的胜利"(kallinikon kleinon),也可指"赢得辉煌胜利的[年轻]人"。这样一来,器宇轩

---

① 行 1160 – 1163 这几行诗包含了许多双重含义:kallinikos 可指竞技凯歌或凯旋的国王(现已被打败);ekprattein,"结束"、"完成",也可表示"向……复仇"。

昂的竞技者与可怕的蛇怪的差别,就是衡量彭透斯由国王沦为牺牲品/替罪羊、从城邦空间沦落到野生森林的另一个标准。

三

这一切关于彭透斯是地生族或蛇的后代的描述,皆来自狂女,她们可能是一些只能看到忒拜地生起源消极面的外邦女子。温宁顿-英格兰姆(Winnington - Ingram)贴切地问道:"那些与动物世界联系如此紧密的人,能正当地提出次人类的指控吗?事实上,她们难道不是在污蔑彭透斯具有狄俄倪索斯的属性特征吗?"① 温宁顿-英格兰姆质疑狂女歌队的宣称是否属实,无疑是对的。不过,歌队对彭透斯的看法——即便充满怒火,的确在几点上切中了要害。如前文所示,这些狂女也能认识到播种龙牙者的忒拜传说的积极面(行262-265)。

早《酒神的伴侣》数年上演的《腓尼基少女》,提供了欧里庇得斯从这个忒拜起源神话中感到的不祥暗示的独立证据。在《腓尼基少女》中,必须献祭一名王室成员,并用他的血向大地奠酒,以报复杀了"地生蛇"之仇(Drakōn gēgenēs,《腓尼基少女》,行931-941)。做完此事,阿瑞斯将变成盟友而非敌人;"曾给我们长出那一批戴金盔的播种人的"土地,将变成吉祥之地,如果它接受收成换收成,血债血偿(行939-940)。土地的含混性对应于阿瑞斯的含混性。二者都有嗜血、复仇与温和的一面。在后来的一首颂歌中,极为危险的斯芬克斯长着"贪吃的魔爪",她以土地及原始怪兽厄吉得纳的

---

① WI 80。关于把欧里庇得斯对彭透斯的观点与狂女对彭透斯的观点两相等同的危险,亦参 Parry,《抒情诗》(*Lyrics*),页148。

后代的面目示人(《腓尼基少女》,行 1019-1020)。在《酒神的伴侣》中,阿瑞斯最终会帮卡德摩斯和哈尔摩尼亚(Harmonia)摆脱其蛇形,并把他们带到福乐岛(《酒神的伴侣》,行 1338-1339)。但阿瑞斯并未早些介入,让他的后代摆脱狄俄倪索斯的愤怒。狄俄倪索斯身上也"分有阿瑞斯的一点职权":忒瑞西阿斯如是提醒到(行 302-304),彭透斯的忒拜追随者付出了代价才认清这一点(行 751-764、行 50-52)。①

在《腓尼基少女》和《酒神的伴侣》中,地生族、大地女神和阿瑞斯,都用神话形式表现了人类介于秩序与野蛮、文化与自然、理性与疯狂之间的不稳定平衡。狄俄倪索斯从野兽到神、原始神到奥林波斯神的剧变,释放出原始暴力,这种暴力潜藏在彭透斯本人由龙牙所生的原始祖先中。兴许,由于狄俄倪索斯的原始身世是在母方,因此,他对权力和男性身份的坚持,才未造成那么多成问题的行为。当他证明自己是宙斯之子时,狄俄倪索斯成功使自己拉开了与地生族母方的距离。当彭透斯走向父亲时,他与父亲原始的蛇形祖先联系在一起,这也悖谬地把他带回母亲充满危险、吞噬一切的可怕一面。

就在狄俄倪索斯最终成功宣示他是奥林波斯神时,彭透斯开始代表忒拜地生族的阴暗、混乱的一面。但这两极绝非一成不变。酒神作为生命与繁衍的古老神明,他的这一世俗面越界进入天神的角色——他是古老的投掷霹雳火的奥林波斯统治者之子。

彭透斯对神圣不朽的热望,更急剧摇摆于天空与大地、英雄主义与野蛮、秘教入会仪式与血腥的撕裂之间。另一方面,狄俄倪索斯既能宣称他是天父之子,也能保持他与土地丰饶与液体植物生命

---

① 关于阿瑞斯与狄俄倪索斯的关系,参见 Dodds,《酒神的伴侣》ad 302-304;WI 51。

的诸种联系,这些联系一度由他母亲一手掌控。宙斯的霹雳解除了地母对狄俄倪索斯的束缚,留下那座青烟缭绕的废墟作为对这场(火战胜大地)胜利的纪念。彭透斯的悲剧恰好相反。

四

对抗彭透斯不断出现的原始暴力,还有建邦英雄卡德摩斯。通过在剧本开篇不久就确立一种祭仪(行10)(虽不完美,行30 - 31),卡德摩斯再次扮演了文明英雄的角色。忒瑞西阿斯对卡德摩斯所说的第一番话,就强调了他的文化英雄角色(行170 - 172),"卡德摩斯……早年离开西顿城,建造了这座忒拜城"。在该剧呈现的诸种反转中,卡德摩斯的成就在新国王代表的城邦秩序崩溃时得到最详尽描述:就在信使准备讲述国王之死时,他称卡德摩斯在地里种下龙(蛇)牙长出地生人(行1024 - 1028)。

剧中没有任何地方提及卡德摩斯真的杀死了蛇。三处对卡德摩斯行为的充分描述,仅提到"播下"龙牙,产出新的"作物"(stachys)或新忒拜的"丰收"(theros)(行264、行1024 - 1027、行1274、行1314 - 1315)。这种缺失意味深长。在卡德摩斯这位名副其实的开化者身上,忒拜地生的暴力受到压制。卡德摩斯是一名农夫,"播种者",而非杀手(speirein,"播种",重现在行264、行1026、行1315;比较行1274)。卡德摩斯创建这座城邦,不是战争行为,而是农耕行为,对希腊人来讲,这是文明生活安定、稳定品质的特有模式。的确,卡德摩斯的收获属于荒诞不经、前途无望的那类产品;但其正面联想仍存在。同一个语词"作物"(stachys),描述了忒拜土地上果实累累的耕地,这些耕地受到狂女掠夺的威胁(行750 - 752)。阿高厄恢复神智时,她想起,卡德摩斯把她交给"播种龙牙的厄克西翁"(spartos,行1274),这就把他建邦的文明影响力,从城邦扩展到家族,并在狄俄倪索斯的权力颠覆这个体系时,重新确立了城邦的同一性、婚姻和农业。①

在这个建邦传说的另一个版本中,地里长出的播种龙牙的人,为蛇的死复仇。但卡德摩斯能把幸存者们团结在一个更积极的交往形式中。② 他把这些幸存者从原始人和野兽中分离出来,使之成为真正的人,一个城墙和高塔环绕城邦的未来种族(行170-172)。

忒拜的继承顺序卡德摩斯-厄克西翁-彭透斯,遵循了希腊神话中的常见模式。一名正义的国王从狂暴的前任处赢得或继承王位。乌拉诺斯(Ouranos)-克洛诺斯(Cronos)-宙斯的继承顺序是最为人熟知的例子,但在阿卡狄亚王权中也有一个有趣的对应:佩拉斯古斯(Pelasgus)-吕卡翁(Lycaon)-阿尔卡斯(Arcas)。阿卡狄亚的首位国王佩拉斯古斯是当地人;他的统治时期其实是黄金时代。野蛮、未开化的吕卡翁奉行食人的习俗,由此引来一场神毁灭人类的大洪水。"文化阿卡狄亚"的缔造者阿尔卡斯引入了农业,修复了文明,并以他的名字为这个城邦具名。③

---

① 关于农业、婚姻与文明生活的相同之处,参 Segal,《悲剧与文明》,前揭,页61以下、页290以下。

② 参见欧里庇得斯,《腓尼基少女》,行933-935。行934的注释表示,"地母神(Ge)派遣地生人来惩罚蛇的死;但他们[忒拜人]非但没有实施惩罚,反而加入与忒拜人的联合[ekoinōnēsan]中;其中一位地生人厄克西翁,甚至迎娶了卡德摩斯的女儿阿高厄"。注释表示,这被视为对大地女神族的"背叛"(prodosia),并要牺牲这一族中的一人来补偿,如忒瑞西阿斯在《腓尼基少女》行931-934中的预言所示。

③ 参见 Philippe Borgeaud,《通向国王封闭王宫的敞开入口:语境中的希腊迷宫》("The Open Entrance to the Closed Palace of the King: The Greek Labyrinth in Context"),*History of Religion* 14(1974),页1-27,尤其是页6-13,以及关于赫西俄德涉及王权的神话的讨论,收于 J.-P. Vernant 和 Marcel Detienne,*Les ruses de l'intelligence*(Paris 1974),页99-103。

在忒拜,卡德摩斯未用暴力种下地生人,建立忒拜城,这对应于黄金时代的遥远过去。随后是野蛮的原住民厄克西翁,从未有人明确提到他的统治(行213),但相当于中等残暴的王权。第三任继位者彭透斯可能确立了文明的稳定状态,取得了介于卡德摩斯统治暗示的黄金时代的原住民与厄克西翁的野蛮原住民之间的平衡。① 然而,由建邦者女儿与蛇的"地生"族结合带来的调和,带来了相反的结果。酒神的出现引发了彭透斯的"野蛮"继承,并只从忒拜的神话起源中唤起国王地生祖先的原始暴力。通过区分卡德摩斯与厄克西翁,黄金时代与野蛮原住民的区别现已瓦解,并集中在彭透斯这个人物身上。他本人很快经历了从黄金时代到忒拜城外荒山上的野蛮状态的转变。

悲剧,尤其是欧里庇得斯悲剧的特点,是让人想起这些暗藏在城邦与一般文化隐秘起源中的神秘力量,这些力量靠近其毁灭性和创造性的力量来源。我们不妨比较欧里庇得斯在《伊翁》中探究的厄里克托尼乌斯(Erichthonius)传说,在那里,克瑞乌萨(Creusa)拥有的神秘戈耳工血统,象征着雅典娜乡土起源的双重可能性。②

五

神话背景中高低的摇摆,具体体现在此剧的语言中。拥有掌管

---

① 参 Bourgeaud(上一个注释),页12。
② 关于欧里庇得斯《伊翁》(Ion)行1003-1017中戈耳工血的象征,参见 Anne Burnett,《幸免的大灾难》(*Catastrophe Survived*)(Oxford 1971),页115以下,以及 Loraux,《雅典娜的孩子》,页239以下。

"这块土地权力"(kratos...gēs)的彭透斯一出场,他的"厄克西翁之子"身份,就与某种纵向的情感"波动"形成部分对比(行 212 – 214):

> 卡:彭透斯来了,他着急忙慌地朝王宫赶来,
> 厄克西翁的儿子,我已把这块土地的权力交给了他。
> 他有多惊慌失措啊! 他究竟有什么奇闻要说?

"惊慌失措"(eptoētai)这个细节,表明激动的性情,首次暗示了这种介于高低之间的不稳定性。

在这场戏临近尾声时,飞行的意象再次出现,当时,卡德摩斯试图帮忒瑞西阿斯制止这个冲动的年轻国王(行 331 – 332):"和我们待[oikei]在一起,不要逾越礼法。因为你现在很轻浮[petē(i)],你的明智算不上明智。"在这种"超出"沉着理智水平的比喻性运动中,彭透斯已经处于超出家庭礼法的安全规范之外。正是通过这种初始的不平衡,狄俄倪索斯才得以控制彭透斯的头脑心智。如忒瑞西阿斯不久前的辩解所示,狄俄倪索斯式疯狂的一种影响,即军队恐慌的"不宁"(flutter)(phobos dieptoēse,行 304)。

对狄俄倪索斯及其敬拜者而言,飞翔具有截然不同的意义。在进场歌中,歌队描述了宙斯的霹雳"飞下"时(ptamenas,行 90),酒神出生的情形,之后,这个还未出生的神还被带到奥林波斯(行 94 – 95)。现在,忒瑞西阿斯重述了这个故事,以回应彭透斯的嘲笑。他讲述了"宙斯"如何"一把从霹雳火中夺出胎儿后,就将他带进奥林波斯山,作为一位神祇",由此瞒过赫拉"把它扔出天庭"的企图(行287 – 290)。表现彭透斯不敬的鸟和飞翔的意象,很快就表明他本人介乎兽与神、高与低、国王与替罪羊(pharmakos)之间的危险地位,这种悬置是胎儿狄俄倪索斯"飞翔"的阴郁翻版。

飞翔的意象，贯穿在狂女们的兴奋中，尤其是在阿高厄的"错乱"状态中（to ptoēthen，行1268）。① 卡德摩斯用该词概括阿高厄灵魂中的疯狂。和疯狂的语言一样（行326、行359；亦参行399、行887、行999），飞翔的语言表达了对酒神力量既喜欢又抵抗，使之将彭透斯完全掌握在股掌之中。对狄俄倪索斯式疯狂"错乱"的这种内在精神，随后在剧末以可怕的后果呈现出来。

与进场歌中狄俄倪索斯的跳跃形成对比，第二合唱歌把彭透斯当成地生族厄克西翁之子带到地面（行541）。在此，与"野蛮面相的"彭透斯形成对比（行542）的"面色金黄的"狄俄倪索斯（行553），要"从奥林波斯山上下来"（行553-555）。② 我们不妨也对比一下前一首颂歌中狂女的"虔敬女神"（Hosia），她"鼓着金翼掠过大地"（行370-372）。这个委婉的警告在次节中有更为直接的垂直意象，在那里，"乌拉诺斯的儿子们［oueanidai］虽远住云天，却依然照看着凡人"（行393-394）。尽管这些意象在此类格言诗中司空见惯，但它们形成某种模式，在戏剧行动的高潮得到生动详尽的描述。

彭透斯宁愿认为，狂女们接近地面，躲在或溜去灌木丛中（行218-223），套在"最美妙的情网里"（行957-958）。然而，第一信使的话已向我们传达了对狂女的另一种看法：当狂女"像敌人一样"冲向在下面伸展（pediōn hypotaseis，行749）的脆弱的忒拜农田时，她们就像高飞的鸟儿（artheisai dromō[i]，行748）。在第二信使的话中，狂女稍后猛扑向彭透斯本人时，她们迅捷如鸽（行1090）。

---

① 关于这个逃跑意象中彭透斯的地生出身向其对立面的转变，参 Diller（1955），页486。

② 行554的 kat' Olympou 采用了 Kirchhoff 的校订，Dodds 和 Kirk 对《酒神的伴侣》此处的笺注接受了 Kirchhoff 的校订；比较 Roux 此处的注释。

在这里,她们不再是地面上被动无助的鸟儿,而是攻击者,猎手与猎物的角色颠倒过来了。动词 airein 的及物形式"举起"(见 artheisai,行 748,狂女像鸟儿一样"高翔"),后来将描述凯旋的姿态,阿高厄带着这种姿态,把割下的狮子/猎物头,"悬于"王宫城墙最高处(行 1212 – 1214):

> 我儿彭透斯又在哪里?叫他扛张
> 结实的梯子来架在屋上,
> 好把这颗狮子头,我猎回的这东西
> [1215]钉在三线槽石板上。

阿高厄用来表示"文明的"爬梯的语词(pros – ambaseis),再现了彭透斯毁灭性向上爬的垂直意象(ambas,行 1061、行 1107),他就像野外的野兽,而非王宫里的国王。应占据城邦中心高位的国王,已下降到其最低的地方,沦为遭流放的替罪羊、野外的猎物,以及从高处的阳物崇拜的傲慢青年,沦为在邪恶母亲面前孤立无援的婴儿。空间、生理、家族、政治与性别准则的颠倒都类似,也都与诗歌意象紧密交织在一起。

主人公的命运也是其王宫的命运。早在挂上狂女胜利的战利品之前(行 1212 以下,上文),王宫就已"倒塌"或者夷为平"地"(pesēmata,行 587;chamaze,行 633)。眼下,狄俄倪索斯出现在"屋顶上"(ana melathra,行 589),抚慰那些见到他便恐惧地"匍倒"在地的狂女(行 605)。早前,卡德摩斯和忒瑞西阿斯赶往基泰隆山去供奉酒神时,他们试图相互帮助,以免"摔倒"(行 365 – 366),但眼下,酒神亲自出面干涉强 – 弱反转,这种反转是其教仪的特征。

王宫奇迹真切地把这座宅子搅得"地覆天翻"(anōkatō,行

601—603),反讽地呼应了彭透斯先前对忒瑞西阿斯的威胁(行349)。此段中彭透斯的愤怒,再次采取了"上-下"不稳定性的形式;行602的呼应,再次对比了彭透斯的暴力与狄俄倪索斯的力量,只是为了表明彭透斯的徒劳无功。同样的短语 anōte kai katō ["上-下"]再次出现,以描述酒神接下来的复仇行动,以及狂女们在山上无法压制的狂闹(行741、行753)。① 在后一段中,狂女们"扑向"并劫掠村庄(epespesousai,行753)。在王宫奇迹之后的那场戏中,就在彭透斯攻击那道"金光"时——狄俄倪索斯以这道金光现身,以迷惑、羞辱敌人(行630—631),我们想起了那些对抗诸神的地生族(行543—544),或者更早的"乌拉诺斯的儿子们"道德力量(行393—394)。在凭靠城门或塔楼对抗狄俄倪索斯时,彭透斯忘了,奥林波斯神能跃过或飞"过"城墙(hyper-bainousi,行654)。这种行动的心理和戏剧性高潮,是彭透斯落"入"观看山上狂女的"极大欲望"(eis erōta…peptkas,行813)。

胜券在握的狄俄倪索斯答应他的对手,要让他在英雄的光辉中直冲"云天"(行972),当他真的让彭透斯"直入云霄"时,这个诺言可怕地实现了(行1073)。此后不久,狂女们把她们的常春藤杖抛"向空中"(行1099),和先前处于胜利在望的喜悦中一样,她们"把脖颈甩入带着露水的空气"(行864—865)。然而,彭透斯的"飞翔"并未取得神样的辉煌,也未获得"直冲云天"的不朽名声(行972),而是向下栽入可耻、不体面的死亡,野兽般被人撕裂。

在行1073,当狂女瞄准上空时,她们的心境大不如前,在行863,她们在喜悦的自由中甩着头。现在不是"滴露的"(droseros),而是"直冲云霄"(orthos),该词暗示天庭遥不可及,以及彭透斯致

---

① WI 97 注释1注意到行741和行753之间的呼应;亦参页55,注释4。

命跌落的突然。① 通过抬头望遥远的天空，卡德摩斯将让阿高厄认识到其行为的可怕现实（行 1264 – 1265），也将使之认识到人类的限度，以及天地之间的距离。

彭透斯之死标志着天地的真实距离和比喻性距离，狄俄倪索斯在剧中的最后奇迹，则将弥合高与低（行 1063 – 1065）：

> 于是我从这个异方人那儿目睹了这样的奇迹：
> 他一把抓住一根高耸入云的枞树桠顶端
> 往下拉，拉，直拉到黑色的地面。

就在酒神松开杉树时，杉树"直"入"云霄"（行 1073）：ὀρτή δ' ἐς ὀρτὸν αἰτέρ' ἐστηρίζετο[树桠直入云霄]。译为"耸入"的动词 stērizein 也出现在行 972，指[酒神]许诺的"直冲云天的名声"。在欧里庇得斯的传世作品中，除了《酒神的伴侣》中，stērizein 仅出现过一次，用来描述一位很像彭透斯的英雄的灾难性毁灭，亦即身处这一情形中的希珀吕托斯：公牛和"上达天际"的可怕海浪，切断了他越过特洛厄西纳（Troezen）的界线，走向男性成熟的过程（kym' ouranō[i] stērizein，《希珀吕托斯》，行 1207）。② 在这两个例子中，年轻人超越凡人界线的热望，及其对情感现实的基本层面的否认，

---

① 亦注意 orthos 在行 1062 idoim' an arthōs 中的重现，以及行 1087 狂女"笔直"站立的 estēsan orthai。后者可能有意呼应了基泰隆山上的首个场景，ἀνῇξαν ὀρταί（行 693："一跃而起"），关于这一点，参见 Barlow 66。关于以太在狄俄倪索斯与凡人关系中的重要性，亦参行 150、行 293、行 631。在第一段中，狂女把"大量岩石"抛"向空中"，这种"丰富"（tryphē）类似于彭透斯遭压抑的肉欲一面，通过这一面，狄俄倪索斯进入彭透斯的内心并将之毁灭：参行 493、行 455 以下，尤其是行 979 以下（tryphan…tryphas）。

② 关于这个意象的意义，参见 Segal（1965），页 142 – 147。

均导致这种高低的颠倒。

酒神神秘地推动地球与诸天体,似乎重申了凡人的诸种限度。当酒神把树拉向地面时,异方人"做着不是凡人做的事"(行1068)。酒神的神秘声音回荡在天地之间,并使狂女迈向最后的复仇疯狂,这种声音标志着神-兽愈拉愈大的距离:

> 就在他说这番话时,天
> 地之间闪现一道神圣的火光。

这是 stērizein 这个不寻常动词在百余行诗的篇幅里的第三次出现。该词表明了那根象征宇宙秩序的天柱(axis mundi)的坚不可摧。但在这里,stērizein 还表明在神的报复的可怕反转中,这种宇宙秩序的遥不可及和含混。① 该意象的广阔延伸,把彭透斯矮化成无助的猎物,但这样一来,也表明这种神的矫枉过正的极度残忍。

很快,彭透斯就完全降低了身份(行1111-1113):

> 彭透斯坐在那高处,便从那上头跌下,
> 摔落地面,不住地哀号,
> 因为他明白大难临头。

我们不妨回想一下进场歌中那位庆祝者的倒下:

---

① 关于宇宙之轴(axis mundi),参 Mircea Eliade,《比较宗教模式》(*Patterns in Comparative Religion*)(New York 1958),页265以下;Segal(1978/1979),页143以下,以及《悲剧与文明》,页22以下,关于品达《皮托竞技凯歌》1中的意象;希罗多德,4.184;赫西俄德,《神谱》,行778以下,在此,动词 sētrizein 也出现在宇宙之轴的意象中。

在山里他多欢喜,每每脱离飞奔的狂欢队,
跌倒在地。
他穿着神圣的鹿皮外套,
汲取被猎杀的山羊血,
啖食生肉,满心欢愉。

在这次摔倒中,这名敬拜者狂热地与酒神结合在一起,人神之间的距离也得到弥合。① 彭透斯像猎物而非庆祝者一样倒下,这种距离也扩大成无法逾越的鸿沟。现在,他的亲生母亲像主持一场残酷献祭的祭司一样"扑向他"(prospitnei,行 1114 – 1115)。

随着神与人的差距在纵轴上端拉大,人与兽的差距则在下端遭到抹杀。反常的"爬兽"(ambatēs thēr,行 1108 – 1109),彭透斯被同化成忒拜的原始祖先,被等同于次人的兽族。② 在彭透斯的临终之言中,他宣称"厄克西翁家族里"的正常人类出生(行 1119),把厄克西翁视为安全的家族中的文明父亲。然而,杀死彭透斯之后,狂女们为"蛇的后人彭透斯的灾难欢呼"欢欣鼓舞(symphoran/tan tou drakontos Pentheos ekgeneta,行 1154 – 1155)。只有在阿高厄恢复理智时,她才把这一观念,即厄克西翁是播种龙牙者或种出来的人(spartos),与婚姻和家庭的文明制度联系起来(行 1273 – 1274):

---

① 行 136 中的"跌倒在地"有多种解释。Dodds 的猜想可能正确,"该词描述了这一时刻,即这位庆祝者无意识地摔倒,酒神进入他体内":《酒神的伴侣》ad 136。关于文本问题与阐释的评论,参 Oranje,页 155 以下。行 1111 以下中,彭透斯从上面"摔下地"的那棵树,可能也与狄俄倪索斯教仪有关:Paus. 2. 2.6 – 8 记述,他在科林斯看到了狄俄倪索斯的两种神像,分别是释放者(Lysios)和狂欢者(Baccheios),这两个神像是用彭透斯从上面摔下的那棵树的木头雕刻而成,从树上摔下后,彭透斯栽入死亡:参 Roux 对行 1058 – 1062 的注解。

② WI 130 表示,ambatēs thēr 让人想起"藏在树干上的豹子或野猫之类的东西",但可能包含更多意味。

> 卡:你在婚歌声里进的是什么样的人家[oikōs]?
> 阿:你把我交给厄克西翁,人们说他是龙牙变的。

反讽的是,更高的彭透斯在现实空间中上升,更低的他则在文明价值的天平上"下落"。当彭透斯占据着他在剧中取得的实际高度的顶点时,他是"可怜虫"(tlēmōn)和"野兽",他的"向上爬"(ambatēs thēr,行1107-1108)彻底失败。当狂女们"在空中"朝他投掷常春藤杖时,由于无前进的"路"可走(aporia),这个攀爬者很快就束手就擒(行1101-1102):

> 因为那可怜人坐的高度超过了她们的
> 热情,虽然他看不见出路。

希腊文十分含混地表明,彭透斯"比他想往的更高",也"超过了狂女们"攻击他"的热情"。兴许,我们不应过分强调行1102中kathēsto[坐下]的前缀kath'[下],但这个动词可能也凸显了彭透斯在其危险栖息处兴奋与屈辱的悖谬混合。正如酒神在开场白中对狂女们的描述(hyp' elatais,行38),"坐在枞树下"(hyp' elatais kathēmenos,行816),他能看到狂女们"在山上聚坐在一起"(synkathēnemas,行811)。彭透斯满足了自己的欲望,但行816"坐在枞树下"的含混性,可怕地变得明晰起来。酒神将"高耸入云的枞树桠尾梢"(elatēs ouranion akron kladon,行1064-1065)扳倒(kat-ēgen)在地,并让彭透斯坐"在枞树桠上"(elatinōn azōn epi,行1070)。现在,彭透斯"坐在枞树上"(elat[i]…ephmenon,行1095),别人瞧得见他,他却瞧不见别人,彭透斯是一名"看不到出路"的"攀爬者"(aporia,行1102),他四散的尸体很快就"躺"在山的低洼处,在岩石"下"(hypo),林中灌木丛的树叶"里"(en,行1136-

1137）。当有人要把他的头用"爬"梯悬于王宫高处时（prosambaseis，行1213；ambatēs，行1107），彭透斯已触抵其作为统治者、儿子和英雄的最低点。

当狂女们杀死彭透斯时，她们获得了她们的神介乎高－低含混位置之间的某样东西。描述她们用"非铁制的撬棍"将枞树连根拔起的动词是 synkeraunousai（行1103），源于 krraunos［霹雳］，意为"闪电（般）劈下"（行1103）。这个动词不常见，但在别处与葡萄酒和葡萄酒的影响一起出现，以表明酒神在世间的神力。① 在她们的复仇中，狂女们似乎获得了作为宙斯之子的狄俄倪索斯本人自诩所具有的那种神力（行1103－1104）：

> 最后，她们闪电般劈下橡树的一些嫩枝，
> 用这些非铁制的"撬棍"去撬那树根。

动词 synkeraun 让人想起狄俄倪索斯混迹于凡人时的奥林波斯神力的其他特征。橡树——狂女们把橡树枝当成霹雳使用（行1103 的另一种含义），是宙斯的圣树。在王宫奇迹中，狄俄倪索斯显然用霹雳烧毁了彭透斯的宅子：异方人冲他的信徒们喊道，"快快燃起熊熊的霹雳火火炬"（keraunion）。在塞墨勒坟墓四周重新燃起

---

① Dodds，如是评论《酒神的伴侣》行 1103："和她们的主人一样（行 594），狂女也有霹雳的魔力"。正如 Dodds、Kirk 和 Roux ad loc 指出的，这个动词包含了酒神的葡萄酒令人陶醉的效力，Archilochus 残篇 77D＝97 Lasserre－Bonnard 就在这个意义上使用了该词；Cratinus 残篇 188.5 Edmonds＝187 Kock。因此，该动词表明，酒神令人动情的力量战胜了压抑的国王，也暗示酒神秘密的内在力量转变成可见的实在行动。Green 页 204－250 暗示了与如下事物的对应：狄俄倪索斯获得父亲的霹雳之力以摧毁彭透斯的王宫（行 594），他还详述了狂女阳物崇拜力量的象征。

的火焰,也与击中她的"霹雳"有关,"遭雷击的那人"(keranobolos,行598)。开场白和进场歌都把塞墨勒描述为"遭雷击的母亲"(keraunia,行6)或遭"霹雳"击中(kerauniō[i] plēgā[i],行93)。忒拜的彭透斯和忒瑞西阿斯虽意见相左,但他们都用"霹雳火"指称狄俄倪索斯的出生(lampasin kerauniais,行244;pyr keraunion,行288)。

从此剧一开始,霹雳就标志着区分奥林波斯神宙斯与凡人的距离。在狂女们的synkeraunein中(行1103),那种男性阳物的武器,成了把凡人变成野兽的女性权力的隐喻。由此,霹雳变成狄俄倪索斯与彭透斯对立的另一种表现。通过把狄俄倪索斯与他的凡人母亲分离,并表明他是不朽天神父亲的后代,霹雳确立了狄俄倪索斯的神性。在此,霹雳确立了彭透斯的次人地位,因为他被诱惑加入并毁在了一群由其母率领的女猎手-勇士手里。

行1104的矛盾修辞法"非铁制撬棍",强调了对文明工具的否定,这种否定对应于狂女行动中神性与兽性的暗合:这些野蛮猎手还具有天父的秉质(行1103)。① 正如酒神激起狂女最后行凶狂热的呼喊使天地结合在一起(行1082-1083),她们的血腥胜利也将兽性与神性结合在一起。野蛮的非铁制武器(行1104),伴随着宙斯天火(synkeraunein)的力量(行1103);但在约50行之后的抒情歌中,同样的武器,成了"必然走向冥府",彭透斯则从"攀爬的野兽"变成了原始的蛇(行1155-1157)。

和香火冒出的烟一样,从酒神的茴香棒或松树棒倾泻而下的烟雾,建立起诸神与凡人的交流(行144-150)。不过,这个仪式发生

---

① Roux关于行1104中asidēros的看法,"该修饰语表明酒神狂女第二个企图的失败",在我看来,Roux的看法不得要领,尤其因为,前面的诗行强调了这第二个企图的超自然暴力。

在颠覆一切正常献祭中介的背景中。结合天地的"令人敬畏的火光",没有确立起象征稳固宇宙秩序的天柱(the Pillar of the Heavens),而是确立起各种对立的悖谬、不稳定偶合。同样,狂女们戴在头发四周的火(行 757-758),可能是一种神圣的标志;但此刻,她们正从家中拐走孩子(行 754-755)。表明宙斯"不朽"(athanaton pyr,行 523-525)并让婴儿酒神脱离凡人母亲子宫的火(行 90、行 597-599),因狄俄倪索斯以"吐火的雄狮"形象(pyriphlegōn leōn,行 1018)现身再次出现。

全剧与狄俄倪索斯有关的火,既非普罗米修斯(Promethean)的技术之火,也非家里和炉边受保护的火,而是从天空突然毁灭性闪现的雷电的自然之火。这种火摧毁房屋(行 594、行 623-624)。无论是真实还是虚幻的,彭透斯试图用水灭火(行 625),但只是预示了他在狂女暴力前的无助,他把狂女们的暴力描述为"近旁像火一样燃着"(行 778)。彭透斯轻蔑地否定狄俄倪索斯从"霹雳火"中诞生(行 244),并无礼地提到忒瑞西阿斯的"燔祭"(empyra,行 258),只是回应了王宫中那场虚幻的火(行 624-625),或怒斥狂女"暴行"的譬喻性"火"(行 778-779):"狂女们的恣肆妄行已在近旁像火一样燃着,对希腊人而言,真是奇耻大辱!"但从开场以来,现实中的火已在忒拜四周燃起,作为狄俄倪索斯力量和天神出身的标志。开场白中塞墨勒坟墓废墟四周慢慢燃烧的火,具有酒神所有方面的典型含混性;这些火表明忒拜因此被单独挑选出来的殊荣和独特遭遇。

六

与狄俄倪索斯教仪相关的事物,不仅包括火,尤其是山间漫游

(oreibasia)手擎的燃烧火把,①也包括水、植物的水分,以及滋养并构成生长的植物性生命汁液。"多汁生长物之王",普鲁塔克如是称呼酒神(《伊西斯与奥西里斯》[*Isis and Osiris*],行 364)。② 指称狄俄倪索斯液体生长与丰产的语词,例如"带露水的"(droseros)或"晶莹的"(anthemōdēs),在全剧一再重现。③ 带着欧里庇得斯赋予狄俄倪索斯的这种对生命自然的独特感觉,在开场白中,狄俄倪索斯称忒拜狂女们坐在其下的枞树为"浅绿色"(行 38;参见 chloē,行 11 以下、行 107),但是,最后的杉树——与死亡,而非生命有关,没有修饰语。④ 火与水都属于狄俄倪索斯奇迹的对比效果:赋予生命的液体从地下涌出(行 141-142、行 704-711),一场神秘的大火在王宫或狂女中间燃起(行 594-599、行 624-625、行 757-758、行 1018)。

在此剧前三分之一,"溪流"与酒神的东方式奢华("淌着金沙的特摩罗斯山",行 154),以及爱欲与技艺(阿弗洛狄特岛封闭的花园般的围场,行 403-415),或者与阿克西奥斯(Axios)和吕底亚遥远的北部河流的自由奔放与丰饶联系在一起(行 568-575)。第一合唱歌中缪斯女神安全封闭的花园(行 403-415),基泰隆山上的情形(行 704-711),以及第三合唱歌中幼鹿的小树林,都类似于《希珀吕托斯》中与世隔绝的"节制牧场"(meadow of modesty)或《美狄亚》中作为缪斯女神福地的雅典的理想化形象,也和他们一

---

① 关于每三年举行一次的游行中出现的山上的火光,参见索福克勒斯,《安提戈涅》,行 1146 以下;欧里庇得斯,《伊翁》,行 1125 以下;阿里斯托芬,《云》(*Clouds*),行 603-606。

② 参见 Farnell,《祭仪》,5.123 以下、284;Ramnoux,128 以下,比较《酒神的伴侣》,行 274-283,在这里,另一位宗教哲人比较了"湿"与"干"。关于这种对比及其前身,参见 Dodds 对《酒神的伴侣》行 274-285 的评注。

③ 譬如行 11 以下、行 107 以下、行 462、行 534 以下、行 651、行 705、行 865。

④ 参见行 1064、行 1070、行 1095、行 1098;亦参行 742 和行 816。

样自取灭亡。① 喷涌而出的葡萄酒、牛奶和蜜,很快就成了另一种生命液体的背景——暴怒的狂女们洒下的血(行 704 - 711、行 765 - 768)。前三首颂歌中充满亚细亚式狂喜、技艺和爱欲的异域、多水的景象,与之形成对比的是"阿索珀斯河"(streams of Asopus),这个场景中越来越血腥地呈现了狄俄倪索斯式的狂热——狂女们在基泰隆山上击溃并撕裂彭透斯时的语词呼应(Asōpou rhoai),表明了这个场景(行 749、行 1044)。② 剧中最强烈的一组对比,是流经丰饶的林地平原的林间溪流与山间急流:在林地平原的绿地上,狂女 - 幼鹿在绿色的欢乐中跳跃,而在山间急流中,彭透斯走向血腥的死亡(行 1093 以下)——此处四面峭壁(行 982 以下)、陡崖、巉岩林立。③ 的确,这种风景包含了彭透斯之死的诸种手段(行 1096 以下)。

狄俄倪索斯的爱欲性和创造性方面,也与液体意象有比喻性关联。异方人"飘逸的"头发(kechymenos,行 456,字面意思是"倾流直下"),吸引了彭透斯的注意力,并成了他羞辱[狄俄倪索斯]的把柄。数行诗之后,彭透斯用了一个受控制的水的意象,谴责异方人回避他的问题(行 479):"又是狡猾躲闪[parcheteusas],说的都是废话"。然而,这种受控制的水的对立面表明彭透斯的死亡:火(行 1082 - 1083)、湍流(行 1051、行 1093 - 1094)和坚硬的干石(styphlai petrai,行 1137 - 1138)——彭透斯尸身的各部分就在此找到。

---

① 参见《希珀吕托斯》,行 73 - 78;《美狄亚》,行 824 - 845。关于"神圣花园"的象征及其毁灭,参见 Pucci,《怜悯的暴力》(*Violence of Pity*),页 116 以下。

② 亦参行 281 中"灌足了葡萄酒"ampelou rhoai,是狄俄倪索斯有益、新奇礼物的一部分,忒瑞西阿斯为狄俄倪索斯的礼物辩护。我们也不妨对比如下两种对海洋的看法:海洋是开场白中不同文化(行 17)和平交流之处,以及海洋是一个充满暴风雨的地方——在第三合唱歌中,人们庆幸从中逃脱(行 902 以下),与颂歌首节平静的内陆河流形成对比(行 872 以下)。

③ 参见 Lesky,*TDH* 495:"……带着的特征,湍急的水流汹涌,现在,(这个山谷)越过了这一场景部分的野外。"

七

我们现在必须更详尽考查第二合唱歌,这首合唱歌包含了狄俄倪索斯神祇出身与彭透斯原始出身的最大对立。这首颂歌也最集中地把狄俄倪索斯的水-火特质结合在一起(行519-527):

> 阿刻劳斯的女儿噢,
> 王后啊,有福的少女狄耳刻哟,
> 因为你曾在你的泉流中,
> 接纳宙斯的胎儿,
> 生产者宙斯一把将他
> 夺出不灭的火焰,
> 藏入大腿时喊道:
> "去吧,狄提拉姆波斯,进入我
> 这男性的子宫。"

狄耳刻溪流收留这位神子,要么因为溪水熄灭了天父燃烧的火焰,要么因为用溪水清洗由母亲正常分娩的新生儿。① 无论哪种情形,城邦都潜在地传达着酒神的创造性与毁灭性方面。当歌队回到狄耳刻的城邦意义时,她们把狄耳刻泉等同于城邦,并抱怨这座城邦拒绝了酒神。但即便她们这么做,歌队也简短地激发了水的背景与聚在岸边的酒神敬拜者的快乐交流(行530-533):

> 而你,有福的狄耳刻哟,

---

① 参见 Dodds,《酒神的伴侣》xxixf;Roux,ad 521。

> 我领着头戴常春藤冠的
> 狂欢队进来时,
> 却一把将我推开。
> 你为什么拒绝我?为什么躲避我?

语气是哀怨的责备和失望,而非愤怒。① 这节诗的最后几行——"但是,凭那像葡萄串一样的东西——狄俄倪索斯的恩赐——发誓,你还会为布洛弥俄斯牵肠挂肚"(行534-536)——可能暗含威胁,但同时也唤起了狄俄倪索斯赋予生命的一面,这一面与滋养、水分和生长联系在一起。

关于彭透斯"野蛮"的次节——由地生的厄克西翁所生,没有把忒拜土地描述为一块文明的定居地和农业区,而是将之描述为使宇宙陷入无序的野蛮生物的肥沃源泉(行538-644)。由于与忒拜河流赋予生命的特质联系在一起,狄俄倪索斯因此显得是忒拜这个地方也内含的毁灭力的组成部分。在忒拜传说的某些版本中,狄耳刻泉是蛇的故乡。在《腓尼基少女》中,"地生蛇"是"狄耳刻泉的守卫者"(行930-931):作为建邦英雄,卡德摩斯杀死了这条蛇,并使泉水能为富有创造力的文明人类所用。② 狄俄倪索斯与丰富的水源,以及土地赋予生命的能力在全剧中的联系,表明了亚细亚的狄俄倪索斯与忒拜的狄耳刻之间的某种悖谬关联。事实上,在一则传说中,正是狄俄倪索斯把狄耳刻变成一汪泉水。③ 被带回土地狂暴一面

---

① 关于行530-532的微妙之处,参见 Dodds,《酒神的伴侣》和 Roux ad loc。
② 参见欧里庇得斯,《腓尼基少女》,行931-935;Fontenrose,《巨蟒》,307以下,尤其是311;上文,注释15。
③ Fontenrose,《巨蟒》,315以下。狄耳刻的水在品达描述忒拜的意象中发挥了重要作用,在那里,狄耳刻泉与诗歌的创造力,以及城邦保护并秉承的现存传统联系在一起:参见《伊斯特米地峡竞技凯歌》,6.74以下;亦参《伊斯特米地峡竞技凯歌》,8.19以下、6.63以下。

和忒拜原始起源危险的彭透斯,对狄俄倪索斯的这一面熟视无睹。

次节末尾更进一步极化了酒神与忒拜国王(行553–555):

> 快来吧,王啊,挥着那金黄的
> 常春藤杖,从奥林波斯山上下来,
> 去制止这恶棍的肆心。

鉴于奥林波斯山居所和金色这些天庭特征,狄俄倪索斯似乎重新上演了数行前暗指的诸神与巨人族的战争(行543–544;注意phonios"杀气腾腾"在行543和行555中的呼应)。狄俄倪索斯从天上打击其残暴的敌人,他是在此预示自己稍后将战胜彭透斯,把他从高不可攀的高处摔落地面。秩序与混沌之战的古老神话,用超越彭透斯的忒拜的方式界定了这种行为。

合唱歌末曲部分的抒情歌(行556–575)表明,彭透斯对忒拜的差序统治,其实排除了其他秩序模式。歌队表示,狄俄倪索斯兴许

> 在那树木
> 繁茂的奥林波斯大山深处,
> 俄耳甫斯曾在那儿弹奏竖琴,
> 用他的音乐引来树木,
> 招来野兽。(行560–564)

与在第一合唱歌中(行403–415)一样,酒神式的人与自然的融合,创造了一座充满歌声和丰饶的神奇花园。"噢,有福的皮厄里阿(Pieria),"歌队继续唱道,呼应了首节的狄耳刻的至福("噢,有福的狄耳刻",行530),

> 欧伊俄斯神敬畏你,他会来

    和酒神信徒们一起跳舞

    狂欢,淌过那水流

    湍急的阿刻西俄斯河,还要领

[570] 着跳旋舞的狂女们

    跨过河父吕狄阿斯河,他是

    给凡人带来财富的

    赐福者,我听说,

    它用清澈见底的河水,

[575] 浇出一片出良驹的土地。

  狄俄倪索斯要创建的缪斯女神的天堂般的花园,不在忒拜,而是在遥远的北部,坐落在文明世界的边缘。歌队成员不是公民,而是野兽和狂女(行564、行566-570)。事实上,狂女舞蹈时的"急走"(heilissomenai,行569),似乎类似于"湍急"水流的涡流(行568)。狄俄倪索斯与肥水有着某种独特的关联(行575);不过,这首颂歌最后提到的那条河流,位于马其顿的荒野,而非希腊中心的忒拜故土。相形之下,忒拜领土变成一块越来越含有野外充满危险的土地(行749、行1044、行1051、行1093-1094)。

  就在第二合唱歌之后,狄俄倪索斯带着火和土一起颠覆彭透斯的王宫(行594-599)。为了对抗酒神的神秘之火,彭透斯带来了"阿刻劳斯河水"(行625)——象征着他在元素神力前可怜的无助。"阿刻劳斯河"是希腊的一条主要河流,在暗喻中可表示总体的水。[①] 但

---

  ① "阿刻劳斯"暗喻"水",这在公元前5世纪司空见惯,但在欧里庇得斯的传世作品中,仅有另外两个例子:《安德洛马刻》(*Andromache*),行167,以及残篇《许珀斯匹勒》(*Hypsipyle*)753 N。这种用法在索福克勒斯作品中仅出现一次(残篇5 Pearson),在埃斯库罗斯作品中未见。大致参见 G. W. Bond,《欧里庇得斯的〈许珀斯匹勒〉》(*Euripides*, *Hypsipyle*)(Oxford 1963),页86。

在约百行诗以前,狄耳刻被称为"阿刻劳斯的女儿"(行519),该词在剧本其他地方也一再重现。因此,即便在对抗狄俄倪索斯时,彭透斯也不经意让人想起忒拜的这一面,这一面与酒神在赋予生命和滋养上密切相关。

在第二合唱歌中,狄俄倪索斯对地生巨人族的彭透斯的胜利,采取了光明战胜黑暗的隐喻形式。狂女们"彰示"的酒神的显现(anaphainō,行528),与彭透斯"显露出"的"原始出身"形成对比(anaphainei,行538-539)。那些敬拜者断言,她们的神出身天庭及其"永生不灭的火"(行523-524),而"表示",她们的对手[彭透斯]从地里出生。首节描述了狄俄倪索斯的狂欢歌舞队自由漫步于狄耳刻河岸(行530-532),次节则描述了狂欢歌舞队的领队被囚禁在暗无天日的地方(行547-549):

> 他已经把我的狂欢队员
> 关进他的屋子里,
> 在那黑咕隆咚的隐秘监牢里。

光明与黑暗的冲突一直延续到下一场戏,在那里,王宫奇迹中的火光,与地牢的"黑洞洞"(skoteinai horkanai,行611)形成对比,彭透斯要把异方人和他的信徒囚禁于此。在她们获救的喜悦中,狂女向"最大的光"呼喊(phaos megiston,行608-609)。信徒的这种火光与彭透斯将之比作狂女"恣肆妄行"的火(行778)的区别,对应于狄俄倪索斯赋予生命与毁灭一面的区别。彭透斯与酒神创造性一面的差别,已隐含在第二合唱歌首节与次节中奥林波斯出身与原始出身的悬殊中。因此,他要用"黑洞洞的地牢"(行549)囚禁、限制;但对不久前捍卫其夜间仪式的狄俄倪索斯而言,"黑暗带着庄重"(行487)。狄俄倪索斯与黑暗和光明,以及二者正面和危险一面的关系,再次指向了他能维持的介乎诸对立之间的位置。

狄俄倪索斯从彭透斯牢房暗狱中的重生(行549、行611),象征着酒神从战胜其"原始"对手中重生;这也隐喻地再现了他从大腿中的出生,他"被藏入"(krypton,行97)大腿,瞒过另一个敌人赫拉。这行描述他从隐匿到光明的诗,在语词和韵律上呼应了他在彭透斯地牢里的隐匿(行549):

行98: περόναις κρυπτὸν ἀφ᾽ Ἥρας [用针缝上瞒过赫拉]
行549: σκοτίαις κρυπτὸν ἐν εἱρκταῖς [在那黑咕隆咚的隐秘监牢里]①

在这两个例子中,"被藏匿的"酒神都将重见"光明"。前一首颂歌是从出生到生命;后一首颂歌则是从明显的无助到对囚禁他的压迫者的毁灭性复仇。

这种呼应是奥林波斯出身与原始黑暗这一极端两极分化的另一种形式,与彭透斯拒绝狄俄倪索斯有关。在两处文脉中,金色都呈现为酒神奥林波斯出身的特质("金针",行97-98;"金黄的常春藤杖",行553)。稍后,当受异方人蛊惑的彭透斯为了窥探狂女,表示"出多少金子我都愿意"时,金色将伴随另一种出生和另一种显现出现(行812)。不过,在这里,酒神从隐匿处到光亮处的显现是

---

① 这种呼应更加突出,因为Dodds在《酒神的伴侣》ad 549注意到,"在这里,剧中也只有在这里,'直白的'爱奥尼亚双韵脚才与'长短音换位'相称"(行530)。不过,Dodds的看法与我大相径庭。倘若行526中的dithyrambos("两次走到门前",dis thyraze)玩了某种词源学游戏——一些古代作家也这样理解该词(《词源学大全》[Etymol. Magnum] s. v.),那么,这段诗就凸显了重生的概念;参见 Van Looy,页362以下,注释71。关于光线从暗到明的转变与狄俄倪索斯秘仪之间可能存在的关系,参见Seaford(1981),页256-258。

心理和比喻上的,而非真实的和宗教意义的。在此剧其他地方,遥远的特摩罗斯山的流金,在流水、光亮,与狄俄倪索斯的奔放和慷慨特质之间建立起另一种联系(行13、行154)。我们也想起酒神礼物的喜乐中葡萄串的"晶莹"和"光泽"(行382-385;比较行261),以及他在基泰隆山上仪式的"皑皑白雪"(行662)。不过,这种光亮也形容了狄俄倪索斯设计嘲弄彭透斯的"发光的以太"(phaennon aithera)(行632),以及英雄撕裂中,撕裂彭透斯的狂女的手臂(leukopēcheis cheirōn akmai,"白嫩手臂",行1206-1207)。

八

天与地、火与水、光明与黑暗的对比,让人想起那些包罗万象的宇宙秩序的神话——诸神战胜巨人族,天柱——只是质疑了狄俄倪索斯与彭透斯作为秩序维护者的角色。

酒神的出身追溯并颠覆了忒拜的起源,他一到忒拜,国王就被带回其原始祖先。尽管狄俄倪索斯在一团古老而危险的奥林波斯火中出生,但他仍保持着与维持这座城邦生命的河流的某种潜在良好关系,在他的例子中,这些河流类似于抚育生命之河(行519-525)和自然生长的水分(行569-575)。第二合唱歌从水的意象向王宫奇迹起火事件的转变,是这些对比的高潮,但这些对比都隐含在整个文本始末(行3-12)。

在证明其奥林波斯出身,击败其混乱原始的对手时,狄俄倪索斯调动了他撼动地面的原始力量。[狂女]向"奥林波斯的"和"原始的"狄俄倪索斯的祈祷并列出现(分别在行553-555和行583-585)。狄俄倪索斯获胜时,从天空闪现在王宫地牢里的光亮,重现了他的神秘出身(行88-90),但这也是一场毁灭行动。就在他胜利在望时,那道把天地结合在一起的光(行 1082 – 1083),结合了狄俄倪索斯的这两个方面。作为宇宙和谐的意象,天柱或宇宙之轴,让我们得以在晦暗的凡间一瞥奥林波斯秩序。然而,作为地上神圣秩序象征的天与地的柱形结合,也让我们想起国王遭人蛊惑,从地面到天空的致命上升(行 972、行 1073)。欧里庇得斯惯于把人世描述为在如下事物之间变动:英雄主义与痛苦,以及光彩夺目的美与无助地遁入这种美内在的黑暗和毁灭性激情。在此,天地的结合违反了神所认定的宇宙秩序,这种结合给人类带来灾难性颠覆。狄俄倪索斯显现时(行 1082 – 1083),宇宙秩序的轮廓表明的不是最终的稳定,而是诸种对立的不稳定结合——只要这位神最神秘、最有力地出现在人间,这种情况就会发生。

《酒神的伴侣》中的"智慧"

阿莎埃尔(Jacqueline Assaël) 撰

在创作《乞援女》(*Suppliantes*)时,欧里庇得斯呈现了人类智慧的力量,并颂扬了其价值。不过,这位悲剧诗人也意识到理性的诸种限度。事实上,他区分了认知的领域与不可认知的领域。此外,欧里庇得斯时代的所有哲人都遇到了神的问题,并表现出他们对这个问题的怀疑。只有某种诗性体验(一定意义上是非理性的),才能使欧里庇得斯进入人类理解禁区的认识。

一

就色诺芬(Xénophane)来说,他不仅嘲笑神话人物荒唐可笑,还揭露那些假装知道诸神本质的人:

> 而且,没有人曾清楚知道任何关于诸神的东西,以后也绝无人会知道[……]①

---

① Fr. B 34(D. - K. ,I,137,2)。参见 D. Babut,《希腊哲人的宗教》(*La religion des philosophes grecs*),Paris,P. U. F. ,1974,页23、页26,以及 E. Heitsh,《色诺芬的学识》(*Das Wissen des Xenophanes*),*Rheinisches Museum* 109,1966,页193 - 235,尤其是页216 以下。

对这位哲人而言,人类只有运用某些无法证明的学说(关于信仰,而非科学),才能思考这个主题。同样,在其论著《论诸神》(Sur les dieux)的第一句,也是唯一一句现存的句子中,普罗塔戈拉(Protagoras)公开宣扬其不可知论。① 这两个例子反映了公元前 5 世纪的哲学思想状态。②

在宗教问题上,欧里庇得斯认同这种怀疑主义。因为,他不仅不满足于批评古老传说的不可信,还表示出某种科学的强烈诉求。实际上,欧里庇得斯区分了认识与意见,他还将所有关于诸神的学说归为夸口者的废话:

夸口认识神之人,只晓得试图让人相信这一点,其他的一事无成。③

因此,与之相对的是对某种清楚的真实认识的虚妄信念,关于这些问题(ἐπίστασθαι),人类不能达到这种清楚的认识。欧里庇得

---

① Fr. B4:关于诸神,我们不可能知道任何东西,既不知他们存在,也不知他们不存在,也不知他们的相貌如何。实际上,妨碍认识的障碍有很多:人类生活神秘莫测、转瞬即逝(D. - K.,II,265,7-9)。参 M. Untersteiner,《智术师》(The Sophists)(I Sofisti,Turin:Einaudi,1949),Oxford:Blackwell,1954,页 26 以下,以及 W. K. C. Guthrie,《智术师》(The Sophists),Cambridge University Press,1971,页 234。

② 赫拉克利特或高尔吉亚自称智力贫乏,没有把握。参赫拉克利特残篇 B28(D. -K.,I,157,3-5),高尔吉亚,B13(D. - K.,II,288 以下)。参 E. R. Dodds:"可认知之物与不可认知之物的这种真实区别,不断重现于公元前 5 世纪的思想中。"(《希腊人与非理性主义者》[Les Grecs et l'irrationnel],Berkeley:University of California Press,1959,法译本,Paris,Flammaron[1965]。1977,页 181)或参 J. de Romilly,《伯里克勒斯时代雅典的大智术师》(Les Grands Sophistes dans l'Athènes de Périclès),Paris:de Fallois,1988,页 140 以下。

③ 残篇 795 N2。这一论调预示了柏拉图的范畴(尤参《高尔吉亚》[Gorgias]452e 以下)。

斯承认完全理性的推理方法的不足。

这个片段的措辞,属于某种完全哲学化的语气,不过,在欧里庇得斯的作品中,这部作品并非独一无二。尤其是在赫卡柏的祈祷中,这位年迈的王后同样宣称,宙斯"难以捉摸、不可知"($δυστόπαστος\ ειδέναι$)。① 赫卡柏的表述简洁明了,却与普罗塔戈拉庄重、有条理的不可知论宣称一样有力。

为了战胜这种形式的怀疑主义,并领会其不可捉摸之处,理性应为此改变方法和自身的性质。

二

确切地说,在《酒神的伴侣》(Bacchantes)中,诗人设想了一种认识神的方式。这个剧本的创作,代表了欧里庇得斯做出的最大努力,以超越理性的诸种限度,并使我们能够获得真正的智慧。②

在歌队的第一合唱歌中,诗人已提及入教者的幸福。歌队的遣词因此意味深长:

> 幸运地知道诸神秘仪之人是幸福的。③

---

① 《特洛亚妇女》(Troyennes),行885。关于欧里庇得斯在这句话中的思想深度,参 A. Lesky,《希腊悲剧》(Greek Tragedy)(由 H. A. Franckfort 据 Die griechische Tragödie 英译)。

② Th. G. Rosenmeyer 认为,《酒神的伴侣》的创作是一种旨在获得某种神秘认识的尝试,为的是"探究终极知识"(参"悲剧与宗教:《酒神的伴侣》"["Tragedy and Religion:The Bacchae"],收于 E. Segal,A Collection of Critical Essays,Englewood Cliffs,New Jersey Prentice Hall,1968,页151)。

③ 《酒神的伴侣》(Bacchantes),见 v. 行72-73。

显而易见,εἰδώς[知道]一词带有宗教意味,①不过,即使在这个语境中,诗人也总是把渴望幸福与关心认识联系起来。因此,秘教的虔敬一开始就被定义为某种认识方式。

这种探究必然产生某种远优于由科学的理性思考所得的智慧。实际上,在《酒神的伴侣》中,欧里庇得斯确立了不同价值的等级(échelle de valeurs)。尤其是这两个语词在全剧始终相互对立:τὸ σοφόν[聪明]与ἡ σοφία[智慧]。由此,诗人区分了同一个概念的两个方面。聪明一词大体上是贬义,智慧则表明要实现的某种理想。

事实上,τὸ σοφόν[聪明]这个词组表明了一类结论,某些信奉理性主义的敏锐聪明人能够得出这类结论,②在欧里庇得斯使用该词的历史情境中,该词表明了某种诡辩的实践(pratique sophistique)。显然,在《酒神的伴侣》中,那些宗教信仰者并不相信这种推理:

> [200]关于诸神,我们决不能耍鬼聪明。
> 我们已经拥有父辈的习俗,跟时间一样
> 古老,任何道理都不能把它们推翻,
> 即便是绝顶聪明之人搞出的鬼聪明。

---

① 参 A. J. Festugière:"εἰδώς 即知道、认识并理解神秘语言中的准 – 价值(quasi valeur)技艺之人(……)。εἰδότες 不带宾语补足语时,指'有知识之人,内行(initiés)'"(《〈酒神的伴侣〉进场歌的宗教意义》["La signification religieuse de la Parodos des *Bacchantes*"], *Eranos*, LIV, 104, 1956, 页 80 – 81)。亦参 J. Roux,《欧里庇得斯的〈酒神的伴侣〉》(*Euripide, Les Bacchantes*), 卷二, Paris, Les Belle Lettres, 1972, 页 269, 以及 E. R. Dodds,《欧里庇得斯的〈酒神的伴侣〉》(*Euripides, Bacchae*), Oxford Clarendon Press(1944), 1960, 页 76。

② 参 M. Lacroix,"显而易见,此处的明智指的是智术师们所谓的智慧"(《欧里庇得斯的〈酒神的伴侣〉》[*Les Bacchantes d'Euripide*], Paris, Berlin/Les Belles Lettres, 1976[1999 年重印], 页 172)。

这些话充满反讽。实际上,诗人杜撰了一个独特的词,该词由形容词σοφός[聪明的]的词根构成,明显带有某种贬义。① 先知忒瑞西阿斯(Tirésias)也用该词指称智术师们的智慧是自命不凡、虚无缥缈。此外,通观全剧,理性的力量遭到某些人物的蔑视。譬如,由吕底亚狂女们组成的歌队,她们庆祝狄俄倪索斯的祭仪,总是不断地带着某种嘲弄发问:

什么是智慧……?(行877、行897)

这个问题代表了此剧涉及的一个中心主题,在《酒神的伴侣》中,合乎逻辑的推论总是在与某种神秘的智慧的比较中得到理解。

τὸ σοφόν[聪明]与ἡ σοφία[智慧]这两个语词针锋相对时,这种提问法就更明确地表现出来。在《酒神的伴侣》中,ἡ σοφία[智慧]是在某种哲学的意义上使用,没有保留它还可表示的技艺性认识(connaissance technique)这一含义。② σοφία一词单独使用时,则表示某种整全的真正智慧。在一个引人注目的句子中,歌队区分了所有细微差别:

[395]聪明不是智慧,
也不是思索不朽的东西。③

---

① ἐνσοφίζεσθαι(显得聪明)是个杜撰词(hapax)。关于这类词的构成,参见J. Roux,前揭,卷二,页313。

② 参B. Snell,《前苏格拉底哲学知识观的特点》(Die Ausdrück für den Begriff des Wissens in der Vorplationischen Philosophie),Berlin,Weidmann,1924,页1-20。

③ 《酒神的伴侣》,前揭,行395-96。参E. R. Dodds的评论,《欧里庇得斯的〈酒神的伴侣〉》,前揭,页121。J. Roux认为,这些话就是欧里庇得斯本人的观点,但这种观点流于简单化(前揭,页384、页374)。

这种对立构成了某种风格，表明剧中提出的那个问题的复杂性。实际上，用受神感召的人的话来讲，宗教智慧显得是最高的价值。这种智慧与理性的思考被呈现为相互排斥。但其实，这两个语词有着共同的词源：τὸ σοφόν 与 ἡ σοφία 让人想起，这两种认识方式并非毫不相干。

在某种意义上，这部悲剧的发展，提供了某种以辩证法（dialectique）来解决问题的办法，因为，三个极为明显的阶段构成了该剧的展开。在每个阶段的过程中，欧里庇得斯都呈现了智慧与认识的不同方面。在山中狂热奔跑期间，狄俄倪索斯成功取消了理性的机制，并吸引人们加入酒神敬拜的狂热中。不过，接着，欧里庇得斯呈现了理性的一次恢复，理性暴露了与同样含混的智慧有关的神圣狂热的真相。在对认识的获得中，由于发挥理性智慧与神秘发现的复杂性，因此，只有根据悲剧性体验，才能分析维持二者的关系。

三

在《酒神的伴侣》第一部分，欧里庇得斯似乎评价了理性的这些能力：它能使自身向神敞开，并进入非理性领域。其实，通过运用某种诡辩技艺的所有手段，狄俄倪索斯力图让彭透斯加入他的祭仪。在使其对手陷入疯狂之前，狄俄倪索斯进行了论辩（ἀγών），并诉诸理性。尽管这可能显得悖谬，但是，剧中呈现的第一次进入宗教并靠近神，带有理性的性质。

事实上,在所有人眼里,彭透斯代表聪明并捍卫理性的德性。① 其实,欧里庇得斯没有清楚描述彭透斯的心理,可能因为他在保留其框架下运用了某个传说的结构,因此,人物充当了某种戏剧功能,而非某个鲜明的个体。② 不过,彭透斯的性格,是通过其对话者们对他的看法和态度表现出来。但鲁(J. Roux)表示,"他[彭透斯]的反对者们谴责他为智术师"(前揭,页45)。的确,忒瑞西阿斯、卡德摩斯或狄俄倪索斯与国王交谈,似乎彭透斯只能理解理性的谈话,也似只有诡辩的说理才能触动他。这种人物刻画使欧里庇得斯能证明学说的价值——智术师们竟想借助学说解释宗教的诸种起源。这种人物刻画也使欧里庇得斯证实,说理的运用未必必然与神的观念水火不容。

因此,为了让彭透斯信仰狄俄倪索斯,并加入他的狂欢教仪,忒瑞西阿斯展开了一大段理性论证,这段论证受到普罗狄科(Prodicos)物质主义论题的启发。其实,这名智术师认为,宗教的形成,源于某个神化的过程,人类神化那些显得是他们生活中的最重要东西。③ 于是,哲人便把这些起源确立为宗教的基础,基于此,物理学

---

① J. Roux 坚称,彭透斯就代表智术师那类人:"彭透斯(……)视而不见神显,因为他是'智术师',一位'有识之士'。"(前揭,页44)对比 Th. G. Rosenmeyer:"彭透斯是一个完整的人。"(前揭,页164)M. Lacroix 的观点稍有不同:"彭透斯既非有识之士,也非理性主义者,不过,他对狄俄倪索斯所代表的神的拒绝,倒在某种程度上将他与智术师关联在一起。"(《欧里庇得斯的〈酒神的伴侣〉》[*Les Bacchantes d' Euripide*],页217)关于这个主题的讨论,亦参 H. Jeanmaire,《狄俄倪索斯,巴克科斯崇拜史》(*Dionysos, Histoire du culte de Bacchus*),Paris:Payot,1951,页153。

② 关于这个神话的结构,参 E. R. Dodds,《欧里庇得斯的〈酒神的伴侣〉》,前揭,XXV 以下,以及 C. Segal,《酒神诗学与欧里庇得斯的〈酒神的伴侣〉》(*Dionysus Poetics and Euripides Bacchae*),New Jersey:Princeton University Press,1982。

③ 参 Babut,《希腊哲人的宗教》,页49 – 50,以及 W. K. C. Guthrie,《智术师》,前揭,页235 以下。

家们建立了他们的学说:固体元素由得墨特耳或大地代表,液体元素则与狄俄倪索斯这个形象有关。在《酒神的伴侣》中,忒瑞西阿斯展开了一段同样的说理:

> 年轻人噢,两位神
> [275]在人间最重要:女神得墨特耳,
> 　　就是地母,随你怎么称呼她;
> [……]
> 随之而来的是塞墨勒的儿子,
> 他发明了葡萄的液体饮品,[……]。

忒瑞西阿斯试图从完全理性的观点出发,让彭透斯理解对酒神的情感。实际上,他带着神秘的口吻,向彭透斯解释了狄俄倪索斯的饮品——葡萄酒的神圣性:

> 他身为神祇,又被用来向诸神奠酒。(行284以下)

普罗狄科力图分析宗教祭仪的起源,但他并不想摧毁对神的感情。他表示,这种精神倾向的形成可能始于惊叹(émerveillment),或人类面对自然的丰饶所感受到的感激之情。在《酒神的伴侣》中,对忒瑞西阿斯而言,他利用理性的解释,以激起某种虔敬的冲动。① 当他重新运用普罗狄科的论证时,忒瑞西阿斯指出了理性如何使自身

---

① 参 R. Goossens:"忒瑞西阿斯寓意上或词源学上的这些解释,人们所谓的'荒诞不经的诡辩',不一定是反讽:这些诡辩为我们呈现了这个时代费尽心机力图让宗教为有学识的人接受但几近绝望的例子。"(《欧里庇得斯与雅典》[*Euripide et Athènes*],Bruxelles,Académie Royale de Belgique,1962,页753)

可能靠近非理性。此时此刻,聪明与智慧便并非完全相互排斥。①

除了表明忒瑞西阿斯的介入颇有成效,戏剧结构还表明了其他事物。其实,在整个叙述过程中,国王都在倾听并沉默不语。不过,在这段叙述最后,神有力地召唤彭透斯皈依酒神,我们有必要解释彭透斯的沉默。诗人精心构思的这种戏剧效果,让人觉得,其对话者的论辩,(至少暂时)动摇了彭透斯。由此,理性的精神可能屈从于某种神秘的体验。对欧里庇得斯来讲,理性至少能激起对神的某种预感。

相反,诗人还指出了狭隘的理性主义的诸种不足方面。譬如,克里提阿斯(Critias)完全去除了宗教的神秘,他声称,宗教由某个立法者捏造出来,旨在借助对诸神的恐惧,在城邦中建立某种赏罚的正义制度。② 如此这般,哲人就能让其时代的某些智识之人相信,效法虔敬的态度有益,但是,这种考虑消除了非理性所运用的所有魅惑力。

在《酒神的伴侣》中,按照对话的推进表明,克里提阿斯的那些观点荒诞不经。实际上,彭透斯的外祖父卡德摩斯,力图强化忒瑞西阿斯为皈依酒神所作的辩护。因此,他采用了与古老的神相同的方法,并向外孙展开了理性的论证,这些论证可促使彭透斯相信狄俄倪索斯的神性。确切地说,卡德摩斯向彭透斯追述了克里提阿斯的诡辩;他建议彭透斯佯装感受到某种宗教情感:

> 即便他不是神,如你所言,

---

① "在该剧中,理智与疯狂、理性主义与非理性主义的"界线"始终含混不清"(参 J. -P. Vernant,《欧里庇得斯〈酒神的伴侣〉中戴面具的狄俄倪索斯》["Le Dionysos masqué des Bacchantes d'Euripide"],*L'homme*,93,1985,页51-52,以及 C. Segal,《酒神诗学与欧里庇得斯的〈酒神的伴侣〉》,前揭,页27以下)。

② 参 D. Babut,《希腊哲人的宗教》,前揭,页51-54,以及 M. Untersteiner,《智术师》,前揭,页317-320。

> 你也称他为神吧;漂亮地扯个谎。(行 333 以下)

然而,卡德摩斯的过失在于,起初,他对国王讲话,就像对某个见多识广、充满怀疑的人讲话,随后又以神明的复仇威胁他。这显然不合逻辑,讲求实际的理由也显得令人可耻。因此,彭透斯利用这种笨拙,以激烈地打破自己的沉默,并走出自己的困境——忒瑞西阿斯可能早已知道他陷入了困境。心理和戏剧张力得以解除。

在欧里庇得斯看来,这类理论并没有提供任何值得关注的角度。① 实际上,这些理论终结了冲突。从此,非理性的发现,只有在极为猛烈的对抗中才能出现。因此,起初,诗人试图通过某个可能实现的经过推理的缓慢过程,把他笔下的人物引向某种卓越的认识。因此,欧里庇得斯呈现了人类智识的所有潜能,以及精密思考的所有潜能。② 然而,卡德摩斯愚笨地运用其理由时,这种尝试便戛然(兴许无可避免地)停止了。此时,这种中止堪称精湛,揭示狄俄倪索斯的秘仪将具有毁灭性。凭借这种论证手段,戏剧和悲剧夺回了自己的权利。

然而,欧里庇得斯也将这位神明呈现为这样的存在物:他诉诸理性、力图令人信服、显得是个老道的演说家。③ 实际上,在他对抗彭透斯的那场戏的第一部分,狄俄倪索斯竭尽全力想让人承认他的

---

① 同样,毫无疑问,普罗塔戈拉试图通过以论战性的论说毁灭传统信仰。在行 202,忒瑞西阿斯可能影射了这一点,以表明这种宣称摧毁宗教信仰的观点不起作用(参 E. R. Dodds,《欧里庇得斯的〈酒神的伴侣〉》,前揭,页 95,以及 M. Lacroix,《欧里庇得斯的〈酒神的伴侣〉》,前揭,页 154)。

② 在这种意义上,根据 R. Goossens 的观点,在《酒神的伴侣》中,欧里庇得斯宣告了智术(虽精妙)的破产(参《欧里庇得斯与雅典》,前揭,页 746 以下)。

③ 参 J. Roux:"酒神比彭透斯更具诡辩技巧"(前揭,卷一,页 45),以及 R. P. Winnington – Ingram,《欧里庇得斯与狄俄倪索斯:〈酒神的伴侣〉解读》(*Euripides and Dionysus: An Interpretation of the Bacchae*),Cambridge,1948,页 11 – 12。

不朽。起初,他试图通过言辞达到这一点。但是,他与彭透斯的交谈很快变成一场争辩,在这场争辩中,两个对手唇枪舌剑,谁也没有说服谁。尤其,智慧那两个事实上未经界定的概念针锋相对。① 由于其对立反驳的表面严密,这种争辩无益于双方获得某种非理性的真相。为此,所需的是更多的关注和信任,而非论战精神。于是,诗人表明了对话的失败;因为彭透斯喝令狄俄倪索斯闭嘴:

你,闭嘴($\pi\alpha\tilde{\upsilon}\sigma\alpha\iota\ \lambda\acute{\epsilon}\gamma\omega\nu$)!(行809)

因此,在戏剧展开的具体情形中,说理似乎不能使冥顽不化之人接近非理性之人的世界。彭透斯已体验了诡辩的方法,在这一点上,欧里庇得斯采取了某种极为微妙的态度。实际上,欧里庇得斯没有确立合理性的性质与宗教情感的性质的根本区别。尤其在该剧开篇,理性并没有显得与被认定为真正的认识之物毫不相干,那位神也认为,先诉诸理性的判断大有裨益。在某种意义上,这一事实表明了欧里庇得斯的认识论立场。但是,沉思(réflection)并非想象神之性质的最恰切方法。不过,在这部悲剧中,非理性强有力地表现出来。因此,为了呈现现实的这种维度,并传达认识的这个方面,除了对话与诡辩术的语词,诗人还应想出其他方式。

四

在《酒神的伴侣》中,酒神为了制造启示(révélation)而登台露面:

---

① 《酒神的伴侣》,前揭,行480、行655 – 656 等。关于彭透斯和狄俄倪索斯所言"智慧"意义的差异,参 H. P. Foley,《狄俄倪索斯的面具》(*The Masque of Dionysus*),*Transaction of American Philological Association*,110,1980,页124。

为了向凡人显示我是神明。(行 22、行 42;亦见行 50 以下)

狄俄倪索斯带来了以不同方式——根据某种新的变体并依据其他认识方式,探索世界的可能性。其实,这位神明此行的目的是要告诉(initier)①忒拜人(Thébains):

因为这座城邦必须彻底认识到——虽然它不愿意[40]——不加入我狂欢仪式的后果。

诚如动词ἐκμαθεῖν[认识]的出现所表明的,狄俄倪索斯许诺了某种信仰入教仪式,某种比天地更宽广的理解力。那些还不具备这种理解力的人,被视为ἀμαθεῖς[无知者]。这个语词表明认识的某种缺乏,但更确切地指那些未被纳入秘教者(non-initiés)。因此,这个语词具有某种宗教内涵。② 此外,狄俄倪索斯宣称秘教启示之于理性知识的优越性;他还声称握有并赋予其信徒真正的智慧。按照他的观点,σοφός[聪明]一词的作用截然不同于某种逻辑性的说理:

看来,对无知之徒讲智慧,实在不明智。(行 480;亦参行 504、行 655-666)

酒神由此提出揭示某种超验的真理,但人类理性几乎不能把握神的含混性和神秘。为了让神明向人类的这种新智识呈现,欧里庇

---

① [译按]该词意义相当含混,还有启蒙、传授秘仪、吸收某人入秘教等多种含义。

② 参 A. J. Festugière,《〈酒神的伴侣〉中进场歌的宗教意义》,前揭,页 80-81。

得斯在《酒神的伴侣》中表明,人们应先有一番奇特的体验,才能与某个非理性世界产生联系。

诗人使观众陷入某种"完全意义上的迷狂"(déréglement de tous les sens)。实际上,他描述的是由狄俄倪索斯带着他全部魅惑力出现所引起的幻象。① 在此剧中,这位神打乱了传统的生活方式,利用诸种奇迹使理智失控:他撼动彭透斯的王宫、绑住他的链锁神奇松开,等等。狄俄倪索斯由此揭示了不可知力量的存在,以及存在那种摆脱理性智识控制机制的力量。尤其是在该剧第一部分,狄俄倪索斯更多地试图通过他引发的奇迹震惊众人,以令人心生恐惧或以示惩罚。彭透斯的王宫底部摇晃,但并未倒塌。所发生的一切似乎表明,狄俄倪索斯只想使人放弃理性、宣告非理性的到来,在生灵之间建立某种新的交流,并与自然建立某种新联系。②

诗人激发了所有想象力,来呈现进入这种狄俄倪索斯式的世界。因此,他用悖谬的方式成功呈现了不可知之物。在这种努力中,诗的想象力起了某种十分独特的作用。③ 其实,只有凭借想象,

---

① 在悲剧中,微笑的面具使狄俄倪索斯越发显得陌生(参 J. – P. Vernant, loc. cit. ,以及 H. Foley,前揭)。

② 狄俄倪索斯个人与非理性的世人之间确立的关系多种多样。E. R. Dodds 在他的《酒神的伴侣》(Bacchantes)(XI – XX)版本中详述了这些关系。亦参 R. P. Winnington – Ingram,前揭,页 5。由于某个现代意象——关于这个现代意象,J. Roux 试图传达一种与这些自然的、不可控力量相关的印象:"彭透斯就像一个不节制(imprudent)的人,不慎触摸了裸露的电线:毫无疑问,他不晓得电流在线中经过;当致命的电击让他明白自己的过失时,他也触电身亡了"(前揭,页 39)。

③ 格律的手段也有某种表达功能,它打乱理智。参 J. Defradas,《欧里庇得斯疯狂剧中的〈酒神的伴侣〉》("Les Bacchantes d'Euripide drame de la folie"), Information Littéraire, mais – Juin, 1963, 页 125,或 A. J. Festugière,《〈酒神的伴侣〉中的欧里庇得斯》("Euripide dans les Bacchantes"), Eranos, 55, 1957,页 131。

才能创造关于非凡世界的意象。① 因此,欧里庇得斯呈现了山,在山上,陷入迷狂的酒神狂女感受到了酒神式的幸福。欧里庇得斯抒情诗的新奇,源于其颠覆性力量,因为诗人描述了自然法的颠覆。事实上,在这些树林中,野蛮与文雅的界线消失、幼狼靠着吸吮年轻母亲的奶水存活,理性不再能辨认出惯常的世界。欧里庇得斯虚构了一些惊世骇俗的意象:

> 有的[女人]把幼鹿或野狼崽子抱在
> 怀中,喂给它们白色的乳汁。(行 699 – 700)

诗人让逻辑上互不相容的各种主题和意象关联在一起,由此想象出一个截然不同的世界。通过让观众进入一个完全诗意的领域,在一定意义上,欧里庇得斯模仿了那些沉浸在酒神疯狂中产生的效果。

同样,诗人用非现实的方式有选择地让人联想到一个令人心醉神迷的世界的轮廓,充满俗世幸福的所有要素。就这样,欧里庇得斯创造了一个充满神奇之地的意象。他呈现了牛奶与蜜的来源,牛奶和蜜从陷入迷狂的山中涌出,狂女们就在山中跳舞:

> 有个女人抓起酒神杖插入石头,
> [705]从那儿就冒出一股露水般的清泉;

---

① 欧里庇得斯的风格充满仪式主题。但这种文学创作仅含虚构戏剧诗这唯一重要的意图。参 H. Jeanmaire:"此剧沉浸在某种诗性氛围中,这种诗性氛围仍是狄俄倪索斯宗教的宗教仪式,恐怕仅存在欧里庇得斯的剧中。这种氛围确定了一类狂女,她们反过来影响文学和艺术。"(前揭,页 155)亦参随后几页,Jeanmaire 对表现酒神主题的陶罐的分析。

在几个场景的推进过程中,充满诗意的梦在这部悲剧中心展开。人类的精神由此经历了一次非理性体验。

画面并不矫揉造作。实际上,幸福是野蛮的、美丽是残忍的:

> 她们把血洗去,她们面颊上的
> 血点,蛇用芯子从皮肤上舔干净。(行767 – 768)

更恰切地说,正是这些悖谬取消了道德和理性的规范。

欧里庇得斯晚年居于马其顿(Macédoine),可能激发了他关于狂女的这些意象。① 毋庸置疑,郁郁葱葱的山谷的景象——与帕台农神庙的严整形式大相径庭,营造了某种充满激情的氛围。但在此剧中,诗歌并非无足轻重。相反,诗歌在阐释一段思考和解决一个问题时发挥了主要作用。因为在《酒神的伴侣》中,诗与哲学的关系,可能远比欧里庇得斯的其他作品更紧密。② 实际上,在为了获得认识的情形下,必须消除理性的规范,诗歌使这种必要的体验得以实现。用这种方式,诗歌创作表现为最高形式的哲学,就像对智慧和隐秘真理的最勇敢探索。借助诗歌,人类才能超越理性的限度,并朝最高的认识上升。诗歌带来了其他的认识和理解方式。想象由此扩展了理性思考,对欧里庇得斯而言,诗歌创作也由此与哲学的推理方法完美融为一体。

---

① 尤参 J. Roux,前揭,页 8;H. Grégoire,《欧里庇得斯的〈酒神的伴侣〉》,前揭,页 212。

② 欧里庇得斯首创的表达手法中,关于连接哲学思考与诗性感觉的关系,参 G. Glotz:"通过学习解除失望的痛苦后,他明白了各种稀奇古怪的新见解,他没有屈从任何学说便调和了所有学说。"(《希腊史:公元前 5 世纪的希腊》[*Histoire grecque, la Grèce au Vème siècle*],卷二,Paris, P. U. F., 1931,页 466 – 467)

实际上,人类的智识由此具备了多种能力,由于这些能力,我们才可能认识非理性真理。因为诗性体验的目的,就在于让人类运用理性之外的其他认识方式进行想象。事实上,狂欢的体验并非某种"纯粹精神上的狂热"。① 其实,在剧中,狂女们通过其身体的所有感觉发现了酒神的美好。酒神式的狂热不仅征服了理智,当狄俄倪索斯试图鼓舞畏于彭透斯权威的狂女时,他还关心她们的身体状况:

> 震塌彭透斯的房子;不过,你们还是起
> 身吧,鼓起勇气,不要再哆哆嗦嗦!(行 606 – 607)

要认识狄俄倪索斯这位神的力量,与其说特别通过提升灵魂,毋宁说在急奔或感觉的惬意中。

所有的诗性描述都表明,要充分实现狂女的幸福,与自然保持身体接触十分重要:实际上,诗人将这些狂女呈现为赤足,背靠树干或身披兽皮:

> 她们都睡着了,身体放松,
> 有的背倚着枞树枝,
> [685]还有的头枕地面的橡树叶,

只有当人类全身与自然界交流时,酒神式的狂热才会出现。因此,欧里庇得斯认为,只有当人类认知和感觉的多种能力发挥作用时,才能获得对真实的神秘生活及酒神的真实本质的认识。

狄俄倪索斯与吕底亚狂女把酒神式的迷狂(transport)定义为某

---

① 这些话借用了 A. J. Festugière,他以此评述了 *Cιασεύεται ψυχάν* [全心加入酒神狂欢队](《酒神的伴侣》,前揭,行 75)(*Eranos*, LIV, 1 – 4, 1956, 页 86)。

种行为,这种行为能获得与说理的智慧相对的伪智慧。不过,在对幻觉的最强体验中,歌队反对理性的知识:理性知识已被认定为无效,不是智识或精神的提升,而是撕裂的野蛮快乐(σπαραγμός)("野蛮的撕裂仪式"[rituel sauvage de lacération]):

> 什么是智慧? 或者,在凡人眼里,
> 诸神赐予的礼物
> 有什么比把更强力的手
> [880]放在敌人头上更美的呢?①

---

① 《酒神的伴侣》,前揭,行 877 以下;行 897 以下。这段引文的文本和解读争议很大。尤其参见 R. P. Winnington‑Ingram,《欧里庇得斯的〈酒神的伴侣〉877–881 = 897–901》("Euripide, *Bacchae* 877–881 = 897–901"), B. I. C. S., 13, 1966, 页 34–37; A. M. Dale,《希腊戏剧的诗歌韵律》(*The Lyric Meters of Greek Drama*), Cambridge University Press, 1968, 页 148; C. W. Willink,《〈酒神的伴侣〉中的某些文本和解释错误》("Some Problems of Text and Interpretation of the *Bacchae*"), I. C. Q., 16, 1966, 220–242、347; J. Roux, 前揭, 各处; E. R. Dodds, 各处; C. Segal, 前揭, 页 127, 以及 H. Oranje,《欧里庇得斯的〈酒神的伴侣〉:剧本与观众》(*Euripides' Bacchae: the Play and its Audience*), Leyde, Brill, 1984, 页 162–65。这些文本问题包括 τὸ κάλλιον 这一表述的冠词的去留问题,以及 ἤ(行 879)的重音。由文本确定引发的不同解读。J. Roux 的解读不可靠:"叠句包括[……]三个问题,这实际上只有两个问题,第二个问题以两种不同的方式提出:1)人类的知识是什么? 2)有死之人中哪个最接近诸神,最美? 3)该不该把胜利的手压在(彭透斯就想这样做)敌人的头上?(当然不,因为)好的(le Bien)永远是友好的(但由于他迫害,对抗酒神[他愚蠢地对抗酒神],彭透斯迷失了自我)。"狂女的合唱其实反映了酒神的复仇宣称,他打算设下天罗地网捕捉彭透斯。在她们的第二个问题中,狂女也表明了她们渴望报复(参 H. Oranje:"歌队的确拒绝了明智,并确实认为复仇更有价值")(页 164)。"谁智慧?"这个问题不仅表明傲慢的拒绝,也表明胜利的呼喊,此时此刻,歌队的复仇感觉应这样解释:"何为明智的考虑? 或何种聪明比狄俄倪索斯的智慧更美,谁羞辱了他们的敌人?"

欧里庇得斯压根没有轻描淡写地呈现酒神狂欢仪式。酒神式的狂热有其惯例，狂热的信徒们以为已受某种高超智慧启蒙。其实，酒神式的狂热带来了与非理性的联系，[信徒们]指望由非理性带来某种整全的认识。然而，在构思此剧时，悲剧诗人也表明，为了取得真正的知识，必须克制精神和欲望的狂热。

五

尽管入教仪式包含一个必要阶段，才能获得某种更高的知识，但归根结底，在《酒神的伴侣》中，欧里庇得斯没有把酒神的疯狂等同于智慧。① 实际上，此剧未以神灵附体的场景收尾。相反，在这部剧最后，诗人描写忒拜狂女恢复清醒。剧中人物由此明白了她们奇遇的意义，她们的经历也就此告终。②

阿高厄（Agavé）艰难地恢复神志。实际上，一摆脱酒神式的狂热，狂女们就陷入了悲剧。王后发现自己手刃了亲子彭透斯，她的种种幻想使彭透斯呈现出野蛮动物的相貌。不过，我们感觉到，恢复神志好像是某种充满欢乐的解脱，近乎欣喜若狂。阿高厄觉得日光：

---

① 参 W. Sale："那么，我们能认为，《酒神的伴侣》中，狄俄倪索斯的明智和知识是一回事吗？不能"（《欧里庇得斯与存在主义》[*Existentialism and Euripides*]，Berwick，Victoria，Australie，Aureal Publications，1977，页 96）。

② 要解读《酒神的伴侣》，就必须遵守 J. de Romily 指出的方法论原则，他主张从整剧的线索来处理某个观点（《〈酒神的伴侣〉中的幸福主题》["Le thème du bonheur dans les *Bacchantes*"]，*R. E. G.*，1963，页 361–380）。他的评论由此呈现了这部悲剧最精确的一幅图景。相反，A. J. Festugière 从《〈酒神的伴侣〉中进场歌的宗教意义》的研究中获得结论；J. Roux 在产生酒神的狂热时，停止阅读此剧。

> 比先前更清明、更透亮了。(行1267)

很快,酒神式的迷狂(transport)显得是某种不堪忍受的严酷。结果,意识(仍是悲剧的)成了解放。在他的作品中,欧里庇得斯多番描述了摆脱狂热的英雄的情形。在《酒神的伴侣》中,他又回到了《疯狂的赫拉克勒斯》(Héraclès)中的那种精妙诗意,在《赫拉克利特》中,当年迈的安菲特律翁(Amphitryon)艰难地试图让主人公认识到不幸的事实时,主人公带着某种不可名状的幸福起死回生(行1089)。

尽管人们发现,这部悲剧令人毛骨悚然,但同时,他们又回到了自己的沉思本性。兴许,他们最终获得了真正的智慧,或者至少获得了最高形式的理解力。其实,在此剧开篇,狄俄倪索斯就确定,忒拜城必须"认清"(ἐκμαθεῖν,行39)。只不过,这个目标到剧末才达成。事实上,信使报告彭透斯之死时,他意识到瞬间的内疚:

> 因为他明白大难临头。(行1113)

在他恰巧一闪而过预感到死亡时,国王体会到神启(révélation divine)。可能,这种一闪而过的认识过于强大,国王(在诗人笔下,他是一个局限于实践智慧的人)难以承受。这次非理性体验之后,无论如何,剧中人物只认识到死亡或悲剧。①

在剧末,动词μανθάνειν[明白]的强调性出现,让我们能理解剧中主要人物的智识发展。阿高厄实际上重申:

---

① 参 Th. G. Rosenmeyer:"但就一个有信仰的人而言,理解就相当于削弱,并最终等于毁灭。"(前揭,页107)

狄俄倪索斯毁了我们,现在我明白啦!(行1296)

因此,神性的某个方面,既未向智术师们显现,也未向那些受制于酒神狂热的信徒显现。只有那些恢复理智的人——他们虽遭不幸,但受到非理性体验充实——才凭借健全的判断,认识到其经历的全部悲剧性意义。① 欧里庇得斯笔下的人物获得了这种终极理解,带来精神的理性功能与完全属人的诸种感受的某种综合。②

在戏剧行动的第二阶段,理性的作用和价值重获承认,狄俄倪索斯却专横地企图取消理性的支配。不过,在此剧最后,诗人确定了灵活、开放的智识的性质,理应由智识支配个人。

其实,尽管在创作《酒神的伴侣》时,欧里庇得斯似乎寄望于在酒神式的狂热中寻求某种逃避,但毫无疑问,他并不认为这种逃避可能或真正合其所愿。在《酒神的伴侣》中,对幸福和酒神式迷狂的向往,体现在某种看穿一切的怀旧中:

[430]凡是多数人——

---

① A. Rivier 揭示了《美狄亚》(*Médée*)的深度,此剧通过运用 μανϑάνω[认识]这个动词,表现了认识的感受性特征:"该词表明的不是某种朝向内心或智识的意识冲动,作为一种能力,该词与支配它的激情相对,但某个我同样有的认识行为,成为中心,在此,它发现了其行动的意义和真正的关键所在。从 μανϑάνω 这个词,我们自然而然地更接近阿德墨托斯(Admète)和阿高厄所说的 ἄρτι μανϑάνω"[我现在明白](《欧里庇得斯剧中的民主因素:至 428 年》["L'élément démonique chez Euripide jusqu'en 428"], *Entretiens sur l'Antiquité classique*, VI, Genève, [1958], 1960, 页 62)。参《美狄亚》,前揭,行 1078;《阿尔刻提斯》(*Alceste*),行 940。亦参 A. Lasky,《希腊的悲剧诗》(*Die tragische Dichtung der Hellenen*), Göttingen: Vandenhoeck & Ruprecht, 1956,以及 A. M. Dale,《欧里庇得斯的〈阿尔刻提斯〉》(*Euripide*, *Alceste*), Oxford Clarendon Press, 1954, XXII。

② 关于人类和狄俄倪索斯本人身上这两方面的调和,参 Ch. Segal,前揭,页 20 及各处。

民众尊为习俗并奉行的东西,
我都欢迎。

由于这种情怀时常出现在欧里庇得斯剧中,由谦卑的无名狂女组成的歌队,其实构成了某种思考,这种思考更合乎诗人个人,而非作为整体的歌队本身。① 欧里庇得斯似乎怀疑,人类能脱离理性的控制。他只是在祈愿式(optatif)语式下,才思考了这种假设。②

其实,打此剧开始,酒神的狂热就被定义为对野蛮人所持的态度。彭透斯轻蔑地批评了这种态度。就在鼓吹对非理性的狂热时,狄俄倪索斯本人便攻击了爱推理(raisonneurs)、有理性(raisonnables)的希腊人的心理机能:

狄:每个外邦人都在这些秘仪中起舞。
彭:因为他们远不及希腊人明智。
狄:那么,他们反而要好得多;习俗不同而已。(行482 - 484)

心醉神迷的狂热与外邦人的天性有关,希腊人一向认为蛮族凭本能行事(instinctifs)、粗野无知(primaires)。毋庸置疑,正因为这个原因,吕底亚狂女才与忒拜狂女判然有别。因为她们根本不是一

---

① 譬如,参见《阿尔刻提斯》,前揭,行962 - 963,或《赫拉克勒斯》,前揭,行638(参Wilamowitz,各处)。关于《酒神的伴侣》的残篇,参J. Roux,前揭,卷二,页396。

② 参J. de Romilly:"幸福用的还是祈愿式——仍是某种不切实际、不堪一击的愿望——现实很快就会取而代之。在这种决裂的观点中,能够吸引悲观的欧里庇得斯的那些特征也表明,这种与现实的决裂只是激发了某种美妙的怀旧。"(《〈酒神的伴侣〉中的幸福主题》,R. E. G.,7 - 12 1963,页371)

路人。蛮族只知酒神式的幻觉,不晓悲剧。她们不为良心的荣耀重负所动。

其实,在剧末,欧里庇得斯将悲剧感与认识的观念紧密联系在一起。在《厄勒克特拉》(*Electre*)中,诗人已哀悼了哲人那令人忧伤的天赋:

> 悲伤从不击中无知者,却击中哲人。
> 还有啊,哲人要是拥有太多的智慧,
> 从不会毫发无损地逃脱。(行294以下)

在这段话中,用来形容智慧观念的语词无一不含贬义。诗人笔下的智慧之人高贵,却极为悲惨。这就是为何在《酒神的伴侣》中,卡德摩斯为阿高厄和她那些恢复理智的同伴忧心忡忡:

> 哎呀,哎呀!你要是明白了你的所作所为,
> [1260]你就会痛苦难当;

然而,恢复意识标志着悲剧和认识过程的完成。在剧末,酒神式的狂热不再是获取认识的一种方式,而是对现实的逃避,以及人类精神痛苦地将之认定为乖谬的幻觉。

六

对贯穿《酒神的伴侣》的认识的思考,赋予此剧某种悲剧特征。实际上,欧里庇得斯让人想起了意识的诸种痛苦,这种意识被分裂成两部分:一部分将意识引向对逃避、狂热以及某种非理性知识的

探索的向往,同时,又将之引向对这种束缚人的状态的自然抵制——理智在这种状态中丧失。倘若哲学旨在超越存在于神秘主义与理性主义之间的对立,那么无疑,在此剧中,欧里庇得斯完成了这一尝试。① 不过,对这种尝试的所有效能的调和与探究,使人类不得不生活在这些残酷的张力中。诗人认为,倘若人类还愿意经历一次超越的悲剧性体验,那么,对认识的智识要求并不尽如人意,还需结合明智(lucidité)。

---

① 参见 P. – M. Schuhl 的定义:"形而上学是一种用思考的方式了解整个世界的努力;形而上学从一开始的发展,即因两种人性的结合与冲突,使一部分人走向神秘主义,另一部分走向科学。大哲即那些成功克服或者我们常说的'超越'对立的人。不过,意识到这种对立的人就已然是哲人了。"(《论希腊思想的形成》[*Essai sur la formation de la penseé grecque*],Paris,Alcan,1934,页 271)

狄俄倪索斯的威胁

——《酒神的伴侣》中的性别角色与性别反转

西格尔(Charles Segal) 撰

  与希腊神话和文学大致一样,希腊悲剧呈现了女人复杂而含混的形象。女人生儿育女、照料家庭冷暖,身处安全、哺育和赋予生命的中心;然而,因其充满激情、易冲动的天性及其性别本能的暴力,女人又被视为不理性、反复无常、充满危险。因此,人们一方面把女人视作社会结构的组成部分,又将之视为这一结构的威胁。在这一点上,女人又与敌视或威胁城邦有序、固定的内部空间之物关联在一起。女人在受庇护的家庭内部领域享有其地位,却又与城墙之外荒凉、野蛮的野兽世界有着千丝万缕的关联。①

  希腊诗人和悲剧作家一再重返这种含混。埃斯库罗斯的《俄瑞斯忒斯》(Oresteia)刻画了对女人残暴战胜男人(王后弑杀国王)行为的恐惧。整个一系列动物意象:母狮挫败熊狮、母牛杀死公牛,凸显了这种行为所内含的文明价值的倒转。索福克勒斯的《特拉基斯少女》展开了一个可怕的悖论:在丈夫赫拉克勒斯(Heracles)离家

---

  ① 参 Jean – Pierre Vernant,《赫斯提阿 – 赫耳墨斯:论希腊人的空间与运动的宗教表现》("Hestia – Hermès: sur l'expression religieuse de l'espace et du mouvement chez les Grecs"), *Myth et pensée chez les Grecs* (Paris, 1976) 1. 131 以下。亦参 Forma I. Zeitlin,《埃斯库罗斯笔下女人的仪式性、象征性与表达性行为》("Ritual, Symbolic, and Expressive Behavior in the Women of Aeschylus"),第一部分和第四部分(即出)。

铲除可怕的九头蛇怪(Hydra)和马人(Centaurs)的岁月里,坚韧的黛阿内拉(Deianeira)坚贞不渝地操持家业,但她也身藏深闺或闭门幽居(mychoi)——亦即,她隐身于属于或象征女人的空间里——淫荡的马人涅苏斯(Nessus)把九头蛇怪的致命毒药当成爱情魔药(love-charm)送给她。① 在《希珀吕托斯》(Hippolytus)中,当奶娘(Nurse)受菲德拉(Phaedra)之命来捉拿主人公时,希珀吕托斯大声疾呼,女人不应有人类的仆人,而只应与"不会说话的"野蛮的"咬人野兽"同住(《希珀吕托斯》,行645-648)。

悲剧中的这类女人威胁城邦,不仅因为她们与情感和性别的非理性力量有关——人们认为,女人不如男人有克制力,②也不只因希腊男人心理机制上的自恋——斯雷特(Phillip Slater)对此有研究,③还因人们认为,女人更接近自然、分娩、哺乳和行经这些基本生理过程。在她们与自然世界节奏的更亲密关系中,女人反对对自主的热望、脱离自然——对既不能实现也萦绕不去之物的渴望,渗透了整个希腊思想,无论荷马史诗中不朽荣誉的理想,还是颂歌中永恒而荣耀的神圣世界,要接近这个世界,胜利者需借由其辉煌成就的时刻,抑或柏拉图哲学对不变的一(One)或永恒不变的样式

---

① 参Charles Segal,《索福克勒斯〈特拉基斯少女〉中的婚姻与牺牲》("Mariage et sacrifice dans les *Trachiniennes* de Sophocle"),*AC* 44(1975),页35-36,以及《索福克勒斯的〈特拉基斯少女〉:神话、诗歌与英雄价值》("Sophocles's *Trachiniae*: Myth, Poetry, and Heroic Values"),*YCS* 25(1976),页126以下。

② 毫无疑问,在希腊悲剧中,男性的情欲也承受着应当承担的那份责任:参欧里庇得斯,《希珀吕托斯》,页996以下。

③ Philip Slater,《赫拉的荣耀》(*The Glory of Hera*)(Boston,1968)和《历史与神话中的希腊家族》("The Greek Family in History and Myth"),*Arethusa* 7(1974),页9-44;Helene P. Foley书评中有助益的预告,*Diacritics* 5.4(1975),页31-36,以及Marilyn B. Arthur 的评论,《古典书评》("Review Essay: Classics"),*Signs* 2.2(Winter,1976),页395-397。

（Forms）的关注，它们高于并超出我们转瞬即逝的感官世界中那些变幻不定的具体之物。

希腊人欲清楚界定女人（清楚确定界线）的渴望遇到了障碍。若干学者已指出，① 女人介乎文化与自然的位置，打乱了一系列基本对立，希腊人借此区分人类文明世界与未开化、混乱、残忍的"外部"（outside）野兽王国。②

根据这些含混，我们能理解存在于希腊文化中狄俄倪索斯的危险性与女人的危险性的关联。二者均与情感能量的释放有关，为了维护城邦秩序，这些能量通常受到控制或经过疏导。在人类世界与野兽世界，以及城邦秩序与超出城邦界限之外的自然世界的潜在混乱之间，二者都处于某种含混不清的位置。同样，在自然生机勃勃（因此无法控制、神秘莫测）这方面，二者均与自然的诸过程有关。

在希腊文学中，狄俄倪索斯的一个本质，即他对基本两极的消解和混同。③ 他是奥林波斯神，却现以兽形（公牛、蛇或雄狮）。他

---

① 譬如，Sherry B. Ortner，《女性之于男性就像天性之于教养吗？》（"Is Female to Male as Nature is to Culture?"），收于 M. Z. Rosaldo 和 L. Lamphere，《女人、文化与社会》（*Woman, Culture, and Society*）（Stanford, Cali. , 1974），页 67 – 88，尤其是页 73 以下；亦参 M. Z. Rosaldo，《女人、文化与社会：理论性综述》（"Woman, Culture, and Society: A Theoretical Overview"），同上，页 30 以下。

② 参 Charles Segal，《希腊文学中的生食与熟食：结构、价值与隐喻》（"The Raw and the Cooked in Greek Literature: Structure, Values, Metaphor"），*CJ* 69（1974），页 289 – 308，尤其是页 296 以下。

③ 尤其参见 Walter F. Otto，《狄俄倪索斯、神话与祭仪》（*Dionysus, Myth and Cult*）（1933），R. B. Palmer 译（Bloomington, Ind. , 1965），页 110 以下、页 120 以下；R. P. Winninton – Ingram，《欧里庇得斯与狄俄倪索斯》（*Euripides and Dionysus*）（Cambridge, 1948），页 176 – 177；René Girard，《暴力与神圣》（*La violence et le sacré*）（Paris, 1972），页 181 以下；P. Vicaire，《狄俄倪索斯在索福克勒斯悲剧中的地位和形象》（"Place et figure de Dionysos dans la tragédie de Sophocle"），*REG* 81（1968），页 355 – 356；L. Gernet，*REG* 66（1953），页 392 – 393。

在公民宗教的中心占有一席之地(雅典酒神大节[Greater Dionysia]即最熟悉的例子);但对他的敬拜也包括持火把的女人在夜间的荒野山坡举行的狂欢仪式。他是男神,却充满柔情、肉感且多情,希腊人常把这些特征与女人联系在一起。他是希腊人,却在一群外邦的亚细亚女子陪伴下从未开化的小亚细亚来。狄俄倪索斯是忒拜本地神,却又是"拥有众多名号的"普世"神",索福克勒斯在《安提戈涅》(Antigone)最后一首颂歌中称,他的权力从意大利延伸到东方。狄俄倪索斯既非孩童也非男人,而是处于居间的某个永远年轻的状态。通过他与酒,以及赋予生命的液体和滋养生命的水分的关联,狄俄倪索斯也与自然世界的生物学过程,尤其与新生植物生命的生长联系在一起。

理性是人与动物的明显界限,独立于生命周期的诸种生物学过程;那些由男性主导的城邦的隐含理想,均遭狄俄倪索斯和女人挑战、质疑。在若干涉及威胁城邦及其价值的神话中,女人与狄俄倪索斯紧密相关。譬如,提林斯王普洛透斯的女儿们的神话,奥尔科墨诺斯的米尼阿斯(Minyas of Orchomenos)的女儿们的神话,以及色雷斯王吕库古(King Lycurgus of Thrace)的神话。与酒神对抗,似乎是狄俄倪索斯神话的基本组成部分。① 看来,酒神的本质引发了那些代表城邦男性中心权威的人的敌对反应。这些神话可能起源的特定历史情境,无疑反映了更普遍、更深刻的态度和忧虑。

在索福克勒斯的《安提戈涅》中,女主人公以家族的血亲关系和死者应得的荣誉为名,对抗克瑞翁(Creon)城邦男性主导的理性主义,这种对抗也涉及狄俄倪索斯。狄俄倪索斯作为城邦神出现于

---

① 参 Otto(前一个注释),页71以下;Girard(前一个注释),页197 – 200;Henri Jeanmaire,《狄俄倪索斯》(Dionysos)(Paris,1951),页139、页142以下(论《酒神的伴侣》),页201以下。

剧中第一首合唱歌,忒拜人心怀感激祈求他拯救他们的城邦。然而,就在克瑞翁引以为傲的建筑瓦解在即时,最后一首合唱歌呈现了一个截然不同的狄俄倪索斯——他是一位与地母得墨特耳(行1120)及"歌队"有关的神:这个歌队由广袤无垠的苍穹中"熠熠发光的群星"(行1146 – 1148)组成,局限于城邦剧场的邦民"歌队"无法望其项背(见行1151 – 1154、行152 – 154)。由于他与自然的生命过程、女人及疯狂相关,通过对自然的认同掌控自然,以迷狂回应理智,狄俄倪索斯在《安提戈涅》中的凸显,为其男-女对抗增加了另一维度。

狄俄倪索斯在《酒神的伴侣》的性别对抗中具有双重功能。在社会或政治层面上,狄俄倪索斯代表对城邦稳定秩序的外部威胁,某种来自荒野、异邦,以及貌似野蛮的狂欢仪式的威胁。在这个意义上,狄俄倪索斯和他的女信徒们威胁了文化英雄卡德摩斯所代表的文明秩序,他是忒拜的缔造者,这种文明秩序更含混体现在他的外孙彭透斯身上——他继承卡德摩斯,成为忒拜国王。在个人或私人层面上,狄俄倪索斯代表对心理连贯性和统一的威胁,在从孩童时期到成年的生命周期的成功过渡中,这种连贯性和统一必不可少。狄俄倪索斯威胁了严格的男性价值体系,处于从青春期到成年期这一关键过渡期的青年彭透斯①觉得,他必须采用某种强烈的排外性,仿佛要最大化呈现他所向往的男性世界与他身上及身外的女性因素的差异。反讽的是,对女性的强烈拒斥,并未导向朝男性地位的成功过渡,相反,导致向婴儿的倒退并(以毁灭性母亲的形式)受制于女人。

---

① 人们一再称呼彭透斯为"年轻人"(neanias 274、975、1254),并且,彭透斯从青年时期过渡到成年时期,在全剧中得到强调,我想在其他地方阐述这一点。亦参 A. J. P odlecki,《欧里庇得斯〈酒神的伴侣〉中的个人与团体》("Individual and Group in Euripides' *Bacchae*"),*AC* 43(1974),页155。尽管彭透斯并非真的处于青春期,但是,他重演了从青年时期走向成熟的情感经历和原型经历。用心理学术语来讲,他被固定在人格发展的青春期。

欧里庇得斯经常批评他所在社会的既定价值,他揭示了一个悖谬的事实:男性身份的获得,并非通过拒斥或以暴力主导女性及与狄俄倪索斯有关的"女性"形式的体验,而是通过某种更复杂的制衡和整合过程。认为彭透斯是希腊全体男性的标志,这种看法草率。不过,和《安提戈涅》中的克瑞翁一样,彭透斯似乎代表对女性体验方式的某种过激反应,在这个男性主导的世界里,这并不罕见。因此,彭透斯被撕裂而死,并非只是对对抗混合之神(god of fusion)的人的应有惩罚,也反映了整个社会的心理现实和社会现实。片面投身以男性为中心的价值,不仅意味着对女人的压制,也意味着压抑整个人类体验和人类情感领域的男性心理的分裂。这个社会的极端性别分化,甚至它对男性的偏重,既不利于男性也不利于女性的心理完整。女人变得疯狂,离开界定并赋予她们稳固(倘若有限)身份的内部空间;但男人也要遭受肢解。

那么,彭透斯命运最悲惨的一点,可能在于默认这个社会狭隘的男性取向,这对男性和女性的自我实现都具毁灭性。这个社会性别角色的截然分化,集中体现在彭透斯这个人物身上,这种分化无法引向整全,只能导致瓦解。譬如,彭透斯(及城邦)对男性特征的坚持(高度重视),将人类交往的形式限定为重装甲步兵团的勇士社会,纪律严明、高低等级差序(行721、行1046),用威胁充当一种社会秩序模式(见行668-671)、充满竞争性对抗或"冲突"(eris[不和],行715)。如此构成的社会,禁止酒神狂欢歌舞队(thiasos)或"神圣歌舞队"中可能包含的那种共同参与(参见行75 不可译的 διασεύεται ψυχὰν "与神圣歌舞队交流他的精神"[Kirk],表明了"与狂欢歌舞队合为一体的内心感受,并通过这种感受与神合为一体"[Dodds])。由于无法想象整个狂欢歌舞队的这种自发融合与共同参与,彭透斯只能将之想象成孤立、个体的性行为的背景,因此,在这种场景中,女人仍附属于她所"服务"的男子(行221-225):

> 狂欢队中摆着盛满酒浆的
> 调酒缸,她们一个个溜到僻静处,
> 去满足男人的欲望。
> 她们冒称献祭的狂女,
> [225]其实把阿弗洛狄特看得重于巴克科斯神。

人与人的真实关系,也适用于人与自然的关系,因为我们会看到,彭透斯的男勇士规范,暗示着用重装甲步兵防守的城门与高塔把人与自然截然隔开,完全对立于狂女们自由穿行城邦和荒野及其公开接受她们的神赋予的来自土地的慷慨礼物(行704-711)。

因此,彭透斯的死不仅反映了狄俄倪索斯的胜利,甚至也不只是男性重装甲步兵价值的失败,而是整个社会的失败,是伟大的雅典尝试的失败,两三代以前,这种尝试看上去无比辉煌。垂垂老矣的欧里庇得斯自我放逐,从马其顿阿克劳斯王遥远的异邦王宫审视着这座希腊城邦,他甚至采取比他的早期作品更激进的态度思考这种可能性。在这个由性别(及其他)二分而非互补的世界里,男人和女人都不能获得全然完整的身份。这个城邦没有完成其最基本的一个功能,实现其邦民的全部人的潜能。这个城邦只是粗暴抵制这位天性超越这些二分法的神;他的到来给双方(男人和女人)都带来了身份的解体、破坏和混乱。

在此意义上,就像《安提戈涅》和《特拉基斯少女》一样,《酒神的伴侣》代表了悲剧置身常见规范之外的能力,以及雅典文化的这种杰出能力:将对这种规范的批评制度化,寻找一个可为社会接受的框架,允许反文化、受压制的价值和欲望出现,并找出一种连贯、清楚的形式。在此,《酒神的伴侣》中的酒神神话与悲剧的酒神形式协同一致,以使这种"反文化"从不自觉的知识变为自觉的知识。就像在悲剧的审美形式中——它为神话提供框架并突出其表现力,在酒神神话中,二元论陷入混乱,分离屈从于整合,严格的区分也让位于含混性。通过以象征、类比的方式整合狄俄倪索斯力量的不同方面(宗教迷狂神、酒神,司掌植物生长、与自然融为一体,幻想之神、悲剧之神),并通过将这些方面集中在彭透斯夸张的男性社会价值上,《酒神的伴侣》也表明,诗人自觉意识到其悲剧形式的极度颠覆性。随着女人们受压抑的能量的释放,这位悲剧家也解放了感情、各种宗教体验、人际关系的形式以及与外部现实的关系,言语、手势和审美表达的形式,这些在占主导地位的文化形态中仅受到有限或些微的承认。

狄俄倪索斯打乱了青年与成年、男性与女性的界线,他代表彭透斯在自我界定为忒拜的威权之王时所压制的一切东西:用弗洛伊德(Freud)的话说,现在以好色、反常形式出现的性能量——偷窥狂女们睡觉的欲望;或者用荣格(Junge)的话说,彭透斯的女性特质(anima)或心灵中的女性部分,彭透斯也拒绝了这一点,他偏爱一种狭隘的男性伦理——纪律、武力、严格的理性主义。由于这些原因,彭透斯无法接受狄俄倪索斯及其教仪,常用恶毒抨击女人的话粗暴攻击狄俄倪索斯,以及他视为酒神信徒的放荡、淫逸行为,他本人也被城邦和他自身的女性组成部分毁灭(真的被撕裂),他的母亲阿高厄率众姐妹及随从——那些在城墙外的荒野山坡参加酒神仪式的忒拜女子——将之撕裂。

和公元前 5 世纪后半叶瓶画上的狄俄倪索斯一样,《酒神的伴侣》中的青年狄俄倪索斯拥有男人的力量和活力,却又有着少女的优雅、魅力、柔美和诱惑力。① 对希腊悲剧来讲,男性特征与女性特征的

---

① 关于狄俄倪索斯从瓶画上充满男子气概、长满胡须的黑色形象,变成公元前 5 世纪下半叶更年轻、更温和的神的形象,参 Jeanmaire(注释 8),页 155。

这种结合,充满威胁和不祥,而非可能有所帮助并和谐一致。① 在某种神秘的两次出生中,狄俄倪索斯的祖先也结合了两性,因为,他是凡人母亲之子,但实际上从他那不死的父亲的"男性子宫"中诞生(《酒神的伴侣》,行 90 以下、行 526 以下)。狄俄倪索斯的母亲塞墨勒也与大地有着千丝万缕的关联,还可能是某位前希腊大地女神的残存,②狄俄倪索斯的父亲宙斯则是奥林波斯的最高神,天神和天象的管理者。

该剧联系起狄俄倪索斯身上的上述含混性与彭透斯身上的如下含混性:在文明世界和野蛮世界,以及两位"父亲"之间,彭透斯也占据着某种含混不清的位置。他的其中一位父亲是卡德摩斯(其实是他的外祖父),他是城邦缔造者和地生(earth-born)蛇怪的征服者。③ 另一位则是与"养"父相对的"生"父厄克西翁(Echion),他本身是地生的怪兽,奥林波斯诸神的一员(行 538-544)。④ 我们会

---

① 克吕泰墨涅斯特拉(Clytaemnestra)那"男人般审慎的心"(man-counseling heart)就是最熟悉的例子:埃斯库罗斯,《阿伽门农》(*Agamemnon*),11;亦参 Zeitlin(注释 1),第四部分。相反的例子,参见欧里庇得斯,《厄勒克特拉》(*Electra*),932 以下、948 以下。

② 关于这种理论及其诸种不确定性,参 Otto(注释 7),页 59 以下。

③ 彭透斯称呼卡德摩斯为"父亲"(pater,251、1322),卡德摩斯称呼他为"孩子"(child)(pais 或 teknon:330、1308、1317)。作为文化英雄,卡德摩斯杀死了守卫狄尔刻泉的蛇,并使城邦的建立成为可能:参见 J. Fontenrose,《巨蟒》(*Python*)(Berkeley and Los Angeles,1959),页 306-320,以及 Francis Vian,《忒拜的起源:卡德摩斯与斯巴达人》(*Les origines de Thèbes:Cadmos et les Spartaes*)(Paris,1963),页 94-113,尤其是页 105 以下。

④ 关于厄克西翁与彭透斯"地生"血统的不祥含义,参 Fontenrose(上一个注释),页 316-317,Winnington-Ingram(上文注释 7),页 79、页 181,Marilyn Arthur,《欧里庇得斯〈酒神的伴侣〉中的合唱歌》("The Choral Odes of the *Bacchae* of Euripides"),*YCS* 37(1972),页 171-175。从"地生的种龙牙者们"播下的牙中诞生的危险巨蟒,也是地生的或 gēgenēs[从土里长出]:参 Fontenrose,页 308,以及 Vian(注释 13),页 29、页 106-109。

看到,对彭透斯(和狄俄倪索斯)来讲,他与母亲的关系充满矛盾和暴力。最后,和狄俄倪索斯一样,彭透斯也站在某个含混的转折点上:从儿童期到成年期,从青年时期的柔弱、肉感和不可靠到成年男勇士的坚定,戴着盔甲的男勇士守纪律、沉稳、不可动摇。

正如狄俄倪索斯游移于奥林波斯出身与凡人出身之间,彭透斯也游移在地生(autochthony)与女人的正常分娩之间。作为厄克西翁之子,彭透斯是"地生的"($\gamma\eta\gamma\epsilon\nu\dot\eta\varsigma$)(行 996 以下 = 行 1015 以下)。他与土地自生的联系,可能联系到暗中否定女人在生育中的角色,并由此联系到否定性别本身。因此,彭透斯认为,对女人的暴力,使他不可能获得他的成年男子地位,并履行他对忒拜的王权,因为"地生人"(Earth – Born Men)出了名地狂暴。在忒拜时代的其他地方,"地生人"作为城邦毁灭者出现,亦即作为对国王彭透斯应保护的那种制度的威胁。①

在酒神仪式中"生啖"(行 139 以下)被捕者的生食(omophagia)仪式中,彭透斯被带回母亲的怀抱(行 968 – 970)和身体,彭透斯经历了某种残暴的"重生",与狄俄倪索斯的成功"重生"形成对比,脱离母亲的身体后,狄俄倪索斯被移入不死父亲大腿的"男性子宫"。作为外在于代代相传和有死出身循环的神,狄俄倪索斯的地位表明他与母亲(至少在生物层面上)没有关联。事实上,正是由于他试图通过坚持与忒拜的诸种联系,重新确立起这种母方联系,才导致众位凡人主人公的灾难。② 另一方面,尽管彭透斯极度蔑视女人,但他因过分亲近母亲而遭罪:他从未完全摆脱与母亲的联系。我们

---

① 参见埃斯库罗斯,《七雄攻忒拜》(Septem),行 424 以下;欧里庇得斯,《腓尼基妇女》(Phoenissae)行 128 – 130、行 1131。

② 在开场白中(行 41),狄俄倪索斯表明,他来忒拜的理由之一就是维护母亲的名誉。

在两个极端之间摇摆不定,没有一个稳定的平衡或中止符,这就是欧里庇得斯(和其他)悲剧的典型特征。在证实彭透斯是自己的亲生儿子后,厄克西翁将之置于野兽的王国中,并将他完全暴露于亲生母亲那野兽般的一面,母亲撕裂并吞食了彭透斯,似乎他是野兽。然而,在证实狄俄倪索斯是自己的儿子后,宙斯便确立起他在忒拜中的名义,这是以摧毁统治家族,并放逐城邦缔造者本人为代价,城邦缔造者变成了可怕的蛇形,而他铲除蛇,是建城行为本身的预备步骤。

除了源于厄克西翁的神秘血统,彭透斯还有奥林波斯血统,亦即其外祖父母卡德摩斯与哈耳摩尼亚(Harmonia)的婚姻。但最终,女神与凡人这种结合的结果很不幸,女神-凡人的结合通常如此。① 除了塞墨勒(她与宙斯的结合很难被认为是成功的,至少从她的角度来看是这样),这场婚姻所生的其他三个女儿均失去了儿子,两个死在她们(伊诺[Ino]和阿高厄[Agave])手上。即便彭透斯血统的这个奥林波斯方面也有其不祥的一面,不过,由于欧里庇得斯提醒我们,彭透斯的血统源于战神(行1332)阿瑞斯(Ares),并且,在一个传说中,阿瑞斯是危险的蛇的父亲,看守着狄尔刻泉。②

《酒神的伴侣》的情节包含为神和凡人举行的成年仪式(rite de passage)。在这个仪式上,神和凡人都要接受这个问题,即由某个女人(塞墨勒和阿高厄)所生,还是由其他人所生(宙斯的"男性子宫"、经由厄克西翁的地生)。这两种情形有着截然相反的结果。狄俄倪索斯以无名的"异邦人"的身份入场,出场时却成了经证实的神,他的奥林波斯父名(patronymic)也得到明确确认(行1341、行

---

① 譬如,参见 Sara Pomeroy,《女神、妓女、妻子与奴隶》(*Goddesses, Whores, Wives, and Slaves*)(New York,1975),页9以下。

② 参Vian(注释13),页106-109;Arthur(注释14),页173-174。

1343)。起初稳坐忒拜王位的彭透斯,像替罪羊和猎物一样退出城邦,进入荒野,丧失了其男子身份的所有方面,他打扮成女人的样子,回到母亲那里,成了一个茫然无助的孩子,只能呼唤母亲的名字,在她的力量面前完全无能为力(行1118–1121)。

由于彭透斯既是个人,也是忒拜城邦秩序的化身,因此,他的悲剧不只包括单个人的身份危机,也暗含了政治秩序与宇宙秩序的景象,这种秩序集中体现在身为国王的彭透斯身上。由于狄俄倪索斯消除了界线——自身各部分之间的界线,以及社会和自然秩序各部分之间的界线——个人身份的瓦解,就与社会结构的瓦解有着相似的原因,也属于相似的类型。如下事实使我们更好理解内部与外部分离或个人与社会分离的相似之处:彭透斯代表的个人秩序与社会秩序,有着相同的基础。其情感上的一致与他力图捍卫的城邦秩序的一致,乃基于强制推行最严格的男女二分,并残暴地压制女人,如果女人威胁着要摆脱控制,就像狄俄倪索斯及其狂女们到来时那样。

无论在其王宫内部领域,还是在城邦的外部环境中,彭透斯都不能容忍这种可能,即作为带有并象征不受约束的性本能和无法控制的情感的女人,竟随意与人厮混,或者确切地说,"放荡"(loose)(比如行445)。王宫既是彭透斯灵魂的象征,也是其政治权威的象征,亦即象征着其权威性与镇压性的内部和外部维度。值得注意的是,紧随王宫毁灭那一场(或真或幻)景——所谓的"王宫奇迹"(行576–603)——表明了彭透斯在整部剧中失败的一个缩影。彭透斯试图束缚、控制狄俄倪索斯,并把他关在宫中稳妥、幽暗的地方(行609–621),就像他已将狄俄倪索斯关在自己心灵中的幽暗、封闭处,也正如他想把在山上自由乱跑的狂女们关入王宫的织机房。在进场歌(parode)中,狂女们唱了一首欢快的颂歌,内容是她们在神的狂喜驱使下离开"织机和梭子"(行116–119)。然而,彭透斯威胁着要把她们卖身为奴,或拥她们为"为他织布的仆人"(ἐφ' ἱστοῖς δμωίδας κεκτήσομαι,行514)。在两种情形中,她们都被当成"财产"(kektēsomai,行514)关在屋子里,并成为城邦的商业结构的一部分,无疑掌控在男人手中。但在这场戏的后半部分,在狄俄倪索斯展示完"王宫奇迹"后,酒神躲过了彭透斯。酒神无法被"束缚"或"遭囚禁"(行642-643),而是"摆脱了束缚"(行648)。

彭透斯"束缚"酒神的试图和失败,包含在这幕发生在王宫前的简短场景中(行604-659),接着,信使入场,带来消息说,狂女们真的在基泰隆山(Cithaeron)乱跑,这时,彭透斯的试图和失败便投射到城邦政治秩序这块更大的屏幕上(行660以下)。彭透斯压制狄俄倪索斯及其女信徒的这两个维度之间的关系——王宫与城邦、个人与城邦——已在这场戏结尾处的对话中确立起来:彭透斯所用的束缚和封闭的措辞,迄今只限于把狂女们和狄俄倪索斯囚禁在宫中,现在转向更宽泛的空间架构:用城墙和塔楼封闭城邦,抵抗酒神和他的信徒们(行653-654):

彭:(向卫队)我命你们关闭并封锁整座城。
狄:那又怎样呢?难道诸神越不过城墙吗?①

我们已表明,彭透斯的身份危机,围绕着青年时期到成熟的重装甲步兵勇士的关键转变,这一转变也包括离开母亲,走向完全男性的勇士世界。但是,重装甲步兵的地位,也包含某种思想态度、某

---

① 关于建筑的主题在剧中的重要性,参见 William C. Scott,《忒拜上空的两个太阳:〈酒神的伴侣〉中的意象和舞台效果》("Two Suns over Thebes: Imagery and Stage Effects in the *Bacchae*"), *TAPA* 105(1975),页339以下,尤其是页341。

种守纪的品质和坚定,这种坚定是与狄俄倪索斯有关的女性情感的对立面。正如老忒瑞西阿斯一开始就指出的,狄俄倪索斯的仪式包括年轻人和老年人,可能还(忒瑞西阿斯和卡德摩斯的参与也暗示)包括男人和女人。然而,排外性越来越充满彭透斯对社会治秩序的描绘中:一个由顺从、守纪的男性公民组成的勇士社会,这些公民分有各级重装甲步兵的军衔,保护着城邦用城墙围起的封闭空间,在这里,女人们安全地与世隔绝并受到保护。

然而,从《酒神的伴侣》一开始,这些重装甲步兵的价值就受到狄俄倪索斯的直接威胁。临近开场白的结尾,这位神就警告(行50-52):

> 但若忒拜人的城邦
> 企图愤怒地用武力把我的信徒们赶出山,
> 我会率领狂女们一起战斗。

"愤怒"与"武器"(orgē, hopla),以及"狂女"与"率军"(mainasin, stratēlatōn)的并置,形成了两组对立,但是相反相成的对立面。第一组对立不协调地联系起代表沉着和严格纪律的重装甲步兵的坚定与"愤怒"的激情。第二行诗赋予发疯的"狂女们"(mainades的字面意义)士兵的军事秩序,士兵们听命于某个将军(stratēlatōn,行52)。

忒瑞西阿斯关于狄俄倪索斯力量与特征的诡辩话语,展开了这个悖论,但是从某个不太相干的理论的角度进行展开。通过表明,狄俄倪索斯与战神"阿瑞斯有关",忒瑞西阿斯指出,狄俄倪索斯能引发的恐惧和疯狂(phobos, mania),"武装上阵的军队严阵以待,还没触及长矛,就因恐惧落荒而逃,这也是源自狄俄倪索斯的疯狂"(行302-305)。描述基泰隆山上的狂女的那个关键的长篇叙事场景,最终应验了这些暗示。在这里,忒拜的男人们"冲进战争"(hopla)(行757-758)时,充满"愤怒"(orgē)的激情,但至少起初,女人们拥有"节制"或明智[sōphrosynē](sōphronōs,行686)和"好的秩序"(eukosmia,行693)。她们井然有序地列队行进(tetagmenē 723;taxeis 303),并遵守狄俄倪索斯的命令,"手持"(armed)(hōplismenai,行733)常春藤杖跟随他,这清楚地呼应了神在开场白中威胁说,他要带领一支由狂女组成的"军队"(行50-52)。① 结果证明,重装甲步兵的长矛或标枪(lanchtōpon belos,行761)毫无用处,忒瑞西阿斯在其另外的语境中暗示了会有这种结果(参lonchai,行304)。狂女们"掷出手中的常春藤杖"(行762,在此,倒置的阳物意象清楚可见),迫使男勇士们"进行战斗"(phygēi,行763),"女人[战胜了]男人"(行764)。彭透斯对这个消息的反应,是用精心推敲的措辞下达的一通军事命令(行780-784),这在他明显承认这一事实时臻至顶峰:他的男性权威和军事权威受到性的严重威胁,"要我们受女人之苦,是可忍,孰不可忍"(行785-786)。

  在这场戏中,乃至在该剧更富戏剧性的宣叙调中——描述了彭透斯死于忒拜狂女之手,女人不仅是勇士,也是猎手。因此,她们篡夺了两种行动,在跨文化中,这些活动通常是男人的特权。此外,在此剧中,她们是不久将变成"猎手"的"猎物"(行732),正如自大、残暴的国王变成了她们的无助猎物。②

---

  ① 参Richard Hamilton,《〈酒神的伴侣〉47-52:狄俄倪索斯的计划》("*Bacchae* 47-52:Dionysus' Plan"),*TAPA* 104(1974),页139-149;Podlecki(注释9),页150-151。

  ② 关于狩猎及其反转,参见Winnington-Ingram(注释7),页97以下、页106以下;Otto(注释7),页108-109;Scott(注释9),页339,以及注释9中列出的更多文献;G. S. Kirk,《欧里庇得斯的〈酒神的伴侣〉》(*The Bacchae by Euripides*)(Englewood Cliffs, N. J. ,1970),页13-14。

我们已经看到,彭透斯对山上狂女的消息的第一反应,是借助城门和塔楼,以及由勇士们把守的围墙,这些围墙强化了城邦与外界的分离。现在,紧随信使对狂女们的描述之后,彭透斯下达了第二个命令,"去埃勒克特拉(Electran)城门"(行 780-781)。不过,毫无疑问,在实际上和隐喻上摧毁这些界线,是狄俄倪索斯及其信徒的本性使然。在此,一旦酒神释放了彭透斯观看狂女这一遭压抑的欲望,彭透斯对狄俄倪索斯的抵制,及其对性别区分的极端维护,便突然屈服于把自己装扮成狂女的意愿,这完全打乱了自我与性别身份的界线。

彭透斯的最终毁灭,也包括性别价值的颠倒和城门的摧毁。彭透斯的母亲阿高厄既是女猎手又是勇士,在她撕裂彭透斯后,作为那群狂女的领导者——彭透斯本要借助城门、塔楼和镣铐,拒之"城外",现在穿"过这些城门"(行 1145),来到国王的"王宫"(行 1149;行 1165),向她的"猎人同伴"狄俄倪索斯高呼。阿高厄不仅称呼狄俄倪索斯为"猎手同伴",也称之为"凯旋的竞技者"(kallinikos,行 1149),这再次颠覆了男人独享的特权。我们记得,彭透斯嘲笑说,狄俄倪索斯的长发不适合"摔跤"(行 455),而在自己关键性转变或混淆性别身份的时刻,他承认自己"落入了某种无可逃遁的掌控之中"(行 800),并被带入一场"竞技",这场竞技的"胜出者"会是酒神(行 975)。

阿高厄扛着她令人毛骨悚然"猎捕"到的猎物,最终进入王宫时,她的第一句话,让我们注意到狄俄倪索斯及其女信徒违反并打乱的那些社会界线:"啊,居住在忒拜土地那有着美丽望塔的都城中的人们哟(kallipyrgon asty),都来瞧瞧这猎物吧,卡德摩斯的女儿们猎得了这野兽……"(行 1202-1204)接着,她在继续吹捧赤手空拳而非用罗网或长矛捕猎时,颠倒了军事领域而非空间领域中的性别价值(行 1205-1208)。阿高厄再次使用了 lonchē[长矛]一词的复合形式,该词突出体现在先前战争领域的性别倒转中(行 304、行

762)。她想把彭透斯的头挂在王宫上,这在语词上让人想起攻城(行 1213 以下),以及对如下事物无以复加的反讽式摧毁:男人战争的公民价值、防御工事,以及彭透斯坚持的诸种界线。

由于阿高厄把她"猎获"的这个猎物当成战利品挂在王宫墙上,因此,她也表现出完全属于男人的"大胆"(tolmē)行为:"一来到这些城墙内的镇上",卡德摩斯说,"我就听说了我女儿的大胆行为"(tolmēmata,行 1222 – 1223)。"大胆"是彭透斯的自吹,其时,他装扮成狂女,准备去窥探狂女的秘仪(行 961 – 962):"快带着我穿过忒拜土地的中心吧!天下男人敢(tolmōn)为此者(anēr),舍我其谁?"不过,现在,彭透斯本该赢得的男性成就,转归摧毁灭亲子的母亲。因此,正是阿高厄向父亲"吹嘘"自己的"卓越",按照希腊家族的通常惯例,她的措辞更适合儿子,而非女儿(行 1233 – 1240):

> 父亲啊,你可以作最大的夸口,
> 说你生育了所有凡人中迄今最优秀的
> [1235]女儿;我是说我们全体,特别是我。
> 我曾把梭子扔在织机旁,
> 投入更伟大的事情——用双手猎取野兽。
> 我怀抱着,你瞅瞅,我得到的这东西——
> 勇士的奖品,好把它挂在你的
> [1240]宫前;来,父亲呀,你用双手接过去!

为人渴慕的"杰出战利品"或 aristeia[杰出](行 1239),正是年轻勇士理应取得之物,作为从少年时期成功过渡到成年时期的标志。但现在,正是女儿,而非儿子将此物交给父亲;而这个"战利品",正是儿子的头,母亲把他当成野兽,残忍地屠杀并撕裂了儿子。因此,男人与女人,以及亲族与敌人的差异,都在狄俄倪索斯宗教的这种残暴胜利中一道瓦解。

这些性别角色的倒转,在下一段对话中得到进一步发展。由于阿高厄取得成功英雄-勇士的"杰出战利品"(aristeia),并像通过其第一场考验的年轻人那样向自己的父亲吹嘘,因此,反过来,她用儿子应模仿其"品质"的父亲的口吻说话。仍处于狄俄倪索斯疯狂影响下的阿高厄许愿说,她希望彭透斯"跟忒拜的年轻人外出打猎时,能成为一名好猎手,就像母亲的品质(tropoi)"(行1252-1255)。"年轻人"(neaniai)再次让我们想起彭透斯的青年地位(参neanias,也处于代际过渡的关键时期,行974)。但现在,正是母亲,刚刚带领"年轻女子"(neanides,行1079),在山上抵抗男人,并取代父亲,塑造年轻男人成年时应表现出的"品质"。由父亲庆祝少年进入僧院餐厅(fratry)或男人团体的宴会,现在不是一场欢庆宴会(行1242、行1246以下),而是某种反常的仪式,在此,人们享用的猎物就是年轻人本身。

卡德摩斯的父亲权威使女儿恢复神志时,某种秩序的迹象便得到恢复。① 在狄俄倪索斯充满威胁的自主丧失权威后(行1273-1276),这次简短的交谈,将阿高厄重新定位于家族内部,并恢复了她对家族内部的男性成员——丈夫、父亲和儿子的依赖:

卡:你在婚歌声里进的是什么样的人家?
阿:你把我交给厄克西翁,人们说他是龙牙变的。
[1275]卡:那你在这家族为你丈夫生育的儿子是谁呢?
阿:是彭透斯,我和他父亲结合所生。

阿高厄仍觉得很难理解,她的疯狂造成了内部与外部、家与荒

---

① 关于醒悟这场戏的其他方面,参 Winnington-Ingram(注释7),第十章。

野、忒拜与山的这种崩溃。她问道:"他死在了哪里?""在家里,还是什么别的地方?"(行 1290)卡德摩斯的回答"在从前猎犬撕裂阿克泰翁(Actaeon)的地方"(行 1291),将彭透斯与另一个青年联系起来,由于性的不成熟,以及与女性的一次成问题的性经历,这名青年的代际转换失败了。与彭透斯一样,阿克泰翁看了不该看的东西,并像野兽一样死在阿耳忒弥斯(Artemis)这个女人手里,阿耳忒弥斯的圣地是荒野,和狄俄倪索斯一样,这位女神也使女人摆脱家中的妻子和母亲角色,进入野林。

阿高厄的酒神式经历很难说是一次真正的解放。最后,她完全失去了其生活的所有决定性支撑结构。和父亲卡德摩斯一样——他化作可怕的巨蟒形象,离开家,率领外邦部落攻打希腊诸城邦,阿高厄失去了故乡、城邦、家和家那充满庇护的内部空间(行 1366、行 1367–1370)。她在荒野也没有立足之地,她只感到厌恶基泰隆山和在此举行的酒神仪式(行 1382–1387)。

当所有界线都消除时,不同于《希珀吕托斯》中的菲德拉(Phaedra),阿高厄被视为神的复仇工具及其受害者。欢快地"分享"酒神式的体验(行 726 以下),变成一起流放、受苦($συμφυγάδες$,行 1382)。

在谈到酒神敬拜的心理功能时,斯雷特①表示:

> 通过消除由文化界定的性别角色所强加的夸大分歧,它[酒神敬拜]为希腊生活中时有发生的性别对抗这一痛苦,提供了终极的虚幻解决方式。

然而,悲剧给予我们的不是对这些冲突的解决方式,而是以最极端、最不可调和的方式戏剧性地呈现这些冲突。诚如列维-施特

---

① Slater(注释 3),页 283–284。

劳斯(Lévi‑Strauss)所认为的,神话和敬拜的社会功能,可能是调和这些对立,或者如斯雷特所言,是为了提供某种解决深刻感受到的情感冲突的方式。但是,在悲剧中得到重塑的神话的功能,是消除各种调和,并暴露冲突的最绝对形式。① 因此,"《酒神的伴侣》的问题"无法解决;这部悲剧的力量就在于愤怒——由于愤怒,双方发生冲突,也在于对由这种冲突产生的灾难的十足恐惧。无论是年轻人还是老年人、男人还是女人、屈服者还是负隅顽抗者,均未能幸免。无论斯雷特的构想对理解酒神敬拜的社会和心理功能可能多么有用,都没有公正地描述欧里庇得斯剧中的苦难和暴力。在此,平衡没有得到恢复;我们只有某种全然迷惘的感觉:流放和受苦,远远超过过错似乎应受的惩罚,那冷酷无情、遥不可及的诸神,把男男女女从其日常意识的限度中解放出来,但代价是同时释放了他们最具毁灭性的冲动。

欧里庇得斯栩栩如生地描述了狄俄倪索斯出现在城邦所造成的冲突,释放出与女人密切相关的诸种情感性和非理性力量。酒神的女信徒们描述了关于普罗透斯的疯狂女儿们的神话,在这个神话中,这位父亲能用牺牲和神殿平息众位愤怒的女神,并把女儿们带回家庭和城邦的框架内,这不比她们在阿卡狄亚(Acadian)荒野的流浪惨多少。② 然而,在这部悲剧中,连父亲也遭到放逐和残酷对待;人们认为女人代表并包含的非理性力量,被迫经历其可怕的过程,直到灾难摧毁家庭、城邦和女人自己。

---

① 譬如,参见 Girard(注释 7),页 196:"这部悲剧没有一个地方实现了其平衡,它没有一个可停留的地方。这部悲剧的不一致由此孕育而出,对立于枯燥的一致性,这种一致性源于众多智力形式和无懈可击的审美"。

② 《巴基里得斯》(*Bacchylides*)11.95 – 112。按照酒神女信徒们的说法,疯狂源自赫拉,但其他地方又表明,疯狂源于狄俄倪索斯:参 Apollodorus 2.2.2,以及 A. Henrichs 的评论,*ZPE* 15(1974),页 300 以下,顺便提一下赫西俄德,残篇 37.15 M – W。

酒神式的安宁

莱尼克斯(Valdis Leinieks) 撰

在一个很重要的方面,《酒神的伴侣》中的吕底亚女子歌队,有别于剧中其他人物。唯有她们既能认识到由狄俄倪索斯神带来的各种好处,也清楚常人的感情。彭透斯自始至终充满敌意、不解人意。尽管卡德摩斯和阿高厄都敬拜酒神,体会了他的力量,但他们从未获得对他的任何真正认识。① 忒瑞西阿斯,其次是牧人(行769–774)能认识到酒神更明显的好处。信使能从酒神对彭透斯的惩罚中得出道德教训(行1150–1152)。另一方面,狄俄倪索斯虽巧妙回答了彭透斯的问题,但显得对人类的行为一无所知,对人类的遭遇也全然无动于衷。② 只有歌队能在某种程度上弥合酒神与常人的鸿沟。歌队能将这两者结合起来:对狄俄倪索斯渴望并必然战胜彭透斯的狂喜,与对阿高厄和卡德摩斯的同情。

歌队长:让我们为巴克科斯歌舞!

---

① R. P. Winnington – Ingram,《欧里庇得斯与狄俄倪索斯:〈酒神的伴侣〉义疏》,前揭。"卡德摩斯的观点也很肤浅;他把酒神视为其家族的财产。"(页166)"这是否暗示,[阿高厄]对狄俄倪索斯的行为和性质有更深的理解呢……似乎不太可能。"(页166)

② Eric R. Dodds,《欧里庇得斯:〈酒神的伴侣〉》,前揭。"在剧末,卡德摩斯明确谴责了狄俄倪索斯的冷酷无情"(xliv)。Winnington – Ingram(注释1),"冷漠无情、毫不耐烦"(页146)。

> 让我们为蛇的后人,
> [1155]彭透斯的灾难欢呼;
> 他一身女人装扮,
> 拿着大茴香棒——必然走向冥府,
> 拿着漂亮的酒神杖,
> 由一头公牛领着他走向灾难。
> [1160]卡德墨亚的女信徒啊,
> 你们取得了好听的辉煌胜利,
> 结果却是哀号,是泪水。
> 一场多漂亮的竞技啊,
> 把滴血的手浸入儿子的血中!

歌队认为,彭透斯所受的惩罚罪有应得,并为他的死欢欣鼓舞。歌队提及彭透斯的残暴以解释其欣喜,因为她们再次提到彭透斯的龙的出身。歌队也清楚,酒神本人已计划好并实施了对彭透斯的惩罚,因此,这显然代表了他的神意。然而,歌队仍能体察并意识到阿高厄手刃亲子引发的人类灾难。① 歌队将神与人纳入考虑的这种能力,证明她们是剧中狄俄倪索斯宗教的主要合格解释者。

根据歌队,有两种最重要的狄俄倪索斯德性能躲避灾难:安宁与智慧($ὁ\ δὲ\ τᾶς\ ἡσυχίας\ βίοτος\ καὶ\ τὸ\ φρονεῖν$,行389–390)。安宁是

---

① Jeanne Roux,《酒神的伴侣》(*Les Bacchantes*)(Paris 1970–1972)。"她们对卡德墨俄家族的女人,尤其是对阿高厄悲惨命运的同情,在她们获释以及确定无疑地见识了她们的神的威力的欢乐上蒙上了一层阴影。"(页589)G. M. A. Grube,《欧里庇得斯的戏剧》(*The Drama of Euripides*)(London 1941)。"歌队和阿高厄一道颂扬酒神,但从她们的提问中可以感觉,阿高厄真正看清手中所拿之物时,歌队充满不安的惊奇。"(页417)

这两种德性中更根本的德性。① 智慧之所以有用,是因为它导向安宁。欧里庇得斯用了 ἡσυχία 在公元前 5 世纪末的既定意义,有必要对该词进行考查。在欧里庇得斯作品中,词根 ἡσυχ- 的最常见具体含义及其派生义是"安静的"(silent)。这重含义尤见于 ἐχ' ἥσυχος(《美狄亚》[Med.],行 550;《希珀吕托斯》[Hip.],行 1313;《伊菲革涅亚在奥利斯》[I. A.],行 1133)和 ἥσυχοι γίγνεσθε[保持安静]这些表述(《独目巨人》[Kyk.],行 94)。其他地方也出现了该词: ἡσυχία(《阿尔刻提斯》[Alk.],行 77;《安德洛玛刻》[And.],行 143;《俄瑞斯忒斯》[Ore.],行 1284;《伊菲革涅亚在奥利斯》,行 14),ἥσυχος(《赫卡柏》[Hek.],行 1109;《俄瑞斯忒斯》,行 136、行 1407),ἡσυχάζει(《美狄亚》,行 81;《独目巨人》,行 624;《俄瑞斯忒斯》,行 1350),ἡσύχως(《希克提得斯》[Hik.],行 305)。第二种具体含义是"静止不动"(motionless)。因此,希腊人和希腊舰队静止不动地停靠在色雷斯(Therace)海岸上(ἥσυχοι,《赫卡柏》,行 35;ἥσυχον,《赫卡柏》,行 901)。阿弗洛狄特能将海伦送往伊利翁城(Ilion),自己却在天上静坐不动(ἥσυχος,《特洛亚妇女》[Tro],行 985)。在一个特定表达中,ὄμμα ἥσυχον 意为"坚定的目光"(《俄瑞斯忒斯》,行 1317)。除了这两种具体含义,在欧里庇得斯的作品中,词根 ἡσυχ- 还含"平静的、安宁的"(tranquil)之意。平静既可指身体不动,也可指伴随这种静止不动的心理状态。短语 ἀλλ' ἡσύχαζε(《疯狂的赫拉克勒斯》[Her.],行 98;《伊菲革涅亚在奥利斯》,行 973)意为"保持平静"。特洛亚人平静地(ἥσυχον,《瑞索斯》[Rhe.],行 123)睡在平原上,而非袭击希腊人。同样,俄瑞斯忒斯安然入睡(ἡσυχάζοντα,《俄瑞斯忒斯》,行 134),同时避免了发狂和陷入幻想。一般而言,睡眠即平静

---

① Winnington - Ingram(注释 1)。"酒神的信徒们知道(某种)平静,并有其方法获得这种平静。"(页 63)

(ἥσυχον,《俄瑞斯忒斯》,行185)。墨涅拉俄斯(Menelaos)问海伦,他是否应静坐墓旁(ἥσυχοι,《海伦》[Helen],行1084),等她归来。墨涅拉俄斯要俄瑞斯忒斯保持平静(ἡσύχως,《俄瑞斯忒斯》,行698),直到阿尔戈斯人(Argives)息怒。伊俄劳斯(Iolaos)本可在阿尔戈斯继续得享平静的生活(ἡσύχως,《赫拉克勒斯的儿女》[Hld],行7),却选择为赫拉克勒斯分忧。人们期望妇人安安静静待在家里(ἥσυχον,《赫拉克勒斯的儿女》,行477)。美狄亚抱怨道,有人认为她温良恭顺(ἡσυχαία,《美狄亚》,行304),她解释说,她对敌人可不温良(ἡσυχαίαν,《美狄亚》,行808)。一个人若能保持平静,爱情的疾病就更易承受(ἡσυχίας,《希珀吕托斯》,行205)。对于那些臣服于她的人,阿弗洛狄特的追求是平静(ἡσυχῆι,《希珀吕托斯》,行444)。托阿斯(Thoas)无法惩罚歌队妇女,因为他无法在追捕俄瑞斯忒斯和伊菲革涅亚(Iphigeneia)时,花时间保持平静(ἥσυχοι,《伊菲革涅亚在陶洛人里》,行1434)。根据玛卡里亚(Makaria)在《赫拉克勒斯的儿女》中的看法,女人必须在社会中仅扮演温顺的角色:

[476]对妇人而言,沉默与节制,
　　安静地待在家里最好。

妇女不应离开家,不该发问。

作为一种社会和政治观念,平静受褒扬,还是受批判,这取决于言说者的观点。① 欧里庇得斯在《希克提得斯》中对比了这两种针

---

① Roux(注释3)。"在公元前5世纪后半叶,雅典帝制的冒进政治和变幻莫测的命运,引发了一场关于如下事物的争论:安宁、和平主义、放弃冒险,以及与之相对的πολυπραγμοσύνη[进取行为]。"(页380-381)

锋相对的观点。剧中支持安宁的人是阿德拉斯托斯(Adrastos)：

> [950]你们为何抓起武器,开始相互残杀？
> 住手！停止你们的作为,保卫你们的城邦,
> 这是安宁中的安宁。
> 生活的事务短暂。
> 我们必须毫不费力地完成它。

在此,阿德拉斯托斯认为,安宁应取代战争与毁灭。不过,安宁并未直接视为战争的对立面,而是作为($πόνοι$)的对立面。作为暗含引发战争的勃勃雄心。城邦应停止作为,采取防御姿态。这种态度的结果是免于战争与毁灭。在欧里庇得斯的其他作品中,安宁($ἡσυχία$)与作为($πόνοι$:《希克提得斯》,行323、行951、行954;《赫拉克勒斯的儿子》,行7)和热情($σπουδήν$,《伊菲革涅亚在陶洛人里》,行1434;$σπεύδουσιν$,《伊翁》[Ion],行599)相对。值得注意的是,安宁($ἡσυχία$)与作为($πόνοι$)相对,而非与所谓的好事($πολυπραγμοσύνη$)相对。① 在《酒神的伴侣》中,彭透斯既有热情($διὰ σπουδῆς$,行212;$σπεύδοντα$,行913),又爱作为。他热衷于不该热衷之事($ἀσπούδαστα$,行913)。彭透斯试图捆住并杀死酒神的诸种作为(行616–637),与狄俄倪索斯的不作为($ἄνευ πόνου$,行614)和酒神的平静($ἥσυχος$,行622、行636)形成对比。忒拜使者戏仿并颠倒了阿德拉斯托斯在《希克提得斯》中的观点。阿德拉斯托斯想以战争为威胁,吓阻忒修斯为七雄收尸的打算。在这个过程中,阿德拉斯托斯描述了平静：

---

① Victor Ehrenberg,《进取行为:希腊政治研究》("Polypragmosyne: A Study in Greek Politics"),*Journal of Hellenic Studies*,页46–47。"$ἡσυχία$[平静、安宁]……常用作$ἀπραγμοσύνη$[闲散]的同义词"(页46)。

[508] 一名鲁莽的将领和一名鲁莽的水兵必然带来灾难。
适时冷静的人有智慧。

在这里,平静与鲁莽相对。更重要的是,平静与智慧建立起某种联系。智者行事冷静。在《酒神的伴侣》中,忒瑞西阿斯把彭透斯描述为鲁莽(Θρασύς,行 270)。全剧一再表明,彭透斯缺乏智慧。

《希克提得斯》中的埃特拉(Aithra)提出了相反的观点,并批判了安宁。为了煽动忒修斯帮助阿德拉斯托斯和七雄的母亲,埃特拉谴责忒修斯缺乏男子气(ἀνανδρίαι,行 314)、胆小(δείσας,行 316)、怯懦(δειλός,行 319)。埃特拉接着抨击忒修斯的平静。她宣称,城邦对他很不满:

> [城邦]因作为而增强。
> 在他们的谨小慎微中,
> [325]那些安宁的城邦的确淡化作为,也显得济济无名。

安宁仍与作为相对。由于与谨慎相对,作为仍与鲁莽联系在一起。但在这里,作为被说成带来各种好处,而非灾难。埃特拉的观点代表了公元前 5 世纪流行的爱国主义主战修辞。在《葬礼演说》(*Funeral Oration*)中,吕西阿斯(Lysias)指出,希腊赢得自由,靠的是最大的作为(μετὰ πλείστων...πόνων,2.55)、最辉煌的斗争和最高贵的战争。

在修昔底德那里,伯里克勒斯认为,他同时代的雅典人享有的帝国,是由其先辈汲汲作为获得。科林斯人宣称,通过作为取得军事力量(ἐκ τῶν πόνων,1.123.1),是伯罗奔半岛人的世袭习俗。在这些观点中,作为被理解为城邦采取的军事行动。在拉刻岱蒙(Lakedaimon)举行的第一议会(First Congress)上,科林斯人描述了雅典人的性格,

在他们的描述中,修昔底德最细致入微地呈现了这种观点,:

> 他们终身在作为和危险中忙于这些事务,但他们几乎不能从所拥有的事物中得到享受。因为,他们总是忙于占有。做处境要求他们所做的事,他们将之视为度假,并认为无所作为的安宁就是某种不幸和无尽的努力。因此,简而言之,我们可以正确无误地说,他们既非生而享有任何安宁,也不让任何人享有安宁。(1.79.8-9)

和欧里庇得斯一样,修昔底德也将安宁与作为对立起来。作为给城邦带来诸种好处,雅典人热衷于此。

即便是安宁带来和平的观点也可能被颠倒。不妨说,正是及时的军事行动而非安宁,才可能带来真正的和平。在修昔底德的作品中,科林斯人在拉刻岱蒙召开的第二议会(Second Congress)上提出了这种观点:

> 投票赞成战争吧,不要害怕眼前的危险,而要渴望从中获得更大的和平。和平因战争得到保障,但避免战争并不能同样确保安宁。(1.124.2)

就个人行为而言,平静也可能受到批评,个人行为中的平静被认为是懒惰、缺乏主动性。在阿里斯托芬的《财神》中,法官(Just Man)建议控告者(Informer)坚守平静,过着闲散的生活($\dot{\eta}\sigma\nu\chi\acute{\iota}\alpha\nu\ \ddot{\epsilon}\chi\omega\nu\ \zeta\tilde{\eta}\nu\ \dot{\alpha}\rho\gamma\acute{o}\varsigma$,行921-922)。在欧里庇得斯的《美狄亚》中,美狄亚抱怨道,安静的行为($\dot{\alpha}\varphi'\ \dot{\eta}\sigma\acute{\nu}\chi o\nu\ \pi o\delta\acute{o}\varsigma$,行217)让人落得懒散的名声($\dot{\rho}\alpha\iota\Theta\nu\mu\acute{\iota}\alpha\nu$,行218)。需要注意的是,埃特拉反对平静的观点,虽在那个例子中带来正确的行动,但这在欧里庇得斯的作品中

是孤例。这个例子并不代表欧里庇得斯对这个主题的一贯看法。在《酒神的伴侣》中,他明确否定了埃特拉的看法,以及这种看法对社会意味着的一切。

欧里庇得斯在《酒神的伴侣》中对平静的看法,在品达作品中发出了最接近的先声。对品达而言,平静是一种能让人在谋划和行动中见机行事的品质。《皮托竞技凯歌》(*Pythia* 8)清楚表述了这一点:

> 友好的安宁,
> 正义那为城邦赢得美名的女儿,
> 手握着忠告与战争的
> 最重要密匙,
> [5]为阿里斯托梅涅斯接受
> 他所取得的皮托竞技赛
> 胜利的荣耀吧。
> 你懂得适时做并经历高贵之事。
> 当有人在心中埋下无情的怒火,
> [10]你就严厉地用实力对抗敌对者,
> 将他的暴力推下船底。
> 普洛斐里翁震怒无比时,
> 他不认识你。

平静既使人能适时保持平和,也能使人适时诉诸武力。① 只有回应挑衅之时,使用武力才正当。品达举了巨人珀斐里翁(Giant Por-

---

① R. W. B. Burton,《品达的皮托竞技凯歌:解读文集》(*Pindar's Pythian Odes: Essays in Interpretation*)(Oxford 1962)。"Ησυχία[平静]具有精准区分何时温和对待,何时抨击蛮横敌人的能力。"(页178)

phyrion)的例子,说明必须克制盛怒,克服对挑衅性暴力的热衷。在《酒神的伴侣》中,欧里庇得斯以巨人和彭透斯为例,说明了挑衅性暴力。狄俄倪索斯崇拜者的平静与彭透斯的盛怒和暴力形成对比。在《皮托竞技凯歌》(Pythia 11)中,品达将平静与暴力对立起来:

> [55]一个人若取得最高权力,
> 　　平静地行使权利,
> 　　避免暴力。

实际上,品达把安宁和暴力视为两种互不相容的事物。同样重要的是,这种对立在品达的一段诗歌中找到,在那里,他否定了僭政(τυραννίδων,行 53)固有的过度,并表达了对集体成就(ξυναῖσι ἀρεταῖς,行 54)的偏爱。在《酒神的伴侣》中,狄俄倪索斯的敬拜者也否弃了极端的人,表达了他们对普通人的价值的偏爱。

据说,安宁还能提升城邦,譬如《皮托竞技凯歌》(μεγιστόπολι,行 2)。《奥林波斯竞技凯歌》(Olympia 4)把安宁说成爱城邦(ἡσυχίαν φιλόπολιν,行 16)。在第一个例子中,城邦的提升,源于安宁带来的和平。但还存在某种更直接的联系。安宁通过在民众中创造和谐来提升城邦。《皮托竞技凯歌》(Pythia 1)清楚表明了这一点:

> [宙斯],在你的帮助下,
> 　　但愿这位领导者,以及他的儿子,
> [70]尊重民众,并让他们变得和谐安宁。

同样,在一首《海帕基玛合唱颂歌》(Hyporchema)中(109 Snell),品达声称,高贵的安宁(μεγαλάνορος ἡσυχίας,行 2)让民众免受怨恨的内乱之苦(στάσιν...ἐπίκοτον,行 3)。不和被视为贫困的使者(πενίας δότειραν,行4)。因此,平静不仅带来外部的和平,更重要的是,它带来城邦内部的和平。安宁与酒的关联,也见于品达的作品。根据《涅嵋竞技凯歌》(Nemean 9),安宁(ἡσυχία,行48)喜欢会饮(συμπόσιον,行48)。《酒神的伴侣》中的狄俄倪索斯敬拜者既表现出安宁,也颂扬酒。此外,品达也赞同这种观点:作为之后是安宁。因此,在《皮托竞技凯歌》中,居涅娜(Kynene)杀死野兽,为父亲的牧群带来了安宁(ἡσύχιον...εἰρήναν,行22-23)。在《涅嵋竞技凯歌》(Nemean 1)中,作为对他铲除野兽、对抗巨人族的作为的回报,赫拉克勒斯安详地享受永恒的安宁(ἐν εἰρήναι...ἡσυχίαν,行69-70)。这符合《酒神的伴侣》中的观点:狄俄倪索斯敬拜者们的仪式性作为,为她们带来安宁。

欧里庇得斯的另一部酒神剧《安提娥佩》(Antiope),提供了《酒神的伴侣》中酒神思想的最丰富、最有启发的对应。尽管《安提娥佩》的确切时间尚存争议,但此剧至多仅早《酒神的伴侣》4年上演,可能只早它两年。① 因此,《安提娥佩》创作的时期,正值欧里庇得斯构建他最终将在《酒神的伴侣》中阐发的思想。他在《安提娥佩》中也表达了一些思想。②《安提娥佩》的行动发生在奥伊诺厄(Oinoe),此地是厄琉西斯的邻邦(179 Nauck)。Oinoe 这个地名源于οἶνος[酒],厄琉西斯则是狄俄尼希阿斯城邦的狄俄倪索斯节去往雅典的出发地。戏剧行动发生在勒纳节(Lenaia)。节上树立着一个神像,神像由一根饰有常春藤的柱子和可能是狄俄倪索斯的面具

---

① Jean Kambitsis,《欧里庇得斯的〈安提娥佩〉》(L'Antiope d'Euripide)(Athens 1972)。"《安提娥佩》不可能早于公元前409上演。"(xxxi)"萨图尔的证据,把我们的选择范围缩小到公元前408和公元前407年之间。"(xxxiv)

② Walter Burkert,《人类的杀戮:古代雅典祭仪与神话的人类学》(Homo Necans:The Anthropology of Ancient Greek Sacrificial Ritual and Myth)(Berkeley 1983)。"让安提娥佩神话带上酒神风格,欧里庇得斯的作品是源头。"(页187)

组成(203 Nauck)。

在牧人的房里,
竖着一根受人敬拜的神的柱子,神头戴常春藤花冠。

稍后,一群狂女进入房间跳起酒神的舞蹈。① 后来还举行了一场类似英雄撕裂(sparagmos)的仪式。安斐翁(Amphion)与泽托斯(Zethos)把邪恶的狄尔刻王后绑在公牛的牛角上。因为在《酒神的伴侣》里,公牛是狄俄倪索斯神破坏性面相的一种形式。根据朗吉努斯(Longinus),接着,狄尔刻王后被拖走,撞向岩石和橡树($\pi\acute{\varepsilon}\tau\varrho\alpha\nu\ \delta\varrho\tilde{\upsilon}\nu$, 221 Nauck)粉身碎骨($\tau\tilde{\eta}\varsigma\ \sigma\upsilon\varrho o\mu\acute{\varepsilon}\nu\eta\varsigma\ \dot{\upsilon}\pi\grave{o}\ \tau o\tilde{\upsilon}\ \tau\alpha\acute{\upsilon}\varrho o\upsilon\ \Delta\acute{\iota}\varrho\varkappa\eta\varsigma$, 40.4)。在《酒神的伴侣》中,四季常青的橡树也是属于狄俄倪索斯的一种树。柱子上的神像、狂女和英雄撕裂仪式,均为勒纳节的特征。② 牧人在此剧开篇就向狄俄倪索斯祈祷,恰好当天就是酒神节。③ 此剧的另一个狄俄倪索斯要素,是解放的主题。根据阿波罗多洛斯(Apollodoros),囚禁安提娥佩的链条自动松开($\tau\tilde{\omega}\nu\ \delta\varepsilon\sigma\mu\tilde{\omega}\nu\ \alpha\dot{\upsilon}\tau o\mu\acute{\alpha}\tau\omega\nu\ \lambda\upsilon\vartheta\acute{\varepsilon}\nu\tau\omega\nu$, 3.5.5.8)。同样的情形也发生在《酒神的伴侣》中的忒拜女子身上($\alpha\dot{\upsilon}\tau\acute{o}\mu\alpha\tau\alpha\ \delta'\ \alpha\dot{\upsilon}\tau\alpha\tilde{\iota}\varsigma\ \delta\varepsilon\sigma\mu\grave{\alpha}\ \delta\iota\varepsilon\lambda\acute{\upsilon}\vartheta\eta$,行447)。在《安提娥佩》一剧末尾,安提娥佩从奴役中得到解放。这表明了狄俄倪索斯的直接干预,很可

---

① Bruno Snell,《希腊戏剧的场景》(*Scenes from Greek Drama*)(Berkeley 1964)。"很可能,在此剧中间,欧里庇得斯引入了……一支狂女歌队……这群狂女在极度狂喜中入场。"(页77)

② Herbert W. Parker,《雅典人的节日》(*Festivals of the Athenians*)(London 1977)。"Frichenhaus 最早确认并提出,这些场景源自《勒纳节》(*Lenaia*),Deubner 采纳了这种观点。"(页106)

③ Kambitsis(注释8)。"这段祷词是向狄俄倪索斯宣说,头戴常春藤花冠的木雕神像就在狄俄倪索斯洞府旁,此处即母亲遗弃那对孪生兄弟之地。"(页21)

能采用了其解放者狄俄倪索斯形象。① 《安提娥佩》似乎属于这类戏剧：戏剧行动的每一步发展，皆由某位神主导，此剧中的神即解放者狄俄倪索斯。柏林出土的公元前 4 世纪早期的西西里陶罐(Sicilian kalyxkrater)，证实了此剧的狄俄倪索斯特征。② 陶罐上绘着一头公牛，正踩在狄尔刻身上，一张豹皮悬于通往洞府的入口处。

对《酒神的伴侣》的研究者而言，《安提娥佩》最具启发性的地方，是安斐翁和泽托斯的著名论辩。通常认为，这场论辩对比了行动的生活与沉思的生活。③ 这种观点的依据是柏拉图引述这场辩论时的改写。在《安提娥佩》中，论辩对比了现实生活与艺术生活。不过，更为根本的，这场争论是关于谁具备 $ἀρετή$[德性]，即解决问题的能力。安斐翁主张艺术生活的诸优点。他身穿红装登上舞台。正如泽托斯所言，安斐翁因模仿女人的形象而出名($γυναικομίμωι\ διαπρέτεις\ μορφώματι$, 185 Nauck)。同样的话也适用于《酒神的伴侣》中的彭透斯($ἐν\ γυναικομίμωι\ στολᾶι$, 行 980)。在此剧的狄俄倪索斯背景中，安斐翁的女装表明了参加狄俄倪索斯仪式要求的仪式性易装癖(transvestism)。在《阿波罗尼俄斯传》(*Life of Apollonios*)中，菲洛斯特拉斯托斯(Philostrastos)准确地把《安提娥佩》中的 $γυναικομίμωι\ μορφώματι$[女装]与狄俄倪索斯的仪式关联起来。阿波罗尼俄斯出现在泛雅典节上，是为了批评那些身着金黄长

---

① Hans Schaal,《关于欧里庇得斯的〈安提娥佩〉》(*De Euripidis Antiopa*) (Jena 1914)."在神意干涉下，链锁松开，救了无情的卑奴。"(页 24-25)

② Berlin 3296. 最清楚的图画可参 Arthur D. Trendall 和 T. B. L. Webster,《希腊戏剧插图》(*Illustrations of Greek Drama*)(London 1971), 插图 3.3.15, 以及 Ulrich Hausmann,《欧里庇得斯的〈安提娥佩〉研究》("Zur Antiope des Euripides"), *Mitteilungen des Deutschen Archologischen Institute: Athenische Abteilung* 73 (1958), 页 50-72, Beilage, 页 57。

③ Snell(注释 10)."泽托斯……开始了那段关于行动生活与沉思生活的著名讨论。"(页 73)

袍(κροκωτοί)的雅典老少,和参加波斯战争的人相比,这些人实在堕落。尤其,他嘲讽地提到成年誓言(ephebic oath):

> 现在,他们将可能发誓为他们的城邦狂欢,拿起常春藤杖,不戴头盔、羞愧地明目张胆穿上女人的衣裳,借用欧里庇得斯的话。(4.21)

安斐翁有意选择参加这个节日。因此,在与泽托斯的争论中,我们不妨把安斐翁视为狄俄倪索斯德性的代言人。

作为进取生活的支持者,泽托斯先表明了自己的观点。他批评安斐翁,说他不能在法庭上裁断,没法发表令人信服的公共演说,也不能在战争中提出建议(δίκης βουλαῖσι…λόγον,…εἰκὸς…καὶ πιθανόν,…νεανικὸν βούλευμα, 9 Kambitsis)。他还批评安斐翁缺乏战斗力(οὔ τ᾽ ἂν ἀσπίδος κύτι…ὁμιλήσειας, 185 Nauck)。泽托斯把安斐翁的缪斯描述成懒惰、嗜酒(μοῦσαν…ἀργόν, φίλοινον, 184 Nauck)。对泽托斯而言,音乐只是会饮的点缀。他批评安斐翁酷爱并耽于音乐(μολπαῖσι δ᾽ ἡσθεὶς τοῦτ᾽ ἀεὶ θηρεύεται, 187 Nauck),还谴责他沉湎于享乐(ὅταν γλυκεῖα ἡδονῆς ἥσσων τις ᾖ, 187 Nauck)。根据泽托斯,这种人对家族和城邦事务懒散(ἀργὸς μὲν οἴκοις καὶ πόλει γενήσεται, 187 Nauck),对朋友也一无是处(φίλοισι δ᾽ οὐδείς, 187 Nauck)。音乐创作毫无意义,安斐翁倒是应投身于有所作为的音乐中(παῦσαι ματαίζων καὶ πόνων εὐμουσίαν ἄσκει, 10 Kambitsis)。[①] 安斐翁

[①] Kambitsis(注释8)。"我们可以依照Borthwick,写成καὶ πόνων εὐμουσίαν。"(页44) E. K. Borthwick,《欧里庇得斯〈安提娥佩〉残篇188中的两个文本问题》("Two Textual Problems in Euripides' Antiope Fragment 188"), Classical Quarterly 17 (1967),页41-47。"我……偏向于καὶ πόνων εὐμουσίαν。"(页42)

倒不如做一名农夫或牧人（σκάπτων, ἀρῶν γῆν, ποιμνίοις ἐπιστατῶν, 188 Nauck）。他要是成为农夫或牧人，就会显得善于说理（φρονεῖν, 188 Nauck）。泽托斯常挂在嘴边的终极观点是，安斐翁要是继续现在的事业，最终会落得倾家荡产（χρημάτων ἀτημελῆ, 184 Nauck; τὰ μὲν κατ' οἴκους ἀμελίαι παρεὶς ἐᾶι, 187 Nauck; κενοῖσιν ἐγκατοικήσεις δόμοις, 188 Nauck）。事实证明，泽托斯的观点是错的。他的立论是错误的成见，并非基于洞见。泽托斯看到了安斐翁的妇人装扮、对音乐的专注，就料定这些会带来灾难。在这一点上，泽托斯堪比《酒神的伴侣》中的彭透斯，彭透斯为希腊人（无疑包括他本人）出众的推理能力自豪（行483），但其实，他无法认清任何不符合其成见的事物。

安斐翁对泽托斯的回应，是基于《酒神的伴侣》中的两种主要狄俄倪索斯德性：平静与智慧。他直截了当地反驳了泽托斯的大部分观点。他认为，平静至关重要（194 Nauck）：

> 对朋友们而言，平静之人是可靠的朋友，对城邦也最好。不要颂扬冒险。我既不喜欢水手，也不喜欢过于大胆的城邦领袖。

有利于城邦和友人的，不是汲汲以求，而是平静。平静免灾，应避免过分的作为（193 Nauck）：

> 在可无为时大有作为之人是蠢人。
> 无所求的生活可以过得惬意。

安斐翁也表明了智慧的重要性。智慧为城邦和家族带来各种好处，无知则带来灾难（200 Nauck）：

在人类的谋划下,城邦和家族都打理得井井有条。
它们在战争中充满力量。
一个人的英名建议足以击败无数人。
无知与暴民联手,是最大的恶。

这几行诗包含了对泽托斯无知的委婉批评。有必要学着认识智慧。安斐翁因其仪式性易装癖而显得羸弱,富有欺骗性。真正的力量取决于智慧,而不只是健壮的体魄(199 Nauck):

你严厉地批评了我的体弱和女人气。
要是我善于推理,
那远远强过一只强壮的臂膀。

除了平静和智慧,安斐翁还为其他狄俄倪索斯惯例辩护(16 Kambitsis):

一个成功人士若有谋生之道
若不在家追求好的事物,
那么,我不认为此人有福,
而只是一个富有的守财奴。

由于狄俄倪索斯思想在此剧中引人注目,因此,有必要比较 μηδὲν...τῶν καλῶν θηράσεται[追求……好的事物] 和《酒神的伴侣》行 1006 – 1007 中的 χαίρω θηρεύουσα τά δ' ἕτερα μεγάλα, φανερά, τῶν αἰεὶ ἐπὶ τὰ καλά[也不乐于猎取别的显赫大事,它引领我过上美好的生活]。《酒神的伴侣》中的歌队解释了何谓好的事物:

过着纯洁的生活(βίον...εὐαγοῦντα,行1007－1009)、谦恭(εὐσεβεῖν,行1009)、拒绝不恰当的惯例(τὰ...ἔξω νόμιμα δίκα ἐκβαλόντα,行1009－1010)、敬奉诸神(τιμᾶν θεούς,行1010)。事实上,安斐翁是在表明,成功和财富本身并非目的,而应用于支持合适的生活方式。安斐翁躬行己说。由于敬拜诸神是恰切生活方式的一部分,安斐翁便参加了酒神节。正如剧中情形所示,安斐翁代表的观点是对的。平静与智慧导向德性,即解决事情的能力。根据希吉努斯(Hyginus)(8),泽托斯拒绝帮助他们的母亲安提娥佩(遭拒)。安斐翁显然帮助了母亲,母亲也因此得救。用普罗佩提乌斯(Propertius)的话来讲,她认为泽托斯冷酷无情,安斐翁则富有同情心(durum Zethum…Amphiona mollem,3.15.29)。在此剧剧末,赫耳墨斯 Hermes)透露,将为忒拜建立做出重大贡献的,是安斐翁而非泽托斯。安斐翁将通过歌唱和弹奏里拉琴,把石头和树木带到他们的所在地(行90－95)。赫耳墨斯称安斐翁而非泽托斯为王(ἄναξ,行68、行97)。实际上,作为生活一部分的努力,已遭质疑。从《酒神的伴侣》的观点来看,安斐翁与泽托斯这对兄弟的冲突,预示了狄俄倪索斯与彭透斯这对表兄弟之间的冲突。

《安提娥佩》之所以是一出有趣的剧,还另有原因。此剧厘清了狄俄倪索斯要素与俄尔甫斯要素在狄俄倪索斯宗教中的关系。安斐翁显然是俄尔甫斯式的人物。和俄尔甫斯一样,安斐翁是歌者和里拉琴弹奏者,并能用他的音乐感染无生命的自然。安斐翁能用歌唱和弹奏移山易木。更重要的是,他在舞台亮相时,安斐翁边弹着里拉琴,还边用六音步唱着神谱(6 Kambitsis)。这类神谱是献给俄尔甫斯的诗歌的特色。俄尔甫斯本人颂唱了收在阿波罗尼俄斯《阿尔戈英雄纪》(Argonatika)中的一首神谱(1.496－511)。希罗多德讲述了那些人称俄尔甫斯教徒和狂欢者之人的习俗

(τοῖσι Ὀρφικοῖσι καλεομένοισι καὶ βακχικοῖσι, 2. 81. 2)。① 和狄俄倪索斯的敬拜者一样，俄尔甫斯教徒也是狂欢者。显而易见，依此，我们发现，俄尔甫斯要素和狄俄倪索斯要素有时混合出现在狄俄倪索斯节中。《安提娥佩》就是这种情形。首先，剧中有狄俄倪索斯的要素，狄俄倪索斯的舞蹈和英雄撕裂仪式。其次，除了狄俄倪索斯要素，还加入了口头经文要素。这种经文要素的一个典型部分，是一篇归于俄尔甫斯的六音步神谱。在《阿波罗尼俄斯传》中，菲罗斯特拉托斯提到了这部在雅典的泛雅典节上颂唱的神谱 (τῆς Ὀρφέως ἐποποιίςα τε καὶ θεολογίας, 4.21)。在《安提娥佩》中，安斐翁在他参加的酒神节上会提供这种俄尔甫斯经文要素。从他持续不断的里拉琴弹奏中可以推断，安斐翁是一名专职俄尔甫斯教徒。但他不是专职的狄俄倪索斯教徒。安斐翁只是参加酒神节。这就表明，安斐翁表现出的智慧，是俄尔甫斯教徒的智慧，而非狄俄倪索斯教徒的智慧。不过，在《酒神的伴侣》中，同样的思想仅呈现为狄俄倪索斯式的，只字未提俄尔甫斯。在此剧中，欧里庇得斯把跟狄俄倪索斯宗教有关的一切都归于狄俄倪索斯。但在《安提娥佩》中，兼任狄俄倪索斯教徒的安斐翁的智慧，可以合理地描述为俄尔甫斯信徒，因为，对《酒神的伴侣》中全心全意的狄俄倪索斯信徒而言，这种描述可能是一种令人不快的离题。

在《酒神的伴侣》中，狄俄倪索斯羞辱彭透斯的那场戏（行 616 - 637），详尽呈现了平静 (ἡσυχία) 的德性。狄俄倪索斯的平静，尤其与彭透斯的作为形成对照。彭透斯先是错误地觉得，公牛就是狄俄倪索

---

① Martin L. West,《俄尔甫斯诗歌集》(*The Orphic Poems*) (Oxford 1983)。"他们被称为俄尔甫斯教徒或狄俄倪索斯信徒。也就是说，庆祝者们自称 bac-choi，并敬俄尔甫斯为他们的先知——可能是作为他们祭仪的创立者，及其'神圣之歌'和所用的其他文本的作者。"（页 16）

斯,还试图把他捆起来。在这个过程中,他怒气冲冲、大汗淋漓、咬着嘴唇。狄俄倪索斯却端坐一旁,静静地看着(ἥσυχος,行622)。接着,彭透斯又错误地觉得,王宫着火了。他试图让所有仆人前来帮忙,喊着要用一整河的水把火扑灭,但他徒劳无功(πονῶν,行626)。接下来,彭透斯错误地认为,点燃的火把是狄俄倪索斯。他使劲追赶火把,想把它熄灭。与此同时,狄俄倪索斯在外面闲庭阔步(ἥσυχος,行636),不理会彭透斯。从这场戏中,几件事马上一目了然。和上文所引《希克提得斯》片段一样(行950-954),在这里,欧里庇得斯对比了平静(ἡσυχία)与作为(πόνοι)。另外,作为被描述为过激。彭透斯想用整河的水。稍后,他想用双肩扛起一座大山(行945-950)。在展开行动时,彭透斯竭尽了全力。此外,他的努力都基于错误的看法。彭透斯所做之事,皆非他想让自己做的事。歌队把过度与徒劳无获联系在一起:

[397] 人生短暂;既然如此,
　　　谁要追求伟大的东西,
　　　就会连手中之物也丢掉。

在这里,生命的短暂,成了避免过度和徒劳的原因。在《希克提得斯》中,生命的短暂(σμικρὸν τὸ χρῆμα τοῦ βίου,行953)也是避免作为的理由(πόνων,行951;σὺν πόνοις,行954)。作为的本质即过度,因此可能导致徒劳无功。在《酒神的伴侣》中,汲汲以求被视为疯狂之举(μαινομένων οἵδε τρόποι,行400)。这种过度而徒劳的作为的最极端形式,是试图对抗诸神本身。彭透斯毫不犹豫地践行了这种作为的最极端形式。另一方面,平静意味着避免极端和徒劳无获的作为。歌队主张用更谦恭的社会成员偏好的习俗,取代过激、徒劳无获的作为:

> [430] 凡是多数人——
> 民众尊为习俗并奉行的东西,
> 我都欢迎。

言下之意,地位更低的民众的习俗与平静一致。狄俄倪索斯喜欢(χαίρει,行418)这些习俗,憎恶(μισεῖ,行424)那些不参与其中的人。平静的行为自动带来回报:和平昌盛(ὀλβοδότειραν εἰρήναν,行419–420)、土地丰饶(καρπίζουσιν,行408)、子孙后代(κουροτρίοφον,行420)、欢庆(Χάριτες,行414;Θαλίαισιν,行418)、歌(μούσειος,行410)、葡萄酒(οἴνου,行423)、爱('Αφροδίτας,行403)、幸福的生活(εὐαίωνα,行426),以及举行狄俄倪索斯仪式的自由(Θέμις ὀργιάζειν,行416)。

就这些回报而言,狄俄倪索斯式的平静是一种极令人向往的德性。但不是人人都具备这种德性。对那些不具备但想拥有这种德性的人来讲,有一种方式可以获取它。平静的获得,可通过参加狄俄倪索斯仪式,尤其是加入狄俄倪索斯的舞蹈。狄俄倪索斯舞是一种驱除疯狂、带来平静的治疗手段。柏拉图解释了这种仪式性疗法的确切作用。在《法义》(Nomoi)中,柏拉图探讨了科律班特(Korybantic)仪式及其狂欢的治疗作用。这一探讨的背景,是他在讨论适于幼童身体和灵魂的运动的益处:

> 这一原则的依据可在如下事实中找到:它已被采用,从经验可知是有用的,对照料小孩的妇女和履行库柏拉女神祭司治疗的神秘仪式的妇女都有用。因为,或许,母亲们想让不安宁的孩子入睡时,她们不是给予安静,而是恰恰相反——运动;她们在臂弯里不断[790e]摇动着孩子,不是伴以沉默,而是某些

乐调。① 这恰如是母亲用奏箫迷住孩子,甚至像为疯狂的酒神狂饮者所做的那样,母亲们实施的这种治疗,构成了舞蹈和音乐的运动。(790d‑e)②

因此,根据柏拉图,科律班特仪式和狂欢都能充当治疗方法,舞蹈和音乐带来平静。

事实证明,科律班特仪式疗法,比同样用狄俄倪索斯狂欢效果更好。绝佳的来源还是柏拉图。在《欧蒂德谟》(Euthydemos)中,苏格拉底把欧蒂德谟和狄俄尼索多洛斯(Dionysodoros)对克莱尼阿斯(Kleinias)的质询,比作科律班特仪式的第一部分:

> 他们的所作[所为]正是与要加入科律班特的祭仪时[所要做的事情]一样,当他们确信要接纳新人时,便会围绕着这位他们准备接纳的人,作为即将完成[加入其中的一个步骤]。[他们]那里会有舞蹈和游戏,如果你也曾加入[你便会了解];而现在这对兄弟[所做的]并不是别的,而是围绕着你跳舞,仿若一个接一个地起舞,[与你]进行游戏,在此之后他俩便打算让你加入[他们]。(277d‑e)③

科律班特仪式的第一部分称为抬椅游行($Θρόνωσιός$),由参加

---

① 手稿中的 $iάσεις$ 校订为 $ἴασις$。在前面的复数形式 $iάματα$ 影响下,此处的复数形式被取代。$ἡ$ 和 $ταύτηι\ τῆι$ 都表明,单数形式 $ἴασις$ 为原文所有。Edwin B. England,《柏拉图的〈法义〉》(The Laws of Plato)(Manchester 1921)。"F. H. Dale 认为是 $ἴασις$,而非 $iάσεις$"(2.241)。

② [译按]《法义》中译本参见林志猛译,华东师范大学出版社,2017 年即出。

③ [译按]《欧蒂德谟》中译本参见万昊译,华夏出版社,2017 年即出。

仪式的众人围绕端坐中央接受治疗的人舞动组成。① 舞蹈伴有笛音。在《克力同》(Krion)中,柏拉图谈到,那些参加科律班特仪式的人听到了笛声(τῶν αὐλῶν,54d)。在《伊翁》(Ion)中,柏拉图又说,他们听到了一段激烈的旋律(τοῦ μέλους ὀξέως,536c)。在仪式的第二部分,即仪式本身,接受治疗的人显然加入了参加仪式的人的舞蹈行列。② 科律班特仪式上的舞蹈者情绪高亢,表征是砰砰直跳的心脏、涟涟的泪水,以及灵魂的混乱(ἥτε καρδία πηδᾶι καὶ δάκρυα ἐκχεῖται...ἐτεθορύβητό μου ἡ ψυχή,《会饮》[Symposion]215e)。科律班特仪式上的舞蹈者舞动时是不理性的(οὐκ ἔμφρονες,《伊翁》534a)。他们只知构成科律班特仪式的笛音,其余事充耳不闻(《克力同》54d,《伊翁》536c)。这种漠不关心是科律班特仪式的一大显著特征,以致用来指称科律班特(κορυβαντιᾶι)仪式的语词,也可指称任何形式的全神贯注,譬如专注于哲学讨论(συγκορυβαντιῶντα,《斐德若》[Phaidros]228b)。参加科律班特仪式的人,受到神灵的支配(κατέχωνται,《伊翁》536c)。在惯常用法中,这个仪式或科律班特教徒本身的名字,就可用来指疯狂的行为。欧里庇得斯(σεμνῶν Κορυβάντων φοιταῖς,《希珀吕托斯》,行143)和阿里斯托芬(κορυβαντιᾶσι,《马蜂》[Wasps],行8)就这样用。更重要的是,阿里斯托芬还提到了科律班特仪式的治疗功能。在《马蜂》中,布德吕克勒翁(Bdelykleon)试图通过让菲洛克勒翁参加科律班特仪式(ἐκορυβάντιζε,行119),医治他的诉讼癖。然而,菲洛

---

① Ivan M. Linforth,《柏拉图作品中的科律班特仪式》("The Corybantic Rites in Plato"),*University of California Publications in Classical Philology* 13(1944–1950),页121–162。"依照惯例,在所谓的抬椅游行中,举行仪式的人些让接受治疗者就坐,并围着他们跳舞。"(页124)

② Linforth(注释19)。"接受治疗的人和协助者一道跳舞,拍打手鼓。"(页124)

克勒翁拿着手鼓,在科律班特仪式中途离开,溜去了法庭。显而易见,菲洛克勒翁如此热衷出庭,就算科律班特仪式的舞蹈和笛音也压根无法压制。

治疗的生理过程,包含身体和灵魂。身体与灵魂相互关联。灵魂的运动传递到灵魂,并通过身体的运动得到质的反应。公元前5世纪的乐师和乐理学家达蒙(Damon),早已熟知这一原理(37B6 Diels):

> 雅典人达蒙及其追随者们说得很好:歌舞必然由灵魂的运动产生。自由美好的灵魂产生相似的歌舞,反之,则产生相反的歌舞。

显而易见,灵魂的运动传递给身体时,保留了自身的品质。相反,身体的运动也能传递给灵魂。朝气蓬勃的舞蹈会引发灵魂的强烈运动。[1] 不过,灵魂更直接受到为舞蹈伴奏的笛音的影响。在其著作《论音乐》(On Music)中,昆体良(Aristides Quintilianus)认为这一点不证自明:

> 众所周知,灵魂自然而然受由乐器产生的音乐触动。(2.17)

在《法义》中,柏拉图解释了治疗仪式中的灵魂运动,以及这些运动的后果:

---

[1] Donald W. Lucas,《亚里士多德的〈诗学〉》(Aristotle: Poetics)(Oxford 1968)。"希腊人认为,情感过程即发生在灵魂中的运动,对他们而言,显然可以用内部运动与外部运动的对应来解释这种关系。"(页262)

在这两种情形下,体验到的激情或许都是恐惧,而恐惧源于灵魂的某种坏习惯。当有人将外部的摇摆运动带给这类激情时,这种外部产生的运动就制服了恐惧和内部的疯狂运动,而且,由于制服了恐惧,它使出现在灵魂中平静安宁,取代了每种情形下心灵的狂躁不安。这具有完全值得向往的结果。一方面,它使孩子们入睡;另一方面,在每个人献祭的诸神的帮助下,每个人都得到了好征兆,这个过程激起了舞蹈,并用箫乐影响了舞者:由此,它用审慎的习惯代替了我们疯狂的性情。(790e – 791b)

在治疗仪式的过程中,身体与灵魂都处于激烈的运动中。这种激烈的运动扭转并取代了灵魂先前的病态运动及其身体表征。接下来,由外部引发的剧烈运动一经去除,灵魂的运动也即停止,灵魂变得平静。这在身体的相应平静上得到体现。在《关于友爱的对话》(*Dialogue on Love*)中,普鲁塔克(Ploutarch)描述了这种向平静的转变,如何在狂欢和科律班特仪式中发生:

随着先前的扬抑格音步和弗里吉亚音调改变,狂欢和科律班特仪式的跳跃缓和并平静下来。(759a – b)

显然,旋律和曲调变得更柔和,缓和了身体与灵魂的剧烈运动。音乐一停止,身体与灵魂的运动也停止。此时此刻,在仪式中接受治疗的人,可能摆脱了疯狂,复归平静。治疗学上的疯狂医治了病态的疯狂。奥雷利安纳斯(Caelius Aurelianus)(31 A98 Diels)将治疗学上的疯狂(ex animi purgamento)与病态的疯狂(ex corporis causa)的区别,归于恩培多克勒(Empedokles)的门徒。这表明,恩培多克勒已谙熟治疗性仪式,因此,公元前5世纪就已对这两种疯狂进行了区分。

尽管上述讨论主要关于科律班特仪式，但大多数评论同样适用于狄俄倪索斯仪式。这两种仪式都采用舞蹈和笛音。在上文所引的《法义》片段中，柏拉图在提到科律班特式的疗法（τὰ τῶν Κορυβάντων ἰάματα, 790d）时还提到狂欢（ἡ τῶν ἐκφρόνων βακχειῶν ἴασις, 790e）疗法。在《关于友爱的对话》中，普鲁塔克表示，狂欢和科律班特仪式（759a）带来平静。在《酒神的伴侣》中，通过把科律班特教徒称为手鼓的发明者（行 123 – 125）——手鼓在科律班特仪式和狄俄倪索斯舞蹈中均有使用，欧里庇得斯将之与狄俄倪索斯舞蹈联系起来。可以说，科律班特仪式只是狄俄倪索斯仪式的特定版本。在《斐德若》中讨论四种神灵附体的疯狂时：预言性的、治疗性的、诗性的与爱欲的，柏拉图把狄俄倪索斯称为引发治疗性疯狂的神。随后，他还描述了治疗性疯狂的诸益处：

> ［替他们］找到解脱［办法］。通过求助于祈求和祀奉诸神，在种种洁净和秘仪中出现的疯癫使得疯癫者自身摆脱眼前和随后一段时间中的灾祸。（244e）

由狄俄倪索斯引发的治疗性疯癫，医治了病态的疯癫。[①] 不过，科律班特仪式与狄俄倪索斯舞蹈并非完全相同。二者有一个重大区别。在科律班特仪式上，受治的人明显区别于其他参加仪式的人。人们认为，接受治疗的人尤其需要这个仪式，治疗过程也以他为中心。在仪式的抬椅游行阶段，受治者端坐中央，其余参加者围

---

① Ivan M. Linforth,《柏拉图作品中的仪式性疯癫》("Telestic Madness in Plato"), *Phaedrus 244 DE' University of California Publications in Classical Philology* 13(1944 – 1950), 页 163 – 172。"医治的是一种真正的疯癫（ὀρθὴ μανία）。换言之，需要医治的那些人染上了病态的疯狂。"（页 167）

着他跳舞。人们认为,接受治疗的人患有病态的疯癫,其他参加者只是在体验治疗性的疯癫。科律班特仪式旨在治疗某个特定的人身上可见的病态性疯癫。这一点千真万确,譬如《马蜂》中的菲洛克勒翁的情况就如此。狄俄倪索斯的舞蹈截然不同。医治过程中,没有人被选作关注的中心。整个团体的全部成员平等进行治疗。

尽管柏拉图讨论的科律班特仪式和狂欢,只是用来医治恐惧,却可同样用于医治其他形式的疯癫。一切强烈的情感都是疯癫的形式。因此,在《斐勒布》(Philebos)中,柏拉图提到,由疯癫引起的快乐扰乱了灵魂($τὰς\ ψυχὰς...ταράττουσαι\ διὰ\ μανικὰς\ ἡδονάς$, 63d)。阿里斯托芬甚至把诉讼癖视为一种疯癫。在《政治学》(Politics)中,亚里士多德将笛音的疗治作用延伸到所有强烈情感:

> 比如,怜悯和恐惧,以及神灵附体。某些人必然受制于[灵魂的]这种运动,我们也见过这种人,一旦他们感受了使灵魂发狂的音乐,他们就受到仪式音乐感染,仿佛得到了医治和净化。悲天悯人者、胆小怯懦者,以及情绪化的人的经历大体必然如此。(1342a.7 – 13)①

不仅怜悯、恐惧、同情和怯懦,其他过于强烈的情感也能在笛音的影响下得以平复和消除。科律班特仪式和狄俄倪索斯舞蹈,可同样运用于医治多种疯癫。② 我们没必要总把科律班特仪式和狄俄倪索斯舞蹈仅限定于医治某种特定的疯癫。当苏格拉底在《欧蒂德

---

① [译按]《政治学》中译本参见吴寿彭译,北京:商务印书馆,2004。
② Eric R. Dodds,《希腊人与非理性主义者》,前揭。"质而言之,这种舞蹈的社会功能是心理学意义上的宣泄:它净化了个人的那些有害的非理性冲动,这些冲动……导致了……集体性歇斯底里的……爆发。"(页76)

谟》中表示,克莱尼阿斯可能亲历了科律班特仪式(包括抬椅游行),他并非是说,克莱尼阿斯需要医治某种特定的疯癫。相反,意外之意是,科律班特仪式也可作为一种更常见的方式,用作预防手段。这种仪式并非旨在医治明显的疯癫,而是确保疯癫永不再犯。兴许有人认为,狄俄倪索斯舞蹈主要(如果不只是)是一种预防手段。参加仪式,确保参与者继续得享平静。①

希腊人认为,治疗性仪式也可以是净化仪式。② 阿里斯多塞诺斯(Aristoxenos)宣称,毕达哥拉斯学派的人用医术净化身体,用音乐净化灵魂($\kappa\alpha\vartheta\acute{\alpha}\varrho\sigma\varepsilon\iota\ \dot{\varepsilon}\chi\varrho\tilde{\omega}\nu\tau o\ \tau o\tilde{\upsilon}\ \mu\grave{\varepsilon}\nu\ \sigma\acute{\omega}\mu\alpha\tau o\tilde{\upsilon}\ \delta\iota\grave{\alpha}\ \tau\tilde{\eta}\varsigma\ \iota\alpha\tau\varrho\iota\varkappa\tilde{\eta}\varsigma$, $\tau\tilde{\eta}\varsigma\ \delta\grave{\varepsilon}\ \psi\upsilon\chi\tilde{\eta}\varsigma\ \delta\iota\grave{\alpha}\ \tau\tilde{\eta}\varsigma\ \mu o\upsilon\sigma\iota\varkappa\tilde{\eta}\varsigma$, 58 D1 Diels)。阿里斯托芬《马蜂》行119 的古注表明,这行诗中提到的科律班特仪式,是用于净化人的疯癫($\dot{\varepsilon}\pi\acute{\iota}\ \varkappa\alpha\Theta\alpha\varrho\mu\tilde{\omega}\iota\ \tau\tilde{\eta}\varsigma\ \mu\alpha\nu\acute{\iota}\alpha\varsigma$)。在《法义》中,柏拉图表明,狂欢($\beta\alpha\varkappa\chi\varepsilon\acute{\iota}\alpha$,815c)的举行,旨在净化($\pi\varepsilon\varrho\acute{\iota}\ \varkappa\alpha\Theta\alpha\varrho\mu o\acute{\upsilon}\varsigma$,815c)。在索福克勒斯的《安提戈涅》中,歌队呼吁狄俄倪索斯前来净化克瑞翁带给城邦的疾病:

> [1140]如今啊,既然全城的人
> 都处在大难之中,
> 请你抬起脚步越过帕耳那索斯山岭或波涛怒吼的海峡,

---

① William B. Stanford,《希腊悲剧与情感》(*Greek Tragedy and the Emotions*)(London 1983)。"亚里士多德在《政治学》1341b. 32 以下进一步讨论音乐的伦理和情感力量时,随柏拉图引用了科律班特仪式,他并不认为,音乐只对那些遭受令人痛苦的疾病之人有用……我们无需患有精神疾病,也能受益于合适的音乐。"(页 167)

② Robert Parker,《瘴气:早期希腊宗教中的污染与净化》(*Miasma: Pollution and Purification in Early Greek Religion*)(Oxford 1983)。"兴许,我们可以把科律班特仪式称为净化,科律班特仪式同样通过顺势疗法治愈精神错乱。"(页 288)

[1145] 前来清除污染啊。

城邦要净化的那场疾病,是谋杀的疯狂,这体现在忒瑞西阿斯用爪子相互撕扯的预言鸟身上(行 1001 – 1004)。根据《皮托竞技凯歌》(*Pythia* 3) 行 78 的古注,品达也认为,狄俄倪索斯能洁净人的疯狂(τὸν Διόνυσον δὲ καθᾶραι τῆς μανίας)。在《酒神的伴侣》中,歌队用圣洁的祭品(ἐν ὄρεσσι βακχευών ὁσίοις καθαρμοῖσιν,行 76 – 77)歌颂山上的狂欢。有学者认为,山上的狄俄倪索斯舞蹈,是一种净化的治疗性仪式。①

狄俄倪索斯舞蹈的治疗性或净化机制很好理解。舞蹈的剧烈运动如何用于扭转处于病态狂热中的灵魂的剧烈运动,这一点显而易见。不过,治疗性的狄俄倪索斯仪式还有一种更温和的形式。在此,治疗机制并不那么明显。这就是戏剧表演节。② 根据亚里士多德呈现在《论诗术》(*Poetics*) 中的著名悲剧理论,在剧场观看悲剧有治疗作用。这种仪式能获得净化,亦即通过感受剧中的怜悯与恐惧,消除怜悯和恐惧的疯狂(δι' ἐλέου καὶ φόβου περαίνουσα τὴν τῶν τοιούτων παθημάτων, 1449b. 27 – 28)。很可能,剧中的怜悯与恐惧,压制了观众病态的怜悯和恐惧,由此导致两种情感的消除。③ τῶν τοιούτων παθημάτων 这一表述表明,怜悯与恐惧只是作为例子。这种疗法对其他疯狂也同

---

① Parker(注释 25)。"还有一种可能,山上的舞蹈本身即'神圣的净化'。"(页 288)

② Stanford(注释 24)。"悲剧的发展源于某个类似科律班特仪式的祭仪,狄俄倪索斯的狂欢教仪及其引人注目的音乐和舞蹈。"(页 167 – 168)

③ Walter Burkert,《希腊宗教》(*Greek Religion*) (Cambridge, MA 1985)。"这是借由疯狂达到的净化,通过音乐得到的净化,稍后将在讨论悲剧的净化功能时发挥重要作用。"(页 80)

样有效。① 一切疯狂皆为灵魂的运动。不妨认为,戏剧表演类似科律班特仪式的第一部分。两种仪式都有一支跳舞的歌队和笛音。不过,在剧场中,接受治疗的不是个人,而是众人。观众也不是端坐在舞蹈者中间,而是坐在围绕舞蹈者的一排排座位上。亚里士多德的观点——悲剧源于由萨图尔组成的歌队($ἐκ\ σατυρικοῦ\ μεταβαλεῖν$,1449a. 20),悲剧最初与萨图尔和舞蹈有关($σατυρικὴν\ καὶ\ ὀρχηστικωτέραν\ εἶναι$,1449a. 2 - 23)——表明,悲剧的治疗功能可能相当古老。据证实,由萨图尔组成的歌队是在公元前7世纪,即在阿瑞斯(Arion),可能还是阿吉洛克斯(Archilochos)的时代。但我们并不清楚,这个时代的歌队是否具备治疗功能。直到公元前5世纪末,舞蹈的科律班特教徒才具有确定无疑的治疗功能。

净化与洁净的最终状态,常用与 $καθαρός$ [净化]有关的不同语词来表示。不过,在涉及净化及其结果时,与 $ὅσιος$ 和 $ἁγνός$ 有关的词也能用于表达相同的含义。② 在《伊菲革涅亚在陶洛人里》中,伊菲革涅亚将宣称,她不能把俄瑞斯忒斯献祭给女神(行1035),因为他不洁净($οὐ\ καθαρὸν\ ὄντα$,行1037)。伊菲革涅亚将宣称,她会在俄瑞斯忒斯获得洁净状态后将之献祭($τὸ\ δ'\ ὅσιον\ δώσω\ φόνωι$,行1037)。俄瑞斯忒斯在海中洗净后($ἁγνίσαι$,行1039),才会处于洁净状态。伊菲革涅亚接着告诉托阿斯,她很在意洁净($ὁσίαι$,行1161),而这场献祭不是在洁净的状态下($οὐ\ καθαρά$,行1163)。伊菲革涅亚表示,必须用洁净的祭品($ἁγνοῖς\ καθαρμοῖς$,行1191),让俄瑞斯忒斯和皮

---

① Franz Dirlmeier,《净化不幸》("$Κάθαρσις\ παθημάτων$"),*Hermes* 75 (1940),页81 - 92。"通过激发同情、消除恐惧,悲剧去除了灵魂中的怜悯、恐惧及其他 $πάθη$ [不幸]。"(页91)

② Parker(注释25)。"hosios 通常是 katharos 和 hagnos 的真正同义词,'洁净的'。"(页330)

拉得斯（Pylades）在海中净身。这样，他们才会处于洁净状态（ὁσιώτεροι，行1194），适于献祭。在此，与καθαρός、ὅσιος和ἁγνός相关的语词，可以互换使用。在《科瑞特斯》(472 Nauck)的大段残篇中，宙斯的新入教者借助入教仪式变得洁净（ὁσιωθείς，行15），过着纯净的生活（ἁγνὸν δὲ βίον τείνων，行9）。

在《酒神的伴侣》中，歌队数次评论了狄俄倪索斯敬拜者的洁净状态。不过，此处的洁净状态，具有极为特殊的含义。由于狄俄倪索斯舞蹈是一种旨在医治疯狂的治疗性净化仪式，因此，洁净的最终状态就意味着疯狂的消失，平静的到来，因此也就等同于清醒。歌队两度表示，狄俄倪索斯的敬拜者过着明智的生活（βιοτὰν ἁγιστεύει，行74；βίον...εὐαγοῦντα，行1007-1009）。歌队把净化仪式本身——带来清醒的狄俄倪索斯山间舞蹈——描述为明智的净化（ἐν ὄρεσσι βακχεύων ὁσίοις καθαρμοῖσιν，行76-77）。在一个片段中，虔敬（ὁσία，行370、行371）被拟人化为一位女神（πότνα θεῶν，行370）。紧接着，这位女神还被明确用来对照疯子，因此也与彭透斯不明智的暴力（οὐχ ὁσίαν ὕβριν，行374-375）形成对比。在别处，歌队提到，彭透斯不明智（ἀνδρὸς ἀνοσίου，行613）——他用暴力囚禁并试图捆绑异方人。此外，歌队建议忒拜人敬拜狄俄倪索斯时，明智地运用他们可能狂暴的常春藤杖（ἀμφὶ δὲ νάρθηκας ὑβριοστὰς ὁσιοῦσθε，行113-114）。由于明智与平静都是治疗性狄俄倪索斯舞蹈的结果，这二者在本质上一样。平静即明智。智慧推崇作为明智的平静。

图书在版编目（CIP）数据

自由与僭越：欧里庇得斯《酒神的伴侣》绎读/罗峰编译.--北京：华夏出版社，2017.6
（西方传统：经典与解释）
ISBN 978-7-5080-9178-5

Ⅰ.①自… Ⅱ.①罗… Ⅲ.①欧里庇得斯（Euripides 约前480-约前406）-悲剧-文学评论 Ⅳ.①I545.073

中国版本图书馆CIP数据核字(2017)第079006号

自由与僭越：欧里庇得斯《酒神的伴侣》绎读

编　　译	罗　峰
责任编辑	马涛红
责任印制	刘　洋
出版发行	华夏出版社
经　　销	新华书店
印　　刷	三河市少明印务有限公司
装　　订	三河市少明印务有限公司
版　　次	2017年6月北京第1版　2017年8月北京第1次印刷
开　　本	880×1230　1/32
印　　张	9.75
字　　数	230千字
定　　价	59.00元

华夏出版社　地址：北京市东直门外香河园北里4号　邮编：100028
网址：http://www.hxph.com.cn　电话：(010)64663331(转)
若发现本版图书有印装质量问题，请与我社营销中心联系调换。

西方传统：经典与解释
Classici et Commentarii
HERMES
刘小枫◎主编

古今丛编

孟德斯鸠的自由主义哲学
——《论法的精神》疏证　[美]潘戈 著

莫尔及其乌托邦　[德]考茨基 著

试论古今革命　[法]夏多布里昂 著

托兰德与激进启蒙　刘小枫 编

图书馆里的古今之战　[英]斯威夫特 著

但丁：皈依的诗学　[美]弗里切罗 著

在西方的目光下　[英]康拉德 著

大学与博雅教育　董成龙 编

探究哲学与信仰
——基尔克果与苏格拉底　[美]郝岚 著

民主的本性
——托克维尔的政治哲学　[法]马南 著

梅尔维尔的政治哲学
——《切雷诺》及其解读　李小均 编/译

席勒美学的哲学背景　[美]维塞尔 著

果戈里与鬼　[俄]梅列日科夫斯基 著

自传性反思　[德]沃格林 著

黑格尔与普世秩序　[美]希克斯 等著

新的方式与制度
——马基雅维利的《论李维》研究
[美]曼斯菲尔德 著

科耶夫的新拉丁帝国　[法]科耶夫 等著

《利维坦》附录　[英]霍布斯 著

或此或彼（上、下）　[丹麦]基尔克果 著

海德格尔式的现代神学　刘小枫 选编

双重束缚　[美]基拉尔 著

古今之争中的核心问题
——施米特的学说与施特劳斯的论题　[德]迈尔 著

论永恒的智慧　[德]苏索 著

宗教经验种种　[美]詹姆斯 著

尼采反卢梭　[美]凯斯·安塞尔-皮尔逊 著

舍勒思想评述　[美]弗林斯 著

诗与哲学之争　[美]罗森 著

神圣与世俗　[罗]伊利亚德 著

论古人的智慧　[英]培根 著

但丁的圣约书　[美]霍金斯 著

古典学丛编

探究希腊人的灵魂　[美]戴维斯 著

尤利安文选　马勇 编/译

论月面　[古罗马]普鲁塔克 著

雅典谐剧与逻各斯
——《云》中的修辞、谐剧性及语言暴力
[美]奥里根 著

莱园哲人伊壁鸠鲁　罗晓颖 选编

《劳作与时日》笺释　吴雅凌 撰

希腊古风时期的真理大师　[法]德蒂安 著

古罗马的教育　[英]葛怀恩 著

古典学与现代性　刘小枫 编

表演文化与雅典民主政制
[英]戈尔德希尔、奥斯本 编

西方古典文献学发凡　刘小枫 编

古典语文学常谈　[德]克拉夫特 著

古希腊文学常谈　[英]多佛 等著

撒路斯特与政治史学　刘小枫 编

希罗多德的王霸之辨　吴小锋 编/译

第二代智术师
——罗马帝国早期的文化现象　[英]安德森 著

英雄诗系笺释　[古希腊]荷马 著

统治的热望
——修昔底德笔下的阿尔喀比亚德和帝国政治
[美]福特 著

论埃及神学与哲学
——伊希斯与俄赛里斯　[古希腊]普鲁塔克 著

凯撒的剑与笔　李世祥 编/译

伊壁鸠鲁主义的政治哲学
[意]詹姆斯·尼古拉斯 著

修昔底德笔下的人性　[加]欧文 著

修昔底德笔下的演说　[美]斯塔特 著

古希腊政治理论　[美]格雷纳 著

神谱笺释　吴雅凌　撰
赫西俄德：神话之艺
　　[法]居代·德·拉孔波 等著
赫拉克勒斯之盾笺释　罗逍然 译笺
《埃涅阿斯纪》章义　王承教 选编
维吉尔的帝国　[美]阿德勒 著
塔西佗的政治史学　曾维术 编

古希腊诗歌丛编
诗歌与城邦　[美]费拉格、纳吉 主编
阿尔戈英雄纪（上、下）
　　[古希腊]阿波罗尼俄斯 著
俄耳甫斯教祷歌　吴雅凌 编译
俄耳甫斯教辑语　吴雅凌 编译

古希腊肃剧注疏集
希腊肃剧与政治哲学　[美]阿伦斯多夫 著

古希腊礼法
希腊人的正义观　[英]哈夫洛克 著

廊下派集
廊下派的城邦观　[英]斯科菲尔德 著

希伯莱圣经历代注疏
希腊化世界中的犹太人　[英]威廉逊 著
第一亚当和第二亚当　[德]朋霍费尔 著

新约历代经解
属灵的寓意　[古罗马]俄里根 著

基督教与古典传统
加尔文与现代政治的基础　[美]汉考克 著
无执之道
　　——埃克哈特神学思想研究　[德]文森 著
恐惧与战栗　[丹麦]基尔克果 著
托尔斯泰与陀思妥耶夫斯基
　　[俄]梅列日科夫斯基 著
论宗教大法官的传说　[俄]罗赞诺夫 著
海德格尔与有限性思想（重订版）
　　刘小枫 选编
上帝国的信息　[德]拉加茨 著
基督教理论与现代　[德]特洛尔奇 著
亚历山大的克雷芒　[意]塞尔瓦托·利拉 著
中世纪的心灵之旅
　　——波纳文图拉神学著作选　[意]圣·波纳文图拉 著

德意志古典传统丛编
穆佐书简　[奥]里尔克 著
纪念苏格拉底——哈曼文选　刘新利 选编
夜颂中的革命和宗教
　　——诺瓦利斯选集卷一　[德]诺瓦利斯 著
大革命与诗话小说
　　——诺瓦利斯选集卷二　[德]诺瓦利斯 著
黑格尔的观念论　[美]皮平 著
浪漫派风格——施莱格尔批评文集　[德]施莱格尔 著

美国宪政与古典传统
美国1787年宪法讲疏　[美]阿纳斯塔普罗 著

品达注疏集
幽暗的诱惑
　　——品达、晦涩与古典传统　[美]汉密尔顿 著

欧里庇得斯集
自由与僭越
　　——欧里庇得斯《酒神的伴侣》绎读　罗峰 编译

阿里斯托芬集
《阿卡奈人》笺释　[古希腊]阿里斯托芬 著

色诺芬注疏集
居鲁士的教育　[古希腊]色诺芬 著
色诺芬的《会饮》　[古希腊]色诺芬 著

柏拉图注疏集
哲学的奥德赛——《王制》引论　[美]郝兰 著
爱欲与启蒙的迷醉
　　——论柏拉图的《会饮》　[美]贝尔格 著
为哲学的写作技艺一辩
　　——《斐德若》疏证　[美]伯格 著
柏拉图式的迷宫——《斐多》义疏　[美]伯格 著
哲学如何成为苏格拉底式的　[美]朗佩特 著
苏格拉底与希琵阿斯　王江涛 编译
理想国　[古希腊]柏拉图 著
谁来教育老师——《普罗塔戈拉》发微　刘小枫 编
立法者的神学
　　——柏拉图《法义》卷十绎读　林志猛 编
柏拉图对话中的神　[德]薇依 著

厄庇诺米斯　[古希腊]柏拉图 著
智慧与幸福
　　——柏拉图的《厄庇诺米斯》　程志敏 选编
论柏拉图对话　[德]施莱尔马赫 著
柏拉图《美诺》疏证　[美]克莱因 著
政治哲学的悖论
　　——苏格拉底的哲学审判　[美]郝岚 著
神话诗人柏拉图　张文涛 选编
阿尔喀比亚德　[古希腊]柏拉图 著
叙拉古的雅典异乡人
　　——柏拉图《书简七》探曲　彭磊 选编
阿威罗伊论《王制》　[阿拉伯]阿威罗伊 著
《王制》要义　刘小枫 选编
柏拉图的《会饮》　[古希腊]柏拉图 等著
苏格拉底的申辩（修订版）　[古希腊]柏拉图 著
苏格拉底与政治共同体　[美]尼科尔斯 著
政制与美德——柏拉图《法义》疏解　[美]潘戈 著
《法义》导读　[法]卡斯代尔·布舒奇 著
论真理的本质　[德]海德格尔 著
哲人的无知　[德]费勃 著
米诺斯　[古希腊]柏拉图 著

亚里士多德注疏集

亚里士多德《政治学》中的教诲　[美]潘戈 著
品格的技艺　[美]加佛 著
亚里士多德哲学的基本概念　[德]海德格尔 著
《政治学》疏证　[意]托马斯·阿奎那 著
尼各马可伦理学义疏
　　——亚里士多德与苏格拉底的对话　[美]伯格 著
哲学之诗
　　——亚里士多德《诗学》解诂　[美]戴维斯 著
对亚里士多德的现象学解释　[德]海德格尔 著
城邦与自然——亚里士多德与现代性　刘小枫 编
论诗术中篇义疏　[阿拉伯]阿威罗伊 著
哲学的政治
　　——亚里士多德《政治学》疏证　[美]戴维斯 著

普鲁塔克集

普鲁塔克的《对比列传》　[英]达夫 著

普鲁塔克的实践伦理学　[比利时]胡芙 著

莎士比亚绎读

莎士比亚的历史剧　[英]蒂利亚德 著
莎士比亚戏剧与政治哲学　彭磊 选编
莎士比亚的政治盛典　[美]阿鲁里斯/苏利文 编
丹麦王子与马基雅维利　罗峰 选编

洛克集

上帝、洛克与平等　[美]沃尔德伦 著

卢梭集

论哲学生活的幸福　[德]迈尔 著
致博蒙书　[法]卢梭 著
政治制度论　[法]卢梭 著
哲学的自传
　　——卢梭的《孤独漫步者的遐思》　[法]戴维斯 著
文学与道德杂篇　[法]卢梭 著
设计论证
　　——卢梭的《社会契约论》　[美]吉尔丁 著
卢梭的自然状态　[美]普拉特纳 等著
卢梭的榜样人生
　　——作为政治哲学的《忏悔录》　[美]凯利 著

莱辛注疏集

汉堡剧评　[德]莱辛 著
关于悲剧的通信　[德]莱辛 著
《智者纳坦》研究版　[德]莱辛 等著
启蒙运动的内在问题
　　——莱辛思想再释　[美]维塞尔 著
莱辛剧作七种　[德]莱辛 著
历史与启示——莱辛神学文选　[德]莱辛 著
论人类的教育
　　——莱辛政治哲学文选　[德]莱辛 著

尼采注疏集

尼采引论　[德]施特格迈尔 著
尼采与基督教
　　——尼采的《敌基督》论集　刘小枫 编
尼采眼中的苏格拉底　[美]丹豪瑟 著
尼采的使命
　　——《善恶的彼岸》绎读　[美]朗佩特 著

尼采与现时代
——解读培根、笛卡尔与尼采 [美]朗佩特 著

动物与超人之间的绳索 [德]A.彼珀 著

施特劳斯集

原著

论僭政（重订本）——色诺芬《希耶罗》义疏
[美]施特劳斯 科耶夫 著

苏格拉底问题与现代性（增订本）
——施特劳斯讲演与论文集：卷二

犹太哲人与启蒙
——施特劳斯演讲与论文集：卷一

霍布斯的宗教批判

斯宾诺莎的宗教批判

门德尔松与莱辛

哲学与律法——论迈蒙尼德及其先驱

迫害与写作艺术

柏拉图式政治哲学研究

论柏拉图的《会饮》

柏拉图《法义》的论辩与情节

什么是政治哲学

古典政治理性主义的重生（重订本）

回归古典政治哲学——施特劳斯通信集

苏格拉底与阿里斯托芬

研究作品

论源初遗忘
——海德格尔、施特劳斯与哲学的前提
[美]维克利 著

政治哲学与启示宗教的挑战 [德]迈尔 著

阅读施特劳斯 [美]斯密什 著

施特劳斯与流亡政治学 [美]谢帕德 著

隐匿的对话
——施米特与施特劳斯 [德]迈尔 著

驯服欲望
——施特劳斯笔下的色诺芬撰述 [法]科耶夫 等著

施米特集

施米特对自由主义的批判 [美]麦考米特 著

宪法专政
——现代民主国家中的危机政府 [美]罗斯托 著

施米特对自由主义的批判 [美]约翰·麦考米克 著

伯纳德特集

古典诗学之路（第二版）
——相遇与反思：与伯纳德特聚谈 [美]伯格 编

弓与琴（重订本）
——从柏拉图解读《奥德赛》 [美]伯纳德特 著

神圣的罪业 [美]伯纳德特 著

布鲁姆集

巨人与侏儒（1960-1990）

人应该如何生活——柏拉图《王制》释义

爱的设计——卢梭与浪漫派

爱的戏剧——莎士比亚与自然

爱的阶梯——柏拉图的《会饮》

伊索克拉底的政治哲学

大学素质教育读本

古典诗文绎读 西学卷·古代编（上、下）

古典诗文绎读 西学卷·现代编（上、下）

中国传统：经典与解释
Classici et Commentarii

刘小枫　陈少明 ○ 主编

- 周易古经注解考辨 / 李炳海 著
- 浮山文集 / [明]方以智 著
- 药地炮庄 / [明]方以智 著
- 药地炮庄笺释·总论篇 / [明]方以智 著
- 青原志略 / [明]方以智 编
- 冬灰录 / [明]方以智 著
- 冬炼三时传旧火 / 邢益海 编
- 《毛诗》郑王比义发微 / 史应勇 著
- 宋人经筵诗讲义四种 / [宋]张纲 等撰
- 道德真经藏室纂微篇 / [宋]陈景元 撰
- 道德真经四子古道集解 / [金]寇才质 撰
- 皇清经解提要 / [清]沈豫 撰
- 经学通论 / [清]皮锡瑞 著
- 松阳讲义 / [清]陆陇其 著
- 起凤书院答问 / [清]姚永朴 撰
- 周礼疑义辨证 / 陈衍 撰
- 《铎书》校注 / 孙尚扬 肖清和 等校注
- 韩愈志 / 钱基博 著
- 论语辑释 / 陈大齐 著
- 《庄子·天下篇》注疏四种 / 张丰乾 编
- 荀子的辩说 / 陈文洁 著
- 古学经子 / 王锦民 著
- 经学以自治 / 刘少虎 著
- 从公羊学论《春秋》的性质 / 阮芝生 撰

刘小枫集

- 古典学与古今之争 [增订本]
- 这一代人的怕和爱 [第三版]
- 沉重的肉身 [珍藏版]
- 圣灵降临的叙事 [增订本]
- 罪与欠
- 儒教与民族国家
- 拣尽寒枝
- 施特劳斯的路标
- 重启古典诗学
- 共和与经纶
- 设计共和
- 现代性与现代中国：现代性社会理论绪论
- 诗化哲学 [重订本]
- 拯救与逍遥 [修订本]
- 走向十字架上的真
- 卢梭与我们
- 西学断章
- 现代人及其敌人
- 好智之罪：普罗米修斯神话通释
- 民主与爱欲：柏拉图《会饮》绎读
- 民主与教化：柏拉图《普罗塔戈拉》绎读
- 巫阳招魂：《诗术》绎读

编修 [博雅读本]

- 凯若斯：古希腊语文读本 [全二册]
- 古希腊语文学述要
- 雅努斯：古典拉丁语文读本
- 古典拉丁语文学述要
- 危微精一：政治法学原理九讲
- 琴瑟友之：钢琴与古典乐色十讲

经典与解释辑刊

1 柏拉图的哲学戏剧
2 经典与解释的张力
3 康德与启蒙
4 荷尔德林的新神话
5 古典传统与自由教育
6 卢梭的苏格拉底主义
7 赫尔墨斯的计谋
8 苏格拉底问题
9 美德可教吗
10 马基雅维利的喜剧
11 回想托克维尔
12 阅读的德性
13 色诺芬的品味
14 政治哲学中的摩西
15 诗学解诂
16 柏拉图的真伪
17 修昔底德的春秋笔法
18 血气与政治
19 索福克勒斯与雅典启蒙
20 犹太教中的柏拉图门徒
21 莎士比亚笔下的王者
22 政治哲学中的莎士比亚
23 政治生活的限度与满足
24 雅典民主的谐剧
25 维柯与古今之争
26 霍布斯的修辞
27 埃斯库罗斯的神义论
28 施莱尔马赫的柏拉图
29 奥林匹亚的荣耀
30 笛卡尔的精灵
31 柏拉图与天人政治
32 海德格尔的政治时刻
33 荷马笔下的伦理
34 格劳秀斯与国际正义
35 西塞罗的苏格拉底
36 基尔克果的苏格拉底
37 《理想国》的内与外
38 诗艺与政治
39 律法与政治哲学
40 古今之间的但丁
41 拉伯雷与赫尔墨斯秘学
42 柏拉图与古典乐教
43 孟德斯鸠论政制衰败
44 博丹论主权
45 道伯与比较古典学
46 伊索寓言中的伦理
47 斯威夫特与启蒙